蕪村句集

現代語訳付き

与謝蕪村
玉城 司 = 訳注

角川文庫
16564

凡　例

〔内容〕

一、現在蕪村句として認定されている蕪村の発句約二八五〇句のうち一〇〇〇句を選んで、通し番号を付し、それぞれについて、出典、訳・季語・語釈・解説・参考を記して、巻末に全句索引を付載した。句の選択については、本書の解説を参照されたい。

〔配列〕

一、句の配列は、その句が詠まれたと推定される年代順とした。ただし、歳旦句や春興句等については、書簡等から句作年次が判明する場合、その翌年に配列した。

一、同一年次の句は、『俳諧新選』の配列によって、おおむね季題順に配列した。ただし、『新華摘』(安永六年夏成)の発句のように一連の句は原則としてその配列順に拠った。

一、成立年未詳句は、次のようにした。

（1）蕪村生前に出版された書物に掲載された場合、その出版年を成立年とみなした。

（2）蕪村没後の書物に掲載されている場合、蕪村の真蹟類であっても染筆年が確定できない場合は、妥当と思われる年間に配した。

〔出典〕

一、出典が複数ある場合、本位句として採るものを最初に示し、これを底本とした。

〔本位句・異形句・前書〕

一、同一句とみられるが、複数の句形をもつ場合、定稿句と考えられる句を本位句として掲げ、異形句とみられる句形を、上五・中七・下五の別に参考に示した。

一、本位句の表記や前書・後書等は底本にしたがった。

一、前書は、本位句のものを掲げた。なお、異同については、参考で適宜ふれた。ただし、長文におよぶ前書は略した場合もある。

〔表記・ふりがな〕

一、表記は、次のようにした。

（1）漢字とかな（ひらがな／カタカナ）表記は底本にしたがい、漢字をかなに改めたり、かなを漢字に改めたりはしなかった。

（2）読解の便宜を図って、適宜、濁点・ふりがなを付した。読みがなは、歴史的かな遣い、カタカナによるふりがな表記は、底本にあるままに付した。

なお、底本のかな遣いが歴史的かな遣いと異なる場合は、底本通りとした。

（3）旧字体の漢字・俗字、異体字、略字等は、原則として現行の漢字表記に改めた。ただし、「艸」（草）、「皃」（貌）、「八巾」（凧・鳳巾）等底本の表記を残したものもある。

（4）「ゝ」「ヽ」「々」や「〱」などの踊り字は、底本にしたがった。

（5）漢数字は、訳文と解説以外は底本のまま記した。ただし「八十八夜」「十五夜」「千百韻」を「八八夜」「一五夜」「一一〇〇韻」とは表記しない。

（6）解説や語釈で引用する漢詩文については、原則として書き下し文に改めた。

〔訳文・季語・語釈・解説・参考〕

一、それぞれの句について、訳・季語・語釈・解説・参考を付した。

（1）訳文（訳）は、簡潔を旨として現代語訳を記した。ただし、句意が通りにくいものについては適宜言葉を加えて説明した。

（2）季語（季）は、『俳諧新選』に採録されている季題を基本とした。

（3）語釈（語）は、前書を含めて句の解釈に必要な語句について記した。

（4）解釈（解）は、句が詠まれた背景や拠りどころなど簡略を旨とした。

（5）参考（参）は、蕪村以前や同時代俳人の発句・付句で用語・素材・趣向が類似すると思われるものを示した。

〔出典の略称〕

一、出典を記す際、多出する場合は略称を用いた。その正式名と典拠は次の通りである。

句帳　『自筆句帳』（尾形仂編著『蕪村自筆句帳』（筑摩書房　昭和四九年刊、講談社『蕪村全集』三　平成四年刊）

句集　『蕪村句集』（几董編　加賀文庫蔵天明四年版の影印　村松友次編　笠間書院　昭和五八年刊）

句集拾遺　『頭注蕪翁句集拾遺』（秋声会編　明治三〇年刊）

遺稿　『蕪村遺稿』（河東碧梧桐『蕪村新十一部集』（昭和四年刊　春秋社）

落日庵　『落日庵句集』（田福・百池筆　乾猷平編著『未刊蕪村句集』（大阪毎日新聞社　東京日日新聞社　昭和七年刊）

夜半叟　『夜半叟句集』（月居執筆　乾猷平編著『未刊蕪村句集』（大阪毎日新聞社　東京日日新聞社　昭和七年刊）

高徳院　「高徳院発句会」（『蕪村全集』三）

夏より　「夏より」（『蕪村全集』三）

日発句集　日発句集発端（『蕪村全集』三）

類船集　『俳諧類船集』（梅盛編　延宝五年序）
其傘　『誹諧其傘』（貞山編　元文三年序）
古選　『俳諧古選』（嘯山編　宝暦一三年刊）
新選　『俳諧新選』（嘯山・太祇編　安永元年刊）
題林集　『俳諧発句題林集』（車蓋編　寛政六年刊）
題苑集　『俳諧発句題苑集』（一無庵丈左編　寛政一一年刊）
新五子稿　『俳諧新五子稿』（嘉会室亨編　寛政一二年刊）
文集　『蕪村翁文集』（忍雪・其成編　文化一三年刊）
題叢　『俳諧発句題叢』（太笻編　文政三年刊）
　その他　「詠草」「句稿」類は『蕪村全集』三と六、自画賛等は各種図録を参照。

〔付言〕

一、作品中には、今日的観点から好ましくない表現も散見される。資料的価値を尊重してそのまま活字にしたことを、ご了解いただきたい。

一、参考文献は、単行本のみ掲げた。

蕪村句集　目次

蕪村句集

元文二年（一七三七）丁巳　二二歳

鎌倉　誂物《あつらへもの》

1 尼寺や十夜《じふや》に届く鬢《びん》葛《かづら》　卯月庭訓

訳尼寺よ、十夜念仏に入る当日、髪をおろしたばかりの女のもとに、縁のあった男から届いた鬢葛。季「十夜」冬。語誂物—注文の品。十夜—陰暦一〇月五日夜から一五日朝まで行う浄土宗の念仏修行。鬢葛—髪の手入れに使う髪油。解世俗との縁を断ち切ろうとする女と未練がましい男。鎌倉の駆け込み寺（縁切り寺）として名高い東慶寺は、臨済宗であり十夜念仏を行わない。廃寺となった太平寺、国恩寺、護法寺、禅明寺の鎌倉尼五山のいずれか、または東慶寺での事とみなしての作か。露月編『卯月庭訓』に、立ち膝で手紙を読む長い髪の女性を描いた「宰町（蕪村の初号）自画」を掲載。参下五「さねかづら」（落日庵）。

元文三年（一七三八）戊午　二三歳

2 梅さげた我に師走の人通り　元文四年楼川歳旦帖

訳梅の枝をさげて町を行く私、せわしく行き交う師走の人通り。季「師走」冬。解師走の町を行く忙しげな人通りに対して、塵外《じんがい》の身の上である自分を無用のものと客観視した。元文三年の立春は、一二月二七日。参江戸座存義側の宗匠楼川の『元文四年歳旦帖』に宰町号で入集。破笠「梅提て練る人憎し年の市」（梅の牛）。杉風「我ぞこの師走の梅をみるたわけ」（元禄癸未歳日帳）。

元文四年（一七三九）己未　二四歳

3 虱《しらみ》とる乞食の妻や梅がもと　時々庵己未歳日帖

訳乞食の妻が夫の虱をとっている。梅が香る木の下で。季「梅」春。語虱—哺乳類の皮膚に寄生して血を吸う。木導「虱は乞食のいきれなり」（本朝文選・天狗ノ弁）解其角の「梅が香や乞食の家ものぞかるゝ」（続虚栗）を念頭においての作か。乞食の夫婦を温かい視点から描く。参時々庵渭北の『己未歳日帖』に宰町号で入集。

4 摺《すり》鉢《ばち》のみそみめぐりや寺の霜　桃桜（落日庵）

訳擂鉢で味噌玉を廻してするように、この寺に其角三三回忌の星霜がめぐってきたよ。季「霜」冬。語みそみめぐり—味噌と三十《みそ》、三廻《みめぐ》りと三囲《みめぐり》神社を言いかける。解三囲神社の雨乞いの人に代わって其角が「夕立や田を三囲の神ならば」と詠むと「翌日雨ふる」（五元集）という有名な逸話に基づき、掛詞《かけことば》を用いて言葉のもつ力の神秘性を引き出し、其角三三回忌を追善した。参前書「其角三十三回」（落日庵）、「晋子三十三回」（句集）。早野巴人編の其角・嵐雪三三回忌追善集『桃桜』に宰鳥号で入集。

元文五年（一七四〇）庚申　二五歳

つくばの山本に春を待《まつ》

5 行《ゆく》年《とし》や芥《あくた》流るゝさくら川　夜半亭辛酉歳旦帖

訳一年が過ぎて行くよ。芥が桜川を流れて行く。季「行年」冬。語つくば―筑波山。歌枕。つくばの道は連歌の発祥の地に因む謂《い》い。さくら川―桜川。茨城県筑波山の西を流れて霞が浦に入る。歌枕。芥―ごみ。「まこと散りぬれば、後は芥になる花と、思ひ知る身もさていかに」（謡曲・桜川）。解謡曲を下敷きにして、一年の思い出を散花（芥）になぞらえ、過去を桜川に流し去って、筑波山麓で春を待つ心境。参巴人の『夜半亭辛酉歳旦帖』に宰鳥号で入集。

寛保二年（一七四二）壬戌　二七歳

宋阿の翁、このとし比予《ごろ》が狐《（孤）》独なるを拾ひたすけて、枯乳《かれち》の慈恵ふかかりけるも、さるべきすくせ《（宿世）》にや、今

や帰らぬ別れとなりぬる事のかなしびのやるかたなく、胸うちふたがりて、云ふべく事もおぼえぬ

6 我《わが》泪《なみだ》古くはあれど泉かな　　西の奥

訳私の涙は、古い譬《たと》えだが、湧いてきて尽きない泉のよう。季「泉」夏。語宋阿の翁―早野巴人。寛保二年六月六日没。六七歳。枯乳の慈恵―老後の慈愛と恩恵。解蕪村の師巴人への哀悼句、青年期の蕪村には不明な点が多く、この句と前書は貴重な告白となっている。蕪村は自ら巴人の遺稿を集めて「一羽烏」を編もうとしたが果たせなかったという(夜半亭発句帖)。参宋屋編巴人一周忌追善集『西の奥』に東武宰鳥号で入集。

寛保三年(一七四三)　癸亥　二八歳

出羽の国よりみちのくのかたへ通りけるに、山中にて日くれければ、からうじて九十九袋《やしゃふくろ》といへる里にたどりつきて、やどりもとめぬ。よすがらごと〳〵ともの丶ひゞく音しければ、あやしくて立出見るに、古寺の広庭に、老たるおのこの麦を舂《つ》くにて有けり。予もそこら徘徊しけるに、月孤峰の影を倒し、風千竿の竹を吹て、朗夜のけしきいふばかりなし。此おのこ昼の暑をいとひて、かくいとなむなめりと。やがて立よりて、名は何といふぞと問へば、宇兵衛と答ふ

7 涼しさに麦を月夜《つくよ》の卯兵衛《うへゑ》哉　　自画賛（句集拾遺）

訳涼しくなった月夜の晩、麦を搗《つ》く男こそ、まさしく兎の卯兵衛さんだよ。季「涼しさ」夏。語九十九袋―秋田県南秋田郡八郎潟町夜叉袋。月―（麦を）「つく」をかける。

解前書から蕪村が奥羽関東地方を放浪していた時代の作かと思われるが確定しがたい。現実と空想が混然とした童話的世界。参安永期のものと思われる、兎が麦餅を搗く様を画いた飄逸《ひよういつ》な自画賛が伝来している。

神無月《かんなづき》はじめの頃ほい、下野《しもつけ》の国に執行《しゆぎやう》して、遊行柳《ゆぎやうやなぎ》とかいへる古木の影に目前の景色を申出《まうしいで》はべる

8 柳散《ちり》清水涸《かれ》石処《ところ》々《どころ》　　反古衾（句帳　古選　耳たむし　落日庵　自画賛　句集　新五子稿）

訳柳が散り清水も涸れて、石が所々むき出しになっている。季「柳散」秋。語遊行柳―栃木県那須郡那須町蘆野にある柳。西行「道のべに清水流るゝ柳陰しばしとてこそ立ち止まりつれ」（新古今集　謡曲・遊行柳）、芭蕉「田一枚植ゑて立ち去る柳かな」（奥の細道）。解嘯山が「老成鍛錬、是れ素堂の風骨」（古選）と評したように、硬質の漢詩調の句。芭蕉の旧跡を慕って東北地方を旅した桃隣は「秋暑しいづれ蘆野の柳陰」（陸奥衢）と詠んだ。およそ五〇年後にこの地を訪ねた蕪村は、蘇東坡「後赤壁賦」の

「山高月小、水落石出」を思い、西行・芭蕉・桃隣らが詠んだ遊行柳の「涼し」に荒涼の美を対置した。参前書「赤壁前後の賦、字々みな絶妙、あるが中に、山高月小、水落石出といふものことにめでたく、孤《こ》霍《かく》の群鶏を出るがごとし。むかしみちのくに行脚せしに遊行柳のもとにて忽《たちまち》右の句をおもひ出て」（自画賛）、「遊行柳のもとにて」（句帳　句集）、「遊行柳にて」（落日庵）、「神無月の始、道のべの柳かげにて」（古選）。李井脇「馬上の寒さ詩に吼《ほゆ》る月」で、百万・阿誰と四吟歌仙（反古衾）。

延享元年（一七四四）甲子　二九歳　［寛保四年二月二一日改元］

正朔《せいさく》吟　寛保四年歳旦帖

9　古《ふる》庭《には》に鶯啼きぬ日もすがら

訳古庭に鶯が一日中鳴き続けているよ。季「鶯」春。語正朔―正月元旦。古庭―手入れしていない庭。解鶯が啼くめでたさと庭の手入れもせずに住む気楽さを寿《ことほ》いだ作。古庭は隠者の棲《す》む家の庭。参蕪村・明和六「ある隠士のもとにて／古庭に茶筌《ちやせん》花咲く椿かな」（句集）。同「古庭や石埋もれて春の雨」（安永六句稿）。

元文二年（一七三七）～寛延三年（一七五〇）　二二歳～三五歳

結城の雁宕《がんたう》が所蔵に、破笠《はりつ》が書たる猿丸太夫の図あり、

そのかたち如此《かくのごとし》、その画に賛せよとのぞみければ頓《やが》て

10 **我が手にわれをまねくや秋のくれ**　自画賛（句帳　句集　百歌仙　新五子稿）

訳秋の暮れ、淋しさに堪えかねて、自分の手で自分を手招きしているよ。季「秋のくれ」秋。語雁宕―安永二年没。享年未詳。巴人門。破笠―延享四年没。八五歳。俳人・蒔絵師。猿丸太夫―三十六歌仙の一人。「奥山に紅葉踏み分け鳴く鹿の声聞く時ぞ秋は悲しき」（百人一首）。解蕪村が結城に滞在した寛保二年（一七四二）から寛延三年（一七五〇）の頃の間の作。破笠が描いた猿丸太夫は、手をかざしていたらしく、自分を手招きするような図と見て、猿丸太夫の有名な歌と秋の暮れの孤独な淋しさを重ね合わせた。参自画賛は「趙居」（宝暦七、八年に用いた画号）の落款。

宝暦元年（一七五一）辛未　三六歳　〔寛延四年一〇月二七日改元〕

山家《やまが》

11 **猿どのゝ夜寒訪《とひ》ゆく兎かな**　句帳（古今短冊集　落日庵　句集）

訳猿どのを寒い夜、訪ねて行く兎さん。季「夜寒」秋。語山家―人里離れた山中の家。

解童話的な温かさを感じさせる作。猿が小編竹《ささら》を鳴らし、狸が鼓を打ち、兎が舞を舞う、と田植歌に歌われた近世歌謡の世界であり、動物が擬人化された鳥獣戯画を見るよ

うでもある。〔参〕「猿さゝらするなり、狸鼓うつ也、兎舞をまふなり、と田歌を打うたふて、田をばそぶりそそぶりそとさしうへた云々」（類船集）。

予、洛に入《いり》て先毛越《まづもうおつ》を訪ふ。越、東都に客たりし時、莫逆《ばくげき》の友也。曾《かつ》て相語る日、いざや共に世を易《えき》して、髪を薙《なぎ》衣を振《ふるつ》て、都の月に嘯《うそぶか》む、と契りしに、露《つゆ》たがはず、けふより姿改て、或《あるい》は名を大夢と呼ブ。浮世の夢を見はてんとの趣《おもむき》、いとたのもし、など往時を語り出ける折ふし、虹竹《こうちく》のぬし、榲桲《まるめろ》を袖にして供養せられければ、即興

12 まるめろはあたまにかねて江戸言葉　　名月摺物（聞書花の種）

〔訳〕まるめろは珍しい果物、「頭をまるめろ」と掛けた江戸言葉。〔季〕「まるめろ」秋。〔語〕毛越―路通門の俳人。虹竹―未詳。榲桲―寛永一一年（一六三四）長崎に渡来した。「今、畿内処々に之有り」（和漢三才図会）。〔解〕マルメロは晩秋に、つるつるした黄色い実をつける。虹竹が持って来てくれたマルメロをみて、蕪村も毛越（大夢）も坊主頭のわが身をかえりみて、「まるめろ」という江戸言葉の響きを懐かしんだ。〔参〕文誰「榲桲を二つ囉《もら》ふて両の袖」（新選）。

鴛見《をしみ》

13 おし鳥に美をつくしてや冬木立　　宝暦一・一一・□(欠)二日桃彦宛（句帳　句集　百歌仙）

訳鴛鴦《おしどり》にすべて美を尽くしてしまったからか、簡素な冬木立が続くばかり。季「冬木立」冬。語美をつくしてや―「尽美矣又尽善也」（論語二・里仁）。「善尽し美をつくしてや飾松　昌房」（寛文六年歳旦発句集）。解美しく彩色された鴛鴦を見た後、モノクロームの冬木立の中を歩くと別の世界に来たような錯覚に陥る。その落差のおもしろさ。参前書「洛北に遊ぶ」（百歌仙）。中七「美を尽すらん」（百歌仙）。丹後衆「をし鳥は云にいはれぬ羽色哉」（毛吹草）。

宝暦二年（一七五二）壬申　三七歳

人日

14 老武者と大根《だいこ》あなどる若菜哉　　杖の土

訳若菜の節句、大根を老い武者とみくびる若菜の得意さよ。季「若菜」春。語人日―若菜の節とも。五節句の一。陰暦正月七日。七種《ななくさ》の祝。解大根（老い武者）と若菜（若武者）の擬人化。冬用の保存食として大切に使われてきた大根だが、正月七日の人日には若菜が主役となる。それを大根の側からみて詠んだユーモラスな作。参支考「大根はあかれて雪の若菜哉」（しるしの芋）。

15
百《もも》とせの枝にもどるや花の主《ぬし》　双林寺千句

［訳］花の主は、百年を経た枝にもどってきたよ（花咲翁は、百年続く俳諧に再び花を咲かせたよ）。［季］「花」春。［語］花の主―花咲翁松永貞徳。［解］法楽発句のひとつ。宝暦二年刊『双林寺千句』は、貞徳百回忌追善集（練石ら編）。「落花枝にかえらず」を反転して貞徳を称えた。［参］句空「山茶花逸人追薦／極楽の口切にさけ花の主」（艶賀の松）。

東山《ひがしやまの》麓《ふもと》に卜居《ぼくきよ》

16
我《わが》庵《いほ》に火《ひ》箸《ばし》を角《つの》や蝸牛《かたつぶり》　杖の土

［訳］わが庵で、火箸を角に見立ててふりたててみると、蝸牛になったようだ。［季］「蝸牛」夏。［語］蝸牛の角―狭小な世の中にこせこせと争う「蝸牛角上之争」（荘子・則陽篇）。［解］東山の麓（知恩院近くの袋小路）に庵を構えたものの、己が姿を譬えてみれば、こせこせした蝸牛のようだ。笑いとペーソス。

紫野に遊びてひよ鳥の妙手を思ふ

17時鳥《ほととぎす》画《ゑ》に鳴け東四郎二郎《ひがししろじらう》　萱の風（句帳　句集　落日庵）

訳時鳥よ。東の空が白み始めた今、狩野元信の名画をみて鳴いておくれ。季「時鳥」夏。語紫野―京都北区大徳寺一帯。東四郎二郎―古法眼狩野元信の幼名という。大徳寺大仙院には元信筆「四季花鳥図」の襖絵《ふすまゑ》がある。東四郎二郎（ひがししろじろう）と「東白（ひがしろく明けるさま）」を言いかけた。解元信の名画をみて、夏を告げる時鳥に呼びかけた作。画と俳諧、現実と幻想の間を自在に行き来する。参前書「大徳寺にて」（句帳　句集　落日庵）。末吉「富士山の雪をさしてや東白」（毛吹草）。

宝暦五年（一七五五）乙亥　四〇歳

青飯《せいはん》法師にはしだてに別る

18みじか夜や六里の松に更《ふけ》たらず　句帳（句集）

訳なんとも短い夏の夜よ。六里続く天の橋立の松に夜が更けきらぬ内に、早くも夜が明けてしまう。季「みじか夜」夏。語青飯法師―雲裡坊（房）。無名庵五世。宝暦一一年没。六九歳。はしだて―天橋立。六里（二四キロメートル弱）あるという。解意気投合して短夜を過ごした翌朝の別れを惜しむ挨拶句。雲裡坊と蕪村は俳系を超えて親しく交際した。参前書「雲裡房に橋立に別る」（句集）。元文～寛延年間、雲裡坊と初めて出会ったときも、「水桶にうなづきあふや瓜茄《うりなすび》」（句帳・句集・落日庵）。

宝暦六年（一七五六）丙子　　四一歳

19 兼好ハ絹もいとわ（は）じ更衣《ころもがへ》　　宝暦六・四・六日嘯山宛書簡

【訳】ころもがえの夏、兼好ならば絹を着るのも嫌わなかったでしょうね。【季】「更衣」夏。【語】兼好―吉田兼好。『徒然草』は、近世期を通じて愛読された。「絹（きぬ）」は豪華な衣。「着ぬ（きぬ）」とかけて、絹を着るのも着ないのも、という意味。ものに拘《こだわ》らなかった兼好への賛辞。【解】兼好のようならばどんな俳風にも遊べるはずだが、自分は拘りをもっていると嘯山に告げた。書簡でこの句を掲げて、「俳諧も折々仕候。当地ハ東花坊が遺風ニ化し候而、ミの《美濃》・おハり《尾張》などの俳風にておもしろからず候」という。【参】存義「兼好のうしろ淋しき火桶かな」（古来庵発句集前編）。

宝暦七年（一七五七）丁丑　　四二歳

20 せきれいの尾やはし立をあと荷物　　天の橋立自画賛

【訳】鶺鴒《せきれい》の尾がせわしく動くように、忙しく橋立を後にしたよ。荷物は後に受け取ろう。【季】「せきれい」秋。【語】せきれいの尾―忙しいさま。凡兆「世の中は鶺鴒の尾のひまもなし」（猿蓑）。はし立―天橋立。あと荷物―はし立を「跡にする」と「後から送る荷物」をかけた。解せわしなく去ってゆく自分を戯画化しながら、百川の後塵を拝したいと願った作。蕪村が敬愛する南画家で俳人の彭城百川（宝暦二年没・五六歳）が天橋立を去って帰京する際に、「はしだてを先にふらせて行秋ぞ」（天橋立から紅葉して行くのを先触れとして、次第に秋が深まって行く）と詠んだ句をふまえる。参自画賛に長い前書があり「丁丑九月嚢道人蕪村書於閑雲洞中」と署名。

宝暦八年（一七五八）戊寅　四三歳

21 **去られたる身を踏《ふん》込《ごん》で田植哉**　　句帳（咄相手　几董句稿一　句集　落日庵）

訳離別されたわが身を励まし、人より一歩踏み出してする田植よ。季「田植」夏。解離縁された女性になり代わって詠んだ作。他人に弱音を吐くまいとする心の働きが、前のめりの動作「踏込で」となる。田植は共同の労働で、神事でもあったから、くよくよしてはいられない。共同体に生きる女の哀しみと意地を巧みに表現した。参上五「離別れたる」と表記（咄相手　几董句稿一　句集）。

22 **とかくして一《いち》把《は》に折《をり》ぬ女郎花《をみなへし》**　　句帳（咄相手　俳諧新選　日発句集　落日庵　遺稿）

訳あれこれするうちに、一把にして女郎花を折ってしまった。季「女郎花」秋。語とかくして—あれこれして。女郎花—秋の七草のひとつ。遍昭の歌「名にめでて折れるばかりぞ女郎花われ落ちにきと人に語るな」（古今集）に代表されるように女性に喩えられることが多い。解秋の七草の女郎花を愛でる句だが、なよやかな女性を連想させ、ややエロチック。参芭蕉「ひよろひよろと猶露けしや女郎花」（更科紀行）。この芭蕉句に賛して女性を描いた蕪村の画がある。

宝暦一〇年（一七六〇）庚辰　四五歳

雲裡房つくしへ旅だつとて、我に同行をすすめけるに、えゆかざりければ

23 秋かぜのうごかして行《ゆく》案山子《かがし》哉　句帳（句集）

訳秋風が案山子をうごかして吹きぬけてゆく。季「案山子」秋。語雲裡房—18参照。つくし—筑紫（九州）。解秋風を雲裡房に、案山子を自分に譬えた送別句。案山子は蓑と笠をまとった旅姿だが、一本足では動けない。自分も案山子と同じで旅立ちたいが叶わない、とお断りした。参揚波「行秋に借《か》せよ案山子の蓑と笠」（渭江話）。

宝暦一一年（一七六一）辛巳　四六歳

化埜時鳥《あだしのほととぎす》

24 一《ひと》雨《あめ》の一升泣やほとゝぎす　卯月狂

訳さっと降る雨の、一升泣と同じくらいすさまじい。化野《あだしの》には時鳥も鳴いている。季「ほとゝぎす」夏。語化埜―化野。嵯峨の奥、愛宕山の麓で火葬場があった。一雨―さっと降ってやむ雨。一升泣―ものすごい勢いで泣く事。「一升泣に涙あてがふ」（江戸廿歌仙・十九）。解化野の煙は無常の象徴。死者を追慕して大声で泣き続ける人と冥土と現世を行き交う鳥といわれる時鳥の鳴き声を重層的に響かせた。参美濃派の雲裡坊の選集『卯月狂』に収録。支考「一雨のしめり渡らぬ薄《すすき》かな」（西の雲）。

宝暦元年（一七五一）～宝暦七年（一七五七）以前　三六歳～四二歳以前

白道上人のかりにやどり給ひける草屋を訪ひ侍りて、日くるるまでものがたりしてかへるさに申侍る

25 蟬も寝る頃や衣《ころも》の袖《そで》畳《たたみ》　真蹟

訳蟬も羽をたたみ寝る頃ですね。上人さまも、衣を袖畳みにしてお休みになる頃ですね。季「蟬」夏。語白道上人―丹波市帰命寺（現廃寺）の僧。この頃、蕪村は与謝宮津小川町浄土宗西方寺に滞在。解暇乞いに際し、一日中語り合って、充足した気分で

終えたことに感謝した留別句。「蟬も寝る」は、蟬のぬけがらからの連想。㊂草笑「寝たままにぬけて行けり蟬のから」(国の花)。

26
丹波の加悦《かや》といふ所にて

夏河《なつかは》を越すうれしさよ手に草履《ざうり》　句帳(句集　真蹟)

㊇夏の川を越すうれしさよ。手にさげた草履。㊄「夏河」夏。㊈丹波の加悦—丹後(京都)の加悦町(与謝郡与謝野町)。㊀屏風絵の制作を依頼され、施薬寺(与謝郡与謝野町滝)に赴いた頃の作。同寺に「方士求不死薬図」屏風が現存。「うれしさ」の感情を「手に草履」で具現化、川越えして遊んだ少年時代の懐かしい記憶と夏川の清涼感を重ね合わせた。はずむようなリズム感からも、うれしさが伝わってくる。㊂前書「外に細川のありて、潺湲《せんくわん》と流れければ」(25と同じ真蹟懐紙)。細川は野田川。潺湲は、水が浅瀬をさらさらと流れる様子。謝霊運「石浅水潺湲　日落山照曜」(七里瀬)、王維「寒山転蒼翠　秋水日潺湲」(輞川閒居贈裴秀才迪)等。其角「かつしかの真間にて／早乙女に足あらはするうれしさよ」(いつを昔)。

しもつふさの檀林弘経寺といへるに、狸の書写したる木の葉の経あり。これを狸書経と云て、念仏門に有がたき一奇とはなしぬ。されば今宵閑泉亭に百万遍をすぎやうせらるゝにもふで逢侍るに、導師なりける老僧耳つぶれ声うちふるひて、仏名もさだかならず。かの古狸の古衣のふるき事など思ひ出て、愚僧も又ここに狸毛を嚙て

27 肌寒し己が毛を嚙《かむ》木《この》葉《は》経《きやう》　真蹟

訳 ぞくっとするほどの肌寒さ。思えば、僧に化けた狸が、自分の毛で作った筆を嚙みながら書写したという木葉経。季「肌寒し」秋。語 弘経寺―下総結城（茨城県結城市）にある浄土宗十八檀林の一。木葉経―狸が書写した木の葉の経。狸書経とも。弘経寺の宝什。解 皮膚感覚を通して甦った怪異幻想。真蹟に「洛東間人嚢道人釈蕪村」と署名。洛東に庵住後の染筆。句は、宝暦元年（一七五一）頃、結城放浪時代の作か。参 凡兆「肌さむし竹切山のうす紅葉」（猿蓑）。

宝暦一三年（一七六三）以前　四八歳以前

28 春の海終日《ひねもす》のたり〳〵かな

句帳（古選　句集　日発句集　耳たむし　其雪影　落日庵　張瓢　津守船・初　自画賛　安永四年一・一八馬圃（霞夫）宛　安永七・一・二八綛屋従三郎宛）

訳 春の海、一日中のたりのたり、波が寄せては返す。季「春の海」春。語 ひねもす―一日中。のたりのたり―波がゆるやかに寄せては返す擬態語。解 寄せては返す波に、

蕩然たる春の海を感じさせてくれる。句のリズムもゆったりしていて心地よく響く。嘯山は「平淡にして逸なり」（古選）と評した。参前書「須磨の浦にて」（誹諧金花伝）。

29
きぬきせぬ家《か》中《ちゆう》ゆゝしき衣更《ころもがへ》　句帳（句集）

訳絹物を着せない更衣、家中に質実剛健な空気が漂う。季「衣更」夏。語きぬ―絹織物。幕府はたびたび奢侈《しやし》禁止令を出して絹を身につけることを禁じた。家中―家臣。屋敷の全員。ゆゆし―ここでは「厳粛な」の意の形容詞。解「着せぬ」の主語は家長。家長が贅沢を禁じた質朴な武家風の更衣。参中七「家中ゆゝしや」（古選・落日庵）。

30
一陣は佐々木二陣は梶のふね　自画賛

百川さきに漢河《あまのがは》を渡して、鵲《かささぎ》の句あり。
主人これに一聯をもとむ。言下に筆を取て

訳先陣は佐々木の鵲の橋、二陣は梶原の梶の舟。季「梶のふね」秋。語百川―彭城百《さかきひやく》川《せん》。宝暦二年没、五六歳。名古屋の人。俳諧は支考門から伊勢派に転じた。南画の先駆者。蕪村は百川に私淑した。漢河―天の川。（百川の）鵲の句―鵲や橋からすぐにわたり鳥。解宇治川の先陣争いで有名な佐々木四郎高綱に彭城百川を、梶原源太景季を自分になぞらえた。鵲の橋と梶（の葉）は、七夕の縁語で「かささぎ」に「ささき」（佐々木）、「梶」に「舵」と「梶（原）」をかけている。宝暦七年頃の作か。

明和三年（一七六六）丙戌　五一歳

31 辛《から》崎《さき》の朧《おぼろ》いくつぞ与《よ》謝《ざ》の海　橋立の秋

訳辛崎の朧をいくつ集めたのか、与謝の海はいっそうおぼろ。季「朧」春。語辛崎の朧―芭蕉「唐崎の松は花より朧にて」（野ざらし紀行）。解与謝の海は、辛崎よりも松並木が長く続くから、芭蕉が詠んだ風景よりも朧だと戯れて誇った。参丹後の鷺十編『橋立の秋』は、明和三年刊。帰京後、与謝を思い出しての作。

32 弓《ゆみ》取《とり》の帯の細さよたかむしろ　句帳（夏より　落日庵　句集）

訳侍の帯がなんと細いことか。竹の莚の涼しさよ。季「たかむしろ」夏。語弓取―武士。たかむしろ―竹で編んだ涼をとるためのむしろ。「たかむしろはたけにてをれる莚也」（増山井）。解細帯は奥の細道の旅を終えた芭蕉がしめていた帯。世俗に媚びない武士が、細帯を締めている様を想像し、その人柄の涼しさを竹筵の清涼感と調和させた。参前書「あるかたにて」（句集）。上五「武士《もののふ》」（耳たむし）。

33
半日の閑《かん》を榎《えのき》やせみの声　句帳（句集）

訳半日の閑、榎に鳴く蟬の声。季「蟬」夏。語半日の閑―芭蕉「独住《ひとりすむ》ほどおもしろきハなし。長嘯《ちやうせう》隠士の曰《いはく》『客ハ半日の閑を得れバ、あるじハ半日の閑をうしなふ』と。素《そ》堂《だう》此言葉を常にあはれぶ」（嵯峨日記）。榎―「えのき」に半日の閑を「得た気」を言いかける。解半日の閑を得て、蟬の声を聞きながら芭蕉を思っての作。参前書「寓居」（句集）。中七「榎《え》の木《き》に」（夏より　六月二日、大来堂、兼題・蟬）。

34
廿《はつ》日《か》路《ぢ》の背中に立《たつ》や雲の峰　句帳（夏より　句集）

訳二十日《はつか》の旅路、背中にそびえ立つ雲の峰よ。季「雲の峰」夏。語廿日路―富士参は六月一日から二一日まで山頂の権現に詣でる。雲の峰―俳言。「一、林の鐘　一、雲の峰　一、たかむしろ、さして連歌には不仕候」（増補至宝抄）。解二〇日間の旅路は、短くない。そんな長旅を過ごす人の背後に迫る雄大な風景。「雲の峰いくつ崩れて月の山」（奥の細道）、「一ツ脱ひで後に負ぬ衣がへ」（笈の小文）の旅人芭蕉をイメージしての作。参六月十日、峨眉亭、兼題「雲の峰」（夏より）。

35 飛のりのもどり《戻》飛脚や雲の峰　句帳（夏より　遺稿　新五子稿）

訳途中で馬をひろって帰る飛脚よ。ふりかえれば雲の峰。季「雲の峰」夏。語飛のり―宿駅からではなく途中から馬に乗ること。もどり飛脚―荷物や信書を運んで仕事を終えた帰りの飛脚。解「飛のり」から、何らかの事情があって宿駅で馬を借りられなかった飛脚を連想させる。参六月十日、峨眉亭、兼題「雲の峰」（夏より）。野紅「飛のりて行雲安し三日の月」（水の友）。

36 虫干や甥《をひ》の僧訪《と》ふ東大寺　句帳（明和三・六・二二召波宛　句集）

訳虫干の当日だったなあ、甥の僧を訪ねて東大寺へ行ったのは。季「虫干」夏。語東大寺―華厳宗。南都（奈良）七大寺の一。解焼け残った古文書の虫干を詠んだ歴史物語風の作。安永三年「啼ながら歌仙」（昔を今）に「今みとせ小松の内府世にまさば　蕪村／甥の僧都に法の名を乞ふ　宰町」の付合があることから、甥の僧に謹直で温厚と伝えられる小松の内府（平重盛）の縁者を想定したか。重盛は、治承三年七月没。翌年一二月、平重衡、通盛らは、東大寺を興福寺とともに焼き捨てた。参六月十日、峨眉亭、兼題「土用干」での作か。「東大寺を焼し報はおそろし」（類船集）。

忠則古墳、一樹の松に倚《よ》れり　　句帳（句集）

37 月今宵《こよひ》松にかへたるやどりかな

訳満月の今夜、松を永遠の宿としたのだなあ。季月今宵—秋。語忠則古墳—平安末期の武将平清盛の末弟忠則（忠度）の墓。神戸市、明石市、深谷市にある。やどり—忠度「行き暮れて木の下陰を宿とせば花やこよひのあるじならまし」（平家物語、謡曲・忠度）解忠度の歌や芭蕉「草臥《くたび》れて宿かる比《ころ》や藤の花」をふまえて、仲秋の名月が照らす松を永遠の宿としたことに安らぎを覚えた作。参前書「忠則墓」（落日庵　新五子稿）、中七「松にかへたき」（落日庵）、上五中七「月と雪松にかへたき」（新五子稿）。蕪村・安永五「月今宵あるじの翁舞出よ」（句帳他）。

明和四年（一七六七）丁亥　　五二歳

38 一筋も弃《す》たる枝なき柳かな

明和四年武然歳旦春慶引（落日庵　日発句集　新五子稿）

訳一筋も無駄な枝がない、生き生きとした見事な柳よ。季「柳」春。語弃たる—廃《すた》る。役に立たない。解蕪村が讃岐から送った春興の挨拶句。柳の枝にことよせて、武然一門の人々すべてが優れていると称嘆した。参前書「南海よりの書章に」（春慶引）。貞徳「一筋もくづ糸みえぬ柳かな」（崑山集）。

西讃に客居《かくきょ》して東讃の懶仙《らんせん》翁に申をくる

39東へも向《むく》磁石あり蝸牛《かたつむり》　落日庵（夏より）

訳蝸牛の身の私、東の方角を向く磁石と同じく東を向いている。季「蝸牛」夏。語客居―客として留まること。懶仙翁―未詳。磁石―平賀源内の『物類品隲《ぶつるいひんしつ》』（宝暦一三年刊）に「慈石、和名ハリスヒイシ。漢品上品、備前産上品、甲斐金峯山《きんぷざん》産中品」。解芭蕉「かたつぶり角ふりわけよ須磨明石」（猿蓑）をふまえて、西讃岐に客居しているが、東讃岐に住むあなた（懶仙翁）に気持ちが傾いていますよ、と挨拶した。参明和五年五月二七日、八文舎、兼題「青梅」（夏より）。前書「讃岐にて」を掲出のように改めた（落日庵）。

明和五年（一七六八）戊子　五三歳

春興　前文略之

40横に降る雨なき京の柳かな　明和五年武然歳旦　春慶引（落日庵）

訳横なぐりの雨が降らない京都、雨に濡れている柳の美しさよ。季「柳」春。語横に降る雨―横から吹き上げるように降る激しい雨。解讃岐で春を迎えた蕪村が京都を慕って詠んだ春興の挨拶句。武然一門が、横やりも入れずに温厚であることを寿いだ。参『春慶引』に「右、南海より書音に」と付記。

41 象《ざう》の眼の笑ひかけたり山桜　　落日庵（俳諧一枚摺）

象頭山《ざうづさん》

訳象の眼が笑いかけたようだ、山桜が咲き始めた春の山。季「山桜」春。語象頭山—讃岐の金刀比羅宮《ことひらぐう》の山。蝶夢「宰府紀行」（明和九年刊）に「さても此御山のすがた、象といふ獣の頭に似たれば、象頭山と申ならん」。解「山笑ふ」をふまえ、象頭山の山桜を象の眼が笑いかけたようだ、と喩《たと》えて春を寿《ことほ》いだ。讃岐滞在中の作。参乙由「能《よき》ものを笑ひ出しけり山ざくら」（麦林集）。

42 狩ぎぬの袖の裏這《は》ふほたる哉　　句帳（夏より　真蹟
色紙　句集　落日庵）

訳狩衣の袖の裏、明滅しながら這う蛍よ。季「蛍」夏。語狩ぎぬ—平安朝の公家が狩のときに着用した服。略服として常用された。付合語は「行平帰洛　舞姫　猿楽　神子　やすらひ花　禰宜《ねぎ》　杜若《かきつばた》の能　白拍子　蛇」（類船集）。解几帳に放たれた蛍を幻想的に描いた源氏物語・蛍巻の余韻を感じさせる。狩衣の袖の裏に明滅する蛍の光がうつくしい。支考の勇壮な句「狩衣の袖蹴放すや雪の鷹」（渡鳥集）と対照的な清雅な世界。
[参]「狩衣」の五月六日、大来堂、兼題「蛍」（夏より）。

43
挑《てう》灯《ちん》を消せと御《ぎよ》意《い》ある水《くひ》鶏《な》哉

落日庵（明和五・六・六無名宛　新五子稿）

[訳]提灯を消せとお指図、とたんに水鶏が鳴きはじめたよ。[季]「水鶏」夏。[語]御意―ご命令。お指図。水鶏―戸を叩くように鳴く。[解]忍んで恋人を訪ねる場面を連想させる。水鶏は歌語だが、挑灯は俳語。それを使う人の指図を「御意」といい、御意に反して水鶏が鳴きはじめたところが滑稽。[参]五月二七日、八文舎、兼題「水鶏」（夏より）。

44
関の戸に水《くひ》鶏《な》のそら音なかり鳬《けり》

句帳（句集）

[訳]関所の戸に響く水鶏の鳴き真似、それは通用しないよ。[季]「水鶏」夏。[語]そら音―鶏の鳴き真似。函谷関の関守が鶏の鳴き真似にだまされ、関の戸を開けた孟嘗君の故事（史記列伝・一五）。清少納言「夜をこめて鳥の空音ははかるとも世に逢坂の関はゆるさじ」（百人一首）。[解]中国では、だまされて門戸を開けたというが、わが国では清少納言以来、そんなことはない、と中国への対抗意識をあらわにして笑いを誘った。その実は、夜が明けるまで男女の逢瀬を楽しもうという魂胆。[参]「戸」と「水鶏」は付合語

（類船集）。支考「関守はゆるさぬ雁のそら音かな」（四幅対）。

45 堂《だう》守《もり》の小草ながめつ夏の月　句帳（夏より　句集　落日庵）

訳堂守が小草を眺めながらぼんやりとしている。天には夏の月。季「夏の月」夏。語堂守―仏堂や聖堂を守る番人。小草―素堂「名もしらぬ小草花咲野菊かな」（阿羅野）。解存義「惟光もしらぬ小草を蚊やり哉」（古来庵発句集前編）をふまえ、堂守を夕顔の小家を守る番人とみると王朝風の世界。俗世から離れた夏の月の清涼感。参五月六日、大来堂、兼題「夏月」（夏より）。

46 烏《からす》稀《まれ》に水又遠しせミの声　句帳（夏より　詠草　落日庵）

訳烏の声は稀に、水音もまた遠く、蟬の声ばかり。季「せミ」（蟬）夏。語烏稀―「月明星稀、烏鵲南飛」（曹操・短歌行）。水又遠―「宛子城離水又遠」（水滸伝）。解漢詩文調の語句によって、視覚的な墨絵の世界を聴覚的な蟬の声に転じて、静寂で幽遠な世界へと導く。参六月二十五日、召波亭、兼題「蟬」（夏より）。上五「鳥稀に」（遺稿）。中七「水また赤し」（新五子稿）。

47 主《ぬし》しれぬ扇《あふぎ》手に取る酒宴哉　句帳（夏より　落日庵）

訳持ち主が分からない扇、それを手に取った酒宴の不思議さよ。季「扇」夏。語扇―歌語。「手馴れけるぬしはしらねど紫の扇の風のなつかしきかな」（夫木和歌集）。解昔形見に取り交した扇によって、吉田少将にめぐり合う班女（謡曲・班女）のおもかげか、軍記物の一場面か、物語性の強い作。参六月二十日、竹洞亭、兼題「扇」（夏より）。

48 手すさびの団《うちは》画《ゑがか》ん草の汁　句帳（明和七・五・一三楼川宛　句集）

訳手なぐさみに団扇《うちわ》に絵を画こう、草の汁で。季「団」夏。語手すさび―手なぐさみ。「手すさみに」（落日庵）、「手すさみの」（夏より　楼川宛書簡）とも。解何の絵を画くか、読者の想像に任せるのが面白い。蕪村「絵団扇のそれも清十郎にお夏哉」（明和八年）はひとつの答え。参無名宛蕪村書簡（菊版画摺り校正）に「草之汁之板ハ、とかくいぢり申候ゆへ甚見ぐるしく、これニ而ハ外へ出しがたく被存候。随分いぢり不申様ニ御すり可被成候。草之汁之色もあまりこく候故、いよいよきたなく御座候」。草の汁は版画にも用いたが、にじむ欠点があった。五月十六日、召波亭、兼題「団」（夏より）。

49
白《びやく》蓮《れん》を切らんとぞおもふ僧のさま　句帳（夏より　真蹟色紙　句集）

訳白蓮を切ろうと思う、その刹那の僧のためらい。季「蓮」夏。語切らんとぞ—「切ろうとする」の強調表現。解一瞬の時間をとらえ、僧侶のためらう表情まで浮かび上がらせる。白蓮と僧の取り合わせが清楚。参中七「切らんと思ふ」（落日庵）。五月十六日、召波亭兼題「蓮」（夏より）。召波「蓮見て僧ほの〴〵と立《たた》れけり」（夏より）。

50
鮎くれてよらで過《すぎ》行《ゆく》夜《よ》半《は》の門《かど》　句帳（夏より　日発句集発端　落日庵　句集）

訳鮎だけくれて、寄らずに帰って行く。真夜中の門前。季「鮎」夏。語鮎は香魚とも書き、夏の清涼な香気を感じさせる魚。門—門の前。「もん」と読む説もある。夜半—深夜。解「よらで過ぎ行く」人は、大雪の夜に戴安道を訪ねたが、門前で帰ったという王子猷の面影（世説新語・王子猷訪戴安道）。元や明の画にも描かれた有名なこの故事に基づき、一方「物くるゝ友」を良き友とする話（徒然草・一一七）をふまえ、鮎をくれた上に黙って去って行く、そんな爽やかな友ならばなおさら歓迎だね、と笑いを誘った。参六月二十日、竹洞亭、兼題「扇」（夏より）。明和六「高《こ》麗《ま》船《ぶね》のよらで過行ゆく霞哉」（句集）。「摂待へよらで過けり鉢たたき」（太祇句選）。

51 青梅に眉あつめたる美人哉

句帳（夏より　句集
落日庵　五車反古）

訳 青梅に眉をあつめている美人の色香よ。季「青梅」夏。語 眉あつめたる―中国春秋時代の美女西施が病のために眉をひそめ、醜女《しこめ》もそれを真似たという（蒙求・西施捧心）。解 初夏を告げる青梅の酸味と眉をひそめる美人の艶冶《えんや》な色香。わが国の美人も、傾城の美女という西施に劣らない。「ひそめる」を「あつめたる」に転じたところが俳諧。参 五月二十七日、八文舎、兼題「青梅」（夏より）。「美人」の言葉の使い方はむつかしい、と蕪村はいう（句評）。嘯山「酔臾敧斜翠眉ヲ顰ム」（日本咏物詩「酔美人」）など、咏物詩にも美人が多く詠まれていることを意識したか。

52 川《かは》狩《がり》や帰《き》去《こ》来《らい》といふ声す也

句帳（夏より　真蹟
色紙　句集　落日庵）

訳 川漁の真っ最中だよ、「いざ帰らん」と声がする。季「川狩」夏。語 川狩―川で魚をとる狩。川猟。帰去来―陶淵明「帰去来辞」の「帰去来兮」。解「帰去来辞」は江戸時代を通じて詩歌俳諧に詠み継がれ、蕪村にも「花に暮ぬ我すむ京に帰去来《かへんなん》」（安永二・遺稿）「帰去来《かへんなんいざ》酒はあしくとそばの華《はな》」（安永三・句稿）等がある。「帰去来」と言ったのは、陶淵明の子孫かと匂わせた。参 五月十六日、召波亭、兼題「川狩」（夏より）。

53
水の粉やあるじかしこき後家の君　　句帳（落日庵　句集）

訳水の粉のふるまい、もてなし上手の後家君だ。季「水の粉」夏。語水の粉―麦焦がし。はったい。大麦を炒りこがし粉にして、砂糖を加えて水で溶き、胃腸の働きをよくする暑気払いの食べ物。あるじ―もてなし。かしこし―すぐれている。後家の君―未亡人。解夏を乗り切るために客に出す、水の粉は滋養強壮の食べ物でささやかながら時宜を得たもてなし。その主が未亡人であるのがあやしい。参蕪村・安永三「後家の君たそがれがほのうちは哉」（句帳）。嘯山「花見幕にも家風あり後家の君」（葎亭句集）。

54
愚《ぐ》痴《ち》無《む》智《ち》のあまざけ造《つく》る松ヶ岡　　句帳（夏より　落日庵　句集）

訳愚痴・無知の甘酒を造っているよ、松ヶ岡で。季「あまざけ」夏。語愚痴―仏教用語。理非の区別がつかない愚かさ。愚痴・無智―グチムチの音の響きから甘酒を煮るときの擬音語を連想。あまざけ―「尼」と「甘酒」をかける。松ヶ岡―鎌倉の尼寺・東慶寺のある場所。駆け込み寺・縁切寺（東慶寺）。解離縁を望んで東慶寺に駆《か》け込んだ女たちに同情しながらも、女たちの会話を滑稽に転じた。参六月八日、召波亭、兼題「一夜酒」（夏より）。「松ヶ岡似たこと斗《ばか》り咄《はな》し合ひ」（誹風柳多留・一一七）。

55 腹あしき僧こぼしゆく施米《せまい》哉　　句帳（夏より　落日庵　句集）

〔訳〕腹を立てた僧がこぼして行く。さっきもらい受けたばかりの施米なのに。〔季〕「施米」夏。〔語〕施米―施しの米。「東山・西山・北山などの山寺のたつぎなき法師はらに、米塩をおほやけよりほどこさるゝ事なり。公事」（増山井）。腹あしき―ここでは怒りの表現。〔解〕施米をこぼして行く僧の怒りの原因は分からないが、僧侶が悟りきれないことを揶揄《やゆ》した。〔参〕六月二十日、竹洞亭　兼題「施米」（夏より）。召波「腰ぬけの僧扶《たす》ケくる施米哉」（春泥句集）。几董「朝ぎりや施米こぼるゝ小《こ》土器《かはらけ》」（井華集）。

56 鮒《ふな》鮓《ずし》の便りも遠き夏野哉　　句帳（夏より　詠草　落日庵　新五子稿　遺稿）

〔訳〕鮒鮨が出来たという知らせも遠い日の記憶のよう、行く手が見えない夏野よ。〔季〕「夏野」夏。〔語〕鮒鮓―馴鮓《なれずし》の一種。近江の名産。便り―知らせ　〔解〕故郷の便りは、馴鮓の酸味を思い出させるが、遅々として歩みが進まず心の距離は遠ざかって行く。夏野を歩む人の甘ずっぱい望郷の思い。〔参〕六月二十五日、召波亭、兼題「夏野」。

57 大粒な雨はいのりの奇《き》特《どく》哉　　落日庵（詠草　夏より　句集）

訳大粒な雨、祈りの不思議なききめがあらわれたことよ。季「雨」と「いのり」で（雨乞）夏。語奇特―霊験。奇跡的な効能。解「空海も日蓮も雨乞の徳有しと也」（類船集・雨乞）というので雨乞は、宗教性を帯びていた。大粒の雨は、その功徳のあらわれだが、「奇特哉」と大げさに詠嘆、祈りの怪しさを感じさせ、笑いを誘った。参六月二十五日、召波亭、兼題「雨乞」。東巡「大粒な雨にこたえし芥子の花」（阿羅野）

58 負《まけ》腹《はら》の守《しゆ》敏《びん》も降ラす旱《ひでり》かな　句帳（落日庵　詠草　夏より　句集）

訳負けて腹を立てた守敏も雨を降らせたのだ、ひどい旱魃《かんばつ》だったなあ。季「旱」と「降らす」（雨乞）で夏。語守敏―天長元年（八二四）畿内旱魃の折、空海と雨乞の祈禱を競争して負けた真言僧（太平記・一二）。解敗者守敏の祈禱も借りて降らせるほど、旱魃に困り果てたのだろう。明和七年七月五日「去る六（五の誤記）月中は旱で水乏の処、後六月上旬に一度雨有るも、その後また大旱渇水、諸国一同の由」（本居宣長日記）。参「旱」は、季寄『俳諧其傘』（元文三年刊）では、「雑の詞」として登載。

59 温《ゆ》泉の底に我足見ゆる今朝の秋　句帳（夏より　遺稿　新五子稿）

訳湯の底に白々した自分の足が見える今朝、まさに立秋。季「今朝の秋」秋。解視覚と湯にふれる触覚で秋の早朝をとらえた清新な作。俳諧も和歌の伝統を継いで「涼しさも風がはりなり今朝の秋」（崑山集）のように風で立秋を感じてきたが、新しい発見。【参】七月四日、大来堂、兼題「立秋」（夏より）。「温泉《でゆ》の底足跡」を消して、「温泉の底に我足」と改める（夏より）。中七「我足見ゆれ」（落日庵）。

60 秋来ぬと合点させたる嚏《くさめ》かな　句帳（句集　落日庵　新選）

【訳】秋が来たよと、ガッテンとおおきなくしゃみ。【季】「秋来ぬ」秋。【語】合点―和歌や俳諧の佳句に宗匠が丸・鉤など点を付すこと。納得する、承諾する意味をあわせて用いた。嚏―くしゃみ。「休息万病《くそくまんびょう》」の早口言葉との説もある。【解】藤原敏行「秋来ぬと目にはさやかに見えねども風の音にぞ驚かれぬる」（古今集）をふまえ、秋風にくしゃみする宗匠を滑稽化した。【参】中七「合点のいたる」（落日庵）。梶山保友「秋来ぬと目薬程や今朝の露」（時勢粧《いまやうすがた》）。南元順「吹からに秋のくさめや初嵐」（時勢粧）。

61 稲妻や波もてゆへる秋津しま　句帳（句集　夏より　遺稿）

【訳】稲妻がひらめく、その一瞬、波に結ばれ浮かび上がる秋津島。【季】「稲妻」秋。【語】秋津島―大和国。「そらみつやまとの国を秋津島とふ」（古事記）。波もてゆへる―波で結ぶ。「わたつ海のかざしにさせる白妙の波もてゆへる淡路島山」（古今集）。宗春「咲ふじの波もてゆへるかきねかな」（大発句帳）。【解】稲妻に浮かび、波に呑みこまれそうな日本列島を鳥瞰《ちょうかん》して雄大なスケールで描いた作。記・紀の日本創造神話から発想したか。【参】七月二十日、八文舎、兼題「稲妻」（夏より）。蕪村「いな妻や秋津島根のかゝり舟」（遺稿）。加友「から風もけふ立来るや秋津島」（玉海集）。

62
四五人に月落かゝるお《を》どり哉　句帳（自画賛　落日庵　句集）

【訳】四五人の踊り手に月が落ちかかり、いよいよ踊りが佳境に入ったよ。【季】「おどり」秋。【語】月落かゝる—真夜中を過ぎて傾きはじめた月。「住吉」の付合語（類船集）。「住吉の松の隙より眺むれば、月落ちかゝる山城もはや近づけば、笠を脱ぎ八幡に祈り」（謡曲・富士太鼓）。頼政「住吉の松の木間より見渡せば月落ちかゝる淡路島山」（無名抄）。四五人—「遊女四五人田舎わたらひ　曾良／落書に恋しき君が名も有て　翁（芭蕉）」（「馬かりて」歌仙）。【解】踊り続けて残った四五人の踊り手と月が、真夜中を過ぎて渾然一体となった夢幻の時空。陶然たる踊り心地。【参】前書「英一蝶が画に賛望まれて」（句集）。一蝶は享保九年没。七三歳。風俗画家。俳号暁雲。

63　徹《てつ》書《しょ》記《き》のゆかりの宿《やど》や玉祭　句帳（夏より　落日庵　遺稿）

訳 正徹のゆかりの宿よ。今宵、魂祭り。季「玉まつり」秋。語 徹書記―正徹の別称。室町前期の東福寺の歌僧。時世を非難して流され、魂祭の日に配所で「中々になき魂ならば故郷に帰らんものを今日のこよひに」と詠んで都に召し返された（百物語）。玉祭―陰暦七月一三日から一六日の盂蘭盆会《うらぼんえ》。祖霊を供養する祭り。解 玉祭の日、魂となってでも帰郷したいと願う正徹の望郷の切実さを思いやり、配流された正徹が宿泊した西国地方の宿をしのんだ。参 七月二十日、八文舎、兼題「魂祭」（夏より）。

64　染あへぬ尾のゆかしさよ赤《あか》蜻蛉《とんぼ》　句帳（耳たむし　落日庵　遺稿　新五子稿）

訳 染めきっていない尾のゆかしさよ、赤蜻蛉。季「赤蜻蛉」秋。語 ゆかし―心ひかれる。赤蜻蛉―徳元『誹諧初学抄』（寛永一八年刊）に六月中の季の詞として登載。解 完璧ではない美へのゆかしさ。尾まで真っ赤になっていない赤蜻蛉に心ひかれた。参 延享・寛延年中成立「百疋の花を角力のあやにとる　来（春来）／赤とんぼうの染あへぬ尻　宕（雁宕）」（宋阿・春来・大済・蕪村・雁宕・存義六吟「おもふこと」歌仙）。

65 夕露や伏見の角力《すまひ》ちりぢりに　句帳（夏より　句集）

【訳】夕べに結ぶ露よ。伏見の角力が終わって人々はちりぢりに。【季】「角力」秋。【語】夕露―夕方に結ぶ露。歌語。伏見の角力―伏見稲荷で行われる勧進相撲。ちりぢり―三々五々帰って行くこと。【解】夕べに結んだ露が散ることと角力の見物人が三々五々去って行くことを響き合わせた。激しいぶつかりあいと歓声の後の寂寥《せきりょう》感。【参】七月二十日、八文舎、兼題「相撲」（夏より）。「伏見の相撲ちりぢりになる　月（指月）／市神の森の油のあつめ銭　休（万休）」（あなうれし・「稗刈の」半歌仙）。

66 負《まく》まじき角力《すまひ》を寝ものがたり哉　句帳（日発句集発端　続明烏　落日庵　自画賛　天明三年七・二一如瑟宛　句集　古今句集）

【訳】負けるはずがない角力を負けてしまった、寝物語のくりごとよ。【季】「角力」秋。【語】寝物語―夫婦の寝床での会話。【解】昔の敗北を思い出して大男が妻に愚痴をこぼす、あわれさとおかしさ。「角力の句ハとかくしほからく相成候て、出来がたきもの」だが、これは「まだしもよき歟《か》」と言う（如瑟宛）。【参】几董編『続明烏』（安永五年刊）に、几董「やはらかに人分ゆくや勝相撲」、旧国「乗かけの角力に逢りうつの山」に続けて、この句を収載。自画賛では嵐雪「すまひとり並ぶや秋のからにしき」、柳居「死ぬとおもふ親もあるかに相撲取」、太祇「都辺をつるのすみかや角力取」、几董「やはらかに」

（前掲句）に続けて、「懐旧」の前書でこの句を掲載。

67 古《ふる》御《ご》所《しょ》や虫の飛つく金屛風　落日庵（夏より　耳たむし）

訳古びた御所の一室よ、虫が飛びつく金屛風。季「虫」秋。語古御所―今宮の付合語。「常盤の古御所」（類船集）。大臣以上将軍・親王、天皇、上皇等の古びた居所。金屛風―芭蕉「金屛に松のふるびや冬籠」（笈日記）。解古御所の金屛風に飛びつく虫は、生命のうごめき。芭蕉句の冷えさびに対して、不気味とあわれ。参七月四日、大来堂、兼題「虫」（夏より）。召波「公家町や春物深き金屛風」（春泥句集）。宗瑞「古御所の瓦落てやみだれ萩」（たつのうら）。

68 小狐の何にむせけむ小萩はら　句帳（夏より　耳たむし　落日庵）

訳小狐が何にむせて鳴くのか、いちめん小萩の原。季「萩」秋。語むせけむ―咽せたのだろうか。解小狐、小萩の響き合いがメルヘンの世界に誘う。和歌では、鹿と萩を取り合わせるのが通例。参七月二十日、八文舎、兼題「萩」（夏より）。蕪村「子狐のかくれ㒵なる野菊哉」（新五子稿）。りん女「里を見に出ては小萩に小鹿かな」（西華集）。

69
錦《にしき》する秋の野《の》末《ずゑ》の案《か》山《が》子《し》哉　夏より（新五子稿）

訳錦をまとう秋の野末、案山子がさびしげにぽつり。季「案山子」秋。語案山子―かがし。「かがしは鳥おどしの人形也」（増山井）。解紅葉する秋の野のはてに取り残されて立つ案山子のさびしさ。男が恋する女の家の門に紅葉した錦木を立て、女がそれを取り入れると求愛が受け入れられた、とする風習があった。刈入れを終えて無用者となった案山子には、紅葉の季節がやってきても求愛の機会さえ与えられない。参「錦する野にこと〳〵とかゞし哉」（句帳）。八月十四日、山吹亭、兼題「案山子」（夏より）。

70
小鳥来る音うれしさよ板《いた》庇《びさし》　句帳（句集）

訳小鳥が来たらしい。板庇の上を歩く音の嬉しさよ。季「小鳥（色鳥）」秋。語板庇―板葺きのひさし。良経「人住まぬ不破の関屋の板庇あれにし後はただ秋の風」（新古今集）。小鳥―小型の鳥。「色鳥。ひよ鳥。つぐみ。ましこ。まめどり。ひたき。むく鳥。やまがら。ひがら。四十から。五十から。こがら。ほあか。るり。目白。ひわ。れんじやく。菊いただき。川せみ。あつどり。みそさざい。鶍胡《しやこ》。かやうの小鳥の名、何も俳言なるべし」（増山井）。解侘び住いをイメージさせる板庇の上を歩む小鳥の軽やかな足音を配し、耳で聞く喜びをリズミカルに表現した。参蕪村「みじか夜や村雨わたる

―板庇」（夜半叟）。落梧「板ぶきや秋の小鳥のありく音」（葛の松原）。

71 身の闇の頭巾《づきん》も通る月見かな　句帳（夏より　落日庵　句集）

訳身に闇を抱える人が頭巾に顔を隠して通り過ぎる、澄みわたった月見の夜よ。季「月見」秋。語身の闇―蕪村の造語か。解清澄な月とは対照的な闇をかかえた身で生きる人の月見。闇を抱く人を見る温かな視点から発想されている。参八月二日、召波亭、兼題「名月」（夏より）。年代未詳「おのが身の闇より吼《ほえ》て夜半の秋」（句集）。鬼貫「九月十三日の月を／身は闇に埋れし後を此光り」（仏兄七久留万）。

72 梨の園に人彳《たたず》めり宵の月　句帳（落日庵　遺稿）

訳梨園にだれかたたずんでいるらしい、宵の月。季「宵の月」秋。語梨の園―唐の玄宗皇帝が梨の園で、自ら音楽を教えたという（新唐書・礼楽志）。宵の月―日が暮れてから間もない頃の月。初夜の月。「仲人なれや宵の月、ま男なれやよばひほし」（山之井）。解梨園にたたずむ人を玄宗皇帝とみれば、玄宗が愛した楊貴妃の俤《おもかげ》が浮かぶ。ロマンチックな幻想。参下五「けふの月」（落日庵）、「おぼろ月」（遺稿）。

73 月天心貧しき町を通りけり　句帳（句集　落日庵）

訳 月が天心に高く照る夜半、貧しい町を通り過ぎたなあ。季「月」秋。語月天心―邵康節「月天心ニ到ル処　風水面ニ来タル時」（古文真宝前集・清夜吟）。解月に浮かれて彷徨しているうちに、貧家のならぶ町を通り過ぎた。清涼な月が、つましく生きる者もそこを通りすぎる無頼な私のような者も俯瞰《ふかん》している。白楽天「暑月貧家何ノ有スル処ゾ　客来リテ唯ダ贈ル北窓ノ風」（白氏文集・二五）が念頭にあったか。参上五「名月や」（落日庵）。許六「月到天心処／動ざる星も貴し望月夜」（韻塞）。淡々「貧しさの己《おのれ》を憎む暑さ哉」（其角十七回　淡々文集）。

74 うき人に手をうたれたるきぬた哉　句帳（夏より　新選　句集　新五子稿）

訳 つれない人に言い寄ると、なんと砧で手を打たれたことよ。季「きぬた」秋。語きぬた―砧。「槌《つち》に綾巻《あやまき》、其盤《そのばん》をそへて砧といへり。これ解洗衣《ときあらひぎぬ》を調《てう》ずる器《うつはもの》にして、賤《しづ》の妻《め》のたすけなれど、其名はしころ打の音たかく、上つかたまでも聞え、詩にもつくられ歌にもよまれて、閨《ねや》の中のうらみをのべり」（宝蔵）。解砧に託して言い寄ったが、手を打たれて我にかえったおかしみ。参八月十四日、山吹亭、兼題「砧」（夏より）。正白「うき人を心にこめてきぬた哉」（続明烏）。

75 鳥羽殿へ五六騎いそぐ野分哉　句帳（夏より　落日庵　句集）

訳鳥羽殿へ早馬が五六騎馳せてゆく、野分のすさまじさよ。季「野分」秋。語鳥羽殿―洛南鳥羽（京都市伏見区）の離宮。平安時代後期の応徳三年、白河天皇が造営を始め、鳥羽上皇が完成。出家した鳥羽上皇（法皇）は崩御後の皇位継承をめぐる抗争を恐れ、保元元年六月一日、源平の武士に院宣を下し鳥羽殿と皇居高松殿を警護させた。同年七月二日、鳥羽法皇崩御の折、後白河天皇が見舞いに来た崇徳上皇を拒否、皇位継承をめぐる内乱が起った（保元の乱）。野分―野の草をわけて吹く風。二百十日前後の暴風。台風。解軍記物語の一場面を思わせるような緊迫感があり、絵画的。保元の乱をイメージしての作か。参八月十四日、山吹亭、兼題「野分」（夏より）。几董「画賛／鳥羽殿へ御歌使や夜半の雪」（晋明集）。

76 遠《をち》近《こち》おちこちと打つきぬた哉　句帳（詠草　落日庵　耳たむし　新選　句集）

訳おちこち、おちこちと砧を打つ響きよ。季「きぬた」秋。語遠近―遠い所と近い所。あちこち。打つきぬた―李白「長安一片ノ月　万戸衣ヲ擣《う》ツ声」（唐詩選・子夜呉歌）。

解「おちこち」は、視覚的な距離感を表現するが、ここでは聴覚的な距離感。漢字とひらがな表記によって、硬質な音とやわらかな音が入り混じった砧の響きを感じさせ、人恋しさをつのらせる。【参】上五をひらがな表記（落日庵　耳たむし　新選）。

77
秋の夜の灯《ひ》を呼ぶ越《こ》シの筧《かけひ》哉　句帳（夏より　落日庵　遺稿）

【訳】秋の夜の灯を呼び込む、越の国の不思議なかけ樋《どい》よ。【季】「秋の夜」秋。【語】筧―竹の節や木の中心部をくり抜いて、水を通した樋《とい》。越の筧―天然ガスを通す筧。越後（新潟県）蒲原郡入方村（如法寺村）で、寛文元年～延宝元年頃、初めて寒火（天然ガス）を利用。臼《うす》で寒火を蔽うと、その火の光は臼の孔から出て、燈油の明かりを必要としないほど明るかった（和漢三才図会）。【解】筧を斜め横に数本通して、隣家にも火を取ることを許したので（和漢三才図会）、文字通り秋の灯を呼びこんだことになる。越の七不思議のひとつを句にした。【参】九月二日、烏西亭、兼題「秋夜」（夏より）。上五・中七「秋の夜に灯を取る」（落日庵）。中七「燈を取」（夏より）。

78
秋《あき》雨《さめ》や水《みな》底《そこ》の草を踏《ふみ》わたる　句帳（夏より　落日庵　句集）

【訳】秋の長雨よ、水底の泥沼に生えた草を踏んで渉る。【季】「秋雨」秋。【語】秋雨―九月から一〇月にかけて降る長雨。【解】長雨から生まれる倦怠感と水底の草を踏む足に感じる不気味な感触があいまって、心のわだかまりをます。参九月十一日、召波亭、兼題「秋雨」（夏より）。蕪村・安永四「秋雨や我菅みのハまだ濡ラさじ」（句帳 遺稿）。

79 足もとの秋の朧《おぼろ》や萩の花　落日庵

訳足もとの秋のほのかな明るさよ、萩の花。季「萩」秋。語朧―ほのかな様子。「朧月」「朧月夜」など春の詞として使われる。解「秋の朧」は、和歌・連歌・俳諧ではあまり使わない。「足もとの秋」は、「脚下照顧」（真理を自分自身に求めよという仏教用語）を通わせるか。萩の花明りで足もとが明るくなったと感じる、夕暮れ時のうつくしさ。参乙由「酔て来る足もとも菊の山路哉」（麦林集）。

80 栗《くり》飯《めし》や根《ね》来《ごろ》法師の五器折《を》敷《しき》　落日庵（夏より）

訳見事な栗飯よ、根来法師の大椀にたっぷりと盛られている。季「栗」秋。語栗飯―栗を入れて炊いた飯。嘯山「栗飯やよろこぼひたる祖母が皃」（葎亭句集）。根来法師―根来寺の僧兵。戦国時代には鉄砲で武装。石山合戦の際に本願寺に加勢し織田信長に抗戦して敗れ、小牧・長久手の役には雑賀《さいか》衆と共に豊臣秀吉と戦って、天正一三年（一五八五）に敗れた。その用いた朱塗りの漆器は根来塗として有名。五器―御器とも。食物を盛る蓋《ふた》のついた大椀。折敷—食器などをのせる縁つきの盆。[解]栗飯と根来塗りの大椀や盆を取り合わせ、豪放に戦場をかけめぐった根来衆に思いをよせた作。[参]九月十一日、召波亭、兼題「栗」（夏より）。表記・句形「栗めしに根ごろ法師の桑折敷」（同）。

81
かじか煮る宿に泊りつ後の月　　落日庵（夏より）

[訳]かじかを煮る宿に泊まり、また後の月見に興じた。[季]「後の月」秋。[語]かじか—鰍、杜父魚。グロテスクな川魚だが美味。清流に棲む。かじか煮る—塩で身を締めて水洗いして、野菜とともにだし汁に入れしばらく煮る。其角「カジカ此《この》夕べ愁人《しうじん》は獼《さる》の声を釣ル」（虚栗）。後の月—九月十三夜の月。[解]鰍を煮る宿は、世を愁うる隠者の家。その家の主人と後の月見をする喜び。[参]上五「鰯煮る」（新五子稿）。九月十一日、召波亭、兼題「後の月」（夏より）。北枝「から崎の鮒煮る霜の月見哉」（卯辰集）。

82
古人移《い》竹《ちく》をおもふ

去来去《さり》移竹うつりぬ幾秋ぞ　　句帳（夏より　句集）

[訳]去来がこの世を去って、移竹もあの世に移り住んで、いったい幾秋がすぎたのか。[季]「秋」秋。[語]去来—蕉門俳人。宝永元年九月一〇日没。五四歳。移竹—京都の俳人。

田河氏、前号来川。宝暦一〇年九月一三日没。五一歳。解去来の風韻を慕って、元禄調への復帰を願った移竹追善句。蕪村門の高弟几董は、移竹を「移竹ハ竿秋が門に有ながら、半時庵が遺風を好まず。去来が風骨を探りて、元禄の古調に意をよせ侍りけり」（新雑談集）と去来の系譜を継ぐものという。参「九月十四日煙舟亭移竹叟九年忌追悼句、大来堂興行、古人煙舟亭をおもふ」（夏より）。

83 熊《くま》野《の》路《ぢ》や三日の粮《かて》の今《こ》年《とし》米《まい》　夏より（新五子稿）

訳熊野詣でに旅立つ日よ、三日の食糧としての新米を手に。季「今年米」秋。語熊野路―紀伊国（和歌山県）熊野三社へ参道。諺《ことわざ》「蟻の熊野参」は、人々が群をなして参詣すること。三日の粮―項羽が自軍の兵士に三日分の粮（食糧）だけを与え、必死で戦わせることに活路を見出した故事（史記・項羽本紀七）。解収穫したばかりの新米を食糧にして、熊野路を行く人々を『史記』の兵士たちに見立てた作。歴史的背景を示唆した誇張のおもしろさ。参九月二十七日、召波亭、兼題「新米」（夏より）。

84 うら枯や家をめぐりて醍《だい》醐《ご》道《みち》　夏より（新五子稿）

訳葉の縁が枯れる晩秋よ、家々を訪ね歩いた醍醐道。季「うら枯」秋。語うら枯―草の縁から茶色く枯れることもいう。「貞徳云、草葉のそと色付て枯事《かるる》也。うらがれと斗《ばかり》はせず」（増山井）。醍醐道—伏見から醍醐寺・山科をぬけて大津に行く道。京都と東国を結ぶ。解西国三十三所観音霊場の十五番札所今熊野観音寺への参詣道として利用された醍醐道に因み、巡礼者がひっそりと歩むさまと葉のうらがれたさびしさを重ね合わせた。芭蕉「名月や池をめぐりて夜もすがら」（孤松）の口調を借りての作。参九月二十七日、召波亭、兼題「末枯」（夏より）。

85
楠《くす》の根を静《しづか》にぬらすしぐれ哉　句帳（夏より　句集）

訳楠の根を静にぬらして降る時雨よ。季「しぐれ」冬。語楠—南方から渡来した樹木。材質が硬く佳香、大木になる。しぐれ—冬の始まりを告げる雨。「神無月降りみ降らずみ定めなき時雨ぞ冬のはじめなりける」（後撰集）。解楠の大木の根元が時雨に濡れるまでのゆるやかで静かな時間をとらえた作。参九月二十七日、召波亭、兼題「時雨」（夏より）。其角「八畳の楠の板間をもるしぐれ」（焦尾琴）。

86
初《はつ》冬《ふゆ》や日和《ひより》になりし京はづれ　句帳（夏より　落日庵　句集）

訳初冬のうそ寒い日よ、次第に天気がよくなってきた、この京の町外れ。季「初冬」

冬。語京はづれ―京都の郊外。解京都の中心ではなく「はづれ」が眼目。京の郊外に初冬の弱々しい日がさしてくるときの安らぎ。参十月八日、八文舎、兼題「初冬」（夏より）。蕪村・明和六「春の夜や盥《たらひ》をこぼす町外れ」（落日庵）。安永五「みじか夜や暁早き京はづれ」（同）。信徳付句「いづくにかすみよからまし京はづれ」（信徳十百韻・第一）。

87 屋ねふきの落葉蹈《ふむ》なり閨《ねや》のうへ　夏より（落日庵　遺稿）

訳屋根葺きの男が落葉を踏む音がする、ちょうど寝室の屋根の上。季「落葉」冬。語閨―寝室。其角「蚊をやくや褒似が閨の私語」（虚栗）。屋ねふき―太祇「屋根葺は屋根で涼の噂かな」（太祇句選後篇）。解能因「閨の上にかた枝さしおほひそともなる葉びろがしはに霰《あられ》ふるなり」（新古今）を人為の世界に置き換えた作。初冬の早朝の肌寒さ。参十月八日、八文舎、兼題「落葉」（夏より）では中七「落葉蹈なる」を「蹈なり」と改める。また中七「落葉踏なる」（落日庵）、「落葉を踏や」（遺稿）。

88 みよしのやもろこしかけて冬木立　句帳（夏より・落日庵・遺稿）

訳吉野山、ここから唐土にまでおよぶ冬木立。季「冬木立」冬。語みよしの―文草

「御吉野といふは皇居の地なればなり」（本朝文選・芳野賦）。もろこしかけて—唐土まで。「唐土までも遠く続ける吉野山」（謡曲・国栖）。「松浦がたもろこしかけて見渡せば浪路も八重のすゑの白雲」（新拾遺集）解吉野は桜の名所。春ばかりか冬木立も美しく唐土にまでおよぶ、と誇張してわが国を誇った。参十一月二十四日、召波亭、兼題「冬木立」（夏より）。蕪村・天明三「さくらなきもろこしかけてけふの月」（新五子稿）。

89 寒菊を愛すともなき垣根哉　夏より（落日庵）

訳寒菊を大事にしている風でもない作りの垣根だなあ。季「寒菊」冬。語寒菊—冬に咲く菊。陶淵明「菊ヲ采《と》ル東籬《とうり》ノ下《もと》　悠然トシテ南山ヲ見ル」（古文真宝前集・雑詩）。菊と陶淵明は付合語（類船集）。愛す—慈しみ可愛がること。直矩「愛するにあまえてもなけ子規《ほととぎす》」（続山井）。解菊を愛し観賞用に育てる風習が元禄以降さかんになったが、手入れされていない菊の垣根から陶淵明のような隠者をイメージ。参上五「寒菊や」（落日庵）。十一月四日、田福亭、兼題「寒菊」（夏より）。

90 火《ひ》桶《をけ》炭団《たどん》を喰《くらう》事夜ごと〳〵にひとつづゝ　句帳（自画賛　夏より　落日庵　遺稿）

訳火桶が炭団を喰らう。毎夜毎夜に一つずつ。季「火桶」冬。語火桶—火鉢。灰のなかに炭や炭団を入れた暖房器具。炭団―木炭を粉末にして丸く固めた燃料。〔解〕怪異でありながらユーモラスな作。火桶を妖怪に見立てて、炭団が燃え尽きてなくなって行く様子を破調で怪談仕立てにした。〔参〕十一月四日、田福亭、兼題「火桶」（夏より）。「火桶たどんを喰ふや」（自画賛）。前書「むさしのくにかつしかの郡すみだ河のほとりに僧有。夜狐庵といふ。その名のおかしければとて、五六人の友どち調じあわせ、百物がたりといふものを催し、冬の夜のわびしきをたのしむ。四更の鐘氷り燈盞既焦《とうさんすでにこげ》んとして怪談百にみたず。さればとてたゞにやむべきにあらざれば、あやしき発句して百の数を合す。それが中に」（遺草）。

91 炭団法師火桶の窓より覗《うかが》ひけり　句帳（新選　落日庵　句集）

〔訳〕炭団法師、火桶の窓から外を覗っているよ。〔季〕「火桶」冬。〔解〕炭団が黒いことから黒衣を着る法師に譬《たと》えた。蕪村以前には用例がみられない。不気味さと滑稽感が同居する。〔参〕中七・下五「火桶の窓から窺けり」（新選）。下五「覗《のぞか》れけり」（落日庵）。中七・下五「火桶の穴より窺けり」（句集）。

92 炉《ろ》開《びらき》や裏町かけて角屋《かどや》しき　遺稿（夏より）

訳炉開よ、裏町まで続く角のお屋敷。季「炉開」冬。語炉開—陰暦一〇月一日または同月中の亥の日に風炉《ふろ》を閉じ、地炉《じろ》を開いてお茶会を開くこと。角屋しき—角地にあるお屋敷。岡本綺堂「古町の中でも角屋敷に住んでいる町人を、俗に御目見《おめみえ》屋敷といって、年賀、将軍家の婚礼、誕生などの御慶事の時には、将軍に拝顔をゆるされていた」（江戸の町人）解並みの町人より広い敷地をもち、格も上の町人の炉開の誇らしさとにぎわい。参九月二十七日、召波亭、兼題「炉開」では下五「一住居《ひとすまひ》」（夏より）。太祇「炉開や世に遁たる夫婦合」（太祇句選）。

93　こがらしや覗《のぞい》て逃《にぐ》る淵のいろ　　句帳（詠草　夏より　落日庵　遺稿）

訳凩《こがらし》が吹き荒れているよ。高台からその様子を覗いて逃げる。ふだんと一変した淵の色におびえて。季「こがらし」冬。語淵—川・沼・湖などの水が淀んでいる所。解凩の猛威、淵を覗いて逃げる恐怖心、淵の色の異様な暗さを同時に詠んだ三段切れの句。参十月二十三日、山吹亭、兼題「木枯」（夏より）。其角「打櫂《うちがい》に鱸《すずき》はねたり淵の色」（句兄弟）。浪化「水玉に鱸を知るや淵の色」（屠維単閼）。

94　こがらしや何に世わたる家五軒　　句帳（詠草　俳諧新選　落日庵　句集）

訳凩が吹きすさぶ、何を家業に世渡りしているのか、この五軒の家。季「こがらし」冬。語世わたる―生活する。解安永六年「五月雨や大河を前に家二軒」の先駆的な作。自然の猛威に対して、肩を寄せあってけなげに生きる姿。参信徳付句「かぶらをつりし小家四五軒」(信徳十百韻・第九)。

95 凩や広野にどうと吹起る　句帳（詠草　落日庵　遺稿）

訳凩よ、広野にどうと轟音《ごうおん》が吹き起こる。季「凩」冬。語広野―風鈴軒「秋草の袂ゆたかに広野哉」(続山井)。どうと―擬音語。「六弥太やがてむずと組み、両馬が間にどうと落ち」(謡曲・忠度)。解凩が吹き起こる様を音だけで表現した。すさまじい音が聞こえる夜の恐怖と孤独。参蕪村・安永六「霧ふかき広野にかかる岐《ちまた》かな」(夜半叟)、「霧ふかき広野に千々の砧かな」(遺稿)。張子容「朔風葉ヲ吹ク雁門ノ秋　万里烟塵戌《じゅ》楼《ろう》昏《くら》シ」(唐詩選)。

96 あなたう《(ふ)》と茶もだぶ〳〵と十夜哉　句帳（五畳敷　落日庵　句集）

訳ああ尊いことよ。茶を注ぐ音さえだぶだぶと聞こえる十夜の日。季「十夜」冬。語あなたうと―何とも尊いことだ。「それ西方は十万億土……あらたふとや、今日も又紫雲の立つて候ぞや」（謡曲・実盛）。湖春「あなたふとけふのたふとさや若夷」（続山井）。十夜—陰暦一〇月五日から一五日まで行われる浄土宗の念仏法要。だぶだぶ—茶を注ぐときの擬音語と念仏の（南無阿弥）陀仏を言いかける。[解]芭蕉「あなたふと青葉若葉の日の光」の口調をかりて、十夜念仏の日をユーモラスに表現した。[参]蕪村・明和五「油灯の人にしたしき十夜哉」（落日庵　新五子稿）。許六「下京の果の果にも十夜哉」（玉まつり）。

97 大《たい》兵《ひやう》のかり寝あハれむふとん哉　句帳（夏より　五畳敷　新選　落日庵　句集）

[訳]大男の仮寝、あわれにも小さな布団から手足が出ているよ。[季]「ふとん」冬。[語]大兵—大男。友静「大兵や手にはばかりの関相撲」（続山井）。蕪村「大兵の廿チあまりや更衣」（落日庵）。かり寝—仮眠。[解]大男の仮寝の姿を見ての作。主語が布団であるかのような句作りがユーモラス。[参]十月八日、八文舎、兼題「蒲団」（夏より）。

98 孝行な子ども等《ら》にふとん一ツづつ　句帳（落日庵　遺稿　新五子稿）

[訳]孝行な子どもたちに、せめてふとんをひとつずつ与えたい。[季]「ふとん」冬。[語]孝行—親を敬い、親に尽くす行い。「孝行な子共のこゝろあはれなり　政信／末世はしら

ぬ釈迦の恩徳　長頭丸」（紅梅千句）。解親孝行の子どもたちがひとつふとんに身をよせあって眠る姿を愛惜。参十月八日、八文舎、兼題「蒲団」（夏より）。

99 能《よき》ふとん宗祇とめたるうれしさに　句帳（落日庵　遺稿）

訳上質のふとんを出した、宗祇を泊めたうれしさに。季「ふとん」冬。語宗祇―連歌師。応永二八年〜文亀二年。宗祇と同じ蚊帳《かや》で寝ることは連歌師にとって誇り。嘘をついて見栄をはることを「宗祇のかや」といった。解「宗祇のかや」をふまえて、気張ってふとんも上質のものを出したのだ、というかれぶりがユーモラス。参下五「うれしさよ」（新五子稿）。

100 乕《とら》の尾をふみつゝ裾《すそ》にふとん哉　句帳（落日庵　遺稿　新五子稿）

訳虎の尾を踏みながら、裾にふとんをかけているよ。季「ふとん」冬。語乕―酔っ払いの比喩。乕の尾をふむ―危険を冒すことのたとえ（易経・履卦／書経・君牙）。解うたた寝している泥酔者の大鼾《おおいびき》は虎が吼えるようで、布団をかけるのも怖い。泥酔者の寝様も、それに対する人の様子も滑稽。参「虎の尾を踏つゝ裾へふとん哉」（落日庵）。

101
大《おほ》鼾《いびき》そしれば動く生海鼠《なまこ》かな　　落日庵（詠草　夏より）

訳大鼾をそしると、なぜか動く生海鼠だよ。季「生海鼠」冬。語そしる―非難する。生海鼠―とらこ、ふじこ、なしこ　とも呼んだ（類船集）。海鼠とも書く。解生海鼠はごろりと太った身体の大男の比喩。大鼾がうるさい、と非難すると、気づいたのか気づかないのか、ごろりと動くユーモラスな動作。参芭蕉「生ながらひとつにこほる生海鼠哉」。十月二十三日、山吹亭、兼題「生海鼠」（夏より）。

102
生海鼠にも鍼《はり》こゝろむる書生哉　　句帳（遺稿　詠草）

訳生海鼠にも鍼を打ってみる生真面目な書生よ。季「生海鼠」冬。語鍼―鍼灸医の鍼。解ツボもわからず、とらえどころがない生海鼠。それに果敢に鍼を打つ練習をする鍼灸医の卵の度が過ぎた生真面目さがおかしい。参『落日庵』中七「鍼をして見る」。

103
鰒《ふく》喰へと乳母《うば》はそだてぬ恨《うらみ》かな　　落日庵（夏より　新五子稿）

訳「鰒を食べなさい」と育てた覚えはない」。乳母は、さんざん恨み言。季「鰒」冬。語鰒―安土桃山時代には鰒を食うことが禁止され、江戸幕府も基本的に禁止した。乳母―

母に代わって子を養《そだ》てる女性。[解]乳母はひたすら無事を願って育てたのであり、鰒を喰うような危険を冒せと育てた覚えはない、と大げさな恨み言がユーモラス。[参]十月八日、八文舎、兼題「河豚」（夏より）。

104 いもが子は鰒喰ふほどと成にけり　落日庵（新五子稿）

[訳]恋人の子は、鰒を食うか止《よ》すかの分別がつく程に成長していたよ。[季]「鰒」冬。[語]いもが子―恋人の子ども。忠盛「いもが子は這ふほどにこそなりにけれ」、白河院「ただもりとりてやしなひにせよ」。平忠盛がぬかごを袖に入れて白河院の御前に参り、祇園女御の子（後の清盛）の成長を伝えた話（平家物語・巻六）。鰒喰ふほど―諺「鰒食ふ無分別、鰒食はぬ無分別」から、分別のつく年頃。[解]白河院に寵愛された女性を忠盛が妻として迎えたという逸話をふまえ、分別がつく年頃に成長したと嘆じた。皮肉たっぷりながらユーモラス。[参]「喰かけの芋忠盛へ下さる、」（誹風柳多留・二八編）。

105 ふく汁の君よ我等よ子期《しき》伯牙《はくが》　句帳（落日庵　遺稿　自画賛）

[訳]鰒汁を共に楽しむ君と我、まさしく子期と伯牙。[季]「ふく汁」冬。[語]子期伯牙―断琴の交わりで知られる。子期が亡くなると自分の琴を理解して聴いてくれる人がいない

と伯牙は琴を断《た》った（蒙求・伯牙断弦絃）。【解】命がけでふく汁を食う間柄を大げさに子期伯牙の交わりに譬えたおかしさ。【参】上五「鰒汁」と漢字表記（自画賛）。「死なばもろとも草の下露　利方／鰒汁夕べ〳〵のかり枕　西花」（天満千句　第一）。

106
変《へん》化《げ》すむやしき貰《もら》ふて冬《ふゆ》籠《ごもり》　夏より（落日庵　詠草）

【訳】化け物が住む屋敷をもらって冬籠。【季】「冬籠」冬。【語】変化―狐狸など。付合語に「狐　狸　もどり橋　猫また　鵺《ぬえ》　土蜘《つちぐも》　紅葉狩　黒塚　玉もの前　鬼神　鐘馗《しょうき》　篠田森　彦七」（類船集）。【解】屋敷をもらって冬籠りするのは得した気分だが、化け物と同居ではちょっと怖い。【参】上五・中七「変化住屋敷もらひて」（落日庵）。十月二十三日、山吹亭、兼題「冬籠」（夏より）。千春「化物屋敷何ぞと問ばかんこ鳥」（洛陽集）。

107
勝手迄誰が妻子ぞふゆごもり　句帳（詠草　落日庵　句集）

【訳】台所まで上がりこんでいるのは、誰の妻子か、主人は冬籠しているのに。【季】「ふゆごもり」冬。【語】勝手―台所。芭蕉付句「遁世のよそに妻子をのぞき見て」（天和二年「錦どる」歌仙）。【解】西行は妻子を捨てて出家したという。私は西行の真似はできないが、せめて冬籠の間は隠遁者の気分でいたい。【参】上五「勝手には」（落日庵）。

108 売《うり》喰《ぐひ》の調度のこりて冬ごもり　　句帳（短冊　安永三・一一・二三大魯宛　遺稿　新五子稿）

訳売り食いしたのに売れ残った道具とともに冬ごもり。季「冬ごもり」冬。語調度―手回りの道具類、また家具類。「賤《いや》しげなる物、居たるあたりに調度の多…」（徒然草・七二）。解大魯宛に「此句売喰、けやけき物ニ候へども、かゝる事もいたし置候が能候。晋子ニも多く此格有之候」という。「けやけき物」は目立つ刺激的なもの。俗人の冬籠を売れ残りの強がりと見立てたユーモア。参蕪村・安永三「すゝ掃や調度少き家ハ誰」（句帳）。

109 磯《いそ》ちどり足をぬらして遊びけり　　句帳（夏より　耳たむし　落日庵　続明烏　古今句集）

訳磯千鳥、足をぬらして遊んでいるよ。季「磯ちどり」冬。語磯ちどり―浜辺にいる千鳥。「塩風にあら磯千鳥立ちさわぎ驚しらぬ花になくなり」（鳥の跡）。解浜辺の汀で餌を探し歩き左右の足の踏みどころが定まらない千鳥の足を遊ぶとみなして、童心にかえった。参十月八日、八文舎、兼題「衛」（夏より）。貞徳「聞あかでもどる汀や千鳥足」（犬子集）。正忠「千鳥足の跡や其まゝ千字文」（崑山集）。

110 物云ふて拳《こぶし》の鷹をなぐさめつ　落日庵（夏より）

訳話しかけて、拳にとまる鷹をなぐさめている。季「鷹」冬。語拳の鷹―鷹狩のとき、拳を止まり木とする。豊重「巣鷹とりて又すへいるゝこぶし哉」（玉海集）。鷹狩は武家のみに許されていた。解鷹匠が鷹に語りかけて、勇み立つ鷹をおさえつつ自分の逸る気持ちも落ち着けている。参十一月四日、田福亭、兼題「鷹」（夏より）。

111 寒月や門をたゝけば沓《くつ》の音　句帳（夏より　落日庵　遺稿）

訳見上げれば寒月、門をたたくと中から家人が出てくるらしい、履《くつ》の音。季「寒月」冬。語門をたゝけば―賈島「僧ハ敲《たた》ク月下ノ門」（三体詩・題李凝幽居）。去来「応々といへど敲くや雪の門」（有磯海）。解賈島の詩や去来の句を踏まえて、門の中で応じる人物を想定しての句作り。寒月と寒々とした沓の音が呼応する。同じ詩をふまえて、蓼太は「僧はたゝく八百屋の門やけふの月」と俗に転じた。参十一月四日、田福亭、兼題「冬月」（夏より）。太祇「寒月や我ひとり行橋の音」（太祇句選）。

112 寒月に木を割《わる》寺の男哉　句帳（日発句集発端　落日庵　遺稿　新五子稿）

【訳】寒月の下、木を割る寺男の姿よ。【季】「寒月」冬。【語】木を割―薪を作るために木を割る。惟然「木もわらん宿かせ雪の静さよ」（蕉門むかし語）。【解】天上の寒月の「寒」と地上の薪割りの音がさえざえと響き合う。【参】中七「薪を割寺の」（日発句集発端）。

113 縫ふて居る傍《そば》に紙《かみ》子《こ》待《まつ》身《み》哉　　落日庵（夏より）

【訳】縫っている傍らで、紙子が出来るのを待つ身よ。【季】「紙子」冬。【語】紙子―紙で作った衣服。厚紙に柿渋を塗って乾かし、一夜、露にさらして揉んで仕立てる。元来律宗の僧侶の用いた防寒具、後に一般にも用いた。【解】紙子が縫い上るのを待っているのは、僧侶ではなく遊廓へ繰り出すような遊び人だろう。【参】十一月二十四日、召波亭、兼題「紙子」（夏より）。中七・下五「側に紙子を待つ身かな」（同）。

114 宿《しゆく》老《らう》の紙子の肩や朱《しゆ》陳《ちん》村《そん》　　句帳（落日庵　遺稿）

【訳】長老の紙子の肩はなで肩、この平和な朱陳村では。【季】「紙子」冬。【語】宿老―長老。朱陳村―中国唐代徐州の村で平和で長寿者が多い。朱と陳の両姓のみにて、代々婚姻関係を結んだという（白居易「一村惟両姓、世世為婚姻」白氏長慶集・朱陳村）。【解】旅人芭蕉が「陽炎《かげろふ》のわが肩にたつ紙子哉」と詠んだのに対して、白居易の詩句をふまえ、平和な村の長老の肩に着目して、泰然自若たる長老を寿《ことほ》いだ。【参】句帳に合点。

115
宿《やど》かさぬ灯《ほ》影《かげ》や雪の家つづき　　句帳（夏より　落日庵　句集）

【訳】宿を貸してくれない家に点る灯よ。雪の家並が続く。【季】「雪」冬。【解】雪降る中の家々に点る灯火がいっそう旅人の孤独を深くする。其角「浅漬に笠を脱けり雪の宿」（流川集）と逆の世界。【参】十一月四日、田福亭、兼題「雪」は中七「灯影の雪や」（夏より）。凡兆「雪ふるか灯うごく夜の宿」（弓）。

116
宿かせと刀投出す雪吹《ふぶき》哉　　句帳（夏より　句集　落日庵）

【訳】宿を貸してくれと、刀を投げ出す武者。表は激しい吹雪。【季】「雪吹」冬。【語】雪吹―吹雪とも書いた。俳言。【解】吹雪の激しさに助けを求めた武者が、無防備であることをドラマチックに表現。蕪村好みの芝居の一場面か。【参】十二月十四日、山吹亭、兼題「吹雪」（夏より）。同日、同じ題の召波句「ぬけ懸《かけ》の手綱ひかゆる雪吹哉」（同）。

117
既《すでに》得し鯨や迯《にげ》て月ひとり　　句帳（落日庵　新五子稿）

[訳]たしかに生け捕ったはずの鯨よ、逃げてしまって、天上に月ひとり。[季]「鯨」冬。[語]既―ここでは現在進行の状況を云う。[解]喪失感から海と天の大きさを改めて知り、静寂な時間が甦った。[参]下五「月ひとつ」を改める（落日庵）。下五「月ひとつ」（遺稿　新五子稿）。中七「鯨は逃て」（新五子稿）。蕪村・明和五「突留た鯨や眠る峰の月」（落日庵　新五子稿）。猿雖「おそろしき鯨つきたる宵の月」（砂川）。

118
真《ま》結《むすび》の足袋《たび》はしたなき給仕哉　落日庵（夏より）

[訳]真結びに結んだ足袋、無作法な給仕女だよ。[季]「足袋」冬。[語]真結―二度とほどけないようにしっかりと結ぶ結び方。はしたなし―味気ない。無作法。[解]当時の足袋は、紐で結んだ。給仕の女性の蝶結びの足袋の色香こそ好ましかったのだろう。別案「あじきなや真結びに成ぬ足袋の紐」（落日庵）。[参]十二月十四日、山吹亭、兼題「足袋」（夏より）。其角「砧うつ宿の庭子や茶の給仕」（雑談集）。

119
足袋はいて寝る夜物うき夢見哉　句帳（落日庵　句集）

[訳]足袋をはいて寝る夜、つらい夢をみたことよ。[季]「足袋」冬。[語]足袋はいて寝る―「足袋をはいて寝ると親の死に目に会えぬ」の伝承が各地にある。[解]寒さに堪えられず

足袋を履いて寝ると諺の通り、悪い夢をみた。自分自身の夢ではなく、足袋を履いて寝た人の夢見。【参】嵐雪「足袋はきて寝る夜隔そ女房共」（其便）。

120
書記典《でん》主《す》故園に遊ぶ冬至哉　句帳（夏より　落日庵　句集）

【訳】書記も典主も故園で遊ぶ、さすがに冬至。【季】「冬至」冬。【語】書記典主—禅林の役僧。書記は記録者、ここでは徹書記（正徹）。典主—殿主、又殿司と書く。禅寺で仏殿の事を司る人。兆殿主を名乗った吉山明兆の面影。故園—故郷。冬至—二十四節気の一つ。昼がもっとも短い。【解】冬至の日、禅僧は故園に集って一日優遊するという。徹書記も明兆も、室町時代の東福寺の僧。正徹は歌人、明兆は画人としても著名。両道を生きる二人への共感。【参】十一月二十四日、召波亭、兼題「冬至」（夏より）。上五「禅僧の」を抹消し、「書記典主」と改める（夏より）。

121
木のはしの坊主のはしや鉢たゝき　句帳（平安廿歌仙　五畳敷　日発句集発端　自画賛　耳たむし　落日庵　続寒菊　句集）

【訳】木の端の坊主、その端くれの鉢たたきよ。【季】「鉢たゝき」冬。【語】木のはし—僧をたとえていう（枕草子）。鉢たゝき—十一月十三日の空也忌から大晦日まで、鉢や瓢箪を叩きながら、念仏を唱えて歩く半俗の僧。【解】木っ端に喩《たと》えられる坊主、そのなかでもさらに半端でとるに足りないと見られている鉢たたきにしぼって、その悲しみをクローズアップ。「は」音の繰り返しが暗さを感じさせない。㊂蕪村・明和七「ゆふがほのそれハ髑髏《どくろ》歟《か》鉢たゝき」(其雪影)。

122 子を寝せて出行《でゆく》闇やはちたゝき　句帳(落日庵　句集)

㊃鉢たたきが子を寝かしつけてから出て行く、深い闇。㊅「はちたゝき」冬。㊄半俗半僧の鉢たたきの行く先は、夜の闇であるが、人間の存在そのものが闇。

123 極楽のちか道いくつ寒念仏　句帳(落日庵　句集)

㊃極楽への近道は、いくつあるというのか、あちこちから寒念仏の声が聞こえる。㊅「寒念仏」冬。㊇寒念仏―寒中三〇日の間、念仏を唱えて寺院や家々をまわること、またその念仏者。鉦をたたいてまわることが多い。空也念仏を唱え歩く鉢扣も、寒念仏のひとつ。㊄念仏を唱えるだけで極楽に行ける、という信仰から寒念仏者が増えたことを揶揄《やゆ》。食を得るために門付けをして歩く芸能者に近い念仏者も多かった。㊂蕪村・明和五「細道に成ゆく声や寒念仏」(句帳　夏より　新選)。存義「春といふ極楽はあり寒念仏」(古来庵発句集前編)。

124
打かけの妻もこもれり薬喰《くすりぐひ》　句帳（遺稿　落日庵）

訳打ちかけ姿の上品な妻もこもって薬喰。季「薬喰」冬。語打ちかけ―上流婦人の裾の長い上着。帯を締めず打ちかけて着る。薬喰―寒中に体を温め滋養を得るために獣肉を食うこと。妻もこもれり―「武蔵野は今日はな焼きそ若草の妻もこもれり我もこもれり」（伊勢物語・一二）解支考句に「生んとてころさばいかに薬喰」（文星観）とあるように、生き物を殺して肉を食うことにためらいがあった。有名な伊勢物語の歌をふまえ、上品そうな女性の薬喰のおかしさ。参中七「妾《せふ》も籠《こも》れり」（落日庵）。蕪村・明和五「妻や子の寝臭も見えつ薬喰」（句帳）。

125
炭うりに鏡見せたる女かな　句帳（詠草　落日庵　句集）

訳炭売りの男に「自分の顔をご覧」と鏡を見せた女よ。季「炭うり」冬。語炭うり―旨原「炭売や名も黒主がかがみ山」（反古衾）。「満面ノ塵灰煙火ノ色」（白居易・売炭翁）。解市井の風景のひとコマ。からかわれた女に代わって逆襲したのだろう。参蕪村・明和年間「炭売に日のくれかかる師走哉」（遺稿）。年代未詳「こがらしや炭売ひとりわたし舟」（遺草）。明和七「炭売は桜に来つる便かな」（落日庵）。

126 庵《あん》買《こ》うて且《かつ》うれしさよ炭五俵　落日庵（耳たむし　新五子稿）

訳庵を買った、その上うれしいことに炭五俵も手元にある。季「炭」冬。語炭五俵―荷馬車一台分の量、ひと冬を越すことができる。解中七「且うれしさよ」によって、二重の喜びを表現。参召波「浴《ゆあみ》して且うれしさよたかむしろ」（春泥句集）。

かの暁の霜に跡つけたる晋子が信に背《そむ》きて嵐雪が懶《らい》に倣《なら》ふ

127 皃《かほ》見せや蒲《ふ》団《とん》をまくる東山　句集（夏より）

訳楽しみな顔見世の日だよ。暁一番に出かけず、朝寝坊してふとんをまくる、ここ東山。季「皃見せ」冬。語晋子が信―其角「顔見せや暁いさむ下邳《かひ》の圯《はし》」（白馬）。兵法を会得するために暁の霜を踏んで出かけた張良のような信義。嵐雪が懶―嵐雪句「蒲団着て寝たる姿や東山」（枕屏風）のような懶惰《らんだ》。皃見せ―毎年、京都・大坂・江戸の三都で十一月一日早朝から上演された、役者の顔ぶれを披露する年替わりの歌舞伎興行。解芝居好きだが、朝一番に駆けつけるのではなく、朝寝坊してから出かけることを嵐雪の懶惰を真似た、とユーモラスに言い訳。参十一月四日、田福亭、兼題「皃見世」（夏より）。

128
皃《かほ》見世や夜《よ》着《ぎ》を離るゝいもがもと　句帳（自画賛　句集）

訳顔見世の朝、恋人と同衾《どうきん》した夜具からすっぱりと離れ出た。季「皃見せ」冬。語夜着―ふとんなどの夜具。いも―妻や恋人。解朝が来ても、ぐずぐずと同衾しているのに顔見世の日ばかりは、きっぱりとふとんから出ることのおかしさ。参湖十「顔見せや一番太鼓二番鶏」（反古衾）。自画賛に長文の前書がある。

129
年の内の春ゆゝしさよ古《ふる》暦《ごよみ》　落日庵（夏より）

訳年内に立春を迎えるとは、何とも畏れ多いことよ。早くも古暦とはお別れ。季「古暦」冬。語年の内の春―年内立春。在原元方「年の内に春は来にけりひととせをこぞとやいはん今年とやいはん」（古今集）。明和五年は、一二月二八日が立春。ゆゆし―畏れ多い。古暦―その年、使い古したこよみ。嘯山「古暦／巻果る暦は糊もはがれけり」（葎亭句集）。解年が明ける前の立春を畏敬して、一年間を回想した。参十二月十四日、山吹亭、兼題「古暦」（夏より）。

130 **小僧等に法《ほふ》問《もん》させて年忘**　落日庵（耳たむし　新五子稿）

訳小僧たちに法問させて、それを肴に年忘れ。季「年忘」冬。語法問―仏教の教法についての問答。年忘―年末に一年の労をねぎらい一年の無事を祝う。看雲「不老父子夫婦もいはへ年忘」（続山井）。解小僧たちに仏法について問答させて、大人たちはそのとんちんかんぶりを肴に一杯やりながら、年忘れをする楽しさ。参支考「兼好はしねといふたに年忘」（元禄癸未歳日帖）。太祇「大名に酒の友あり年忘れ」（太祇句選）。

131 **節《せ》季《き》候《ぞろ》や顔つゝましき小風呂敷**　落日庵（耳たむし　新五子稿）

訳節季候がやってきた。顔つきがつつましやか、それをおおう小さな風呂敷。季「節季候」冬。語節季候―歳末から年始にかけて米や銭を乞い歩く。笠に羊歯《しだ》の葉をさし、赤布で顔をおおう特異な扮装で、二三人で一組となって「節季候ござれや」などとはやして、歌い踊り、初春の祝言を述べた。解門付けして歩く節季候の慎み深い顔つきに小風呂敷が照応している。「つつましき」と「包ま（しき）」を言いかけた。参中七「面つゝまれぬ」（題林集）。木導「節季候の辻で出あふや四人づれ」（正風彦根躰）。

132
臑《すね》白き従者《ずさ》も見へけり花の春　落日庵

訳臑の青白い従者もまじって挨拶まわり。まさしく花の春。季「花の春」春。語花の春—花が咲いて華やいだ春。『新古今和歌集』の頃から使われた歌語。従者—主人にお供する人。解荒々しい男たちにまじって、弱々しい従者がお供している。平安朝の貴族の新春の風景を思わせる。参太祇「東風《こち》吹《ふく》とかたりもぞ行主《ゆくしゅう》と従者《ずさ》」（太祇句選）。

133
寝ごゝろやいづちともなく春は来ぬ　落日庵

訳たゆたうような寝心地の快さ、どこからともなく春が来ていた。季「春は来ぬ」春。語寝ごゝろ—其角「寝ごゝろや火燵蒲団のさめぬ内」（猿蓑）。解藤原敏行「秋来ぬと目にはさやかに見えねども風の音にぞ驚かれぬる」（古今集）を反転し、「春眠暁を覚えず」（孟浩然・唐詩選）を下敷きにして、夢心地のうちに春が来た喜び。

134
鶯の枝ふみはづすはつねかな　遺稿（落日庵　夏より）

訳鶯が枝を踏み外したのだ、勢い余った調子外れの初音よ。季「鶯」春。語はつね—初音。その年初めて鳴く音。力をふりしぼって鳴く。其角「鶯の身を逆さまに初音かな」（篇突）。解別名「春告鳥」ともいう鶯が、春を告げようとして、枝を踏み外すほど力いっぱいに鳴く、その懸命さがいとおしい。参正月廿七日、田福亭、兼題「鶯」（夏より）。上五「鶯や」（夏より）。上五「鶯や」を「鶯の」に改める（落日庵）。

135 うぐひすのあちこちとするや小家がち

句帳（新選　続明烏　落日庵　句集　短冊　古今句集）

訳うぐいすが、あちこちと飛び回っているよ。小さな家々の間を。季「うぐひす」春。語小家がち—庶民の小さな家々が点在するさま。解鶯は家で飼われることもあったが、ここは野の鶯、小家との取り合わせが絶妙。参前書「離落」（続明烏　句集）。「離落」は「籬落」（竹や柴で編んだ垣根）。斧芥「鶯や藪《やぶ》ある家のはなし飼《がひ》」（笈日記）。

136 難《なに》波《は》女《め》や京を寒がる御《ぎよ》忌《き》詣《まうで》

落日庵（夏より　日発句集　新選　其雪影　句集）

訳難波の女よ、京都を寒いと身震いする、御忌詣。季「御忌詣」春。語御忌詣—浄土宗の開祖法然上人の年忌法要。（陰暦）一月一九日夜より二五日までの間、知恩院（京都市東山区）で行う。現在は四月。難波女—権中納言経高母「蘆火たき冬籠せし難波女も今は春べとわかなつむなり」（新葉集）。解春を告げる御忌詣にかこつけて京都遊覧に来たものの、早春の寒さにふるえている難波女をユーモラスに揶揄《やゆ》した。難波女にはモデルがあったか。参前書「早春」(句集)。一月二十七日、田福亭、兼題「御忌」(夏より)。園女「難波女や何からとはむ事はじめ」(玉藻集)。

137
藪《やぶ》入《いり》の夢や小豆《あづき》のにへる中《うち》　句帳(落日庵　句集)

訳藪入の日の楽しい夢よ。小豆が煮える、そのつかの間。季「藪入」春。語藪入—奉公人が主家から暇をもらって帰省する正月と盆の一六日前後の休暇。ここでは正月。小豆—庶民が祝いのときに食べる贅沢品。解中国蜀の盧生がみた栄耀栄華の夢は、黄粱《こうりよう》がまだ煮えない間の短い夢だったことをふまえ、つかの間の幸福な夢をみる奉公人に心を寄せた。参「やぶ入の夢も小豆のにゑる音」を改め、「やぶ入の夢も小豆のにゑるうち」(落日庵)。

138
出《で》代《がはり》や春さめ〳〵と古《ふる》葛籠《つづら》　句集(落日庵)

訳出代の日よ、春雨にさめざめと泣いてみつめる古葛籠。季「出代」春。語出代—奉公人が代わること。春は三月五日。春さめざめと—「春雨」と「さめざめ」を言いかける。西行「雨中鶯／鶯のはるさめざめとなきゐたる竹のしづくや涙なるらん」(山家集)。暁台「さめざめと涙ふくめり朝ざくら」(暁台句集)。古葛籠—古くなった日用品や衣装を入れる籠。「古」は「降る」と掛詞。解奉公人の下女に同情して詠んだ作。古葛籠から何年も奉公した女が、次の奉公先が決まらず行くあてもなく名残惜しさに泣いている。

参りん女「出代やこなたの雨もけふばかり」(温故集)。

139 兀《はげ》山《やま》や何にかくれてきじの声　句帳(日発句集　誹諧拾遺譜　耳たむし　新選　落日庵　俳論　独喰)

訳兀山のどこにかくれているのか、雉の鳴き声が聞こえる。季「きじ」春。語兀山―樹木が生えていない山。解草木もない禿げ山から、雉の声が聞こえてくる不気味さ。鋭く鳴く雉の声から、芭蕉「蛇くふときけばおそろし雉子の声」(花摘)が思い出される。参仙行「兀山に影は隠れぬ雲雀哉」(渭江話)。

140 春雨にぬれつゝ屋根の毬《てまり》哉　句稿断簡(落日庵　新五子稿)

訳春雨にぬれながら、屋根に毬が転がっているよ。季「春雨」春。語春雨―「春雨はをや《小止》みなくいつまでもふりつづくやうにする。」(三冊子・黒)。毬―固めた綿を芯にして、周りを布と糸を幾重にも巻いて作る。解いつ失ったかさえ忘れていた手毬を春雨が静かにふる屋根の上で発見した。手毬で遊んだ遠い日の記憶と、いつまでも降り続く春雨の取り合わせがうつくしい。参存義「行としの手毬売てふ柳はら」(古来庵発句集）。

141 はるさめや綱《つな》が袂《たもと》に小でうちん《提灯》　句集（落日庵）

訳春雨の夜、綱が袂で小さな提灯を覆って、足元を照らしている。季「はるさめ」春。語綱―京都一条戻り橋、柳風呂の妓女の名前。元禄時代に実在。渡辺綱がこの橋で鬼女の腕を切り落としたという伝説に因んでの命名。解一瞬の妖艶と怪異。春雨がしとしと降る夜、美女の袂を照らし出す小さな提灯の明かりによって、腕を切り落としたという凄惨な伝説を思い出し、その名をもつ綱の妖艶な美しさを浮かび上がらせた。参同年「狸にも綱にも逢はず春の雨」（夜半亭蕪村）。蕪村「つなたちて綱がうはさや春の雨」（安永二・閏三・一猪草宛）。其角「綱が立てつなが噂の雨夜かな」（五元集）。

142 春雨や小《こ》磯《いそ》の小《こ》貝《がひ》ぬるゝほど　句集（明和七・五・一三楼川宛　落日庵）

訳春雨が音もなく降る、小さな磯の小さな貝がぬれるほどに。季「春雨」春。語小磯―海辺の小さな磯。解芭蕉「小萩散れますほの小貝小盃」を念頭に置いた作。小磯の小貝に焦点をしぼって、細かく静かに降る春雨の本意を表現。参「春雨に小磯の小貝ぬれに晃《けり》」（楼川宛）。下五「ぬれにけり」（落日庵）。

143 雛《ひな》見世《みせ》の灯《ひ》を引くころや春の雨　句集（落日庵）

訳雛店の店じまい、灯をおとすちょうどその頃、春の雨。季「春の雨」春。語雛店―雛人形を売る店。灯を引く―灯を消す。春の雨―しとしと静かに降る春雨に対して、春に降る雨一般。解視覚から聴覚に移る春の夕暮れの美しい感覚。雛人形が並び、人々が訪れて華やいでいた店が、灯を消して静まりかけると、今まで気づかなかった春の雨の音に気がついた。参下五「雨の音」（落日庵）。白雄「蠟燭のにほふ雛《ひひな》の雨夜かな」（しら雄句集）。

144 春雨や人住ミてけぶり壁を洩《も》る　句帳（短冊　安永二・一〇・二　大魯宛　新選　五車反古　句集）

訳しとしと降り続く春雨よ。人が住んでいるらしく、煙が壁からもれてくる。季「春雨」春。語壁を洩る―壁から洩れる。「洩といふ字にて御書き、『る』とおくり仮名御付可被下候」と依頼（大魯宛）。解妖怪趣味の作。妖怪が住むかもしれないが、人が住んでいるから煙がもれてくるのだと言い聞かせたおかしさ。参前書「西の京にばけもの栖《すみ》て久しく荒はてたる家ありけり。今はそのさたなくて」（五車反古　句集）。杜甫「古屋龍蛇ヲ画ク　雲気虚壁ニ生ジ…」（唐詩選）。

145
糸桜灯《ともしび》孤《ひとつ》の書院かな　落日庵（新五子稿）

訳糸桜が垂れ、灯がぽつりとともる書院よ。季「糸桜」春。語糸桜―枝垂れ桜。「糸桜はよれつもつれつはなれがたし…」（続山井）。書院―書斎。紫閣「遠々と火鉢を見たる書院哉」（国の花）。解糸桜がもつれあっている背後に書院の灯がもれ、淡々と書見している隠者、清の文人李笠翁の「十便十宜」の世界か。参中七「灯は孤の」（新五子稿）。太祇「小書院のこの夕ぐれや福寿草」（太祇句選後篇）。

146
苗代《なはしろ》や鞍馬《くらま》のさくら散にけり　句帳（あけ烏　短冊　句集）

訳苗代の季節、鞍馬の桜は散ってしまった。季「苗代」春。「さくら散る」春。語苗代―苗を育てるために水田中に作る囲い。鞍馬のさくら―渦桜《うず》（雲珠桜）で有名。「鞍馬の山のうず桜、手折り枝折をしるべにて」（謡曲・鞍馬天狗）。「渦桜、鞍馬に有、俳」（増山井）。解稲作の準備を始める苗代を作り終えると同時に鞍馬の渦桜が散ってしまう。春から夏へと推移する季節を地理的な感覚におきかえて表現。参上五「苗代に」、中七表記「くらまのさくら」（短冊）。

147 山《やま》姥《うば》の遊びのこして遅桜　　落日庵

訳山々の花を愛でて遊び歩いてきた山姥の、遊び残した遅桜が咲いている。季「遅桜」春。語山姥―深山に住むという鬼女。「春は梢に咲くかと待ちし、花を尋ねて山めぐり」（謡曲・山姥）。「廻《めぐ》り〳〵みるは山姥ざくらかな」（崑山集）。解山姥が花を訪ねて山々をめぐるという伝承を「花に遊ぶ」と見立て、その優しさをクローズアップした。山姥が金太郎を育てたという子ども絵本（きんときおさなだち）の世界。参不門「山姥や春は梢にたきぎ能」（東日記）。

148 風《かぜ》声《ごゑ》の下《お》り居の君や遅桜　　落日庵（新五子稿）

訳風邪声の退位した女官よ、遅桜が今ひっそりと咲いている。季「遅桜」春。語風声―風邪をひいたときの声。下り居の君―宮中に仕えて、退位した女御や女房。解風邪声も雅で艶やかな、やや年老いた女官だろう。君と呼ばれるような気品ある老女と遅桜の取り合わせ。参太祇「身をやつし御庭みる日や遅桜」（太祇句選）。

149 葉ざくらや碁《ご》気《け》に成《なり》行《ゆく》南《な》良《ら》の京　　句帳（遺稿　落日庵）

訳葉桜の季節だよ。碁をしたい気分になる、奈良の都。季「葉ざくら」春。語碁気—碁をしたい気分。琴棋（碁）書画は文人趣味。士君子の嗜み。趙師秀「約有ハ来ラズ、夜半ヲ過グ。間《しづかに》棋《ご》子《し》ヲ敲《たた》ケバ、灯花落ツ」（聯珠詩格・一）。解花が散って静寂をとりもどした古都奈良の新しい季節の楽しみ。参上五「遅桜」（落日庵）。

150 拾ひのこす田螺《たにし》も月の夕かな　落日庵（夏より　新五子稿）

訳拾い残した田螺にも、月光がふりそそぐ夕べとなった。季「田螺」春。語田螺—食用とした。「田にしぬた」は、田螺を酢味噌であえた食物。解食用の田螺も拾い残されて、生き延びた。偶然が左右する生死を超越した月の光。参三月十日、召波亭、兼題「田螺」（夏より）の句（棒線で抹消）。蕪村「能《よく》きけば桶に音を啼田螺哉」（宛名・日付なし蕪村書簡）。

151 ことさらに唐《たう》人《じん》屋《や》敷《しき》初霞　落日庵（新五子稿）

訳初霞、とりわけ唐人屋敷の初霞よ。季「初霞」春。語ことさらに—とりわけ。強調表現。初霞—新春の山野にたなびく霞。霞は歌語、初霞は俳言。唐人屋敷—長崎出島にあった中国人の居留地。解二十四節気・七十二候を伝えた唐人の屋敷に、新春の初霞がたなびくことに興を覚えての作。[参]中七「唐人座敷」（新五子稿）。

152 高《こ》麗《ま》船《ぶね》のよらで過《すぎ》行《ゆく》霞哉　句集（新選　果報冠者・落日庵）

[訳]高麗船がわが国に立ち寄らないで、再び消えて行く、春霞よ。[季]「霞」春。[語]高麗船―古代朝鮮の船。明和元年二月「朝せん人来朝」、同三年七月「南京船に（漂流した常州多所郡の船頭ら）送られ長崎へ着岸」など、この時期、異国船が来朝した（万国渡海年代記）。[解]幕府は、異国船の長崎入港以外を認めなかった。海上の霞のなかから沿岸に近づいてきて、去って行く異国船への憧れと喪失感。[参]蕪村・明和五「鮎くれてよらで過ぎゆく夜半の門」（句帳）。太祇「摂待へよらで過けり鉢たたき」（太祇句選）。

153 立《たつ》雁《かり》のあしもとよりぞ春の水　句帳（詠草　句稿断簡　落日庵　遺稿）

[訳]北へ飛び立つ雁の足元、そこから流れ出る春の水。[季]「春の水」春。[語]立つ雁―勢いよく飛び立つ様子。また春になって北へ帰る雁（帰雁）。玖也付句「立雁や鳥毛の鑓《やり》につゞくらん」（塵塚誹諧集）。[解]北へ帰る雁と諺《ことわざ》「足下から鳥がたつ」と重ね合わせて、水温む春を迎えた喜び。[参]尚白「尻むけて八幡を立やかへる雁」（忘梅）。

154 春の水山なき国を流れけり　落日庵（新選　果報冠者　新五子稿　安永四・春一鼠宛）

訳春の水、山のない国をとうとうと流れ行く。季「春の水」春。語山なき国―高い山のない国をいう。解春を迎えてゆったりした気持ちを風景にした作。山が高い国では、雪解け水が激しく川を流れるが、山が低い国の川はたゆたうように流れる。参許六「鳴海潟を過る／稲妻や山なき国の朝ぼらけ」（旅館日記）。

155 島原の草《ざう》履《り》にちかき小《こ》蝶《てふ》哉　落日庵（耳たむし　新五子稿）

訳島原の遊女の草履のちかく小蝶が遊んでいるよ。季「小蝶」春。語島原―京都の下京西新屋敷にあった遊廓。小蝶―可憐な蝶。清長「咲花の陰や小蝶の定舞台」（続山井）。解遊廓の艶なる雰囲気を遊女の華やかな草履で象徴して、その近くに舞う小さな蝶を配した。夢で胡蝶になって遊んだという荘子「胡蝶の夢」のように、自他の区別がつかない夢幻の世界。参凸迦「島原に足とめられて春暮ぬ」（正風彦根躰《ひこねぶり》）。

156 伏《ふせ》勢《ぜい》の錣《しころ》にとまる胡《こ》蝶《てふ》哉　落日庵（新五子稿）

訳伏兵のしころにとまっている、胡蝶よ。季「胡蝶」春。語伏勢―伏兵。敵を不意打ちするために隠れて行動する。錣—兜《かぶと》の後ろに垂らして頸を守るもの。解八幡太郎義家が大江匡房《まさふさ》に学んで後、戦場で雁の列が乱れるのを見て、伏兵を知ったという故事に因む。息をひそめる伏兵と可憐な胡蝶が一体となって現実から離れた一瞬をとらえた。参上五「伊勢武者の」（新五子稿）。嘯山「節季候の伏勢見たり塀の外」（葎亭句集）。

157 奇楠《きやら》臭き人の仮寐《かりね》や朧月

落日庵（安永三・四・五几董宛　耳たむし）

訳伽羅《きやら》くさい人のうたたねよ、朧月。季「朧月」春。語奇楠《きやら》—日本でもっとも珍重された香。「衣裳にうつりたるこそあかず忘れがたけれ」（類船集）。解伽羅は「よき薫物たきて一人臥したる」（枕草子「心ときめきするもの」）と優雅な気持ちにさせてくれるが、強すぎれば、その仮寝も鼻につく。参上五「伽羅くさき」（耳たむし）。下五「梅の月」（几董宛）。几董・安永三「伽羅くさき夜着引まくれ時鳥」（同）。

158 花の幕兼好を覗《のぞ》く女あり

落日庵（夏より　句集）

訳花見の宴を囲う幕間から、兼好を覗いている女がいる。季「花」春。語兼好—吉田兼好。鎌倉末期の歌人。高師直《こうのもろなお》の恋文を代筆したという伝説（俳諧蒙求）がある。覗く女—春の夜、千本の寺（大報恩寺）でのこと、姿・匂いが人と異なる「優なる女」が兼好にしなだれかかってきたという話（徒然草・二三八）をふまえるか。「世の人の心まどはす事色欲にしかずとは兼好が筆也」（類船集）。解兼好が色男であったろうという遊び心。「覗く女」が新しい。参三月十日、召波亭、兼題「花」（夏より）の句（棒線で抹消）。蕪村「兼好ハ絹もいとわじ更衣」（宝暦六・四・六嘯山宛）。

159
花ちりてこの間の寺と成にけり　　句帳（詠草　落日庵　句集　句稿断簡）

訳花が散って、木の間から透けて見える寺と成ったなあ。季「花」春。語この間—木の間。解花が散って静寂をとりもどした寺。季吟の有名な句「地主からは木の間の花の都かな」（句兄弟）を意識しての作。参上五・中七「花ちつて木の間の寺と」（句稿断簡）。蕪村・年次未詳「落花／花散てもとの山家《やまが》と成に梟《けり》」（短冊）。

160
菜の花や和泉《いづみ》河内《かはち》へ小《こ》商《あきなひ》　　落日庵（明和六・三・一七無名宛　新五子稿）

訳いちめんの菜の花。和泉から河内へ出かけての、小さな商売。季「菜の花」春。語和泉河内—今の大阪府の南部と東部。小商—ささやかな商売。解菜の花の栽培がさかんになるのは、北前船で積んできた大量の鰊《にしん》や鰯《いわし》を乾して肥料とした江戸中期以降。『伊勢物語』（二三・六七）の河内通ひを効《き》かせ、つましく生きる商人の姿を浮かびあがらせた。参存義「山崎も小商ひありけふの月」（古来庵発句集前編）。

161 菜の花や壬生《みぶ》の隠家《かくれが》誰〳〵ぞ　落日庵（耳たむし）

訳菜の花が美しく広がっている。壬生の隠れ家に住む人は、いったい誰か。季「菜の花」春。語壬生―京都市中京区。壬生にある壬生寺では三月一四日から二四日まで大念仏会があり、そこで演じた壬生狂言が有名。隠家―「隠家トアラバ、柴の庵　山の奥世の浮時　吉野山　鳥の落草　市の中」（連珠合璧集）。解壬生狂言は、仮面劇で土地の住民が俳優を演じた。仮面から隠れ家や隠者を類推し、菜の花の美しさの中に隠れ住む人は誰と誰かと問いかけた。参闌更「隠家や梨一《なしひと》もとの花曇」（半化坊発句集）。

162 山鳥の尾をふむ春の入日《いりひ》哉　句帳（扇面　夜半亭蕪村　句集）
西山遅日《せいざんちじつ》

訳山鳥の尾をふむような、長く伸びた春の入日よ。季「遅日」（春の入日）春。語山鳥の尾―長いことをいう比喩表現。「あしひきの山鳥の尾のしだり尾の長々し夜をひとりかも寝む」（百人一首）。牡年「山鳥の尾を引ずるや丸木橋」（喪の名残）。解春の夕暮れ、川の堤を散策しての作。和歌以来詠み継がれてきた山鳥の尾を「ふむ」という着想が新鮮。[参]扇面前書「後人遂前人　百歩尚百歩　下堤還上堤　欲暮日未暮」（後人、前人ヲ遂《お》ヒ、百歩ナホ百歩、堤《つつみ》ヲ下リテ、マタ堤ニ上ル。暮ント欲シテ日イマダ暮レズ）、前書「東山遅日」（夜半亭蕪村）、下五「夕日かな」（同）、「夕かな」（落日庵）。

163 八巾《いかのぼり》きのふの空のありどころ　句帳（句稿断簡　落日庵）

[訳]天空を舞う凧、昨日もたしか今日と同じ空にのぼっていた。[季]「八巾」春。[語]八巾―関西では「いか」、関東では「たこ」と呼ぶことが多い。烏賊幟《いかのぼり》、紙鳶《いかのぼり》とも。[解]凧巾によって、とらえどころのない空の位置と昨日と今日という時間を定め、懐かしい記憶も呼び覚ましてくれる。[参]召波「かたつぶりけさとも同じあり所」（春泥句集）。

164 春の夜に尊き御所《ごしょ》を守《もる》身《み》かな　句集（夏より　落日庵）

[訳]春の夜に、尊い御所を守る身であるよ。[季]「春の夜」春。[語]御所―天皇の座所。付合「ねぶたき春の御所を守つ、　帯川／唇は朱に歯白く朗詠す　蘭洞」（安永四・蕪村一座「御忌の鐘」歌仙）。[解]御所を守る北面の武士であったという西行の面影。春の夜の甘美な気分と天皇を守る警護の身の上の微妙な違和感が眼目。[参]三月十日、召波亭、兼題「春夜」（夏より）の句。上五「春の夜の」（落日庵）。

165 春の夜の盧《ろ》生《せい》が裾《すそ》に羽《は》織《おり》かな　落日庵

訳春の夜の夢をみて寝ている盧生、下半身の華やかな羽織よ。季「春の夜」春。語春の夜―周防内侍「春の夜の夢ばかりなる手枕にかひなくたたむ名こそをしけれ」(百人一首)。盧生―道士から借りた枕で寝て、栄耀栄華の夢をみた人(邯鄲《かんたん》の夢・盧生の夢)。夢は、黄粱がまだ煮えないほど短い間の夢だったので、「一炊の夢」ともいう。解周防内侍は「かりそめの契りのために、恋の浮名が立つのは口惜しい」というが、盧生はかりそめの恋の夢を見ているのだろう、華やかな羽織がその証《あかし》だと戯れた。参玖也「ことし明て盧生が夢の又寝哉」(延宝元年歳旦発句集)。

166 春の夜や盥《たらひ》をこぼす町《まち》外《はづ》れ　落日庵(新五子稿)

訳春の夜、たらいの水を捨てる町外れ。季「春の夜」春。語盥をこぼす―盥の使い水を捨てること。「茅舎ノ感／芭蕉野分して盥に雨を聞夜哉」(武蔵曲)。解京都の町外れの風景。盥の水を捨てるという日常の行為が春の夜の甘美な雰囲気によって、艶なる情景と変わる瞬間をとらえた。芭蕉のわびとは異なる世界。参中七「たらいを捨る」(新五子稿)。蕪村・同年「洗足の盥も漏りてゆく春や」(其雪影)。

167
春の夜や宗佐が庭を歩行《あゆみ》けり　落日庵

訳春の夜、茶人の宗左が庭を歩いている。季「春の夜」春。語宗佐―宗左とも書く。表千家の祖。千利休の孫の宗旦の三男、紀州徳川家に仕えた。茶室向きの垣を宗佐垣という。解千宗佐の所作は、茶人らしく無駄がない。その彼が好みの庭を音もなく歩く情景を想像させる。春の夜と茶人の取り合わせが新しい。参蕪村・同年「春の夜やごとなき人に行違ひ」（落日庵）。

168
藤の茶屋あやしき夫婦《めをと》休けり　落日庵（明和六・三・一七無名宛・新五子稿）

訳藤の花咲く茶屋、いわくありげな夫婦が休んでいるよ。季「藤」春。語あやしき夫婦―いわくありげな夫婦。解夫婦連れのように見えるが、駆け落ちの途中か、不自然な感じの男女を詠んだ、物語性を感じさせる作。参上五「藤の花」（新五子稿）。下五表記「女夫休ミけり」（無名宛）。笑実「水茶屋に裏だな持ぬ藤の花」（渭江話）。

169
行《ゆく》春《はる》や撰者を恨む歌の主《ぬし》　落日庵（夏より　平安二十歌仙　続明烏　句集）

【訳】過ぎ去って行く春よ。歌が選ばれずに、撰者を恨む歌の作者。【季】「行春」春。【語】撰者―勅撰集などに収める歌を選ぶ人。支考「返す返すもおそるべきは、撰者の道理と理屈となり」（十論為弁抄）。【解】歌の世界で撰者が大きな力をもっていたことはよく知られているが、当代も同じ。惜春と遺恨の情が重なる、選ばれなかった人のやるせない思い。【参】三月十日、召波亭、兼題「暮春」（夏より）に記載される。

170 **ゆく春や歌も聞へず宇佐《うさ》の宮**　遺稿（落日庵　新五子稿）

【訳】過ぎ去って行く春よ。歌さえも聞こえない、宇佐の宮。【季】「ゆく春」春。【語】宇佐の宮―大分県宇佐市にある神宮。歌―和気清麻呂は宇佐神宮から「西の海立つ白波の上にしてなに過すらむかりのこの世を」、平宗盛は戦勝を祈願し、「世の中は宇佐には神もなきものを何祈るらん心づくしに」の神詠の託宣を得たという（平家物語）。【解】「宇佐」と「憂さ」をかけて、行く春を止めようという神の神詠がないことを「聞こえず」とおどけて、惜春の情を詠んだ。【参】宗因「世の中のうさ《宇佐》八幡ぞ花に風」（宗因千句）。

171 **行春や眼に合はぬめがね失ひぬ**　遺稿

【訳】過ぎ去って行く春よ。眼に合わない眼鏡を失ってしまった。【季】「行春」春。【語】眼に合はぬめがね―度が違ってしまったために、眼に合わず役にたたなくなった眼鏡。解失っても惜しくない眼鏡だが、春を惜しむ気持と響き合い、喪失感と淡い哀感を覚える。参如蛙「春や名残花見虱をむしめがね」（江戸蛇之鮓）。

172
けふのみの春を歩ひて仕舞けり　句帳（日発句集　新選　落日庵　明和七・五・一三楼川宛　句集）

訳今日かぎりの春をあちこち歩き暮れてしまった。季「けふのみの春」春。語けふのみの春―行春の最後の一日。春の名残。西行「今日のみと思へば長き春の日もほどなく暮るゝ心地こそすれ」（山家集）。解中七「春を歩ひて」は、春の日を一日中歩き回ることをいう、蕪村独特の表現。深い惜春の情。参上五「一日の春を」（楼川宛）。宗祇「けふのミとおもはで残れ春のはな」（大発句帳）。

173
衣がへ人も五尺のからだ哉　句帳（夏より　落日庵　遺稿）

訳更衣、菖蒲ばかりか人も五尺のこの身体。季「衣がへ」夏。語五尺―和歌・連歌時代から菖蒲の丈。「五尺のあやめに水をかけたるやうに歌はよむべしと申しけり」（後鳥羽院御口伝）。「連歌の仕様は、五尺のあやめに水をかけたらん如くなるべし」（連歌比況集）。解「人も」の「も」が眼目。「あやめ」にあやかって、五尺の人がすっきりとさわやかに立つ人の更衣を軽妙に表現した。参四月十日、召波亭、兼題「更衣」（夏より）。芭蕉「ほととぎす啼や五尺の菖草」（葛の松原等）。

174 物くるゝ人来ましけり更衣　句帳（落日庵　遺稿）

訳物をくれる人がやって来た。ちょうど更衣。季「更衣」夏。語物くるゝ人―よき友。「よき友三つあり。一つには物くるゝ友」（徒然草・一一七）。解徒然草をふまえ、其角「花は都物くるゝ友はなかりけり」（五元集）とは逆の心境。参「傘を道から戻す霧雨已応／物くるゝ心当あり華衣　東潮」（陸奥衢）。

175 たのもしき矢数のぬしの袷《あはせ》哉　句帳（明和六・三・一七　無名宛　落日庵　句集）

訳通し矢で数を射る頼もしい強弓の袷姿、そのすがすがしさよ。季「袷」夏。語矢数―三十三間堂（京都東山）で、「根矢をもって射通したのに始まる通し矢。長さ六十六間（一二〇メートル弱）の彼方にある一丈（約三メートル）四方の的に多く当てる。夕刻から始まり、翌日の夕刻までの間に当てた数を競う。解矢数のぬしは、力の強い武士でなければ勤まらない。最強の男がゆったりと着た袷姿がりりしく頼もしい。参「頼もしき矢数の人も袷哉」（耳たむし）も同年作か。

眺望

176 更衣野路《のぢ》の人はつかに白し　　句集（句帳　落日庵　句稿断簡　天明二・四・二二道立宛）

訳更衣して野中の道を行く人、遠くかすかに白い。季「更衣」夏。語はつかに―わずかなさま。かすか。闌更「夏草もはつかに浪の汀かな」（半化坊発句集）。解新緑の野道を行くのは、隠者を訪問する文人か。衣更えした後の白い衣がさわやか。参中七・下五「野路の人わづかに白し」（落日庵）。百池「紀路までの花の旅して更衣」（五車反古）。

177 大兵《だいひょう》の廿《はた》チあまりや更衣　　句帳（落日庵　句集）

訳二〇《はたち》歳ほどの大男よ、更衣したが窮屈そう。季「更衣」夏。語大兵―からだが大きくたくましい男。解蕪村は小柄であったらしい。大男の立姿に驚きながらも若者に温かい目差《まなざし》をむけた。参上五「大兵は」（落日庵）を改める。友静「大兵や手にはばかりの関相撲」（続山井）。

178 牡丹散《ちり》て打かさなりぬ二《に》三《さん》片《ぺん》　桃李（短冊　新選　あけ烏　落日庵　付合小鏡・神のこゝろ　安永九・七・二五几董宛　桃李草稿　句集）

訳牡丹が静かに舞い散り、二片、三片と重なって行く。季「牡丹」夏。語牡丹―花の王。「牡丹ノ赤ハ日ノ如シ、白ハ月ノ如シ…」（類船集）。二三片―几董「牡丹の優美なるを体として、やゝうつろひたる花の、二ひら三ひら落散しを、打重りぬとしたが作也。二三片とかたう文字を遣ふたは、題の牡丹に取あはせし趣向也」（付合手びき蔓）。解時が移ろう中、妖艶で毅然たる牡丹の姿がうつくしい。華やかさを過ぎた牡丹が散って行く様を漢語的に表現。この趣向を評価した几董評が句の魅力を言い当てている。参几董脇「卯月廿日の有明の月」を「甚よろしく…いさぎよきワキ体にて」という（几董宛）。北枝「牡丹散《ちつ》て心もおかずわかれなり」（卯辰集）。

179 閻《えん》王《わう》の口や牡丹を吐《はか》んとす　句帳（落日庵　句集）

波翻舌本吐紅蓮

訳閻魔大王の開いた口よ、まさしく真っ赤な牡丹を吐こうとするかのよう。季「牡丹」夏。語―前書「舌本《ぜつぽん》ヲ波翻《はほん》シテ、紅蓮《ぐれん》ヲ吐《は》ク」。「舌根紅蓮ノ如シ」（白氏長慶集・遊悟真寺詩）。解牡丹の花が開こうとする絢爛豪華な美しさを、地獄で人を審判する閻魔大王が開いたときに見える真っ赤な舌に喩《たと》えた。見立ての意外さと誇張のおもしろさ。

参良和付句「閻王いかれば野べあかき色」（阿蘭陀丸二番船）。

180
やどり木の目を覚したる若葉哉　　句帳（夏より　短冊　落日庵　遺稿）

訳やどり木が目をさましたようで、若葉が美しい。季「若葉」夏。語やどり木―宿木。寄生木。他の木に寄生している木。やど（宿）と「目を覚ます」は縁語。解ふだん気づかなかった宿木が、若葉の季節になって、急に目立つようになった。宿木を擬人化した作。参四月十日、召波亭、兼題「若葉」（夏より）。前書「まや山奉納三千余吟集追加」（短冊）。芭蕉「梅の木に猶やどり木や梅の花」（笈の小文）。

181
不二ひとつうづみのこして若葉哉　　句帳（自画賛　色紙　明和七・五・二三楼川宛　耳たむし　あけ烏　落日庵　棚さがし　句集）

訳富士山をひとつだけ埋め残して、あたり一面の若葉。季「若葉」夏。語うづみのこす―「埋づむ」と「残す」の複合語。解自画賛に古文辞学派の詩僧万庵原資の「東海万公句　青天八朶玉芙蓉」（江陵集二・送補上人西上）を掲げて、「東成蕪邨句」「夜半翁」と記す。自らを日本の詩人と自覚した気宇壮大な句。残雪の白と若葉の緑を対照的に配した大きな構図で、梺《ふもと》から次第に若葉が増えて行くという時間の経緯も感じられる。参前書「富士の句を得てし折からみちのくになる人の訪ひ来まして、薬莱山の句を乞われにける。かの薬萊山は士峰のかたちに似たりとあれば、やがて右の句をかいつけておくり侍ぬ」（色紙）。

182
蚊屋を出て奈良を立ゆく若ば哉

句帳（句集　不二煙集　落日庵　明和六・六無名宛　都枝折　新五子稿）

訳蚊帳を出て、奈良を出立していく。いちめん若葉の中。季「若ば（葉）」夏。語奈良―古都。如貞「名所《などころ》や奈良は七堂八重桜」（続山井）。元好「奈良の京や七堂伽藍八重桜」（大井川集）。芭蕉「奈良七重七堂伽藍八重桜」（泊船集）。解蚊帳を吊って過ごした一夜の不快感を忘れさせるほどの爽快感。唐招提寺で鑑真和尚を敬慕して詠んだ芭蕉「若葉して御めの雫《しづく》ぬぐはばや」（笈の小文）を思い出しての作か。参中七・下五「奈良を立けり夏木立」（落日庵　明和六・六無名宛　都枝折　新五子稿）。

183
動く葉もなくておそろし夏木立

句帳（遺稿　落日庵）

訳微動だにしない葉のおそろしい夏木立。季「夏木立」夏。語おそろし―恐怖を感じる。芭蕉「蛇喰と聞ばおそろし雉の声」（陸奥鵆）。解活き活きとした葉をつける青木が立ち並ぶのがあたりまえなのに、その葉がそよぎもせず立ち続くことに恐怖を感じた。参上五「動くとも」（落日庵）。

184 かしこくも茶店《ちやみせ》出しけり夏木立　句帳（耳たむし　落日庵　遺稿）

訳なんとも好都合なところに茶店を出しているものよ。涼しげな夏木立。季「夏木立」夏。語かしこく―ここは得がたいものの形容。解夏木立の涼しげな陰でしばし安らぐことができる茶店。芭蕉「先たのむ椎の木も有夏木立」（幻住庵記）は、隠者にふさわしいが、世俗の人にとっては茶店がありがたい。参中七「茶見世出たり」（耳たむし）。中七「茶見世出けり」（落日庵）。

185 休み日や鶏《とり》なく村の夏木立　落日庵（夏より）

訳仕事休みの日よ、鶏が鳴く村の青々と繁る夏木立。季「夏木立」夏。語鶏なく村―理想郷。「鶏犬相聞」（陶淵明・桃花源記）。解庶民の休日の満ち足りた安息感を、夏木立が美しい陶淵明が思い描いた理想郷で安らう気持におきかえた。芭蕉「水鶏啼《くゐなく》と人のいへばや佐屋泊《さやどまり》」（笈日記）が念頭にあったか。参五月二十日、栖玄庵にて烏西興行、兼題「夏木立」（夏より）。素行「休み日といふて山家も月見哉」（渡鳥集）。

186 上見えぬ笠置《かさぎ》の森やかんこ鳥　句帳（夏より　落日庵　句集）

訳空が見えない笠置の森よ、かんこ鳥の声。季「かんこ鳥」夏。語笠置の森―山城の国相楽郡にある山。山上の笠置寺に後醍醐天皇の行在所《あんざいしよ》がおかれ、元弘元年（一三三一）八月、楠木正成らが籠《こも》って南朝を守ったが、八月二〇日の夜討ちにあって敗北した。解蕪村の時代、南朝に同情を寄せる風潮があり、その影響か。笠置山は深い森と化し、閑古鳥の声だけが歴史の証人。参中七「笠置の城や」を改める（落日庵）。四月十日、召波亭、兼題「閑古鳥」（夏より）。保友「笠置には名乗《なのる》ほとゝぎす山哉」（ゆめみ草）。

187 足跡を字にもよまれず閑古鳥　句帳（落日庵　句集）

訳足跡を文字にしても読めなかったのだ、閑古鳥。季「閑古鳥」夏。語足跡を字に―古代中国黄帝の時代の蒼頡《そうけつ》は、鳥の足跡をみて文字を作ったという（蒙求・蒼頡制字）。閑古鳥―郭公の別名、諫鼓鳥。俳言。ほととぎす（歌語）の異名とも。解閑古鳥は正体不明の鳥で蒼頡の故事にも該当しない。文考「俳諧師見かけて啼や諫鼓鳥」（梟日記）のように、俳諧師が好んで句に詠んだことを茶化したか。参中七・下五「字にも見られずかんこ鳥」（平安廿歌仙）。

188
金《こがね》堀（掘）る山本遠し閑古鳥　句帳（落日庵　遺稿）

【訳】金を掘る山麓、はるか遠く鳴く閑古鳥の声。【季】「閑古鳥」夏。【語】金—黄金。金堀る—金山の付合語は「傾城　佐渡　のべざわ　みちのく　咸陽宮　市《いち》　鍔《つば》」（類船集）。【解】殺伐としたイメージがある黄金を掘る地とは無関係にのんびり鳴く閑古鳥のおかしさ。【参】上五「金の出る」（落日庵）。琴風「諫鼓鳥むかし此所小判市」（洛陽集）。

189
むつかしき鳩の礼儀やかんこどり　句帳（落日庵　句集）

【訳】小むずかしい鳩の礼儀よ、かんこどりとは無関係。【季】「かんこどり」夏。【語】鳩の礼儀—鳩に三枝の礼。礼儀を重んずる鳩は、親鳥より三枝下にとまるという（学友抄）。【解】世間の通例とは異なり、鳩の礼儀正しさを誉めず、深山で隠棲を好む閑古鳥のような姿勢をよしとした。【参】乙由「鶯も三枝を習へ梅の花」（麦林集）。

190
蚊《か》屋《や》の内にほたるはなしてア丶楽や　句帳（句集　落日庵）

【訳】蚊帳のうちに蛍を放して寝そべる、なんとも安楽なことよ。【季】「蚊屋」「ほたる」夏。
【語】蚊屋—蚊帳。麻布や木綿で作り、部屋の四隅に吊り小部屋として寝た。風通しがよく蚊が入らない。ア、楽や―口語的表現。自悦「あゝこそば耳に蚊屋釣《つる》里もがな」（洛陽集）。許六「舌打にア、春なれや蕗《ふき》の薹《たう》」（目団扇）。解光源氏が恋の演出として庭に蛍を放った（源氏・蛍巻）のに対して、庶民は蚊帳の内に蛍を放して、四肢をのばす。そんな安穏な喜び。参「蚊屋の内蛍はなしぬあら楽や」（落日庵）。

嵯峨にて

191 三《さん》軒《げん》家《や》大《おほ》坂《ざか》人《びと》のかやりかな　句帳（句集　明和六・六無名苑）

訳三軒家で、大坂人が蚊遣を炊いているよ。季「かやり」夏。語三軒家―嵐山の渡月橋北河畔の茶屋。かやり―蚊遣。「蚊遣火トアラバ、ふすぶる　をく　下賤がふせや　煙　いぶせき」（連珠合璧集）。「世上に大鋸《おが》屑《くづ》をふすべて蚊遣火に用る事あり」（しぶ団）。解風流を楽しむはずの茶屋で、蚊遣にむせぶことになった大阪人が、哀れでもありおかしくもある。参前書「嵯峨雅因亭　探題　三軒家」（無明苑）。句集前書は同じ。

192 薬《やく》園《ゑん》に雨ふる五月五日かな　新華摘（明和六・六無名苑）

訳薬草園に雨が降っている、まさしく五月五日。季「五月五日」夏。語薬園―薬草を栽培する畑。五月五日―薬日（毛吹草・増山井）。「諸病必五月におこる故に、けふ薬草を五色の糸にて調て、ひぢにかくれば、悪気をはらふと申す本文侍るにや」（増山井）。解五月になると、様々な病気が起こるので、薬玉を肘《ひじ》にかけて邪気を祓《はら》ったことに因む。参蕪村「薬園のゆかしき五月五日哉」（無名宛）。

193
五月雨や美豆《みづ》の寝覚の小家がち　句帳（遺稿　落日庵　夏より）

訳五月雨が降り続いているよ。美豆の人々が暮す小家小家に。季「五月雨」夏。語美豆―地名。歌枕。水と音が通う。宇治川と木津川が合流する洛南淀。水郷の地。美豆の付合語のひとつに「五月雨」（類船集）。頼政「山城の美豆野の里に妹をおきていくたび淀に舟呼ばふらん」（千載集）。寝覚―寝起きすることから暮しをいう。解水郷地帯の小家に住む人々への温かいまなざし。参「皐雨や美豆の小家の寝覚がち」（落日庵　夏より）。五月二十日、栖玄庵にて鳥西興行、兼題「五月雨」（夏より）。

194
さみだれのうつほばしらや老が耳　句帳（落日庵　句集　遺稿）

訳五月雨が降り続く空洞の柱よ、老いの耳の耳鳴りも同じくうつろ。季「さみだれ」夏。語うつほばしら―中が空洞の柱。解五月雨が降り続けるうっとうしさと耳鳴りがやまない老耳の不快さを笑いに転じた。老の耳の現象そのものが俳諧。参『句帳』に合点。野坡「老が耳ほととぎすにてなかりしや」（野坡吟草）。

195 みじか夜や地蔵を切て戻りけり　　落日庵（夏より　耳たむし　句稿）

〔訳〕夏の短夜よ、地蔵を切って戻ってきたのだ。〔季〕「みじか夜」夏。〔語〕みじか夜―夏の日中が長いのに対して、短く明けやすい夜をいう。地蔵―地蔵菩薩の略。釈迦《しやか》入滅後、弥勒《みろく》仏が出現するまでの間、六道の衆生を救済する菩薩。〔解〕夏の夜の恐怖の夢。地蔵に化けていたのは狐狸などの化け物か。〔参〕五月二十日、栖玄庵にて烏西興行、兼題「短夜」（夏より）。其角「切られたる夢は誠か蚤の跡《あと》」（花摘）。嘯山「背《せな》の子は夢路を廻る地蔵哉」（葎亭句集）。

196 みじか夜や毛むしの上に露の玉　　句帳（詠草　落日庵　句集）

〔訳〕夏の短夜よ、毛虫の上に光る露の玉。〔季〕「みじか夜」夏。〔語〕毛むし―蝶や蛾の幼虫。黒または焦げ茶色の毛をもつ。〔解〕毛虫を手のひらに這わせる「虫めづる姫君」（堤中納言物語）は例外で一般的には好まれない。嫌われ者の毛虫に、露の玉を取り合わせた意外性のおもしろさ。〔参〕石雅「短夜も露置ひまは有ぬべし」（左比志遠理）。

197 見うしなふ鵜の出所《でどころ》や鼻の先　落日庵（明和六・六・二召波宛　明和六・六無名宛　新五子稿）

訳見失った鵜の出所よ、なんと、わが鼻の先とは。季「鵜（鵜飼）」夏。語鵜―鵜飼は、鵜匠が鵜舟に乗って篝火《かがりび》をたき、鵜を縄で操り、鮎などの魚をとる漁法。解身近な大切なものを見失ったが、不意に現れたことに驚き興じた。参「これも雅因亭探題ニて候所、案替候故、入御聞候」（召波宛）。芭蕉「おもしろうてやがてかなしき鵜舟哉」（阿羅野）。

198 誰住ミて樒《しきみ》流るゝ鵜《う》川《かは》哉　句帳（夏より　落日庵　句集）

訳誰か住んでいるのだろうか。樒が流れて来る。この鵜川。季「鵜川」夏。語樒―常緑樹。死者を弔う仏前草。「世をいとふ人すみけりとみゆる哉しきみながるゝ山川の水」（類船集）。解樒が流れてくる上流には厭世家《えんせいか》が住んで不幸に耐えているとされてきたが、鵜川の名の通り鵜飼が住んで不幸に耐えているのだろうか。参前書「不知白雲屈（窟）尚有六朝僧」（夏より）。前書「春泥舎東寺山吹にて有けるに」（句集　誤って付したもの）。六月十五日、不夜庵にて八文舎興行、兼題「鵜」（夏より）。

199 瓜小家の月にやおはす隠君子《いんくんし》

落日庵（安永二・一〇・二一）
大魯宛　夏より　句集）

訳瓜小屋で月を愛でていらっしゃるのでしょうか。隠君子は。季「月（夏の月）」夏。語瓜小屋―鶉《うずら》が住む小屋。都了「瓜小屋はむかしながらに鶉かな」（渭江話）。隠君子―秦の東陵侯邵平の面影。国が後漢に滅ぼされた後、長安の城外に五色の瓜を植えて食したという（史記・蕭相国世家、円機活法・瓜）。解世俗をすてた隠君子・東陵侯邵平が粗末な瓜小屋で夏の月を愛でる清々しい姿を髣髴《ほうふつ》させる。参七月一日、召波亭、兼題「夏月」、中七「月におはすや」（夏より）。

200 ぬけがけの浅瀬《あさせ》わたるや夏の月

落日庵（句集）

訳ぬけがけの武士が川の浅瀬を渡って行こうとしている、天には夏の月。季「夏の月」夏。語ぬけがけ―戦陣で陣屋をぬけだして、先駆けすること。解召波「ぬけ懸の手綱ひかゆる雪吹哉」（夏より・明和五年一二月一四日山吹亭・題「雪吹」）を意識した作か。召波句の吹雪の緊張感とは対照的な夏の月の清涼感。参常信「ぬけがけをして春名のれ時鳥」（続山井）。

201 日帰りの兀山《はげやま》越るあつさ哉　句帳（落日庵　夏より　句集）

訳日帰りの道中、兀山を越えて行く、格別の暑さ。季「暑さ」夏。語兀山―木一本生えていない山。解朱廸「大名の日中通るあつさかな」（藁人形）の例があるが、何者の日帰りか不明にして、耐えがたい暑さを兀山で象徴した。参六月十五日、不夜庵にて八文舎興行、兼題「苦熱」（夏より）。上五「日がえりに」（落日庵　夏より）。卯七「日帰りや鳥羽にかよひて瓜作」（西華集）。

202 雪信《ゆきのぶ》が蠅打払硯かな　落日庵（句集　夏より）

訳雪信が蠅を追い払っている、その硯よ。季「蠅」夏。語雪信―狩野派の絵師。久隅守景の娘で、母は狩野探幽の姪。寛永二〇～天和二（一六四三～八二）。解女絵師の雪信は、古典的美人画を得意としたので、さぞ美人で、蠅を荒々しく追い払う姿も艶っぽいだろうと想像。参七月一日、召波亭、兼題「蠅」上五「雪信の」（夏より）。智月「雪信が草花珍し冬籠り」（鳶獅子集）。

203 夕㒵の花《はな》噛《か》ム猫や余所《よそ》ごゝろ　句帳（夏より　落日庵　句集）

訳夕顔の花を噛む猫よ、心は上の空。季「夕㒵」夏。語夕㒵—夕べに花を開き朝しぼむ。瓜科、果実を食用とする。解源氏物語の夕顔のイメージを下敷きに、恋情に心を動かされている猫の様子。中七「花噛む」妖《あや》しさが際立つ。参六月十五日、不夜庵にて八文舎興行、兼題「夕顔」（夏より）。嘯山「尋常に余所心なし鴛二ツ」（葎亭句集）。

204 夕顔や行燈《あんど》さげたる君は誰　落日庵（耳たむし　新五子稿）

訳夕顔の咲く宿、行燈をさげている君はどなた。季「夕顔」夏。語行燈—行灯。木枠に障子を張って作った照明器具。付合語は「路地　湯屋　旅籠屋　虫吹　番所」（毛吹草）。解夕顔の宿を訪ねた光源氏が「何人の住むぞ」と聞いたこと（源氏物語・夕顔）を反転、夕顔が光源氏に「君は誰」とたずねたとする趣向。黄昏《たそがれ》に白く咲く夕顔と行燈の灯が幻想的な王朝物語的世界。参中七「行燈さげた」（耳たむし）、中七・下五「行燈提し君は誰そ」（新五子稿）。

205 秋風におくれて吹や秋の風　落日庵（夏より）

訳秋風に遅れて吹くよ、秋の風が。季「秋風」秋。語秋風と秋の風—和歌では「秋風」が万葉時代から、「秋の風」は『後撰集』の頃から使われ、俳諧では『守武千句』

や『犬子集』の頃から本格的に使われたが、江戸末期までの用例数は「秋風」の約半分。解「秋風」と「秋の風」は、「春雨」と「春の雨」のような使い分けをしないが、和歌や連歌では「秋風」が先行して使われた。感覚的にそれを見ぬいての作。参八月三日、安井前いとやにて帰厚・琴堂興行、兼題「秋風」（夏より）。

206
白露や茨《いばら》の刺《はり》にひとつづゝ　句帳（落日庵　句集　袖草紙）

訳白露よ、茨のハリにひとつずつ宿っている。季「露」秋。語白露―露の美称。解茨の針に小さな白露が宿りきらめく、静かで細やかな美を見出した。芭蕉「しら露もこぼさぬ萩のうねり哉」（芭蕉庵小文庫）の動的な美しさに対して、白露そのものの静謐《せいひつ》な美しさ。参中七表記「茨の針に」（落日庵）、「茨のはりに」（袖草紙）。

207
茨《いばら》野《の》や夜《よ》はうつくしき虫の声　落日庵（夏より）

訳茨の野原よ、夜にはうつくしい虫の音。季「虫の音」秋。語茨野―棘《とげ》があるノバラなどが茂る野原。解茨は人を刺すから、昼間は遠く眺めるだけ。しかし夜ともなれば、虫たちを守る砦となって美しい虫の声が響く。視覚が働く昼と聴覚を働かせる夜の落差。参八月三日、安井前いとやにて帰厚・琴堂興行、兼題「虫」（夏より）。

208 虫売のかごとがましき朝寝哉　句帳（落日庵　句集　題林集）

訳虫売りが恨みがましく言い訳して朝寝をしているよ。季「虫売」秋。語かごとがましき—恨みがましく。「つれづれと我が泣きくらす夏の日をかごとがましき虫の音かな」（源氏物語・幻）。「虫の音かごとがましく」（徒然草・四四）。解虫売りが、虫が一晩中鳴いていたから、眠れなかったのだと言い訳する。その理不尽なおかしさ。参下五「昼寝哉」（題林集）。如貞「入れ置やかごとがましき虫の声」（続山井）。

209 物焚《たい》て花火に遠きかゝり舟　句帳（夏より　落日庵　続明烏　句集）

訳つながれた舟に煮炊きの煙がひとすじ立ち上り、遠くに花火。季「花火」秋。語花火—俳言。元来、霊前への献花。「灯籠　付花火」（崑山集）、「玉祭　付花火」（ゆめみ草）。暫酔「供養する灯籠は法の花火哉」（続山井）。かかり舟—つながれている舟。解遠くにあがる花火が、港につながれて煮炊きする船を照らし出す、遠近法で一瞬の光と闇をとらえた。参八月三日、安井前いとやにて帰厚・琴堂興行、兼題「花火」（夏より）。中七「花火に遠し」（題林集）。

210
欠ケ〱て月もなくなる夜寒《よさむ》哉
句帳（夏より　短冊　日発句集
其雪影　新選　落日庵　句集）

訳だんだん欠けていって、月が見えなくなってしまう。寒い夜だなあ。季「夜寒」―秋。語夜寒―歌語。晩秋をいう。「夜をさむみは冬」（毛吹草・増山井）。解月が欠けるたびに夜の寒さがまして行くように感じる、視覚と体感が相乗効果となる感覚を巧みにとらえた。参八月十四日、召波亭、兼題「夜寒」（夏より）。

211
壁《かべ》隣《どなり》ものごとつかす夜寒哉
句帳（落日庵　句集）

訳壁を隔てた隣からなにやら音がする。実に寒い夜。季「夜寒」秋。語ごとつかす―「ごそつかす」と同じ。「ごそごそ音がする」。解芭蕉「秋深き隣は何をする人ぞ」（笈日記）を意識した作。壁を隔てた隣人がいることが、いっそう孤独感をつのらせ、夜寒が身にこたえる。参幽泉「鶯や椿の中をごそつかす」（泊船集）。

212
山鳥の枝踏《ふみ》かゆる夜長哉
句帳（夏より　落日庵
秋山家　蓮華会集　句集
明和七・五・一三楼川宛）

訳山鳥が枝を踏みかえている、実に長い夜。季「夜長」秋。語山鳥―「あしひきの山鳥の尾のしだり尾の長々し夜をひとりかも寝む」（百人一首）。解長い夜の独り寝の辛さを詠む「寄物陳思」の伝統をふみかえて、あまりの夜長にとまり木を踏みかえたのだ、と山鳥に同情してみせたおかしみ。参九月十六日、田福亭、兼題「長夜」(夏より)。
中七「枝ふみかふる」(楼川宛)。竹友「稲妻に枝ふみかゆる寝鳥哉」(新選)。

山家《やまが》の菊見にまかりけるに、あるじの翁
紙硯《しけん》をとうでゝホ句もとめければ

213 きくの露受て硯のいのち哉　　句帳(夏より　落日庵　自画賛　硯筥裏書　句集)

訳菊の露をもらい受けて、硯の命も延びるに違いないはずだよ。季「菊」秋。語菊の露―長寿を祝う露。藤原俊成「山人の折袖にほふ菊の露うちはらふにも千世はへぬべし」(連珠合璧集　新古今集)。長頭丸(貞徳)「重陽の日／法《のり》を菊の露やづもりて福寿海」(山之井・崑山集)。解山家の主の翁への挨拶句。硯の延命を寿《ことほ》ぐことで翁の長生きを寿いだ。参九月十三日、田福亭、兼題「菊」(夏より)。前書「佳節、何がしの庄司がもとの菊見にまかりけるに、主の翁、句をこはれければ」の自画賛もある。

214 朝霧や村千軒の市の音　　句帳(落日庵　新五子稿　句集)

訳千軒の家々すべてを覆いつくしている朝霧よ。霧の中から朝市のざわめき。季

「霧」秋。【語】村千軒―にぎわっている集落。丹後宮津の人買・山椒太夫の伝説で知られる港町の由良が繁昌していることをいう「由良千軒」をイメージ。【解】宝暦四年（一七五四）、三九歳の蕪村は、京都から丹後宮津へ赴き、同七年頃まで滞在した。村千軒を由良と特定する必要はないが、その朝市とみれば、霧につつまれた朝市のざわめきに物語性が感じられる。【参】角呂「餅搗《もちつき》や関《せき》は千軒臼《うす》も千」（国の花）。

215
人を取《とる》淵《ふち》はかしこ歟《か》霧の中　句帳（新選　落日庵）

【訳】人を取って喰うという淵はあそこか、霧の中。【季】「霧」秋。【語】人を取淵―人を取り込んでしまうという淵。【解】霧の中にひそむ恐怖。奈良県吉野町国栖に、子どもをとるという人取り淵の伝説があった（『昔話―研究と資料―』一九・平成三・六）。【参】蕪村「人をとる灘ハかしこか霧の海」（遺稿）は類句。

216
角《つの》文《も》字《じ》のいざ月もよし牛祭　句帳（真蹟　新選　落日庵　句集）

【訳】角文字の形をした月も良い、いざ牛祭へ。【季】「牛祭」秋。【語】角文字―平仮名の「い」または「ひ」が牛の角に似ていることからいう（徒然草・六二）。牛祭―陰暦九月一二日、京都太秦《うずまさ》の広隆寺の祭り。行者が仮面をかぶって牛に乗り、国家安穏、五穀豊穰、悪病退散を祈る。解太秦の三日月の美しさと牛祭りを取り合わせ、中国の詩人李白や江戸座の俳人存義を見物に誘った。参前書「黄鶴楼頭に崔顥《さいかう》あり。如意山下に存叟あり。七月十六日かもの河辺の薄暮を知らざるものには、ともに大もんじをかたるべからず。鳳凰台上に李白あり。太秦寺前に蕪村あり。八月十二日、うづまさの月夜を見ざるものには、ともに牛祭を説べからず」、「文月のいざ宵もよし大文字　古来庵」とならべて、この句を染筆（真蹟）。

217
雨乞の小町が果やおとし水

句帳（夏より　明和七・五・一三楼川宛　短冊　其雪影　落日庵　句集）

訳懸命に雨乞いした小町、その果ての落し水だよ。季「おとし水」秋。語雨乞の小町―小野小町の雨乞の歌の効果があって雨が降ったという伝説による。小町が果―零落すること。「百年の姥と聞えしは小町が果の名なりけり」（謡曲・関寺小町）。おとし水―稲を刈り取る前にはらう水田の水。解雨乞小町として重宝がられても、無用なものとして捨てられる時が来る。哀切な思いを詠むが、句全体のリズムが軽やかで救いがある。参九月十六日、田福亭、兼題「落水」、中七「小町の果や」（夏より）。支考「小町が雨乞の哀怨と、田村に鬼神の感仰を弁ずべし」（十論為弁抄）。

218 竜王へ雨を戻すやおとし水　　落日庵

訳雨を降らせた竜王へ再び雨を戻すというのか、凄まじい勢いの落し水。季「おとし水」秋。語竜王―仏法の守護者。水の神、雨乞の神。源実朝「時によりすぐれば民のなげきなり八大竜王雨やめたまへ」（金槐和歌集）。解実朝の歌を反転した誇張のおかしさ。参落し水は、『俳諧其傘』（元文三年刊）で秋季に登載された新しい季詞。

219 あちらむきに鴫《しぎ》も立たり秋のくれ　　句帳（落日庵　夏より　句集　発句題叢）

訳あちら向きに鴫も立っているよ。秋の暮れ。季「秋のくれ」秋。語あちらむき―コ斎「うらめしやあちらむきたる花椿」（俳諧葱摺）。鴫と秋のくれ―西行「心なき身にもあはれは知られけり鴫立つ沢の秋の夕暮」（新古今集）。解世をすねた者にも、秋のあわれが身にしみる。同年作「こちら向にたつ鴫はなし秋のくれ」（蓮華会集）は同工異曲。参八月二十七日、安井前字円にて、烏西興行、兼題「秋くれ」（夏より）。中七「立鴫ばかり」（落日庵　夏より）。下五「秋の夕」（発句題叢）。

220 一わたしヲ（遅）くれた人にしぐれ哉　　日発句集（其雪影）

〔訳〕渡し船に乗り遅れた人に、降りしきる時雨よ。〔季〕「しぐれ」冬。〔語〕わたし―渡し船。しぐれ―時雨「神無月ふりみふらずみさだめなき時雨ぞ冬の初也ける」（後撰集・連珠合璧集）。〔解〕ひとつ早い渡し船に乗れたはずの人が乗り遅れてしまった。淡い失意が冬の到来を告げる時雨によって、哀しみへと変わる。〔参〕中七「おくれて人に」（新五子稿）。『其雪影』に「サヌキ暮牛」と収録する蕪村の代作。『日発句集』は几董の発句集。

221 **落葉して遠く成けり臼の音**　句帳（夏より　遺稿）

〔訳〕すっかり落葉した候、臼の音が遠く聞こえなくなってしまった。〔季〕「落葉」冬。〔語〕臼―籾《もみ》や大豆などの穀類の殻をとり除いて粉とする道具。石臼は石と石を重ね合わせて、その間で穀物をひく。〔解〕落葉するさびしさと臼をまわす音が微妙に重なり、しだいに世俗から離れて行く。芭蕉「寒菊や粉糠《こぬか》のかかる臼の端《はた》」（炭俵）をふまえ非日常へと誘う臼の音に注目した作。〔参〕十月五日、召波亭、兼題「落葉」（夏より）。

222 **西吹ケば東にたまる落ば哉**　句帳（落日庵　続明烏　句集）

〔訳〕西風が吹けば東にたまる、風のなすままの落葉よ。〔季〕「落ば」冬。〔語〕西―西風の略。〔解〕慣用句「風に柳」に対して、「風に落ち葉」と洒落た「物と争わない」生き方の寓意。

自明の理を受け入れるほかない。参同年作か「北吹ケば南あわれむ落ば哉」（耳たむし落日庵）。中七「東へたまる」（題林集）。其角「南風ふけば北になびき、西風吹ば東にと」（類柑子・北の窓）。

223
口切や五山衆《ごさんしゅ》なんどほのめきて　句帳（明和七・五・一三　楼川宛　落日庵　句集）

訳口切の日、五山衆だなどとほのめかしてみよう。季「口切」冬。語口切―その年の晩春に摘んでおいた新茶の封を切ること。五山衆―中国の禅寺五寺にならった京都五山、鎌倉五山などの禅僧。京都五山のひとつ天竜寺を開山した夢窓国師は、茶の湯を開いたという。解茶の湯に縁の深い五山僧を気取って出かけた、やつしの気分。参『句帳』に合点。前書「几董にいざなはれて岡崎なる下村氏の別業に遊びて」（句集）。「口切や小城下ながらたゞならね」（句帳　落日庵）、「口切や湯気たゞならぬ台所」（落日庵　新五子稿）も明和六年作か。

224
宿《やど》替《がへ》にすぽりとはまる火燵《こたつ》哉　落日庵（耳たむし）

訳宿替えした先で、持参したやぐらが炬燵にぴたりとはまったよ。季「火燵」冬。語すぽり―完全に。桃首付句「朝月やすぽりとぬける桶の底」（ゆずり物「世は旅に」歌仙）。[解]掘り炬燵《ごたつ》の大きさは家々によって異なるが、移り先の炬燵やぐらと合致したことで、自分の居場所を得たような喜び。[参]上五「宿かへて」（耳たむし）。「宿替や火燵うれしき有所」（落日庵　新五子稿　題林集）も同年の作か。

225 腰ぬけの妻うつくしき火燵哉　　落日庵（日発句集　句集）

[訳]腰がたたない妻が、愛らしく入っているコタツよ。[季]「火燵」冬。[語]うつくしき―愛らしい。いとおしい。[解]空想句だが実感を伴う。腰ぬけの妻が老妻ならば「冬籠り腰ぬけわざの長ぶせり／夜着につゝみて姥捨《うばすて》の山」（蛇之介五百韻・第四）と毒づきたくもなるが、それとは逆の心境。若妻ならば「枕ならべし腰ぬけの君　青（桃青）／踏はづす天の浮はし中絶て　春（千春）」（芭蕉・千春・信徳「わすれ草」歌仙）の心境。

[参]木因「元日や常に見る子のうつくしき」（嵐雪戊辰歳旦帖）。

226 凩《こがらし》や碑《いしぶみ》をよむ僧一人　　落日庵（詠草）

[訳]凩吹く真っ只中、碑を読む僧が一人。[季]「凩」冬。[語]凩―晩秋から初冬にかけて吹く強い風。碑―いしぶみ。碑文。事績や伝記などを刻んだ石碑。[解]碑文を読む一人の僧と凩の吹き荒ぶ野を取り合わせた墨絵のような風景。[参]口棘「凩の音に物みる寺僧

「かな」（俳諧葱摺）。魚貫「凩に一僧帰る山路かな」（たつのうら）。

227 草枯て狐の飛脚通りけり　句帳（落日庵　蓮華会集　句集）

訳草が枯れてしまった野原、狐の飛脚が通過してゆく。季「草枯る」冬。語狐―イヌ科キツネ属。「走」の付合語のひとつ（類船集）。飛脚―手紙や金銀、貨物などを運ぶ運送業者。解枯野を疾走する飛脚の姿から狐を連想したか、茶褐色の枯野を見ての白昼夢か、幻想的な怪異趣味の作。参芭蕉「月澄や狐こはがる児《ちご》の供《とも》」（其便）。几董「代官に妖《ばけ》て瓜喰《く》ふ狐かな」（井華集）。

228 石に詩を題して過る枯野哉　句帳（落日庵　遺稿　新五子稿）

訳石上に詩を書いて過ぎてゆく。茫漠《ぼうばく》たる枯野よ。季「枯野」冬。語石に詩を題して―白居易「林間煖酒焼紅葉　石上題詩掃緑苔」（和漢朗詠集・秋興）。解石に詩を題した人は風狂の人。その人が過ぎ去って、枯野がクローズアップされ、荒涼たる空間が広がっている。参蕪村・安永六「鮓をおす石上に詩を題すべく」（新華摘）。

229 御《お》火《ほ》たきや霜うつくしき京の町　句帳（耳たむし　落日庵　句集）

訳おひたきの日々よ、霜が美しい京都の町。季「霜」冬。語御火たき―おひたき、おほたき、おんたけとも。旧暦一一月の京都の火祭り。「霜月には京わらべお火焼をもよほせり」（類船集）。解一一月の数日、御火たきの炎に照り返す白い霜がうつくしい京の町。生者も死者も隣り合わせの幻想的な世界。参前書「御火焚といふ題にて」（句集）。自謙「御火焼や神はあたらせ給ひけり」（洛陽集）。

230 冬ごもり燈《とう》下《くわ》に書《しょ》すと書《かか》れたり　句帳（詠草　落日庵　句集）

訳冬ごもり、書物を読んでいると「燈下に書す」と書かれていたよ。季「冬ごもり」冬。語燈下に書す―服部南郭『南郭先生灯下書』（享保一九年刊）をふまえる。解冬籠の間に古書を繙《ひもと》くと書き入れがあり、自分と同じように読書した古人がいたことに心を動かされた。漢詩人・南郭を敬慕した作。参『句帳』に合点。召波「思ふ事戸に書れたり冬籠」（春泥句集）。

231 桃源の路《ろ》次《し》の細さよ冬ごもり　句帳（耳たむし　落日庵　遺稿　新五子稿）

訳桃源郷に続く路地の細すぎることよ、冬籠。季「冬ごもり」冬。語桃源—桃源郷。陶淵明「初極テ狭ク、纔《わづか》ニ人通ル」（桃花源記）。路次—みちすじ。路地。「郷里遠方なり。路次の間に光陰を虚しくして」（正法眼蔵随聞記）。解桃源郷で冬籠しようとしても、俗用のために叶わない。陶淵明がいう通り桃源郷に至る路は、狭く細いと嘆いてみせて、笑いを誘った。蕪村の住所は「四条烏丸東へ入町」（明和五年『平安人物志』「画家の部」）、路地の奥だった。参中七「道の細さよ」（新五子稿）。

232
冬ごもり妻にも子にもかくれん坊《ぼ》

句帳（落日庵　遺稿）

訳冬ごもり、妻にも子にもかくれん坊。季「冬ごもり」冬。語かくれん坊—子どもの遊び。鬼を決め、それ以外の子どもが隠れて、鬼に発見されると鬼を交代する。解もっとも身近な妻子にも隠れて、冬籠する楽しさは隠れん坊の楽しさと似ている。隠逸の気分と童心が一体化した作。参句帳に合点。

233
戸に犬の寝がへる音や冬籠

落日庵（詠草　日発句集　句集
耳たむし　其雪影　新五子稿）

訳雨戸にひびく犬の寝返りの音よ、冬籠の夜。季「冬籠」冬。語寝がへる—寝たまま身体の向きを変えること。解冬籠する市井の人が犬の寝返る音に目を覚ます。生きる者への共感が孤独感を呼び醒ました。【参】上五「戸の犬の」（新五子稿）。芭蕉「草枕犬も時雨るかよるのこゑ」（野ざらし紀行）。杉風「僕《ぼく》が雪夜《せつや》犬を枕のはし寝哉」（虚栗）。

234 水鳥や百性《ひやくしやう》ながら弓矢取　句帳（落日庵　句集）

【訳】水鳥の羽音よ。百姓ながら弓矢取りの身。【季】「水鳥」冬。【語】百性―百姓とも書き貴族以外の人々一般。ここでは農民。弓矢取―武士。【解】武士に取り立てられた農民の矜持とその裏腹の心細さ。「平家の軍兵の敗軍せしは水鳥の羽音なり」（類船集・川音）という有名な故事を農民に転じた空想句。【参】楼川付句「弓矢八幡山の百姓／揚屋にてなら漬に酔若輩さ」（江戸廿歌仙・十二）。

235 水鳥やてうちんひとつ城を出る　句帳（落日庵　遺稿）

【訳】水鳥の羽音よ。提灯をひとつ下げた人が城を抜け出す。【季】「水鳥」冬。【語】てうちん―箱提灯。【解】提灯ひとつを下げた人は、密使だろう。水鳥の羽音によって危険が迫っていることを暗示した、軍記物語的な作。闇に点す提灯の小さな明かりがはかない命の象徴。【参】蕪村・同年「水鳥や提灯遠き西の京」（落日庵・新選）。

236
草も木も小町が果《はて》や鴛《をし》の妻　　落日庵

【訳】草も木も小町のなれの果てだよ。枯草の陰にかくれて、鴛の妻。【季】「鴛」冬。【語】小町―平安朝の歌人。小野小町。「昔」と「小町がなれる果」は付合語（類船集）。鴛―おしどり。鴛鴦。夫婦の仲がよい鳥とされている。雌は地味な枯草色で目立たなく、雄は美しい彩色の羽をもつ。【解】小町は色あせて草木と同じように冬枯の色、鴛の妻はもともと枯草色だからそのまま。浮名を流した小町の生き方とは対照的な鴛の雌の幸せ。【参】松吟「凩《こがらし》や鴛鴦《をし》の番《つがひ》を吹分《ふきわく》る」（其便）。

237
鴛《をしどり》や花の君子は殺《カレ》てのち　　句帳（落日庵　遺稿）

【訳】鴛よ。花の君子が枯れた後に池の君子となる。【季】「鴛」冬。【語】花の君子―蓮の花。周茂叔「蓮は花の君子なる者也」（古文真宝後集・愛蓮説）。【解】羽の美しい鴛の雄が蓮の花（夏の季）に代わって悠々と浮かんでいる、冬鳥の美しさ。【参】蕪村自身が「殺」に「カレ」とルビ（句帳）。下五「枯れて後」を「死《か》れて後」と改める（落日庵）。召波「蓮／とく起よ花の君子を訪《とふ》日なら」（春泥句集・五車反古）。

238 易《えき》水《すい》に葱《ねぶか》流るゝ寒《さむさ》哉　句帳（落日庵　句集）

訳易水に葱が流れて行く。ふるえあがる寒さよ。季「寒さ」冬。語易水―中国河北省西部の川。燕の刺《し》客荊軻《かくけいか》は易水のほとりで、秦の始皇帝を暗殺するため、「風蕭蕭《せうせう》トシテ易水寒ク、壮士一タビ去リテ復還《またかへ》ラズ」と詠んで太子丹と別れた（史記・刺客列伝）。解易水に浮かぶ葱の白さは、荊軻の純粋な決意を象徴するが、歴史の大きな流れのなかでは、何ほどのことでもない。下五「寒さ哉」で、きびしい冬の寒さと敗れ去った人間の悲哀を重ね合わせて詠嘆した。参芭蕉「葱《ねぶか》白く洗ひたてたるさむさ哉」（韻塞）。

239 借《かり》具《ぐ》足《そく》我になじまぬ寒《さむさ》かな　耳たむし（新五子稿）

訳借りてきた甲冑《かつちゆう》が我が身になじまない、何とも寒いことよ。季「寒さ」冬。語借具足―調度や甲冑などの借りてきた道具。解借り具足で甘んじ生きる貧乏な武士が、一旗あげたいと願っているが、その願いは借り物だけに具足もなじまない。それをかこつ男のペーソス。参蕪村・明和六か「追剝に褌もらふ寒さ哉」（落日庵）。

240 懇《ねんごろ》な飛脚過《すぎ》ゆく深《み》雪《ゆき》哉　句帳（耳たむし　落日庵　遺稿　新五子稿）

訳親しくしている飛脚が過ぎて行く。深く積もった雪の中。季「深雪」冬。語懇―親しくしている。飛脚―荷物や手紙を運ぶ運送業者。蕪村は飛脚問屋で俳人の大伴大江丸（大和屋善兵衛）と親しかった。解深い雪の中を行くのは大江丸か。ふだん親しくしている飛脚が、別人のように颯爽と深雪のなかを行く姿に感嘆した。参一晶「松原は飛脚ちいさし雪の昏《くれ》」（虚栗）。

241
物書いて鴨に換《かへ》けり夜の雪　　落日庵
王羲《わうぎ》之《し》

訳書をかいて食料の鴨と換えたのだなあ。ふりしきる夜の雪。季「雪」冬。語王羲之―中国東晋の書家。『道徳経』を書写し鵝《が》鳥と換えたという故事（円機活法・鵝）。「淵明の鷴《しらきじ》・羲之の鵝《がてう》」と併称された。鴨は高級食材。解書家王羲之は鵞鳥を愛し、自らの書と交換したというが、絵を売って生きる私は食料の鴨と換えた、似て非なる行いを笑いに転じた作。参『五車反古』では、笹山の茋堂の句として収録。

242
大雪と成けり関の戸ざし比《ごろ》　　句帳（落日庵　遺稿　新選　新五子稿）

訳大雪となったなあ。関所の戸を閉ざす夕暮れの頃。季「大雪」冬。語関―関所。要路や国境に設けて、通行人や通行貨物の検査をした役所。解鶏鳴狗盗で有名な中国河南省の函谷関を重ねて、歴史的なイメージを呼びおこした作。この大雪の夕暮れにいったん閉ざされた関の戸は、鶏が鳴いても容易に開くことはない。参泰里「関の戸に秋風はやし麦畠」（あけ烏）。下五「戸ざし時」（新選　新五子稿）。

243 大雪や上客歩行《かち》で入おはす　句帳（落日庵　遺稿）

訳大雪だよ。上客が歩いて屋敷にお入りなされた。季「大雪」冬。語上客―古くは濁らず、ショウキャクと読んだ。大切な客。解雪深い比叡山麓小野の里に隠棲した、失意の惟喬《これたか》親王を訪ねた業平の面影（伊勢物語）。親王に仕える人の立場から詠んだ作。参業平「忘れては夢かとぞ思ふ思ひきや雪ふみわけて君を見んとは」（古今集）。

244 深草の傘しのばれぬ霰哉　落日庵（新五子稿　句集拾遺）

訳深草の少将の傘がしのばれる、やけに大きな霰の音よ。季「霰」冬。語深草―深草の少将。小野小町から百夜通ってきたら身を許すと約束されたが、九十九夜目に亡くなってしまった（謡曲・通小町）。解傘にあたる霰の音は、深草の少将の胸の高鳴りだろうか。百夜通いの伝説から、願いが叶わなかったことの悔しさを思いやっての作。参

―下五「時雨哉」（句集拾遺）。

245
古池に草《ざう》履《り》沈みてみぞれかな　句帳（句集　落日庵　詠草）

訳古池に草履が沈み、池水に降り注ぐみぞれよ。季「みぞれ」冬。語古池―古くからあった池。蕪村付句「古池に楠《くす》の雫のしづむらん」（反古衾）。みぞれ―雨と雪が入り混じって降る氷雨。解古池、草履沈む、みぞれ降る、と重ねて深まり行くさびしさを表現。「山里は冬ぞさびしさまさりける人目も草も枯れぬと思へば」（古今集）の和歌的なさびしさに対して、草履が人の営みの気配を感じさせ、わびしさを加えた。参下五「みぞれけり」（落日庵　詠草）。

246
町はづれいでや頭《づ》巾《きん》は小風呂敷　句帳（耳たむし　落日庵　句集）

訳町外れ、さて頭巾には小さな風呂敷。季「頭巾」冬。語いでや―人をうながすときに呼びかける「いで」の強調表現。解「町外れでは見栄をはる必要がないから頭巾をどうぞ。もっとも小さな風呂敷しかないので、頰《ほお》かぶりになりかねませんが…」と誘った。ふたりは主従の関係か、ユーモラスな応答が予想される。参表面を立派に見せかけて内実が伴わないことを「頭巾と見せて頰かぶり」という（俚言集覧）。

247 みどり子の頭巾眉深《まぶか》きいとおしみ　句帳（落日庵　句集）

訳幼子の頭巾、眉まで隠れるほどに深くかぶせて、いとおしむ。季「頭巾」冬。語みどり子―幼児。頭巾―防寒用。眉深《まぶか》き―眉が隠れるほど。解幼子の顔全体を覆うように頭巾をかぶせる親の深い愛情。蕪村の体験に基づくか。参園女「みどり子を頭巾でだかん花の春」（住吉物語）。

248 闇の夜《よ》に頭巾を落すうき身哉　句帳（落日庵　遺稿）

訳闇の夜に頭巾を落としてしまった、つらい身の上。季「頭巾」冬。語うき身―憂身。つらいことの多い身の上。源俊頼「世の中は憂き身に添える影なれや思ひ捨つれど離れざりけり」（千載集）。浮身。越前や越後地方の遊女をいう方言（物類称呼）。解頭巾を落としたのは遊女か。其角「闇の夜は吉原ばかり月夜哉」（武蔵曲）が連想され、「うき身」の遊女の哀しみが思われる。参「くらがりに頭巾落してうき身哉」（落日庵）、「闇の夜や頭巾落して物凄し」（同）も同じ趣向。

249
頼朝の頭巾仕《し》立《たつ》る笑ひ哉　落日庵

訳頼朝の頭巾を仕立てて、大笑い。季「頭巾」冬。語仕立る—縫う。解頼朝は大頭という言い伝えをふまえた笑い。「頼朝の兜《かぶと》質屋の火鉢ほど」や「拝領の頭巾梶原《かじはら》縫ひ縮め」などの川柳もある。参正巴「頼朝のかうべ大きな袷かな」（新雑談集）。

250
埋《うづみ》火《び》や物そこなはぬ比《び》丘《く》比《び》丘《く》尼《に》　句帳（落日庵　遺稿）

訳埋火は灰の中のまま、物を粗末にしない僧侶と尼僧たち。季「埋火」冬。語埋火—灰の中に埋めた炭火。比丘—僧侶（男性）。比丘尼—尼僧。解埋火を掘り起こさず寒さに耐える比丘と比丘尼が、埋火のように埋もれて生きる姿に共感。参再賀「埋火や物書ほどに箸《はし》は燃《もえ》」（反古衾）。甘谷付句「比丘比丘尼用心のよき竈の下」（江戸筏）。風葉「そこなはぬ身と聞からに蚊遣り哉」（秋風記）。

251
埋火をさがす郭《くわく》巨《きよ》がきせる哉　落日庵

訳埋火がどこに埋もれているか探し出す。まるで、郭巨のきせるのようだなあ。季「埋火」冬。語郭巨—後漢の人。二十四孝の一人。家が貧しく、母を飢えさせないために自分の子を地中に埋めて口減らししようとしたところ、地中から黄金の釜を掘り得たという（蒙求・郭巨将坑）。きせる—煙管。たばこを吸うための道具。解埋火をきせるで探し出す様子を、郭巨が黄金の釜を掘り出したという故事になぞらえ、これも孝行だろうかと笑いを誘った。参正定「堀《（ママ）》出しをするは郭巨がいろり釜」（ゆめみ草）。

252 **埋火や春に減《へり》ゆく夜やいくつ**　句帳（遺稿　落日庵）

訳埋火よ、春に向かって減ってゆく、冬の残りは幾夜だろう。季「埋火」冬。語埋火—「埋火トアラバ、閨　寒夜　おきながら　春ちかき　あたりて　はひしり」（連珠合璧集）。解埋火の付合語「春ちかき」を活かして、埋火の数が減ってゆくことと寒さが和らいで春に向かうことを言いかけた。下五「夜やいくつ」が眼目。参下五「夜はいくつ」（落日庵）。

253 **寒梅やほくちにうつる二三輪**　落日庵

訳寒梅よ、火口に浮かびあがる、花二三輪。季「寒梅」冬。語ほくち—火口。燧《ひうち》で打ち出した火を取る道具。解梅の花が火口に浮かび上がったときの一瞬の暖かさ。参嵐雪「むめ一輪一りんほどのあたたかさ」（句双紙）。魚三「二三輪白梅さくや雪の中」

―（続一夜松後集）。

254
宝舟慶子《けいし》が筆のすさび哉　　落日庵（新五子稿）

訳宝船の絵は慶子の手すさび、まことにめでたい。季「宝舟」冬。語宝舟―除夜の夜に売り歩き、それを枕の下に敷いて寝た。保之「除夜に敷や毎年数多の宝舟」（時勢粧）。慶子―初代中村富十郎の俳号。享保四～天明六。女形の名人で絵も描いた。解慶子は蕪村贔屓《ひいき》の歌舞伎役者。天明二年の『花鳥篇』で蕪村は「今の中むら慶子などは、よくその道理をわきまへしりて、としどしに優伎のはなやかなるは、まことに堪能の輩と云べし」と賞賛。慶子が描いた宝舟で初夢をみて新しい年を迎える喜び。参召波「やごとなき一筆がきや宝舟」（春泥句集）。

明和七年（一七七〇）庚寅　　五五歳

文台開前書有

255
花守《はなもり》の身は弓矢なき案山子《かがし》哉　　落日庵（月並会句記　から檜葉　続一夜松後集　新五子稿）

訳花守の身ですが、弓も矢もない無力な案山子と同じですよ。季「花守」春。語花守―花を守る番人。夜半亭を継いで宗匠立机したことの比喩。解蕪村は画師として俳諧を楽しんでいたが、この年、俳諧宗匠として一門を率いることになった。そんな自分を戯画化して、武器もない無能の者ですと門人に送った謙遜の挨拶句。参前書「明和庚寅のとし、京師に再び先師巴人門をひらき夜半亭と号す」（月並会句記）、「明和のはじめ、京師に再び先師巴人の業をつぎて夜半亭と号し」（から檜葉）。「明和八年辛卯春三月、京師に夜半亭を移して文台をひらく」（続一夜松後集）は誤記。良勝「花守は実《げに》桜田のかがしかな」（崑山集）。

256 しら梅のかれ木に戻る月夜哉　句集（日発句集　落日庵）

訳白梅が枯れ木にもどったかのような、うつくしい月夜だよ。季「梅」春。語戻る―もとあった所へかえる。吏全「せりつめて薄にもどる小鳥かな」（屠維単閼）。解白梅の背後に月を描いた一幅の画を見るようで、梅の枝の黒さだけが浮かびあがるおぼろ月夜が幻想的。「落花枝にかえらず」を反転させて、梅の視覚的な美しさに焦点をしぼった作。参闌更「梅の月消へて窓もる匂ひかな」（半化坊発句集）。

257 寝た人に眠る人あり春の雨　落日庵

訳もう寝た人もいるし、これから眠ろうとする人もいる。春の雨。季「春の雨」春。

語春の雨―さびしさの中にやわらいだ趣を感じさせる。一円堂為角「春の雨は淋しき中に其音も麗《うるはしく》に聞へ、心さはやかに成趣《なるおもむき》なり」（誹諧之発句）。解大宰府に流された菅原道真の「単寝辛酸夢見稀　不眠夜不短」（菅家文草）とは逆の、眠りについた人、これからつこうとする人をつつみこむ安らかな春の雨。参里東「一寝《ひとね》入《いり》してから哀れ春の雨」（類柑子）。

258
熊谷も夕日まばゆき雲雀《ひばり》哉　落日庵

訳熊谷も見たまぶしい夕日に消え行く雲雀よ。季「雲雀」春。語熊谷―熊谷次郎直実。鎌倉時代初期の武士。出家して蓮生。「行住座臥、西方に背を向けず」（往生礼賛）を信じ、西方を向いたまま乗馬して京都から鎌倉へ下向したという（和漢三才図会）。解一の谷の合戦で破れた敦盛が助け船に乗ろうと渚に向かって行ったところ、熊谷に討ち取られた話（平家物語）をふまえて、敦盛は最期の夕日をまぶしく見ただろうが、討ち取った側の「熊谷も」と鎌倉下向のとき同様であった、とする趣向。夕日の中に消えて行く雲雀は、はかない生命の象徴。参蕪村・明和七「夕雲雀鎧の袖をかざし哉」（落日庵詠草）。昔延「あつもり《敦盛》か雲井にあがる雲雀笛」（ゆめみ草）。

掛物　探題二句

259 帰る雁有楽《うらく》の筆の余り哉　　落日庵

[訳]帰る雁が連なる様は有楽斎の筆の余りのようだよ。[季]「帰る雁」春。[語]「帰る雁」―晩秋に飛来し、初春に北へ帰る雁。歌語。有楽―織田信長の弟・長益。茶人。剃髪して有楽斎と号した。大坂冬の陣の後に徳川方に転じた、といわれる。[解]雁行する雁に遅れて行く雁を織田有楽斎が敵方に内通したという手紙（雁書）に見立てた作。[参]愚道「かりがねや律義に帰る筆の跡」（犬子集）。

260 沓《くつ》おとす音のみ雨の椿かな

落日庵（小摺物　自画賛　月渓筆
画賛　安永七以後五・八梅亭宛）

張良讃　嘆息此人去／蕭条徐泗空

[訳]くつを落した音だけが聴こえる、雨の日の椿よ。[季]「椿」春。[語]張良―紀元前一六八年没。前漢を創始した劉邦の臣。下邳県の圯橋で黄石公が落した沓を拾って、太公望の兵書を授かった（史記・留侯世家／謡曲・張良）。「嘆息ス此ノ人去リテ　蕭条トシテ徐泗《じょし》ノ空《むなしき》ヲ」（前書）は、李白「経㆓下邳圯橋㆒懐㆓張子房㆒」（唐詩選）の末二句。徐泗は、張良が秦の始皇帝の暗殺に失敗した後、身を潜めていた下邳県の地。[解]張良の画賛句。沓の故事を思い出させ、落花を新居落成と柿落《こけらおと》しに転じて祝意をあらわした。

[参]小摺物に作者名を旦霞（代句）。一月、大来堂（鉄僧）新居落成祝賀句会、探題「張

—良」（小摺物）。自画賛・月渓筆画賛・梅亭宛とも前書の「張良讃」のみなし。

風入馬蹄軽

261 木《こ》の下が蹄《ひづめ》のかぜや散さくら　句帳（詠草　落日庵　句集）

訳愛馬「木の下」の蹄が巻き起こす風よ、散る桜。季「散さくら」春。語風入馬蹄軽—「風ニ入ル馬蹄《ばてい》軽シ」。杜甫「房兵曹胡馬」（唐詩選・三）の第四句（馬蹄は「四蹄」の誤記）。木の下—源頼政の子仲綱の愛馬（平家物語）。治承四年（一一八〇）、「木の下」を強奪した平清盛の三男宗盛が、「仲綱」と名づけ侮辱した。これを怒った頼政・仲綱父子が挙兵したという（同前）。解愛馬への思い入れと杜甫の律詩を踏まえ、蹄の風に散る桜を戦さの前触れとみた、歴史物語的趣向。参前書「探題落花」（詠草）、付記「老杜句　風入馬蹄軽」（同）。「馬の名も木の下影やちる桜」（落日庵）も同年作か。

262 衣手は露の光りや紙雛　遺稿（詠草　落日庵　月渓筆画賛）

訳袖はかすかに光る露のようだよ。紙雛。季「紙雛」春。語衣手—袖。天智天皇「秋の田のかりほの庵の苫をあらみわが衣手は露にぬれつつ」（百人一首）。露の光—かすかな光。紙雛—紙で作った雛人形。「引袖のなきも恨ぞ紙雛」（渭江話）のような、袖のない簡略な作りのものが多かった。【解】紙雛はケガレを流す形代《かたしろ》で、流し雛として作られた。とってつけたような紙雛の小さな袖が、かえって哀れさを誘う。【参】前書「雛」（詠草）。付記「先師夜半翁上巳の句也」（月渓筆画賛）。

---

263 法《ほう》然《ねん》の珠《ず》数《ず》もかゝるや松の藤　五車反古（詠草　落日庵　遺稿　新五子稿）

柴の戸にあけくれかゝるしら雲を
いつむらさきの雲に見なさむ

【訳】法然上人の数珠も懸かっているかのようだ。紫の藤がからまる松の枝。【季】「藤」春。
【語】柴の戸に…（前書）―法然の歌（玉葉集）。法然が承元元年（一二〇七）赦免されて京へ帰る途中、摂津の勝尾寺で詠んだ歌といわれている。【解】蕪村は浄土宗の徒。松に懸かる藤の花房を法然上人の数珠に見立てた。松の緑と藤の紫が対照的で美しい。【参】前書「藤」（詠草）、付記「上人のうたに、松の戸に朝夕かゝる白雲をいつむらさきの雲と見なさん」（同）。遺稿前書は詠草付記とほぼ同じ。上五「法然が」（新五子稿）、下五「軒のふじ」（遺稿）。

---

264 御《お》手《て》打《うち》の夫婦《めうと（めをと）》なりしを更衣　句帳（落日庵　句稿断簡　句集）

訳お手打ちになるはずが許され、夫婦となって迎えた更衣。季「更衣」夏。語御手打―御手討。主君が臣下に直接刑罰をくわえること。解手打されてもおかしくない不義の男女の首がつながって、こざっぱりと更衣の日を迎えた喜び。参お手打に値する罪に「不義密通」があり、その場で殺害されても致し方なかったが、金銭によって解決することも多かった。内済金「首代」は七両二分が相場。中七「女婦なりしを」（句稿断簡）は誤記。蕪村・明和七「更衣うしと見し世をわすれ顔」（句帳　遺稿）。

265
西行は死そこなふて袷かな　落日庵（明和七・五・二三楼川宛　耳たむし）

訳西行は望んだ日には死なず、生き延びて更衣をすることになったよ。季「袷」夏。語西行―平安末期から鎌倉初期の歌僧。解西行「願はくは花の下にて春死なんそのきさらぎの望月のころ」（山家集）をふまえ、二月に死にそこなった西行の衣更を想定した。隠逸の歌人西行の一面をうがって、笑いに転じた。参桐妖「ねがはくは花のもとにてはる死なんと読しを／西行は死まで花のこころ哉」（蕉獅子集）。

266
時鳥《ほととぎす》柩《ひつぎ》をつかむ雲間より　句帳（落日庵　句集）

訳ホトトギスが棺をつかんだ声か、雲間から鋭い鳴声。季「時鳥」夏。語時鳥―冥途とこの世を往来する鳥、また地獄を棲家とする鳥ともいわれた。季吟「不如帰とや地獄もすみかほと、ぎす」（山之井）。[解]藤原実定「時鳥鳴きつる方をながむればたゞ有明の月ぞ残れる」（千載集）のさわやかなイメージを「柩をつかむ」で不気味に転じた作。[参]暁台「都貢が挽歌／ほとゝぎす棺に物を書やらむ」（暁台句集）。

267 めしつぎの底たゝく音やかんこ鳥

句帳（詠草　耳たむし
落日庵　句集　新選）

[訳]飯びつの底をたたく音か、カンコドリの鳴声。[季]「かんこ鳥」夏。[語]めしつぎ—飯びつに同じ（日葡辞書）。飯を入れる木製または金製の器。かんこ鳥—閑古鳥。[解]かんこ鳥は、古今伝授の秘鳥の呼子鳥という説があるが不明。飯びつの底をたたく音を、秘伝の鳥の鳴き声に擬えて俗に転じたおかしさ。[参]上五「飯櫃」（新選）。其角「飯櫃にかけもたらぬか蟬の衣」（五元集拾遺）。

268 味噌汁を喰《くは》ぬ娘の夏《げ》書《がき》哉

落日庵（新選　新五子稿）

[訳]味噌汁を食べない娘の夏書よ、けなげなことだね。[季]「夏書」夏。[語]夏書—四月一六日から七月一五日まで、寺院にこもって修行をする夏《げ》安居《あんご》の間に経文を書写し、座禅や読経などの修行をする。[解]「うぶやには味噌汁をすゝむるがよろしとなり」（類船

集）を参考にすると、味噌汁は出産に良いとされていた。それを食べず独身を通す覚悟で夏書に励む娘。参中七「くはぬ女《むすめ》の」（新五子稿）。

269 みじか夜や枕にちかき銀屏風　句帳（詠草　短冊　耳たむし　落日庵　句集）

訳夏の短い夜よ、枕の銀屏風の涼しさ。季「みじか夜」夏。語屏風―風を防ぐつい立。解芭蕉「金屏の松の古さよ冬籠《ふゆごもり》」（炭俵）の冬籠に対して、夏の短夜の明けやすさを銀屏風で対照させた。参支考「金屏はあたゝかに銀屏は涼し。是《これ》をのづから金屏・銀屏の本情なり」（続五論）。

270 みじか夜や同《どう》心《しん》衆《じゅう》の河《かは》手水《てうづ》　句帳（耳たむし　落日庵　句集）

訳夏の短い夜よ、同心衆が河原で手水を使っている。季「みじか夜」夏。語同心衆―江戸時代の町奉行に付属する与力の配下の役人たち。警察庶務を業とした。河手水―川の水で顔や手足を洗うこと。解事件が短期で解決したことと短夜を重ねて、同心衆が手水を使うさわやかな夏の朝に至るまでの経緯を想像させてくれる。参専吟「玉川や同心衆の菊の水」（其便）。梅夕「涼しさや昼寝の上の川手水」（国の花）。

271 かはほりやむかひの女房《にようぼ》こちを見る　句帳（詠草　落日庵　句集　俳諧品彙）

訳かわほりよ。向かい家の女房がこちらを見る。季「かはほり」夏。語蝙蝠《かはほり》―哺乳類。鳥のように餌を求めて夜に飛ぶ。解日常の一コマをかはほりと女房を取り合わせて艶なる情景とした。参下五「こちに居」（俳諧品彙）。李由「かやり火や隠し女房のかげぼうし」（吾仲剃髪賀集）。

272 人妻の暁《あかつき》起《おき》や蓼《たで》の雨　落日庵（詠草　新五子稿）

訳人妻が夜明け前に起きているよ、ほんのり赤く小粒の蓼の雨が降っている。季「蓼」夏。語人妻―恋の詞（毛吹草「連歌恋之詞」）。「盗む」の付合語（類船集・毛吹草「付合」）。暁起―夜明け前に起きること。蓼の雨―蓼の花のように小粒で細やかに降る雨。解満たされない恋の思いを抱いて夜明け前に起きた人妻と小雨を取り合わせて、心中を思いやったドラマ仕立ての作。参蕪村・明和七「郷君の暁起や蓼のあめ」（新五子稿）。几董「沖塩のはやせを恋や蓼の雨」（井華集）。

273 砂川や或《あるい》は蓼を流れ越す　句帳（落日庵　句集）

訳砂川よ。どうかすると川辺の蓼を越して流れてゆく。季「蓼」夏。語砂川―砂地を浅く流れる川。土芳「砂川をわたりてあそぶ涼哉」（ありそ海となみ山）。蓼―イヌタデ・ハナタデ・オオケタデ・サクラタデなど。解「蓼食う虫も好き好き」の諺もあるのに、そんなことにかまわず蓼を覆い越して流れて行く。砂川の気ままな様子。参自悦「竹の子や或は客殿廊下の下」（洛陽集）。

274
雨と成《なる》恋はしらじな雲の峯　　句帳（夏より　句集）

訳夕べには雨となる恋をしらないだろうよ、雲の峰。季「雲の峰」夏。語雨となる恋―雲雨の恋。楚の懐王が巫山で契った神女が「旦《あした》ニハ朝雲トナリ暮ニハ行雨トナラン」と言った故事（文選・高唐賦）。激しい性愛の暗喩。しらじな―想像もできないだろう。藤原実方「かくとだにえやはいぶきのさしもぐささしもしらじなもゆるおもひを」（後拾遺集）。解険しい雲の峰は恋の激しさを知らないだろうね、と挑発的に呼びかけた。参中七「恋はしらずや」（夏より）。六月、烏西興行、兼題「雲の峯」（夏より）。

275
梶の葉を朗詠集のしをり哉　　句帳（明和七・一
　　三賀瑞宛　句集）

訳七夕の夜、開いた和漢朗詠集にはさまれていた梶の葉の栞《しおり》のゆかしさよ。季「梶の葉」秋。[語]梶の葉―七夕の縁語。「梶の葉に歌を書、竹に糸をかけては星祭せり」（類船集・七夕）。朗詠集―藤原公任撰『和漢朗詠集』。長和元年（一〇一二）頃成立。[解]七夕に因む梶の葉と王朝の雅を伝える朗詠集を取り合わせ、七夕の夜の恋の気分と栞をはさんだ人へゆかしさが重なる。朗詠集は蕪村の愛読書。[参]前書「七夕」（賀瑞宛　句集）。几董「梶の葉に配《くば》りあまるや女文字」（井華集）。

かまくらにて

276
いなづまや二折《ふたをれ》三折《みをれ》剣沢《つるぎざは》　（句帳　遺稿　落日庵　夏より　新選）

[訳]すさまじい稲妻よ、二つに折れ、また三つに折れて剣沢の上にかかる。[季]「いなづま」秋。[語]剣沢―現在の小田原市曾我谷津の東沢。曾我兄弟の故地。[解]剣沢の名前から剣を、仇討で有名な曾我兄弟の故地であることから、復讐心が稲妻に化身したと連想。一瞬に光る稲妻を二折、三折ととらえた点が新しい。後に北斎が富士山を背景に、幾重にも折れた稲妻を描いた。[参]中七「二打三打」（落日庵　夏より　新選）。前書「鎌倉にて」（遺稿）。八月一日、五席庵、兼題「稲妻」（夏より）。

かな河浦にて

277 いな妻や八丈かけてきくた摺　　句帳（句集）

【訳】すさまじい稲妻よ、八丈島までジグザグの菊多摺のよう。【季】「いな妻」秋。【語】かな河浦―神奈川湾。八丈―八丈島。縦縞、格子縞の八丈絹が名産。きくた摺―福島県磐城地方菊多の特産の摺模様。【解】稲妻が走る様子を菊多摺と八丈絹の模様から連想、東北の福島と伊豆七島の八丈島を詠みこんで、前書の神奈川浦も含めて、実景仕立ての鳥瞰《ちょうかん》図《ず》とした。【参】其角「名月や八丈じまの五端懸」（菊の道）。

278 月更《ふけ》て猫も杓子も踊かな　　夏より（詠草　自画賛二種）

【訳】月夜が更け、猫も杓子も夢中になって踊り続けているよ。【季】「踊」秋。【語】猫も杓子も―「誰もかれも」（国字分類諺語）。画賛は猫と杓子が踊っている図柄。【解】深夜になるほど踊りが興に入るさまを、諺で表現した点が新しい。【参】前書「猫は応挙子が戯墨也。しやくしは蕪村が酔画也」（画賛イ・詠草）。上五「ぢいもばゞも」（画賛イ・画賛ロ・詠草）、「夜半から」（自画賛イ）、「夜半からは」（自画賛ロ）。七月一日、五席庵、探題「をどり」（夏より）。文考「売家や猫も杓子も虫の声」（西華集）。

279 故さとの坐頭に逢ふや角力取　句帳（落日庵　遺稿　新選）

訳思いもかけず故郷が同じ按摩と出会ったよ、角力取り。季「角力」秋。語坐頭―盲目の人。ここでは按摩。解角力を終えた力士が按摩してもらいながら、四方山《よもやま》話をしていると同郷の人と分かって、身も心も安堵した。旅の一夜の物語。参中七「座頭に逢ひぬ」（新選）。介我「投際《なげぎわ》を坐頭誉たる相撲哉」（渡鳥）。

280 飛《とび》入《いり》の力者あやしき角力哉　句帳（落日庵　句集）

訳飛び入りの力士、角力が一変したよ。季「角力」秋。語力者―力士。相撲取り。あやしき―不思議な。破笠「刀さげてあやしき霜の地蔵哉」（続虚栗）。解中七「あやしき」は、力者と角力の両方にかかる。飛び入りの人間業を超えた大力の力士によって、角力全体の雰囲気が変わる。その不思議な力に感嘆。参蕪村「角力の句ハ、とかくほからく相成候て、出来がたきものニテ候」（天明三・七・二一如瑟宛）。存義「子を抱て行司に立や辻角力」（古来庵発句集前編）。

281 蓑《みの》笠《かさ》之《の》助《すけ》殿《どの》の田の案山《かが》子《し》哉　落日庵（夏より）

訳その名も蓑笠之助殿の田を守る案山子であるぞ。季「案山子」秋。語蓑笠之助殿―戯画化した名前。解案山子が立つ田の持ち主を蓑笠之助殿と呼ぶのは、案山子が蓑と笠を着けて威張っている様子からの戯れ、言葉遊びの面白さを活かした句作り。参九月一日、五席庵、探題「案山子」（夏より）。如冉「蓑笠も田植て秋はかがしかな」（国の花）。

282
花鳥の彩色《さいしき》のこすかゞしかな　句帳（遺稿）

訳稲を刈り終えた田んぼ、美しい花鳥のように彩色されて立つ案山子よ。季「かゞし」秋。語彩色―色をつける。解案山子は「かゞし」という通り、獣肉などを焼き匂いを嗅《か》がせて鳥獣を退散させたことに由来する。この句は、嗅覚ではなく視覚的な面白さ。稲が刈り取られた後の殺風景な田んぼに立つ案山子の華やぎの後の孤独。参松吟「彩色のはげて花鳥の枯野哉」（国の花）。

283
十六夜《いざよひ》の落るところや須磨の波　落日庵（夏より）

探題　名所浦

訳十六夜の月が没するところだよ。須磨のさざめく波。季「十六夜」秋。語十六夜―

陰暦八月十六日の月。須磨の波―光源氏の配流の地。月の名所。「波ただここもとに立ち来る心地して」（源氏物語・須磨）。[解]源氏の都落ちと十五夜を過ぎた十六夜の月が落ちた須磨を言いかけ、美しい波が寄せては返す情景句。背後に流謫《るたく》の身の源氏の哀しみを秘めている。[参]上五「十六夜も」（夏より）。九月二十六日、倚松亭、探題「名所浦」（夏より）。定房「源氏にも光るをながす須磨の月」（ゆめみ草）。

284 温《をん》公《こう》の岩越す音や落し水　　落日庵

探題　水音二句

[訳]温公が瓶を割った岩の上を越す水の音よ、勢いよく落し水が流れ落ちる。[季]「落し水」秋。[語]温公―司馬温公。宋時代の政治家・学者。子どものとき、瓶を割っておぼれた友達を助けたという（事文類聚等）。落し水―稲刈の前にはらい落とす水。[解]落し水の激しい勢いを温公の知者ぶりを示す逸話と重ねた。日常を故事によって一変させる面白さ。[参]蕪村・明和七「風呂捨る温公の宿や秋の声」（落日庵）。

285 笛の音に波もより来る須磨の秋　　句帳（句集　落日庵　新五子稿）

須磨寺にて

（前頁より続く）訳笛の音に波もよって来た。須磨の秋のさびしさ。季「秋」秋。語須磨寺―福祥寺（神戸市須磨区）。真言宗。平敦盛の青葉の笛が伝来する。解「波もより来る」は、「女のはける足駄にて作れる笛には、秋の鹿、必ず寄るとぞ言ひつたへ侍る」（徒然草・九）や「波ここもとや須磨の浦」（謡曲・須磨）をふまえる。笛の音の哀しさに、恋する秋の鹿ばかりか波さえも寄って来ると、平敦盛を鎮魂した。参下五「須磨の鹿」（落日庵）。芭蕉「須磨寺やふかぬ笛きく木下やみ」（笈の小文）。

286
鷺ぬれて鶴に日の照《てる》時雨哉　句帳（落日庵　耳たむし　遺稿）

訳鷺は雨に濡れて、鶴に日が照っている片時雨よ。季「時雨」冬。語鷺と鶴―鷺は鶴に形がよく似ているがやや小ぶり、ともに水辺に棲む。解鷺と鶴が似ているにもかかわらず、一方は時雨、片方は晴れの、いわゆる片時雨。杜国「馬はぬれ牛は夕日の村しぐれ」（春の日）をふまえるか。参中七「鶴に日照」（耳たむし）。貞室「鶴鷺の足よりながし日のからす」（玉海集）。

287
時雨《しぐる》るや蓑《みの》買《こう》人のまことより　句帳（落日庵　句集）

訳時雨が降り始めたよ。蓑を買う人のまことの心が天に通じたのだ。季「時雨」冬。

語時雨とまこと―定家「いつはりのなき世なりけり神無月誰がまことより時雨そめけむ」(続後拾遺集)。貞徳「時雨しは誰が誠ぞやうそ寒さ」(崑山集)。解定家は推移する季節の象徴として時雨の「まこと」を詠み、貞徳はそれを揶揄《やゆ》したが、時雨の季節に亡くなった芭蕉を慕って、誠の風雅につながることを望んだ。参蕪村・明和七年か「しぐるゝや堅田へおりる雁ひとつ」(落日庵)。「辛崎を夜にしかねたる時雨哉」(同)。

288 又《また》嘘《うそ》を月夜《つくよ》に釜の時雨かな　落日庵(新五子稿)

訳また嘘をつかれた。月夜と油断している間に降り出した心憎い時雨よ。季「時雨」冬。語嘘を月夜―嘘をつくと月夜を掛ける。月夜に釜―すっかり油断することを喩《たと》える諺(せわやき草)。解美しい月夜が一転して時雨の夜に変化したことを、諺や言葉遊びを活かして洒落た作。参蕪村・寛保三「涼しさに麦を月夜の卯兵衛哉」(自画賛)。同・安永二「涅槃会や嘘を月夜と成に梟」(耳たむし)。

289 ゆふがほのそれは髑髏《どくろ》歟《か》鉢たゝき　句帳(高徳院　耳たむし　其雪影　自画賛　蓮華会集　句集)

訳手にしている夕顔、それは髑髏に違いない、鉢叩きさん。季「鉢たゝき」冬。語ゆふがほ―夕顔。瓢簞《ひょうたん》の原種。鉢たゝき―十一月十三日の空也忌から大晦日まで、鉢や瓢簞を叩きながら、念仏を唱えて歩く半俗の僧。解「狐は髑髏をいただきて、北斗を拝しおちざれば化して人となると也」(類船集)と言われるので、鉢叩きに「あんたは狐で、手にもっている夕顔は、本物の髑髏ではないかね」と戯れて呼びかけた。参十月一日、不蔵亭、兼題「鉢たゝき」(高徳院)。自画賛は「木のはしの坊主のはしや鉢たゝき」と併記。

290
口切や北も召れて四畳半　句帳(高徳院　遺稿)

探題　猿楽

訳お茶の口切の日、喜多流の太夫も招かれて、この四畳半。季「口切」冬。語猿楽―散楽の転訛。滑稽な芸能や物真似をした。口切―陰暦一〇月初旬、新茶の茶壺の口を切る晴の儀。北―喜多。能楽の一流派。観世・宝生・金剛・金春を四座、喜多を加えて五流。解四畳半の四座に招かれた喜多太夫の座る位置が、北であったら語呂合わせで洒落になるが、五席ではそうならない。ちぐはぐで居場所のない哀しみ。参中七「喜多も召れて」(高徳院)。十月一日、不蔵亭、探題「猿楽」(高徳院)。

291
思ふ事いわぬさまなる生海鼠《なまこ》哉　落日庵(明和七・冬・召波宛　新五子稿)

訳思っている事を言わない様子、なまこの不気味さよ。季「生海鼠」冬。語思ふ事いわぬ―「おぼしきこと言はぬは腹膨るゝわざ」（徒然草・一九）。生海鼠―ナマコ類。「状、鼠に似て頭尾手足なし。ただ前後両口あり。長さ五六寸にして円肥、その色蒼黒、あるいは黄赤を帯ぶ、…肴品中の最も佳なるものなり」（本朝食鑑）。解兼好の言葉をふまえ、ナマコのふてぶてしさにおかしみを見出した。参蕪村自注「此海鼠《このなまこ》はよく候。まぎらかしの風情ニてはなく候」（召波宛）。去来「尾頭のこころもとなき海鼠哉」（猿蓑）。

292
実盛の紙子は夜のにしき哉　落日庵（新五子稿）

老武者　探題二句

訳実盛の紙子は、甲斐のない夜の錦のように甲斐がないものだよ。季「紙子」冬。語実盛―斎藤氏。源義仲を討つ折に白い鬢鬚《びんひげ》を染めて奮戦したことで知られる。紙子―紙製の保温用衣服。夜のにしき―夜に錦の美しい着物を着ても甲斐がないことから功が現れないこと。「夜の錦の直垂《ひたたれ》に〳〵萌黄匂《もえぎにほひ》の鎧着て黄金作りの太刀《たち》刀」（謡曲・実盛）。解紙子を着て奮戦しても、故郷に錦を飾ることにはならない。老武者実盛の無念を思いやって揶揄しながらも同情した。参上五「実盛が」（新五子稿）。貞徳「実盛か終《つい》に名のらぬ郭公」（犬子集）。

293 埋火や我かくれ家《が》も雪の中　落日庵（詠草　句集）

訳埋火よ、私のかくれ家もまた雪の中。季「埋火」冬。語埋火—灰に埋もれた炭火。かくれ家—付合語に「落人　盗人　山の奥　市の中　鼠の浄土　朽ちる跡　さがの奥　仙女」（類船集）。解市隠に自足した心境。京都四条烏丸東へ入町が蕪村の隠れ家。参也有「深く吉野の奥を尋ねて、身の隠れ家を求る者ハ、偏に山の世に遠き寂寞《せきばく》を愛する者なり」（鶉衣・四州亭記）。

霍英は一向宗にて信ふかきおのこ也けり。愛子を失ひてかなしびに堪ず、朝暮仏につかふまつりて、ど経おこたらざりければ

294 らう(ふ)そくの泪《なみだ》氷るや夜の鶴　句帳（句集）

訳蠟燭の溶けた蠟さえ涙で凍りついてしまう悲しみよ。夜に鳴く鶴。季「氷る」冬。語霍英—鶴英。笹部氏。明和八年秋没。一向宗（浄土真宗）の信者。らうそくの泪—蠟涙。溶けて流れる蠟が涙に似ていることからいう。夜の鶴—子を思う親の情愛の深さ。白居易「夜鶴憶子籠中鳴」（文選）に依り霍英を言いかける。解霍英は子どもを愛して

「子をもてばあらぬ寝覚や濡蒲団」（新選）と詠んだ。その子を喪った霍英への哀悼句。蠟涙の視覚的な悲しみと鳴く鶴の聴覚的な悲しみを重ねた。参『句集』も同じ前書。

295 年《とし》守《もる》や乾《から》鮭《ざけ》の太《た》刀《ち》鱈《たら》の棒

句帳（明和七・一二・三）几董宛　同
八不夜庵『歳旦』耳たむし　句集

訳年を守る我が姿を見よ、乾鮭の太刀に鱈の棒。季「乾鮭」冬。語年守—大晦日の夜に眠らず元旦を迎えること。乾鮭の太刀—乾燥させた鮭。増賀聖が師慈恵の僧正昇進の日、乾鮭の太刀をはき、痩牛にまたがった逸話による（発心集／扶桑隠逸伝）。鱈の棒—棒鱈。「此棒（鱈の棒）にて懸鳥（掛取り）ども追廻し、あるひは白眼《にら》み凌《しの》ぎ可申と存候」（几董宛）。解この年（明和七年）、立机した自分を「花守の身は弓矢なき案山子哉」と戯画化し、年の暮れには節季払いの掛取りと戦う姿を諧謔的に表現。この姿が貧乏俳諧宗匠の私なのですよ、と門人たちに歳暮の挨拶をした。参句帳に合点。

明和八年（一七七一）辛卯　五六歳

歳旦

296 かづらきの紙子脱ばや明の春

明和辛卯春（紫狐
庵聯句集　落日庵）

訳かづらきの紙子を脱ごうよ、新しい春。季「明の春」春。語かづらきの紙子—葛城織は厚手の綾錦の木綿、紙子は保温用の着物。葛城山の一言主の「神」と「紙」をかける。解冬の重苦しいイメージを払拭《ふっしょく》して、新春を迎えた喜び。参前書「明和辛卯春」（紫狐庵聯句集　落日庵）。脇は召波「夜の細工を見せる蓬萊《ほうらい》」。嘯山「歳旦／明の春世に葛城の神もなし」（葎亭句集）。

297 鶯を雀歟《か》と見しそれも春　明和辛卯春（句帳　安永四春・一鼠宛　同五・一・五几董宛　落日庵　遺草　句集）、（春興）

訳鶯を雀と見誤った。それも春ならでは。季「鶯」春。語それも―涼菟「それも応是《おうこれ》もをう也老の春」（一幅半）。解春を迎えて浮かれ立ち、ふだんは見間違うことはない鶯を雀と見間違えた。それも嬉しい。参問加「鶯の歌におどりあふ雀哉」（続山井）。

春興追加

298 鶯の麁相《そさう》がましき初音かな　明和辛卯春（明和八武然春慶引　落日庵　遺草　句集）

訳鶯の鳴声が乱れがち、初音だからなあ。季「鶯」春。語麁相がましき―調子が整わないこと。解鶯の初音に託して自分を戯画化した春興句。鶯の初音と前年宗匠立机した自分の姿を重ねて、まだ新参者だから鳴音（捌き）が乱れがちですと謙遜した。参

―りん女「うぐひすも麁相になりて二月かな」（杉丸太）。

其角が句に　万歳や門をのこさぬ鶴の粟
南郭先生之句　東方千万古　唯有平安城
擬八仙観筆意　戯写於落夜半亭中　蕪村

299 万歳や踏かためたる京の土　自画賛（落日庵）

【訳】万歳よ、その祝事で踏み固められた堅固な京都の土。【季】「万歳」春。【語】万歳―千寿万歳・千秋万歳。門付芸の一つ。年始に家内安全・長寿繁栄を祝う賀詞を歌い舞いながら、太夫と才蔵が滑稽なかけあいをする。前書に引く其角の句は未詳。蕪村の記憶違いか。【解】芭蕉「山里は万歳遅し梅の花」（笈日記）に対し、新春早々たくさんの万歳が訪れて来る京都への祝詞。【参】上五・中七「万歳の踏かためてや」（落日庵）。「万歳の隈なく踏や京の土」（同）は別案か。前書の南郭の詩は「西京五絶和了願師」（『南郭先生文集』二編）の一首。「擬八仙観筆意」は、蕪村が敬慕した画家で俳人の彭城百川の筆法に倣った、との意味。

300 出る杭《くひ》を打うとしたりや柳哉　明和辛卯春（落日庵　句集）

訳出る杭を打とうとしてのことだろうか、青々と芽吹く柳よ。季「柳」春。語出る杭は打たれる―抜きん出ている者は憎まれる。諺（それぞれ草）。解芽吹いて枝を伸ばした柳を擬人化して、杭を打とうとする動作と見立てた。前年宗匠立机した自分を「出る杭」に擬《なぞら》え、「したり」に「したり顔（得意顔）」を言いかけて、打たれても柳ならば良いだろうと興じた。中七の字余り「たりや」は、舌足らずな印象をあたえるが、俗謡のように仕立てるための工夫。

301 行雲を見つゝ居直る蛙哉　落日庵

訳流れ行く雲を見ながら居ずまいを正す蛙よ。季「蛙」春。語居直る―居ずまいを正す。蛙―和歌的伝統では「歌詠む蛙」が一般的。仙人が蛙になるとも思われていた。道円「仙人やてうあいこうじてあま蛙」（崑山集）。解行雲流水の心境。隠者のように生きたいという願いが、歌を詠む蛙や芭蕉「古池や」の飛び込む蛙ではなく、仙境に棲む蛙に託されている。参蕪村・明和八「居直りて孤雲に対す蛙哉」（落日庵　扇面自画賛）。

302 喰ふて寝て牛にならばや桃の花　落日庵（明和八・二・九子曳宛　耳たむし　句集　新五子）

【訳】食って寝て牛になりたいよ。桃の花。【季】「桃の花」春。【語】喰ふて寝て牛になる―諺のように使われる。桃の花―武陵桃源の花（陶淵明・桃花源記）。【解】ほほえましい願い。蕪村が書簡等でしばしば使う「疎懶《そらん》」（怠けること）願望と陶淵明的な仙境へのあこがれ。【参】涼菟「喰うて寝て都へ春を置て行」（築普請）。一休作という有名な道歌に「世の中は食うてはこして寝て起きてさてその後は死ぬるばかりぞ」。

303 春夜小集探題　得峨眉山月歌

うすぎぬに君が朧《おぼろ》や峨《が》眉《び》の月　明和辛卯春（落日庵）

【訳】うすい衣をまとった君のおぼろな姿、峨眉山の月のよう。【季】「朧」春。【語】峨眉山月歌―李白「峨眉山月半輪ノ秋　影ハ平羌江水ニ入ツテ流ル」（唐詩選・峨眉山月歌）。峨眉は美しい眉の比喩。峨眉山頂にかかる三日月から美人を連想した。【解】幻想的な美しさ。透けて通るようなうすぎぬを着た女性を想像して、おぼろ月夜の甘美な気分と重ねた。【参】「探題　峨眉山月歌」（落日庵）。青蘿「蝶ねぶれ薄衣《うすぎぬ》きせん日の最中《もなか》」（青蘿発句集）。

304 薬盗む女やは有《ある》おぼろ月　句帳（句集）

【訳】薬を盗んだ女がいるからだろうか、美しいおぼろ月。【季】「おぼろ月」春。【語】薬盗む女―弓の名人羿《げい》の妻嫦娥《じょうが》。嫦娥は羿が西王母から得た不死の薬を盗んで月に奔《はし》ったという（淮南子）。【解】不老不死の伝説と朧月の美しさを取り合わせて幻想的。「月夜の卯兵衛」で蕪村は月に住む兎を男性として描くが、朧月に似合うのは女性。【参】貞徳「三日月は嫦娥や盗む羿が弓」（崑山集）。

305 ほとゝぎす平安城を筋違《すぢかひ》に　句帳（落日庵　句集）

【訳】ほととぎす、平安城の上をはすかいに飛んで行く。【季】「ほとゝぎす」夏。【語】筋違―はすかい。斜め。平安城―平安京。京都。碁盤の目のように整然と区画されていた。【解】鳥瞰的に平安城をとらえた作。はすかいに飛び去ったほととぎすの鳴声に、平安城の栄枯盛衰の歴史がよみがえる。【参】「筋違《すじかひ》に上京過ぬほとゝぎす」（落日庵　耳たむし）は別案。甚右衛「天下泰平安城やけふの春」（ゆめみ草）。蘇東坡「時夜将半　四顧寂寥適有孤鶴　横江東来　翅如車輪　玄裳縞衣　戛然長鳴　掠予舟而西也」（古文真宝・後赤壁賦）。

306 宵〱の雨に音なし杜若《かきつばた》　句帳（句集）

【訳】毎日の宵、五月雨《さみだれ》が音もなく杜若に降りしきる。【季】「杜若」夏。【語】雨と杜若―伊勢物語以来杜若から八橋を連想（類船集）。信徳「雨の日や門提《もんさげ》て行かきつばた」（句兄弟）。其角「簾《すだれ》まけ雨に提来《さげくる》杜若」（同）。解信徳や其角の風流に対して、毎夕静かに雨にぬれて咲く杜若からなよやかな女性をイメージしたか。参「夜な〳〵の」（落日庵）。同年「杜若べたりと鳶のたれてける」（句帳　落日庵　句集）。

307
晋《しん》人《ひと》の尻べた見えつ簟《たかむしろ》　詠草

訳晋人のお尻が見えている。竹の筵《むしろ》から。季「簟」夏。語晋人—清談を交わす、滑稽諧謔の人物。「任誕」（放埒にして勝手なもの）で「排調」（滑稽なるもの）なる人物（世説新語）。簟—竹で編んだ筵。解尻からげした人物を晋人に喩《たと》え、簟に座って清談している様子は、いかにも涼しげで自由気ままだと興じた。晋人を陶淵明と限定する説もある。参詠草に棒を引いて抹消。召波「晋人の味噌の洒落《しやらく》や蕗の薹《ふきたう》」（春泥句集）。

308
旅芝居穂《ほ》麦《むぎ》がもとの鏡たて　句帳（句集）

訳旅芝居の一座、穂麦のもとに立てかけた鏡立て。季「穂麦」夏。語旅芝居—地方を廻る芝居。文鳥「うの花や藪をかまえて旅芝居」（雪薺集）。穂麦—穂の出た麦。芭蕉「いざともに穂麦喰はん草枕」（野ざらし紀行）。鏡たて—鏡台。解鏡台と穂麦と旅芝居

―を取り合わせて田舎渡らいの役者の仕草が浮かんでくる。参『句帳』に合点。自悦「顔見せやかゝらざりせば旅芝居」（洛陽集）。

309
腹あしき隣同士のかやりかな　遺稿（耳たむし　高徳院　新選）

訳怒りっぽい隣同士が、蚊遣を焚いていることよ。季「かやり」夏。語かやり―蚊を寄せ付けないために焚く。むせ返るように煙い。「蚊遣火トアラバ、ふすぶる　をく下賤がふせや　煙　いぶせき」（連珠合璧集）。解かやりは、そうでなくとも「いぶせき」ものだが、短気ですぐ腹を立てる人が隣同士になると負けまいと焚くのでいっそう煙たい。そのおかしさ。参四月十八日、七観音寺、兼題「蚊やり」（高徳院）。同年「いざゝらば蚊遣《かやり》のがれん虎渓まで」（遺稿）。

310
学びする机の上のかやり哉　句帳（落日庵　遺稿　新五子稿）

訳学問する机の上、蚊遣がくすぶっているよ。季「かやり」夏。語学びする―学問する。安成「学びする窓や夜光の玉の塵」（続山井）。解机の上に置くかやりは、無用なものの喩え。「勤学の窓には机の下にをきてよし」（類船集）と言われる火桶のように暖をとることもできず、また「蛍雪の功」とは異なり役に立たない蚊遣のおかしさ。参

『句帳』に合点。

311 みじか夜や蘆間《あし》流るゝ蟹《かに》の泡　句帳（句集　落日庵）

訳夏の短夜よ、蘆の間を流れる蟹の泡。季「みじか夜」夏。語蘆間―蘆と蘆の間。解伊勢「難波潟みじかき蘆の節の間もあはでこの世をすぐしてよとや」（百人一首）の歌から、「短夜」と「短節（よ）」また「逢はで」から「あはで」（泡で）を借りて、夏の短夜があまりにも短くて逢えないことを蘆間に流れる蟹の泡に喩えた。参中七「蘆に流るゝ」（落日庵）。臥高「蟹の泡吹て入日のさくら哉」（笈日記）。

312 明やすき夜や稲妻の鞘《さや》走り　句帳（落日庵　遺稿）

訳明やすい夏の短夜よ、稲妻がさっと閃いて夜が明ける。季「明やすき夜」夏。語鞘走り―刀身が鞘から自然に抜け出ること。稲妻がさっと閃くことの比喩。解一瞬のきらめく美。ことさらに短い夏の夜の明け方、稲妻が夜明けを告げる瞬間をとらえた。参貞方保之「十市には夕立すらり鞘走り」（時勢粧）。

探題　老犬

313
みじか夜を眠らでもるや翁丸　句帳（高徳院　耳たむし　句集）

訳夏の短夜を眠らないで、誰を守っているのか、翁丸よ。季「みじか夜」夏。語翁丸―老犬の呼び名。帝の寵愛の猫を噛《か》んで怒りをかったという（枕草子）。解翁丸の逸話をふまえ、短い夏の夜、眠らないで忠義を守り番犬しているのか、と問いかけた。参四月十八日、七観音寺、探題「老犬」（高徳院）。中七「眠らず守る」（高徳院）。

314
暑き日の刀にかゆる扇哉　句帳（高徳院　句集）

探題　寄扇武者

訳暑い日、刀に換えてもつ扇よ。季「扇」夏。語扇武者―扇を持った武者。祇園会神幸祭の先導を勤める犬神人《いぬじにん》をイメージ。解旧暦六月七日から一四日までの盛夏の祭り祇園会で、祭りを先導する武者が暑さにたまりかねて、刀を扇に持ち替えた。軍扇ならば様になるのだがと苦笑い。参五月十六日、東寺奥の坊、探題「士扇」（高徳院）。因元「蚊の為にさす敵や腰の武者扇」（時勢粧）。

315
絵《ゑ》団扇《うちは》のそれも清十郎にお夏哉　句帳（落日庵　句集）

訳絵を描いた団扇、よりによって清十郎にお夏の絵だよ。季「団扇」夏。語清十郎にお夏―寛文二年（一六六二）、姫路の旅籠但馬屋でおきた恋愛事件の当事者、手代清十郎と主人の娘お夏。西鶴『好色五人女』（貞享三年）やそれを脚色した近松門の『五十年忌歌念仏』（宝永四年）で有名。解若い娘が涼しげに扇いでいる団扇に描かれた美男美女の清十郎とお夏は、危ない恋のヒーローとヒロイン。娘も、よりによってそんな悲恋に憧れているのか。

316
学問は尻からぬけるほたる哉　句帳（詠草　扇面自画賛　其雪影　新選　落日庵　句集　題林集）

一書生の閑窓に書す

訳学問は、尻からぬけるほたるの光と同じだよ。季「ほたる」夏。語尻からぬける―身につかないことの譬え。諺「きいた事尻へぬける」（国字分類諺語）。解「蛍雪の功」も大事だが、「論語読みの論語知らず」になることをユーモラスに戒めた。参前書「ほたる／一書生の閑窓《かんそう》に戯る」（詠草）、「一書生の閑窓をあはれむ」（扇面自画賛）、「書窓懶眠」（其雪影　新選）。「一書生の閑窓に戯る」（落日庵）。「一書生が閑を訪ふ」（題林集）。句集は同じ。維舟（重頼）「学寮へ申侍／蛍さへ尻たむる窓の学び哉」（時勢粧）。

317 さみだれや名もなき川のおそろしき　句帳（落日庵　遺稿）

訳 五月雨《さみだれ》よ。名もない川に降り、どっと流れ行く、そのおそろしさ。季「さみだれ」夏。語 名もなき川―名前を知らない川のこと。芭蕉「春なれや名もなき山の薄霞」（野ざらし紀行）。解 名前がないだけに五月雨の恐ろしさが増す。得体が知れないものへの恐怖。参 千代尼「白菊や紅さいた手のおそろしき」（千代尼句集）。

318 あら涼し裾吹蚊屋も根なし草　句帳（高徳院　耳たむし　句集）

訳 ああ涼しい。畳の上を吹く風が蚊帳の裾を揺らして、まるで池に浮かぶ根無し草のよう。季「涼し」夏。語 あら―感嘆詞。鬼貫「あら涼し身はのら猫の床めづら」（仏兄七久留万）。解 蚊帳、畳、根無し草の青緑色の視覚的な感覚を相乗効果として、涼しさを演出した。参 六月三日、高徳院、兼題「納涼」（高徳院）。蕪村・明和六「夕風や一網舁へ蚊屋の裙」（落日庵）。闌更「あら涼し四十八湖を渡る風」（半化坊発句集）。

319 天にあらば比翼の籠や竹婦人　句帳（高徳院　耳たむし　遺稿）

訳 天にあれば比翼の鳥と呼ばれる籠よ。竹婦人。季「竹婦人」夏。語 天にあらば比翼の籠―白居易「天ニ在リテハ願ハクバ比翼ノ鳥ト作《な》リ」（古文真宝前集・長恨歌）のもじり。竹婦人―竹で編んだ。夏の暑い夜、涼をとるために抱いて寝た。解長恨歌のはげしい恋情を市井の生活のレベルに転じた笑い。参六月三日、高徳院、探題「竹婦人」（高徳院）。正村「雲の上にあるやひよく《比翼》の鳥合」（ゆめみ草）。

320
鮓《すし》つけて誰《たれ》待《まつ》としもなき身哉　句集（高徳院　耳たむし）

訳鮓をつけても、誰を待つあてもない独り身だよ。季「鮓」夏。語鮓―なれずし。魚介類に塩を加え自然発酵させたもの。待としも―待つあてもない。解「宗廟の祭のそなへにも鮓有とかや」（類船集）という供え物の鮨を作ってみたが、誰を待つあてもない身であると気づき、おかしくも哀しくもある。参五月十六日、東寺奥の坊、兼題「鮓」（高徳院）。同年「なれ過た鮓をあるじの遺恨哉」（句帳　落日庵　句集）。召波「鮓圧《おし》て我は人待男かな」（高徳院）。嘯山「鮓押て待事ありや二三日」（葎亭句集）。

321
貧乏に追つかれけりけさの秋　句集（句帳　高徳院　耳たむし）

訳貧乏に追いつかれてしまった。今朝、立秋。季「けさの秋」秋。語貧乏―貧乏の擬人化。諺「稼ぎに追いつく貧乏なし」（せわ焼草　それぞれ草等）。解芭蕉「行春を和歌の浦にて追付たり」（笈の小文）をふまえて、風雅とはほど遠い貧乏暮らしを笑いに転じた。参七月三日、高徳院、兼題「立秋」。中七「追つかれけり」（句帳）、「追付かれたり」（高徳院　耳たむし）。『句帳』に合点。

322
秋たつや何におどろく陰陽師《おんみやうじ》　句帳（句集　耳たむし）

訳立秋の日よ、いったい何の異変に驚いたのか、陰陽師。季「秋たつ」秋。語陰陽師—陰陽五行説に基づき天文・占筮《せんぜい》・相地などに従事した。安倍晴明はその一人。おどろく—藤原敏行「秋来ぬと目にはさやかに見えねども風の音にぞ驚かれぬる」（古今集）。解二十四節気のひとつ立秋の日、古今集の歌をふまえて、陰陽師の驚いた表情に焦点をしぼった。陰陽道にいう「秋は金気、物を粛殺す」という秋気が忍び寄る。参上五「今日の秋」（耳たむし）。芳昌「夏の虫の火性三昧や陰陽師」（崑山集）。

323
萍《うきくさ》のさそひ合せておどり哉　句帳（高徳院　耳たむし　句集）

訳浮き草があちこち誘い合わせて踊り興じていることよ。季「おどり」秋。語萍—根が地につかないで水に浮いている草。浮かれた若者に擬《なぞら》えた。解中世末期から近世初頭に行われた少女による「やや子踊り」（小歌踊り）をイメージした作。「ややこ、身は浮き草よ、根を定めなの君を待つ、いのやれ月の傾く」（歌謡・おどり）をふまえた、恋を誘うおどり。参七月三日、高徳院、兼題「踊」（高徳院）。空存「浮草やまかぬ小町が歌の種」（ゆめみ草）。

324 名月やうさぎのわたる諏訪の海　句帳（高徳院　耳たむし　句集）

訳名月が白く美しい。兎がわたって行く凍てついた諏訪の湖。季「名月」秋。語うさぎ―月に住むという。玉兎。諏訪の海―諏訪湖。「諏訪の池は狐がわたりて其後人往来すとかや」（類船集）。解幻想的な美の世界。名月の美しさから兎を連想し、狐がわたるといわれていた諏訪湖を幻視した。参八月四日、高徳院、兼題「名月」（高徳院）。素行「山の端を門にうつすや諏訪の月」（梟日記）。

弁慶賛

325 花すゝきひと夜はなびけ武蔵坊　句帳（自画賛　句集　発句題葉集）

訳花すすきが手招きして誘っている、一夜なびけよ武蔵坊。季「花すゝき」秋。語花すゝき―穂の出た薄。恋の誘いをイメージする。宗因付合「君が三味線荻の上かぜ／乱あふれんぼ《恋慕》の盛花すすき」（宗因千句）。武蔵坊―弁慶。義経に仕えた鎌倉初期の僧侶。

宗因付句「弁慶がむかへば月もしづかにて」（宗因千句）。解宗因風の句作り。弁慶は野暮で堅物。そんな男を誘う遊女を花すすきに見立てて呼びかけた。参前書、句集も同じ。自画賛は「余むかしはじめて京うちまいりしけるに、月しろき夜鴨河の流に添つゝ…（略・長文）」に続けて「梅翁が風格にならひて」と記す（梅翁は宗因）。

326 さくらさへ紅葉しにけり鹿の声　句帳（高徳院　耳たむし　遺稿）

訳さくらさえ紅葉したよ、鹿の声に誘われて。季「鹿」秋。語さくらさへ紅葉—貞徳「紅葉にて又花をやる桜かな」（犬子集）。鹿の声—猿丸大夫「奥山に紅葉踏み分けなく鹿の声聞くときぞ秋はかなしき」（百人一首）。解妻恋の鹿の声の哀切さを色彩で表現。春の桜は、真っ赤に咲かないのにその葉が真紅に紅葉したのは、妻を慕って鳴く鹿の声に感応したからだ。参九月三日、高徳院、兼題「鹿」（高徳院）。五流「桜紅葉して春をし想ひ秋をわぶ」（春秋稿）。

327 恋風はどこを吹たぞ鹿の角　句帳（遺稿）

訳昨夜の恋風はどこを吹いたのか、猛々しい鹿の角。季「鹿」秋。語恋風—恋心の切なさを身にしみる風にたとえた比喩（毛吹草・誹諧恋之詞）。どこを吹たぞ—諺「どこが風が吹くやらしらず」（やぶにまぐわ）。【解】落差からくるおかしみ。夜の牡鹿は妻を恋慕って哀しげに鳴くが、昼の鹿は立派な角をふりたて恋など無縁なようにふるまっている。【参】長尚「妻しあれば恋風馴る扇哉」（時勢粧）。

獣を三ツ集めてホ句せよといへるに

328 猪の狸ね入やしかの恋　　句帳（遺稿）

【訳】猪が狸寝入りして、知らんぷり。鹿の恋。【季】「しか」秋。【語】猪の狸ね入―寝ている猪をいう臥猪《ふすい》に狸寝入りをかけた。臥猪は歌語。「和歌こそなほをかしきものなれ。…恐ろしき猪も臥猪の床といへばやさしくなりぬ」（徒然草・一四）。【解】前書にいう猪・狸・鹿の三つの獣を集めて戯れた。恋鹿が鳴いても臥猪のあわれを解さない狸の狸寝入り。ちぐはぐなおかしさ。【参】吐月「たつ鹿も臥猪も秋のわかれ哉」（秋風記）。

菊に古笠《ふるがさ》を覆《おほひ》たる画に

329 白菊や呉山の雪を笠の下　　句帳（短冊　句集）

【訳】白菊よ、呉山の雪を笠の下にしているようなたたずまい。【季】「白菊」秋。【語】呉山の雪―「笠ハ重シ呉天雪　鞋ハ香バシ楚地ノ花」（詩人玉屑）。【解】白菊を呉山の雪に喩えて、漢詩句を反転させた。古笠の暗と白菊の明が対照的。【参】句集、同じ前書。其角「笠重呉天雪／我雪とおもへばかろし笠の上」（雑談集）。

ことば書有　句帳（高徳院　耳たむし　蓑虫説　小摺物　遺稿）

330 みのむしのぶらと世にふる時雨哉

【訳】無為・無能の蓑虫がぶらりとぶらさがっている。折しも時雨。【季】「時雨」冬。【語】みのむし―芭蕉「蓑虫の音を聞きに来よ草の庵」とこれに応えた素堂の「蓑虫説」、さらにそれに芭蕉が応えた「蓑虫説跋」から隠者の如く生きる虫をイメージ。ふる―「降る」と「経る」また「古」の掛詞。【解】蓑虫にならって哀情や執着を捨て「ぶらと」懶《らん》惰《だ》に生きることで心友太祇や鶴英を喪った哀しみを乗り越えようとした（蕪村「蓑虫説」）。【参】上五「蓑虫も」（高徳院・耳たむし）。小摺物に「感遇ことば書略　夜行」。『句帳』に合点。十月三日、高徳院、兼題「時雨」（高徳院）。

雨ふればやがて巣の中にずりこむおかしさに　蓑虫説

331 みの虫のしぐれや五分の智恵袋

【訳】蓑虫に冷たく降る時雨よ。蓑に身をひそめる五分の智恵袋。【季】「しぐれ」冬。【語】五分の智恵袋—諺「一寸の虫にも五分の魂」(毛吹草　せわ焼草等)のもじり。[解]生きるには、ほんの少しだけの知恵があれば足りる。ちっぽけで取るに足らないと見られている蓑虫に、時雨から身を守るような生きる知恵があることに共感した。[参]蕪村「蓑虫説」の第二番目。

332 しぐれ松ふりて鼠の通ふ琴の上　　蓑虫説(小摺物)

[訳]古松に時雨が降る夜、琴の上を行き来する鼠の足音。[季]「しぐれ」冬。[語]しぐれ松ふりて—時雨が松に降ることと松が古くなることの掛詞。鼠の通ふ琴の上—「飢鼠琴書ニ上ル」(円機活法・貧居)など貧者の生活を暗示。斎宮女御「琴の音に峰の松風かよふらしいづれの緒よりしらべそめけん」(拾遺集)。[解]俗中に雅を見出した景色の句。鼠の通う音や琴の音がかすかに響く聴覚的な味わいもある。[参]前書「談林一変蕉流起。而未能絶其響、猶藕折糸不断、号曰糸藕体」(小摺物)。包紙に「時雨ふりてと中句は、天和・延宝のはせを流ニテ御座候」と自書。蕪村「蓑虫説」の第三番目。

333 しぐるゝや鼠のわたる琴の上　　句帳(蓑虫説　天明三・二・二八如瑟宛　句集)

[訳]時雨が降り始めたのだろう。鼠が琴の上を渡ってゆくらしく、琴が幽《かす》かな音を奏で

る。【季】「しぐる」冬。【語】わたる―巴人「小夜時雨船へ鼠のわたる音」（夜半亭発句帖）。【解】聴覚だけを働かせて、視覚的世界を表現。亡師巴人の句が脳裏に浮かんだか。【参】下五「琴の音」（蓑虫説）。蕪村「蓑虫説」の第四番目。

334
みのむしの得たりかしこし初しぐれ　句帳（蓑虫説　自画賛　句集）

【訳】蓑虫が得意そうに蓑を着ている。初しぐれに降られても。【季】「初しぐれ」冬。【語】得たりかしこし―事がうまくいって得意になったときに発する言葉。しめた。ノ身「としとく（歳徳）を得たり賢こし宿の春」（崑山集）。【解】懶惰な者が得意そうに居ることのおかしみ。蓑虫はその名の通りはじめから蓑を着ているのだから得意がることはないのだが……。【参】重成「みのかさは命也けりさよ時雨」（ゆめみ草）。蕪村「蓑虫説」の第五番目。

335
しぐるゝや山は帯するひまもなし　蓑虫説（小摺物）

賀・越の際《きは》、婦人の俳諧に名あるもの多し。姿弱く情の癡《ち》なるは女の句なれば也。今戯れに其風潮に倣《なら》ふ訳急に時雨れてきた。山は帯を巻く余裕もない。季「しぐる」冬。語賀・越の婦人―加賀の千代尼や珈涼、越前の歌川など。情の癡―痴情。（賀・越の婦人の）風潮―景色を詠む際にも情を入れて詠む風潮。帯するひま―帯は雲の比喩。帯を巻く間もない。「白雲帯に似て山の腰を囲る」（謡曲・白楽天）。解男女の交情をいう「巫山雲雨情」（高唐賦）をふまえ、濡れ場を連想させた艶冶《えんや》な作。参前書「賀・越の際、婦人の俳諧に名あるもの多し。姿嫩《よわ》く情の痴なるは女の句なれば也。これを老婆体と云。〇楽天得詩必語老婆子。不解則更句、専尚浅近」（小摺物）。蕪村「蓑虫説」の第六番目。

336 化《ばけ》そうな傘《かさ》かす寺の時雨哉　句帳（小摺物　自画賛　遺稿　新五子稿）

訳化けそうな傘を貸してくれた寺、時雨もまた一興。季「時雨」冬。語化そうな傘―古い傘は化ける、と思われていた。傘下「化さうな傘《からかさ》おかし村しぐれ」（橋守）。荻人「傘も化るは古し五月雨」（山琴集）。解越後屋呉服店（現在の三越）は、にわか雨が降ると傘を貸し出したという。貧乏な寺で貸し出す傘は、化けそうなほど古いのがおかしい。参「化けさうなものでよしかと傘をかし」（明和七・柳多留五編）。

337 古《ふる》傘《がさ》の婆《ば》娑《さ》と月夜のしぐれ哉　句帳（安永六・一〇几董宛　安永六・一〇・二七正名・春作宛　句集）

訳古い傘をばさと開く響き、月夜に突然降り出した時雨の音よ。季「しぐれ」冬。語婆娑―古傘を開く音。「月婆娑と申事ハ、冬夜の月光などの木々も荒蕪したる有さまニ用ひ候字也。秋の月ニハ不レ用、冬の月ニ用ひ候字也と南郭先生被申候キ。それ故遣ひ申候。ばさと云響き、古傘ニ取合よろしき歟《か》と存候。何ニもせよ、人のせぬ所ニて候」（几董宛）。解几董宛書簡で自解した通り、月婆娑と古傘を開く音「ばさ」を重奏させたおもしろさ。参中七・下五「しぐるゝ月夜哉」（几董宛、正名・春作宛）。『句帳』に合点。召波「婆娑孤月懸城樹」（友詩・秋日登楼）。同「傘の上は月夜のしぐれ哉」（春泥句集）。

338
ホトギ打《うつ》て鰒《ふく》になき世の人訪《とは》ん

句帳（高徳院　蓑虫説　耳たむし　安永二・一〇・二一大魯宛　句集）

訳ホトギを打ち、鰒を食い、この世にない人を訪ねよう。季「鰒」冬。語ホトギ打て―ホトギは、酒や水を入れた胴が太く口が小さい土器。漢字表記「缶」（高徳院　耳たむし）、「缻」（句集）。「缶鼓」と記し「ホトキウツ（て）」と傍訓（蓑虫説）。「缸《ホトギ》打て」とルビ、「仮名を可付」と傍記、「缸といふ字、荘子にはどのほとぎといふ字を書有之候哉、不覚候。荘子にあるホトギといふ字、御吟味、仮名付被成、御出し可被下候」と依頼（大魯宛）。「荘子妻死シテ恵子之ヲ弔ヒ、荘子箕踞シテ盆《ホトギ》ヲ鼓シテ歌フ」（荘子・至楽篇）に依り、死と生は一貫しているのだから悲嘆することはない、という寓言。解死生一貫ならば、鰒を食べて死んだ人さえも、あの世に訪ねることができよう。生死をかけて鰒を食うことを大げさに表現した笑い。[参]下五「友とはむ」（句集）。十月三日、高徳院、兼題「河豚」。蕪村「蓑虫説」の第七番目。

339 鰒の面《つら》世上の人をにらむ哉　句帳（蓑虫説　あけ烏　句集）

[訳]鰒の不敵な面構え、世俗の人を睨んでいるよ。[季]「鰒」冬。[語]面―つらつき。表記「面ラ」（あけ烏　蓑虫説）。にらむ―俗人を白眼視した、竹林の七賢の一人阮籍をイメージ。「籍、礼教ニ拘《かか》ハラズ、能ク青白ノ眼ヲ為シテ之ニ対ス」（蒙求・阮籍青眼）。[解]鰒の面構えを阮籍のような世俗を白眼視する隠者に見立てたおもしろさ。反俗の精神。[参]下五表記「白眼ム」（蕪村蓑虫説・あけ烏）。蕪村「蓑虫説」の第八番目。其角「手を切ていよ〳〵にくし鰒のつら」（記念題）。

340 音なせそたゝくは僧よふくと汁　句帳（蓑虫説　新選　句集）

[訳]音を出してはいけない。門をたたくのは僧侶だろうよ。今、鰒汁を楽しんでいる最中。[季]「ふくと汁」冬。[語]たゝくは僧よ―謡曲・融や類船集などに引く有名な「僧ハ敲ク月下ノ門」（三体詩・賈島「題李疑幽居」）をふむ。[解]僧が門を敲《たた》くことと鰒汁を

食うことに因果関係はない。命をかけて鰒汁を食うひそかな楽しみと、葬式を預かる僧が訪ねてきて門を敲いたという偶然が重なったことがおかしい。参『句帳』に合点。昌夏「鰒汁や生死の海を一足飛」（江戸広小路）。蕪村「蓑虫説」の第九番目。

341 雪舟の不二《ふじ》雪信《ゆきのぶ》が佐野いづれ歟《か》寒き　句帳（遺稿）

訳 雪舟の富士の絵と雪信の佐野の絵、どちらが寒いだろうか。季「寒き」冬。語 雪舟—室町時代後期の画僧。北宋系の画を学び、日本の水墨画様式を大成した。雪信—江戸時代初期の女流画家。母は狩野探幽の姪。佐野—紀伊国の歌枕。藤原定家「駒とめて袖うち払ふ陰もなし佐野のわたりの雪の夕暮」（新古今集）以来、「佐野の雪」は有名（類船集）。解 故人の画を競合させた遊び。雪舟・雪信の雪がつく二人の画家が描いた雪の霊峰富士と佐野の雪を対比させて、「どちらが寒々としているか」と戯れた。ともに名手の画。参 我鷗「富士の事か白きより後雪信判《ゆきノブはん》」（洛陽集）。

題七歩詩

342 雪折や雪を湯に焚釜の下　句集（耳たむし　其雪影　高徳院）

訳 雪の松が折れた音、雪を溶かして湯を焚く釜の薪にしよう。季「雪折」冬。語 七歩ノ詩―魏の国の曹植が兄・曹丕の命で七歩あゆむ間に作ったという詩。「豆ヲ煮ルニ豆《まめ》萁《がら》ヲ燃ヤセバ　豆ハ釜中ニ在リテ泣ク」（古文真宝）。【解】松は永遠の象徴だが、雪に折れれば湯を沸かすために燃されてしまう。曹丕が曹植を攻めた故事「豆を煮るに」の詩の残酷さを背景にした作。【参】蕪村の代句（『其雪影』に作者を「同（フシミ）霞吹」とする）。几董「倣七歩詩／柚を焼や味噌は釜中にありて泣」（井華集）。

安永元年（一七七二）壬辰　五七歳　［明和九年一一月一六日改元］

343 罷《まかり》出《いで》たものは物ぐさ太郎月　ふたりづれ（自画賛）

烏帽子《えぼし》・袴《はかま》のさはやかなるは、よべ見し垢面郎歟《こうめんらうか》。そも誰殿のむこがねにて御わたり候ぞ

【訳】年始のご挨拶にまかり出たものは物ぐさ太郎。まさにお正月。【季】「太郎月」正月。【語】烏帽子・袴―正装した姿。よべ―夕べ。垢面郎―垢じみた顔。むこがね―やがて婿になる人。物ぐさ太郎月―御伽草子の主人公「物ぐさ太郎」と一月の異称「太郎月」をかける。【解】前書と発句で狂言の問答仕立てにした。軽口風の明るい口調によって、月を擬人化して新春を寿《ことほ》いだ歳旦句。【参】自画賛に「壬辰歳旦」と前書。この句を立句に杜口と両吟（ふたりづれ）。杜口脇「南枝はじめてひらく頭取」（同）。

壬辰歳旦
我いまだよしの〻花を見ず候ほどに、
この春はぜひおもひたゝばやと存候

344 手ごたへの雲に花あり弓はじめ　自画賛（扇面自画賛　夜半亭蕪村）

［訳］手ごたえがあった。雲にかくれた花を射貫いたと、弓はじめ。［季］「弓はじめ」春。［語］手ごたえ—的を射た感触が手に残ること。直章「めにはみえで手ごたへやする秋の風」（続山井）。雲に花—おぼろなさま。吏全「涅槃会や爰にも散て雲に花」（文星観）。弓はじめ—正月はじめて弓を射ること。正月四日（誹諧初学抄）。［解］花の名所吉野へ桜狩に行きたいという願望を弓はじめに託したが、「雲に花」では願いがおぼつかない、と初笑いの歳旦句。［参］正直「年の矢も射出すかけふの弓始」（毛吹草）。

345 三椀の雑煮かゆるや長者ぶり　句帳（句集）

［訳］三椀の雑煮をお代わりする、それほどの裕福ぶり。［季］「雑煮」春。［語］三椀—贅沢で、かつ風雅な気分の比喩。「嗟《アア》めしと云ものを知らぬ人多し。一椀さはやかに、二椀玉鉾のつかれを払ひ、三椀嵐のさくらをとどめ、一句たちまち好みにまかせん」（淡々文集・飯の辞）。長者—富貴の人。［解］ふだんはつましく暮らしていても、元旦の日ばかり

は、贅沢な長者気分。宗匠立机してから三年目の蕪村の心境だろう。参下七「亭主ぶり」（遺草）。嘯山「雑煮椀おれも持丸長者かな」（葎亭句集）。

346 日の光今朝《けさ》や鰯のかしらより　句帳（遺草　句集）

訳日の光のおごそかな今朝、信心は鰯のかしらより。季「鰯のかしら」（節分）春。語鰯のかしら―節分の日柊《ひいらぎ》にさして鬼気を祓《はら》う。「鰯の頭も信心から」（毛吹草）。「鰯の頭も信心からと世俗の詞に云ならはせり」（類船集）。解新年を迎えた敬虔な気持と信仰を結びつけ、立春と節分を同時に祝う庶民をユーモラスに詠んだ。明和九年（一一月一六日安永元年に改元）の立春は、正月二日（日本暦日便覧）。節分は、この前日の一月一日。参琴風「鬼の目や鰯の頭も臆病から」（洛陽集）。

347 青柳や我大君の艸《くさ》か木か　句帳（扇面　自画賛　句集）

禁城春色暁蒼々

訳青柳よ、おまえは我が大君の艸か木か。季「青柳」春。語禁城春色暁蒼々―賈至「銀燭天ニ朝シテ紫陌長シ　禁城ノ春色暁蒼々　千条ノ弱柳青瑣ニ垂レ」（唐詩選）。艸か木か―「草も木も我大君の国なればいづくも同じ神と君」（謡曲・御裳濯）。解日本の春の美しさを誇った作。前書で、中国の禁城（皇居）の暁の柳の美しさを詠んだ詩句を掲げ、御所の青柳におまえはわが天皇の艸か木かと問いかけた。どちらであっても中国の春の景色に比べて遜色がなく、日本の春を美しく彩ってくれる。参維舟（重頼）「土も稲も我大君や国の親」（時勢粧）。

348
女倶《ぐ》して内裏《だいり》拝まんおぼろ月　句集（自画賛　扇面　月渓画賛）

訳女を連れて御所を拝みに行こう、美しいおぼろ月。季「おぼろ月」春。語倶して―供にして。内裏―皇居。御所。解王朝の色好みの男に仮託して、願望を詠んだ作。『源氏物語』の朧月夜は、弘徽殿の女御の妹、東宮（朱雀院）に参るはずのところ、源氏と契ったために弘徽殿の怒りにふれ、妃になれなかった（花宴）。そんないわれのある女を内裏に連れて行こう。参下五「春の月」（扇面）。

夢想三句

349
両《ふた》村《むら》に質屋一軒冬木立　落日庵（句集）

訳ふたつの村に質屋が一軒、あとは冬木立。季「冬木立」冬。語夢想三句―夢の中で得た三句。質屋―物品を担保にして金銭を貸し出す店。寿墨「質屋へは行がけ重し更衣」（渭江話）。解夢に現れた風景とはいえ、シンプルなだけに不可解。質屋があるのは、それなりに大きな村だが、二つの村に一軒ともなれば、豊かな村ではなく、人影がまったく感じられない冬木立が続く。参松臼付句「難波潟質屋の見せの暮過て」（談林十百韻・上二）。明和年間の作。かりにここに置いた。

350 このむらの人は猿也冬木だち　句集（落日庵）

訳この村の人は猿である。冬木立が続く。季「冬木立」冬。解夢想三句の二。村人は猿である、という根拠のない断定が不気味。上五・中七「此村や人も猿也」（落日庵）が初案、こちらだと人も猿のように見えるという月並みな作となる。参夢想三句の三は「冬こだち月にあはれをわすれたり」（落日庵　句集）。紫英「蓑を着た人も猿なり雪の暮」（国の花）。明和年間の作。かりにここに置いた。

351 ゆく年の女歌舞伎や夜の梅　句帳（安永二年武然春慶引　五車反古　遺稿）

訳過ぎて行く年、女歌舞伎の時代の役者は夜の梅のように艶めかしく香ったことだろうよ。季「ゆく年」冬。語女歌舞伎―出雲阿国（慶長一八年以後没）が始めた歌舞伎。女性が男装して演じた。解梅の甘美な香に誘われて、失われた過去に思いを馳せた。

蕪村は大の歌舞伎好きだった。参『句帳』に合点。この句の脇は武然「すがたを忍ぶばかり寒声」（春慶引・詞仙）。

352 いざや寝ん元日は又翌《あす》の事　　句帳（短冊　遺稿）

訳さあ寝よう。元日はまた明日のこと。季「元日は又翌」で「大晦日」冬。語いざや—呼びかけの「さあ」。解掛売りの代金をとりたてる掛取りをやり過ごした大晦日、明日の元旦のことを考えると心配ごともある。けれども、あれこれ思い煩わずに寝るとしよう、と楽天的。「世の中は何か常なる飛鳥川昨日の淵ぞ今日は瀬になる」（古今集）の無常観を逆転させた庶民感覚。参『句帳』に合点。千那「屠蘇《とそ》わたるいざや梅花に雪喰《ハマ》ん」（鎌倉海道）。戴叔倫「愁顔与衰鬢　明日又逢春」（三体詩）。

安永二年（一七七三）癸巳　　五八歳

安永癸巳　　紫狐庵聯句集（夜半亭蕪村　自画賛）

353 錦《にしき》木《ぎ》のまことの男門《かど》の松

訳錦木にみるまことの男、それは門の松だ。季「門の松」春。語錦木—一尺（約三〇・三センチ）ほどの木をまだらに彩色したもの。昔、陸奥国の男は、好きな女の門に錦木を立て、女がそれを取り入れなければ千束になるまで立てたという（袖中抄／謡曲・錦木）。解錦木伝説をふまえ、巧言令色の男よりも愚直さこそが「まことの」男だと称え門松に見立てた。参前書「安永癸巳歳旦」（自画賛）。

354 鶯の二声はなく枯木かな　　安永二年武然春慶引

訳たしかに鶯の二度鳴きの声が、聞こえてくる枯木よ。季「鶯」春。語鶯の二声―二声鳥は鳩の別称だが、二声鳴くのはふつう時鳥《ほととぎす》。「二声となきつときかば時鳥衣かたしきうたたねはせん」（類船集）。解「梅に鶯」の通念にしたがえば、枯木は梅。自らを枯木に武然を鶯に擬《なぞら》えて、早くも二度鳴きしてくれた鶯（武然）の声に促されて、花を咲かせたいものです、と挨拶。参野坡「鶯や松で二声茶で四声」（野坡吟草）。

もろこしの詩客は千金の宵をゝしみ、
我朝の哥人はむらさきの曙を賞す

355 春の夜や宵あけぼのゝ其中に

（句集　句評　句帳　風交帖
耳たむし　あけ烏　紫狐庵
聯句集　安永四・春一鼠宛）

訳春の夜よ、宵とあけぼのの中にはさまれているが、捨てがたいものだ。季「春の夜」
語もろこしの…千金の宵をゝしみ―蘇東坡「春宵一刻値千金」（輟耕録）。「春宵一刻その値千金も何ならず、子程の宝よもあらじ」（謡曲・唐船）。我朝の哥人…曙を賞す―清少納言「春はあけぼの、紫だちたる雲の…」（枕草子）。解春の宵とあけぼのは中国の詩人や日本の歌人によって定評があるが、その間にはさまれた夜もすばらしい。新しい美の発見。参一月二十七日、不蔵庵、兼題「春夜」（耳たむし）。中七「宵あかつきの」（句帳　短冊　風交帖　句評）。前書、短冊・風交帖ともほぼ同じ。「もろこしの詩客は一刻の宵をおしみ、我朝の哥人はむらさきのあけぼのを賞せり」（あけ烏）。安永三年、一音と両吟歌仙（紫狐庵聯句集）。

356
燕啼《なき》て夜蛇《へび》をうつ小家哉　句帳（新虚栗　句集）

訳燕が啼き騒ぐ夜、蛇を打ちのめす小さな家よ。季「燕」春。語燕啼て夜蛇をうつ―夜、燕のけたたましい鳴声から、蛇が燕の巣を襲ったことを知り、蛇を家族総出で打ち殺そうする。小家―小さな粗末な家。「市中ひそかに引入りて、あやしの小家に夕顔・へちまの這ひかゝりて」（奥の細道）。解漢詩文調の作。夜の騒ぎを詠んだ空想の句だが、緊迫した状況が伝わってくる。加賀の俳人堀麦水が編んだ『新虚栗』に寄せた句。参石に蛇は付合語（毛吹草第三・付合）。

357 うつゝなきつまみごゝろの胡蝶哉　句帳（耳たむし　句集）

訳現実感がなくつかんだ心地、蝶の夢であったよ。季「胡蝶」春。語うつゝなき―現実感のない。胡蝶―蝶。荘子が蝶になった夢「胡蝶の夢」（荘子・斉物論）（謡曲・胡蝶）。解句の主体が作者か胡蝶かで解釈が分かれるが、胡蝶の夢をふまえて、現実感を伴わないものにふれた驚き。恋の気分が隠されているか。参二月二十七日、不蔵庵、兼題「蝶」（耳たむし）。霞夫「うつゝなきものよ火桶の撫ごゝろ」（左比志遠理）。

358 菜の花や油乏しき小家がち　句帳（遺稿）

訳菜の花が黄金色に咲いているよ。そのあたり、薄暗い小家があちこち。季「菜の花」春。語菜の花―蕪村の時代、北前船によって京阪地方に乾鰯《ほしか》（干鰮）が大量にもたらされ、菜の花栽培の肥料として使われた。油乏しき―菜種油が普及しはじめたが、庶民には高価で使えなかった。小家―ここでは『源氏物語』夕顔や常夏の巻に出る貧しい小さな家。「物のあやめも見ぬあたりの小家がちなる軒のつまに」（謡曲・夕顔）。解つましく生きる人を温かく見守った作。いちめんに咲く菜の花だが、それを栽培する庶民の恩恵とはならなかった。参句空「菜の花や爰《ここ》も小家の後口《うしろ》道」（きれぎれ）。

359
春の暮家路に遠き人斗《ばかり》　耳たむし（夜半亭蕪村）

訳春の暮、家路についたものの、家が遠くなって行く人ばかり。季「春の暮」春。語春の暮―作者不知「日は永しとは申せども春の暮」（誹諧当世男）。解「遠き」は俗を離れた心境。春の日を遊び暮らして、夕暮れになっても現実の生活に戻りたくない。「人ばかり」に句眼がある。参下五、朱で傍書「往来哉」（夜半亭蕪村）。同年の作か「我家に迷ふがごとし春の暮」（夜半亭蕪村）。「春の暮我家近くなりに梟《けり》」（同）。「花に暮ぬ我すむ京に帰去来《かへりなん》」（遺稿）。「花に暮ぬ我すむ京に帰らめや」（夜半亭蕪村）。「花にくれて我家遠き野道哉」（桜画賛　小摺物　句集）。

360
岩倉の狂女恋せよほとゝぎす

数ならぬ身はきゝ侍らず　五車反古（句帳　耳たむし　自画賛　句集）

訳岩倉の狂女よ、狂わしいほどに恋をしなさい。時鳥が鳴き過ぎる。季「ほとゝぎす」夏。語数ならぬ身―とるに足らない身。「しれたる女房ども、若き男達の参らるゝ毎に、郭公や聞き給へる、と問ひて心見られけるに、某の大納言とかやは、数ならぬ身はえ聞き候はず、と答へられけり。堀川内大臣殿は、岩倉にて聞きて候ひしやらん、と仰せられたりけるを…」（徒然草・一〇七）。岩倉―地名。洛北。賀茂（山城）の付合語に「岩倉山」「物ぐるひ」「ほとゝぎす」(類船集)。ほとゝぎす―「ほとゝぎす鳴くや五月のあやめ草あやめも知らぬ恋もするかな」(古今集)。【解】ほとゝぎす、岩倉、物狂いの連想から、恋ゆえに狂った女にますます「恋に生きよ」と呼びかけた。自画賛は時鳥に紫陽花《あじさい》の図。紫陽花は、つれない人の心を暗示する。蕪村と同時代の俳人史耕に「紫陽花や難面人《つれなき》のこゝろとも」(蕉門むかし語)。【参】四月四日、不蔵庵、兼題「郭公」追加(耳たむし)。自笑「閨《ねや》までも扇はなさぬ狂女哉」(高徳院)

361 絶頂の城たのもしき若葉哉　句帳(句集)

【訳】山頂の城、心強く取り囲む若葉よ。【季】「若葉」夏。【語】絶頂―山頂。「絶頂の鮗《このしろ》、半腹の雀」(本朝文選・富士山の賦)。たのもしき―心強いこと。蕪村・明和五「雪国や糧たのもしき小家がち」(句帳　遺稿　落日庵)。【解】忘れられた山城が、城を取り囲んだ若葉によって、いきいきと甦《よみがえ》る。中七「たのもしき」は、絶頂の城と若葉の両方にかかる。江戸期の城は多く平地に築城されたので、絶頂の城は中世までの様式。【参】太祇付句「乗ッ取し城は若葉に明わたり」(平安二十歌仙)。

362 筍《たけのこ》や甥の法師が寺訪《とは》ん　句帳(評巻　句集)

訳筍の季節だ、甥の法師の寺を訪ねよう。季「筍」夏。語甥の法師―隠逸の人で竹林の七賢を思わせる。蕪村・明和三「虫干や甥の僧訪ふ東大寺」。解寺参りではなく、甥の僧侶を「訪ん」に句眼がある。月渓付句「月の夜を甥の法師の寺にねて」に、この発句を記して、「近来蕪村口質を奪ふ句多し。蕪村早ク句集を出して陳腐をのがるべし」という（評巻）。用語「甥の法師」が蕪村門で流布したことを窺わせてくれる。参中七「甥の法師の」（耳たむし）。四月四日、不蔵庵、探題「筍」（同）。

363
若竹や夕日の嵯峨と成にけり　句帳（瓜の実　句集）

訳青々とそよぐ若竹よ、夕日の美しい嵯峨となったなあ。季「若竹」夏。語嵯峨―京都市右京区。大堰川《おおいがわ》を隔てて嵐山に対し、天竜寺・清涼寺・大覚寺などがある。桜・紅葉の名所で竹林も多い。芭蕉「すずしさを絵にうつしけり嵯峨の竹」（住吉物語）。解嵯峨一帯の若竹が、夕日につつまれた美しさ。「や」と「けり」のふたつの切字で昼から夕暮れへと推移する時間をとらえた。参張水「鶯や竹の夕日の下屋敷」（渭江話）。

浪花《なには》の旧国《ふるくに》あるじゝて、諸国の俳士を集めて円山に会筵《かいえん》しける時

364 うき草を吹あつめてや花むしろ　句帳（几董句稿二　句集）

訳うき草をこの地に吹き集めてきて織ったのだね。彩りあざやかなこの花筵。季「うき草」夏。語旧国―大阪の飛脚問屋。大伴大江丸。文化二年没。八四歳。円山―京都市東山区円山町。解うき草に俳系の異なる諸国俳人を、花むしろに俳席を喩《たと》えて諸国俳人と一緒に俳諧することを寿いだ作。この句を立句に、みちのくの呑溟、仙台の丈芝、武州の西羊、越後の一音、浪花の旧国、京都の几董ともに、七吟歌仙をまいた（几董句稿二）。参前書、『句集』も同じ。知足「花咲て猶うき草のうきに浮ク」（千鳥掛）。

365 白雨《ゆふだち》や筆もかはかず一千言　句帳（句集）

双林寺独吟千句

訳夕立よ、筆が乾く間もなく詠んだ一千の句。季「白雨」夏。語双林寺―京都東山の円山。西行・頓阿の墳墓もある。「当寺の御ほんぞん八やくしによらいなり。此所も丸山と同じ遊山所也」（京名所案内記）。独吟千句―一人で百韻を十巻詠むこと。解勢いよく降る夕立の雨と矢継ぎ早に詠む連句のイメージを重ねた作。百韻を詠むだけでも、たいへんな時間も能力も要した。参夕兆「夕立に花散あとや瓜の筆」（そこの花）。

366
加茂の西岸に榻《たふ》を下《おろ》して

丈山の口が過たり夕すゞみ　句集（句帳　題林集）

訳丈山が言い過ぎたようだ、この快い夕涼み。季「夕すゞみ」夏。語榻―長いす、寝台。丈山―石川丈山。三河の人。江戸初期の漢詩人・書家。寛文一二年（一六七二）没。九〇歳。家康に仕えた武士だったが、京都一乗寺村に詩仙堂を開いて隠居。「渡らじな瀬見の小川は浅くとも老の浪立つ影も恥かし」と詠じて、後水尾院の招きを辞したことでもよく知られていた（常山紀談）。解其角「丈山の渡らぬあとを涼み哉」（花摘　五元集拾遺）が念頭にあっての作。参前書「かも河の西岸榻を下して」（句帳）、「鴨河に望む」（題林集）。

367
かも河のほとりなる田中といへる里にて

ゆふがほに秋風そよぐ御祓《みそぎ》河《がは》　句帳（句集）

訳夕顔の白い花に秋風がそよぐ。みそぎ川で。季「御祓河」夏。語田中―京都市左京区。下賀茂神社の神領地。高野川（鴨川上流）を隔てた下賀茂東一帯。秋風そよぐ―藤原家隆「風そよぐならの小川の夕ぐれはみそぎぞ夏のしるしなりける」（百人一首）。御祓河―みそぎをする川。みそぎは旧暦六月晦日に行われた。解季語、夕顔、秋風、御祓河を動詞「そよぐ」でつないで季節の微妙な推移を表現。参『句集』も同じ前書。中七「秋風はやし」を改める（句帳）。吏全「夕顔に組て落けり夕すずみ」（志津屋敷）。

368 江《かう》渺《べう》々《べう》として釣の糸吹《ふく》あきの風　安永二・八・一七几董宛

訳大河がはてしなく広がり、釣糸を吹き揺らす秋の風。季「あきの風」秋。語江―大河。揚子江など。渺々―広く果てしないさま。「懸河渺々として巌峨々たり」（謡曲・山姥）。釣の糸吹―柳宗元「孤舟蓑笠翁　独釣寒江雪」（江雪）。解とらえどころのない孤愁。寂寥感を漢詩句を用いて釣り糸に吹く秋風で象徴。参召波「水渺々河骨茎をかくしけり」（春泥句集）。龍草廬「蓑衣簦笠淡生涯　渺々タル烟波即チ是レ家」（龍草廬先生詠物詩集）。

369 かなしさや釣の糸ふく秋の風　句帳（断簡　落日庵　安永二・八・一七几董宛　句集　新雑談集　自画賛）

訳悲しさよ。喩えてみればたよりなく垂れる釣り糸に吹く秋の風のよう。季「秋の風」秋。語釣の糸ふく―368参照。解上五を「江渺々として」か「悲しさや」とするか迷ったが、道立の意見、几董の勧めで後者に定めた（几董宛）。「ひと度此五文字、江渺々と改申されしを、ひたすらにすすめて、もとの、悲しさやといふに定たり」ともいう（新雑談集）。秋風に吹かれる釣り糸のように、頼りない人間の存在の悲しさ。【参】芭蕉「秋風に折て悲しき桑の杖」（笈日記）。

370 秋《しう》風《ふう》や酒《しゆ》肆《し》に詩うたふ漁《ぎよ》者《しや》樵《せう》者《しや》　句帳（短冊　句集）

【訳】秋風がさわやかに吹きぬける。居酒屋で詩を吟ずる漁師やきこりよ。【季】「秋風」秋。【語】酒肆—酒を売る店。居酒屋。詩—漢詩。漁者樵者—漁師ときこり。詠物題（詠物捷径）。【解】連続する摩擦音・破擦音が秋風を感じさせる。杜牧の「千里鶯啼緑映レ紅、水村山郭酒旗風」（三体詩・江南春）の世界を秋に転じて、陽気な漁師・樵の放吟と交響させた。【参】表記「詩諷ふ」（短冊）。西笑付句「秋ヲ悲テ、樵笛ヲ揚グ」（俳諧塵塚下・漢和聯句）。知計「樵《キコリ》が歌馬子《マゴ》が口笛《クチブエ》かんこ鳥」（洛陽集）。

371 薄《すすき》見つ萩やなからむこのほとり　句帳（此ほとり　句集　続四哥仙　断簡）

【訳】薄を見つけた、萩はないだろうか、このあたりに。【季】「薄」「萩」秋。【語】薄と萩—秋の七草の内の二つ。併称されて詠まれることが多い。芭蕉「しほらしき名や小松吹萩すゝき」（奥の細道）。【解】秋の七草を探して風雅に遊ぼう。薄と萩を擬人化した作。【参】蕪村・明和七か「薄見つ萩程ちかく思ふ哉」（落日庵）。

372 茸《たけ》狩《がり》や頭《かうべ》を挙《あぐ》れば峰の月　　句帳（詠草　句集）

訳夢中になっていたきのこ狩りよ、頭をあげると峰に美しい月。季「茸狩」秋。語頭を挙れば―李白「頭ヲ挙ゲテ山月ヲ望ミ　頭ヲ低レテ故郷ヲ思フ」（唐詩選・静夜思）。解俗世に見出した李白の詩の世界。『句集』の前書に「几董と鳴滝に遊ぶ」とある。鳴滝には豪商三井家一族の三井秋風の別荘があった。参下五「松の月」（詠草）。前書「菌」（詠草）。素紅「茸狩や花に見残す山の腰」（渭江話）。

373 時雨《しぐる》るや我も古人の夜に似たる　　句帳（句集）

訳時雨の雨が降り始めた。私もまた古人がそうであったように、わびしい夜を迎えている。季「時雨」冬。語古人―時雨に人生を見つめてきた宗祇や芭蕉。宗祇「世にふるもさらに時雨の宿りかな」（新撰菟玖波集）。芭蕉「世にふるもさらに宗祇の宿りかな」（虚栗）。解時雨の夜、古人の伝統につながっていることを意識し、宗祇や芭蕉らを偲《しの》んだ。参几董「芭蕉忌／俳諧に古人有世《あるよ》のしぐれ哉」（井華集）。

374
斧入レて香におどろくや冬木立　句帳（秋しぐれ　句集）

訳斧を入れてみて、その芳しい香りに驚いたよ。冬木立。季「冬木立」冬。語冬木立—冬の木々が群立するさま。解枯木と思っていた木に斧を入れてみてはじめて気づいた生気の香り。枯木の生命力を感じ、冬木立全体に生命力が秘められていることに感動した。参樗良「梅がか《（香）》におどろく梅の散日哉」（あけ烏）

375
杜父魚《かくぶつ》のえものすくなき翁哉　句集（安永二・一一・二大魯宛）

訳杜父魚の獲物が少ない。翁のわびしさよ。季「杜父魚」冬。語杜父魚—越の川に住む。拙候「かくぶつや腹をならべて降る霰」（続猿蓑）。「杜父魚は河豚の大さにて水上に浮ぶ。越の川にのみあるうをなり」（同句、後注）。「越前にて◯かくぶつ…」（物類称呼）。解杜父魚の獲物が少ない翁に、画用に紛れて句ができない自分を重ね合わせて、新しい句が出来ないと言い訳した。参拙攷「越のなるか川《鳴鹿川》をわたりて／杜父魚やあられに落て腹鼓」（末若葉）。

376
玉霰漂《へう》母《ぼ》が鍋をみだれうつ　句集（安永二・一一・二大魯宛）

【訳】玉あられ、飯を炊く漂母の鍋を乱れ打つ。【季】「玉霰」冬。【語】漂母―古い綿を水洗いする老女（蒙求国字解）。韓信が貧しいとき、飯を恵んだことで有名（蒙求・漂母進食）。也有「一ぷく吸付たる心こそ、漂母が飯の情よりうれしさハまさらめ」（鶉衣・煙草説）。【解】玉あられから太鼓の「みだれ打ち」を想像し、韓信に恩を売っても、その報いを期待しない漂母の心意気。【参】に下五表記「みだれ撲《ウツ》」（大魯宛）。375と併記（同）。

377 いざ雪見容《カタチヅクリ》す蓑と笠　句帳（句集 安永二・一一・一三暁台宛 短冊 五車反古）

【訳】さあ、雪見に参ろう。蓑と笠で正装して。【季】「雪見」雪。【語】容す―容姿を整える。「女ハ己ヲ説ク者ノ為ニ容ス」（蒙求・子譲呑炭）。【解】暁台への呼びかけ。芭蕉「いざさらば雪見にころぶ所迄」（花摘）や「貴《たふと》さや雪降ぬ日も蓑と笠」（己が光）をふまえ、蓑笠姿で威儀を正して風雅を共にしよう。【参】『句帳』に合点。

378 としひとつ積るや雪の小町寺　句集

【訳】年をひとつ加えたよ、雪も積もった小町寺。【季】「雪」冬。【語】としひとつ積る―「おもかげのかはらでとしのつもれかしたとひいのちハかぎりありとも」（小町歌あらそひ）。小町寺―洛北静原にある普陀落寺《ふだらくじ》の通称。【解】老いて行く悲しみを降り積もる雪が静かにつつみこむ。美しかった小町が老衰して行く様子をうたう謡曲・卒都婆小町等をふまえた作。参蕪村「行年や都の隅に小町寺」（安永二・一二・二九賀瑞宛）。安永六「百日紅《さるすべり》や、ちりがての小町寺」（夜半叟）。

安永三年（一七七四）甲午　五九歳

安永甲午歳旦

379 花の春誰《た》ソやさくらの春と呼《よぶ》

安永三年蕪村春興帖（紫狐庵聯句集　雁風呂）

訳花の春を迎えた。誰が桜の春と呼んだのだろうか。季「花の春」春。語花の春―花が咲く春、明るい春をイメージ。解花の春のめでたさを寿《ことほ》いだ歳旦句。連歌に「はなとばかりに申候は桜の事にて御入候」（至宝抄）というので、俳諧でも花といえば桜。ならば花の春は桜の春と呼び換えても良いことになると理屈をつけて戯れた。桜の春を迎えた喜び。参脇は雪店「若くさの戸の二日月そも」、第三は宰町「雉子啼孤村の夕水見へて」。雪店・宰町ともに蕪村の別号。

380 我宿のうぐひす聞む野に出て

句帳（安永三武然春慶引　月渓画賛　遺稿）

訳わが家の鶯の声を聞こう、野原に出て。季「うぐひす」春。解鶯を家で飼って、新春に初音を競う飼鳥の習慣があった。その鶯を野に解き放って、共に初音を聞きたいと武然を誘う挨拶句。参光江「うぐひすや野へ出て見たき日の匂ひ」（新選）。武然は望月氏。宋屋門。三宅嘯山と同門。享和三年没、八四歳。

381 二もとのむめに遅速を愛すかな　甲午仲春むめの吟（句集）

訳二本の梅、早咲き、遅咲きをともに大事にしよう。季「むめ」春。語遅速―早い遅い。保胤《やすたね》「東岸西岸之柳　遅速不同　南枝北枝之梅　開落已異」（和漢朗詠集・早春）。解蕪村と樗良が互いを嘲笑しているという流言蜚語《ひご》があるが、惑わされてはいけない（樗良春興帖『甲午仲春むめの吟』収載正月三日付蕪村書簡）。樗良は伊勢派から出た俳人、前年（安永二）九月初旬上京して蕪村らと四吟歌仙を巻いた（此ほとり）。樗良は蕉風復興のさきがけ、蕪村は後発だが、親交を結んだ。参前書「草庵」（句集）。樗良脇「蝶鳥の羽に風うつりつゝ」。

382 滝口に燈《ひ》を呼《よぶ》声《こゑ》やはるの雨　句帳（句集）

訳滝口で「灯を点せ」と呼ぶ声が聞こえるよ。冷たい春の雨。季「はるの雨」春。語滝口―清涼殿の東北、御溝水《みかわみず》の落ちる所。宮中警護の武士の勤番所があった。はるの雨

―早春の冷たい雨。「正月・二月はじめを春の雨と也」（三冊子・黒）。解軍記物語的な世界。まだ冷たい春の雨が降る宮中に異変があったのだろう。灯を呼ぶ声に緊迫感が走る。参紫貞女「行灯の一隅明しはるの雨」（寒菊随筆）。

383
よき人を宿す小家やおぼろ月　句帳（句集）

訳貴人を迎えて泊める小さな家よ。美しいおぼろ月。季「おぼろ月」春。語よき人―貴人。身分の高い人。一葉「よき人にまじるも夜の躍かな」（其便）。解源氏が夕顔を連れ出して一宿を過ごした話（源氏物語・夕顔巻）を連想させ、小家に焦点をしぼって、艶冶《えんや》な気分を詠んだ。参嘯山「よき人の住居静けし春の宵」（葎亭句集）。

384
飢鳥の花踏こぼす山ざくら　句帳（遺稿）

訳飢えた鳥が花を食い、枝をふんで山桜を散らしているのだ。季「山ざくら」春。語飢鳥―飢えた鳥。用例は多くない。支考「啄木鳥《ケラツツキ》の飢をしのびかねて、木にそひ、梢をたたきあるきて、終日しづかならぬこそはかなきわざなれ」（百鳥譜）。解散る山桜は風雅だが、実は飢えた鳥が散らしたのだという笑い。参上五「鳥飢て」（新五子稿）。『句帳』に合点。

385 なの花や月は東に日は西に　句集（句帳　出石連中刷物　短冊　宿の日記　続明烏　仏の座　落日庵）

訳いちめんの菜の花、月は東にのぼり日は西へ傾いてゆく。季「なの花」春。語月は東に日は西に―陶淵明「白日西阿ニ淪《しづ》ミ　素月東嶺ニ出ヅ」（雑詩）。李白「日ハ西ニ月モ復タ東」（古風）。人麻呂「東の野にかぎろひの立つ見えて顧みすれば月傾きぬ」（万葉集）。「月は東に昴は西に　いとし殿御は真ん中に」（山家鳥虫歌・丹後）。解菜の花畑を背景に、時空がゆったりと動く大きな情景の句。言水「菜の花や淀も桂も忘れ水」（珠洲之海）、英竹「菜の花の星につづくや野の吉野」（誹諧草むすび）、太祇「菜の花や吉野下り来る向ふ山」（新選）等の大景を詠んだ作があるが、時間の運行を示す月と日を一句に詠み入れ新しい。参几董「春の長い日の凡《およそ》七ツ時分とさだめ、十日比《ごろ》と見て、月も昼のうちから出てあるを見た所が、一めんに菜たねの花ざかりで、外《ほか》にものもなき景色なり」（附合手びき蔓）。「三月廿三日即興」の歌仙発句（宿の日記）。脇は樗良「山もと遠く鷺かすみ行」（続明烏）。蕪村「なのはなや昼一しきり海の音」（遺稿）。

386 ゆく春やおもたき琵琶の抱《だき》心《ごころ》　遺稿（五車反古　新五子稿）

訳過ぎ行く春よ。重たい琵琶を抱いているような心地。季「ゆく春」春。語琵琶を抱く—李白「両人対酌スレバ山花開ク　…　明朝意有ラバ琴ヲ抱キテ来タレ」（古文真宝前集）。春と琵琶—賈秋壑「閑ニ琵琶ヲ撥シテ春ヲ過却ス」（聯珠詩格）。解けだるさとやるせなさが相まった、女性を抱いているような艶冶な心地。参芭蕉付句「かかえし琴の膝やおもたき」（伊達衣）。

387
地《ぢ》車《ぐるま》のとゞろとひゞくぼたんかな　句帳（断簡　句集）

訳地車が轟音《ごうおん》を響かせて行く路傍、咲き誇る牡丹よ。季「ぼたん」夏。語地車—重いものを曳く車。とゞろ—擬音語。雷などが轟く音。几董付句「ちかくも神のとどろ鳴来ル」（安永二「白菊に」歌仙）。ぼたん—富貴な花。「李唐ハ玄宗ノ比ニテ、牡丹ニ千金ノ売買アリトゾ」（類船集）。解地車の響きは不穏な事件の発生を思わせるが、牡丹は艶然と毅然として咲いている。地車を「だんじり」とする説もある。参召波「地車に起行草の胡蝶哉」（春泥句集）。白雄「地車の轄《くさび》ぬけたるかれ野かな」（しら雄句集）。

388
寂《せき》として客の絶間のぼたん哉　句帳（句集）

訳静寂な姿でたたずむ、客の絶え間の牡丹もまたすばらしい。季「ぼたん」夏。語寂として―杜国付句「寂として椿の花の落る音」（貞享元年「霜月や」歌仙）。コ谷「只寂として弓放つ音」（露沾等六吟批点懐紙）。解客の絶え間は、閑寂な姿を見せる牡丹への賛歌。参同年作「燃るばかり垣のひまもるぼたむかな」（断簡）。

嵯峨の雅因が閑を訪て

389 うは風に音なき麦をまくらもと　句帳（落日庵　句集）

訳麦の上を音もなく吹き過ぎる風が吹く、心地よい閑談の枕元。季「麦」夏。語雅因―蕪村の俳友。嵯峨に宛在楼をむすんで閑居した。うは風―草木の上を吹く風。「秋はなほ夕まぐれこそただならね荻の上風萩の下露」（和漢朗詠集）。解雅因への挨拶句。横たわって枕元に風を感じる気楽さと喜び。和歌的風雅の「荻の上風」に対して、俳諧的な「麦の上風」を対置した。参「麦秋や一夜は泊る甥法師」も同年の作か。

390 飯《めし》盗む狐追《おひ》うつ麦の秋　句帳（遺稿）

訳飯を盗む狐を追いかけて打つ麦の秋。季「麦の秋」夏。語麦の秋―歌語。収穫期の黄金色の麦。狐―昼の狐は物見高い、とされた。飯盗む狐は、それからの連想か。岸倚彦「昼狐の物見だけきも月夜鴉のうかれ心も、わらべ相手の遊数奇にて」（和漢文操・

闇論）。解実景ではなく、麦が黄金色に美しく実っている風景から、狐を幻視し、童心にかえって、狐を打つとドラマ仕立てとした。参中七「狐追ふ声や」（題苑集）。

391 みじか夜の闇より出て大ゐ川

句帳（断簡　幣袋　落日庵　遺稿）

訳夏の短夜、闇から突然出現した、大堰川。季「みじか夜」夏。語大ゐ川―大堰川。保津川の下流。丹波山地から亀岡盆地を経て嵯峨・嵐山の下へ流れる。江戸時代の文人墨客にも愛された。解夜の闇の深さを感じていた分、夜明けに大堰川が不意に眼前に現れたように感じた驚き。参前書「嵐山下に遊ぶ」（断簡）、「嵯峨吟行」（幣袋）。中七「闇よりあけて」（新五子稿）。其角「灌頂の闇より出て桜哉」（五元集）。

392 みじか夜や浪うちぎはの捨《すて》篝《かがり》

句帳（句集　安永三・五・二柳女・賀瑞宛　落日庵）

訳夏の短夜よ。波打ち際に捨てられた篝がひとつ。季「みじか夜」夏。語篝―篝火《かがりび》。解戦さが終わって不用になって捨てられた篝火によって描き出した軍記物語的世界。参中七「さゞらなみよる」（柳女・賀瑞宛書簡）。松昨思「蛍火や抑《そもそも》治承《ぢしよう》の捨かがり《篝》」（談林功用群鑑）。作者不詳「行春の小雨や須磨の捨篝」（句評）。

393 いとまなき身にくれかゝるかやり哉　句帳（遺稿）

訳この夕暮れ、暇のない身にかかる蚊遣火の煙よ。季「かやり」夏。語いとま―暇。かゝる―日が「暮れかかる」と蚊遣火の煙が「かかる」を言いかけた。解忙殺させる庶民の暮らしぶりを軽妙に仕立てた作。夕暮れ、蚊遣火を焚いて、ふと我にかえる。参『句帳』に合点。白雄「いとまなき世や苗代の薄みどり」（しら雄句集）。

394 夕風や水青鷺の脛《はぎ》をうつ　句帳（幣袋　宿の日記　安永三・五・二柳女・賀瑞宛　断簡　片折　落日庵　句集　俳諧品彙）

訳涼しい夕風よ、寄せ来る波が青鷺の脛をうつ。季「青鷺」夏。語青鷺―大型の鷺類で背中が青灰色の漂鳥。湖沼地帯に棲み、冬は暖かい地へ渡る。解芭蕉「汐越や鶴はぎぬれて海涼し」（奥の細道）の静を「うつ」によって動の世界に転じた。参前書「門阿弥亭にてはいかいの連歌すとて　歌仙行」（幣袋）、「四月十五日、紋阿弥亭おいて」（宿の日記）、「加茂川」（俳諧品彙）。宰馬脇「蒲《がま》二三反凄々《せいせい》と生ふ」（幣袋）。柳女・賀瑞宛に「脛《ハギ》」とルビ。四月十五日、東山門阿弥亭（宿の日記）。

395 老なりし鵜飼ことしは見えぬ哉　句集（安永四・三・二八大魯宛　月渓合作画賛　左比志遠理　蟻のすさみ　新雑談集）

訳老いた鵜匠、今年はその姿が見えないことよ。季「鵜飼」夏。語鵜飼―篝火を焚いて鮎などを寄せ、鵜を操って魚をとる。鵜匠。解蕪村はこの句に鮎と魚籠《びく》を賛した門人の月渓に、焚き捨てた篝火だけを描くのが良いと説いた。句の本情「あわれ」を理解することが大事で、句の説明として描くのではなく、互いに映発しあうのが画賛の心得だという。参「右の句に此画はとり合はず候。此画にて右の句のあはれを失ひ、むげのことにて候。か様の句には只篝《ただかがり》などをたきすてたる光景しかるべく候」（月渓合作画賛）。「年老し今年は鵜飼見えぬかな」（墨の梅）。

396
目にうれし恋君《こひぎみ》の扇真白なる

句帳（安永三・五・二柳女・賀瑞宛断簡　詠草　落日庵　遺稿　新五子稿）

訳目にうれしい。恋しい君の扇の真っ白なこと。季「扇」夏。語恋君―恋しい君。「恋しきや。恋君。文ミも」（鳥山彦・誹諧信折歌百首）。解恋の句。「目にうれし」の視点が、恋君、扇、白の順に動いて行き、何にも染まらない一途な恋を表現。参中七「恋君が扇」（新五子稿）。同年「恋わたる鎌倉武士のあふぎ哉」（句帳　遺稿）。

397
後家の君たそかれがほのうちは哉

句帳（遺稿）

訳後家の奥さん、たそがれ顔であおぐ団扇《うちわ》よ。季「うちは」夏。語後家―夫に死別した人。俳諧や川柳は後家を好色と詠むことが多い。宗因付句「見られたがるやなまめいた貌《かほ》／若後家の殊勝気もなき寺参」（宗因千句・第十）。たそかれがほ―蕪村独特の言い方。たそかれ（夕暮時）と顔の合成語、人待ち顔の意。【解】後家の夕涼みの風情。人待ち顔で誘う団扇のあおぎ方が艶っぽい。【参】嘯山「花見幕にも家風あり後家の君」（葎亭句集）。

398

花

かの東皐《とうこう》にのぼれば

花いばら故郷の路《みち》に似たるかな

句集（句帳　安永三・五・二柳女・賀瑞宛　同三・五・二霞夫宛　同三・秋無名宛　同六・五・二三几董宛　落日庵　五車反古　断簡）

【訳】花茨、故郷へ続く道に似ていることよ。【季】「花いばら」夏。【語】東皐―東の丘。陶淵明「東皐ニ登リテ以テ龠嘯《やくしょう》シ、清流ニ臨ミテ詩ヲ賦ス」（古文真宝後集）。花いばら―野バラ。白く小さな花をつけ、生垣に用いた。棘《とげ》があり、強い香りを放つ。「生垣はむばらきらはん萩かけい」（崑山集）。「花いばら咲てうつくし垣隣」（渭江話）。「走る脚留《あしとめ》て匂ふや花いばら」（金竜山）。【解】丘に登って遠くから眺めると、茨の強い香りや人を刺す棘さえも懐かしい。蕪村の故郷は毛馬（大阪）の淀川堤のあたり。生垣の花茨の路地にそって故郷の家があったのだろう。心象風景でもある。【参】前書『五車反古』は同じ（他はなし）。『句帳』に合点。

399
愁《うれ》ひつゝ岡にのぼれば花いばら　句集

【訳】愁いを抱いて、岡に上ると花茨が咲いている。【季】「花いばら」夏。【語】愁―春愁、旅愁、老愁、孤愁、悲愁、対愁、愁眉、愁人など。「愁ハ崖寺ノ古ニ破ルとは杜詩也。（略）不幸にうれへにしづめる人のかしらなどおろし、ふつつかにおもひとりたるにあらで、とつれづれ草にかけり」（類船集）。【解】親しい人が亡くなった悲愁。死者を悼んで花茨が白く咲いている。有橘（霞夫の父）の死を知らされた蕪村は「御愁ひの中ニも発句ハ折々可被成候。詩歌ともニうれいの中ニ多き物ニ候。杜甫が妙句も、多くハ愁のうちニ候」と悼んだ（安永六・六・一霞夫宛）。青春の愁いを詠んだとする説も捨てがたい。【参】鳳吹「袷着て軽き匂ひや花茨」（三日月日記）。

400
夜《よ》水《みづ》とる里《さと》人《びと》の声や夏の月　句帳（句集　遺稿　落日庵）

【訳】夜、田に水を引く里人の声よ。夏の月。【季】「夏の月」夏。【語】夜水とる―夜、田に水を引く。【解】夜水を引く世俗的な農民の声と対照的な夏の月の涼しさ。田に水を引く里人の声から奈良東大寺二月堂の御水取りの行事を連想したか。【参】中七「里人ひとり」（落日庵）。上五・中七「夜水とは里人声や」（題叢）。

401 閻《えん》王《わう》に勘当うけて夕すゞみ　応挙合作画賛（団扇自画賛）

訳閻魔大王に勘当されて、けっこうな夕涼み。季「夕すゞみ」夏。語閻王—死者が犯した生前の罪を裁く地獄の王。勘当—罪をはかり処罰すること。良和「閻王いかれば野べあかき色」（阿蘭陀丸二番船）。解蕪村なじみの茶店富永楼での遊興のありさまを伝える画賛句。こんな酔客は地獄の閻魔大王からも勘当されるはずで、それを良いことに美人を侍らせて夕涼み。其角「勘当の月夜に成しすずみかな」（焦尾琴）をふまえ、画家応挙らとの遊興を楽しんでの作。参画賛に「富永楼納涼／酒客　応挙・金篁・我則・里暁／美人　小雛・小里／傍観　帯川・広作」と前書、「夜半翁戯題」と署名。団扇自画賛に同文の前書で「夜半翁戯画賛」と署名、「此うちはぬし雪女」と付記。

402 いなづまや堅田泊の宵の空　句帳（月並発句帖　安永三・九・一〇柳女・賀瑞宛　句集）

訳稲妻よ。堅田に泊まった宵の空に、閃光を放つ。季「いなづま」秋。語堅田—滋賀県大津市内。近江八景のひとつ。芭蕉「堅田にて／病雁の夜さむに落て旅ね哉」（猿蓑）。解堅田は芭蕉が滞在した地、蕪村はここで芭蕉が詠まなかった稲妻を詠んで、時間を超えて交響した。柳女・賀瑞宛書簡に「稲妻やはし居うれしき旅舎《やど》り」とこの句を併記、

「これもいづれ可ならんや」と付記。参八月十日、夜半亭、兼題「稲妻」(月並発句帖)。芭蕉「稲妻にさとらぬ人の貴さよ」(己が光)。

403
細腰の法師すゞろにおどり哉

句帳(安永三・八・二一鼠宛　同三・九・一〇柳女・賀瑞宛　五車反古　遺稿　新五子稿　題苑集)

訳細い腰の法師がはしたなくも夢中になっている踊りよ。季「おどり」秋。語細腰―柳腰。細くきゃしゃな腰。一般的には女性に使う。「楚王細腰ヲ好ミ　宮中ニ餓死スルモノ多シ」(類船集)。すゞろに―はしたなく。解自己陶酔した法師の踊りの妖しさ。空也念仏、六斎念仏の法師踊り、また慶長年間、泡斎という僧が造花を笠にさし、踊り狂いながら念仏したという念仏踊りなどがあった。参中七「そゞろに」(柳女・賀瑞宛)。下五「おどりけり」(題苑集)。『句帳』に合点。「明かゝる踊も秋のあはれかな」も同年作か。正村「柳腰ふるは遊行のをどり哉」(ゆめみ草)。

404
子鼠のちゝよと啼《なく》や夜半の秋

句帳(安永三・八・二一大魯宛　同三・八・二一鼠宛　同三・九・一〇柳女・賀瑞宛　句集)

訳子鼠がちちよと鳴いているよ。秋の深夜に。季「夜半の秋」秋。語ちゝよと啼―「蓑虫は……風の音を聞き知りて、八月ばかりになれば、ちゝよ〳〵とはかなげに鳴く」(枕草子・四一)。夜半の秋―秋の夜が深まった夜中。蕪村の時代以前は雑秋。解蓑虫は「父よ」と鳴いたが、小鼠は飢えているためか「乳よ」と鳴く。滑稽でもあり哀れでもある。「みのむしのなく音よりはまさりたる心地し侍る」（柳女・賀瑞宛）と自解。参上五「子鼠も」（二鼠宛）。柳女・賀瑞宛に下五「夜半の夜」と書き損じ。

405 秋の夜や古き書《ふみ》読む南良《なら》法師　遺稿（自画賛　短冊）

訳秋の夜長、古い書を読む奈良法師。季「秋の夜」秋。語南良―奈良。蕪村は南良と書くことが多い。解歴史的ドラマを秘めた作。秋の夜長、荒法師として名高い奈良の東大寺や興福寺などの僧兵が読む古書は、仏書以外の軍書だろう。参自画賛は「紫狐庵主人」の署名、僧兵の図。

406 貴人《あてびと》の岡に立《たち》聞《きく》きぬた哉　句帳（安永三・八・二一鼠宛　同九・一〇柳女・賀瑞宛　遺稿）

訳貴人が岡にのぼって立聞きしているきぬたよ。季「きぬた」秋。語貴人―身分ある上品な人。一鼠宛に「あて《貴》人」、柳女・賀瑞宛に「貴《アテ》人」とそれぞれ漢字とカナを傍記。解「明日は殿ごの砧打《きぬたうち》、御方《おかた》姫ごも出て打たい」（松の葉・一）の俗謡をふまえ、ひなびた風情を王朝の世界に転じたおもしろさ。参同年作に「異夫《ことづま》の衣うつらん小家がち」。之兮「貴人としらでまいらす雪の宿」（五車反古）。涼菟「聞ありく五条あたりのきぬた哉」（浮世の北）。

407
故郷や酒はあしくとそばの花　　句帳（句集　月並発句帖）

訳懐かしい故郷よ。酒は悪くても、そばの花が咲いている。季「そばの花」秋。語あしくと―幽齋「よしやふれ麦はあしくと花の雨」（玉海集）。解初案の上五は「帰去来《かへりなんいざ》」（月並発句帖）。芭蕉句「蕎麦はまだ花でもてなす山路かな」（続猿蓑）をふまえた作。蕎麦の花を自慢する故郷は寒村だが、望郷の思いがわいてくる。参『句帳』に合点。八月十日、夜半亭、兼題「蕎麦花」（月並発句帖）。

洛東残照亭晩望

408
鹿ながら山《さん》影《えい》門《もん》に入日哉　　句帳（句集）

訳鹿の影をのみこんで山の影が門に入る美しい夕日よ。季「鹿」秋。語洛東残照亭―京都市左京区一乗寺の金福寺（臨済宗）内。安永五年、蕪村はここに芭蕉庵を再興することを記念して「洛東芭蕉庵再興記」（写経社集）を書いた。晩望―夕暮れの眺め。山影門に入―「山影門に入つて推せども出でず　月光地に敷いて掃へども又生ず」（謡曲・三輪）。解鹿の影と山の影が渾然一体となって門に入る大きな風景と、残照が消えて闇へと推移する時間をとらえ、夕日の美しさに焦点をしぼった。荘麗な美。参前書「残照亭晩望」、「山影門」と音読符を付す（句集）。

409 菊つくり汝はきくのやつこなる　句帳（安永三・九・六大魯宛　句集）

訳菊作りよ、お前さんは菊のしもべだね。季「菊」秋。語やつこ—とりこになった人に対して親しみをこめて言う。解菊を愛した人を陶淵明のような隠逸の人と見て、親しみをこめて呼びかけた。参下五「奴哉」（大魯宛　句集）。嘯山「けふの菊奴僕と成し手入哉」（末若葉）。

410 門《もん》を出《いづ》れば我も行《ゆく》人《ひと》秋のくれ　句帳（安永三・九・二三了角・乙総宛　同九・六大魯宛　同九・一〇柳女・賀瑞宛　句集　新五子稿）

訳門を出れば私もまた芭蕉翁と同じ道を行く人、秋の暮。季「秋のくれ」秋。語門—了角・乙総宛に「門《モン》」と傍記。解芭蕉追慕句。「此道や行人なしに秋の暮」か「人声や此道かへる秋のくれ」を掲げて、「此二句の間いづれをかと申されし」と芭蕉が尋ねたこと（笈日記）に倣って、蕪村はこの句と「門を出て故人に逢ぬ秋暮」を併記して、「いづれ可然《しかるべき》や」と問うた（柳女・賀瑞宛）。芭蕉の生き方に強く惹かれていたことをうかがわせてくれる。

几董会当坐　時雨

411 老が恋わすれんとすればしぐれかな　　安永三・九・二三
大魯宛（自画賛）

【訳】年老いての恋、忘れようとすれば、時雨。【季】「しぐれ」冬。【語】几董会当坐―几董主催の発句会での出題による即興。【解】蕪村は「しぐれの句、世上皆景気のミ案候故、引違候而いたし見申候。真葛がハらの時雨とハ、いさゝか意匠違ひ候」と自解した（大魯宛）。一般的に時雨は叙景句として詠まれるが、「一とをり降かとすれば晴るかと」いう「時雨の本意」（至宝抄）にかなう、行きつ戻りつする心境、また慈円「わが恋は松を時雨の染めかねて真葛原に風騒ぐなり」（新古今和歌集）が、時雨が降っても松のように色が変わらない恋に懊悩《おうのう》するのに対して、意志的に断ち切ろうとしても断ち切れない恋への執着を詠んだ点で趣向を異にする、という。【参】蕪村・天明二「秋の哀忘れんとすれば初時雨」（遺草）。几董「老そめて恋も切なれ秋夕」（井華集）。

412 時雨音なくて苔にむかしをしのぶ哉　　ゐぼし桶（新五子稿）

【訳】時雨が音もなく降り続き、苔をぬらして行く。昔がしのばれることよ。【季】「時雨」冬。【語】苔にむかしをしのぶ―「老木トアラバ、故郷　昔をしのぶ　松　苔むす　くつる」（連珠合璧集）。解この年一〇月、名古屋の暁台が上京、同一二日に義仲寺で芭蕉追善俳諧を興行、蕪村も一座した折の作（ゐぼし桶）。私も芭蕉翁を追慕する一人ですよ。参前書「芭蕉忌」（新五子稿）。暁台「霜に伏《ふし》て思ひ入事《いること》地三尺」（ゐぼし桶）。

人々高尾の山ぶみして、一枝を贈れり。頃ハ神無月十日まり、老葉霜に堪ず、やがてはら〳〵と打ちりたる、ことにあハれふかし

413 炉に焼《たい》てけぶりを握る紅葉哉　ゐぼし桶（句帳　句集）

訳炉にくべて、無常の煙を握っている、あはれ紅葉よ。季「炉」冬。語高尾―京の北西。紅葉の名所。山ぶみ―暁台・几董・美角・呑溟らの「高雄山吟行」（ゐぼし桶）。神無月十日まり―一〇月一〇日余。けぶりを握る―黄庭堅「一炷《いっしゅ》ノ煙中ニ意ヲ得テ　九衢ノ塵裏ニ閑ヲ偸《ぬす》ム」（山谷詩集）。炉に焼て―白居易「林間ニ酒ヲ暖メ紅葉ヲ焼ク」（和漢朗詠集）。解芭蕉の魂を招く招魂の句。高尾帰りの一行から贈られた紅葉が散るさまにあわれを感じ（前書）、心はあわれの煙を握りしめて離さず、身は俗を離れて静かに芭蕉翁の魂が帰って来るのを待ちます、と伝えた。参前書「一枝の丹楓を贈れり」（句帳　句集）とする他、同文。

414
狐火の燃《もえ》つく斗《ばかり》枯尾花　月並発句帖（安永三・九・一六柳女・賀瑞宛　同九・二三大魯宛　自画賛　句集）

訳狐火が燃え尽きてしまうかのような勢いだよ、波うつ薄《すすき》。季「枯尾花」冬。語狐火—狐が口から吐く火。枯尾花—枯れた薄。芭蕉以後の季語。解薄が激しく風に揺れている様子を大げさに見立てた怪異幻想。蕪村は「是ハ塩からき様なれども、いたさねバならぬ事ニて候。御鑑察可被下候」（大魯宛書簡）と自解。「塩辛し」は、情に沈むこと。参九月十五日、夜半亭、兼題「枯尾花」（月並発句帖）。其角「なきがらを笠に隠すや枯尾花」（枯尾花）。嘯山「狐火歟《か》しらず冬野の小挑灯」（葎亭句集）。

415
寺寒く樒《しきみ》はみこぼす鼠哉　月並発句帖（句集）

訳寒々とした寺の仏前に供えた樒を食い散らす鼠どもよ。季「寒く」冬。語寺寒く—貧しい冬の寺。樒—常緑樹で死者を弔うために墓地に植えることが多かった。解寒さの実感を音声でとらえた作。樒を食うのは、鼠がよほど餓えているから。参十月十日、夜半亭、探題「鼠」（月並発句帖）。蕪村・安永三「寒夜／鐘老《かねおい》声饑《うえ》て鼠樒を食《はみ》こぼす」（新虚栗）は、同工異曲。

416 我頭巾うき世のさまに似ずもがな　句帳（短冊　続明烏　句集）

訳私の頭巾姿は、浮世のものと似ていなければいいなあ。季「頭巾」冬。語うき世―世の中。もがな―願望をあらわす助詞。解離俗願望。頭巾は、法師の頭巾の他に禿頭を隠す頭巾、浮世狂いの若殿のお洒落頭巾、また隠者の角頭巾、忍び逢いの丸頭巾、隠元頭巾、奇特頭巾などがあった（宝蔵）。参其角「目ばかりを気まま頭巾の浮世哉」（雑談集）。

417 鍋さげて淀《よど》の小橋を雪の人　安永三・一一・二三大魯宛（新華摘　句集）

訳鍋をさげて淀の小橋を行く、雪の人。季「雪」冬。語淀の小橋―淀城の上手にあり、長さ七六間。両岸に茶店など多く繁昌した（淀川両岸一覧）。野坡「行春や淀の小橋の折レつつじ」（野坡吟草）。雪の人―雪の中、小橋を行く人。解庶民の暮らしのひとこまを温かくみつめた作。『新華摘』に「平句の姿なれども、発句ニ成ル也」と頭書。平句は付句のこと。参青峨「下手にさへ道はつくなり雪の人」（たつのうら）。秀億「昼を夜の鼻唄せめて雪の人」（反古衾）。

貧居八詠

418
愚に耐《たへ》よと窓を暗《くらう》す雪の竹

句帳（安永四・二・一荻由宛　封入月渓筆懐紙　遺草　句集）

【訳】愚に甘んじなさい、と窓を暗くする雪の竹。【季】「雪」冬。【語】貧居八詠—杜甫「秋興八首」に倣った大魯の「秋興八句」に応じた作。愚に耐よ—愚者であることを甘受する。【解】賢者になるよりも愚者として生きよ、「これは旧臘之偶成ニて候。愚老面目之風調ニ而ハ有レ之候」（荻由宛）。「蛍雪の功」を誇るより、窓の明かりをさえぎる雪の竹の陰で、愚を守って清貧に生きようと大魯に呼びかけた。【参】前書「貧居八詠」（句集　荻由宛封入月渓筆懐紙）、「閑居八詠」（遺草）。貧居八詠の第一。第二〜第七、「かんこ鳥ハ賢にして賤し寒苦鳥」「我のみの柴折くべるそば湯哉」「紙ぶすま折目正しくあハれ也」「氷る灯の油うかがふ鼠かな」「炭取のひさご火桶に並び居る」「我を厭ふ隣家寒夜に鍋を鳴ラす」。第四を「糊ひきて焚火得させむ古ぶすま」とする句形もある（遺草）。

419
歯豁《アラハ》に筆の氷を嚙《か》ム夜哉

句帳（安永四・二・一荻由宛　封入月渓筆懐紙　同六・一二・二大魯宛　遺草　詠草　句集）

【訳】ぬけ落ちたまばらな歯で筆先の氷を嚙む、底冷えの夜よ。【季】「氷」冬。【語】歯豁に—歯がぬけた状態。韓退之「頭ハ童ニ歯ハ豁ニ、竟《つひ》ニ死ストモ何ノ裨《たすけ》アラン」（古文真宝後集・進学解）。【解】絵筆を嚙みながら仕事をする蕪村の自画像。大魯の「ともし火に氷れる筆を焦《こがす》哉」に続けて、この句を記し「貧生独夜の感をつぶやき候。子も又寒灯に狸毛を焦したるあハれ、云んかたなく候。よき兄弟と存候」という（大魯宛・詠草もほぼ同文）。参「貧居八詠」の第八。涼菟「鐘いづく今宵は筆の氷る迄」（篆普請）。

420 乾《から》鮭《ざけ》や琴《きん》に斧《をの》うつひゞき有《あり》　句帳（続明烏　自画賛　句集　新雑談集）

訳乾鮭よ、叩くと琴に斧を入れたような響きがする。季「乾鮭」冬。語琴に斧うつ―琴の名手戴逵《たいき》が武帝に仕えるよう命じられたが、琴を斧で壊して「王門の伶人（楽人）にはならない」と言った故事（蒙求・戴逵破琴）。解世俗にからめとられない生き方。戴逵破琴の故事を連想した。参前書「倣素堂」（句集）。「琴」と右傍に音読符を付す（続明烏　句集　新雑談集）。「琴ハ音によむべし、素堂がうき葉巻葉の蓮の句法なり」と付記（自画賛）。素堂句は「浮葉巻葉此蓮風情過たらん」（虚栗）。「蕉翁曰、素堂が句、蓮《れん》と音によまざれば、一句の手柄なきに似たりと。暫く是を考るに、蕪叟の琴《きん》に斧うつといへるも趣《おもむき》相おなじ」（新雑談集）。毛紈《もうがん》「乾鮭をたたいて見たり鉢敲」（柿表紙）。

421 霊運も今宵はゆるせとしわすれ　句帳（安永三・一二・一八東瓦宛　同・一二・二六正名宛（推定）　安永四春帖　句集）

訳謝霊運も今宵の酒宴をお許し下さい。年忘れなのだから。季「としわすれ」冬。語霊運―謝霊運。中国六朝時代の詩人。「謝霊運は法華の筆儒なりしかども、心、常に風雲の興を観ぜしかば、慧遠、白蓮の交を許さざりき」（徒然草・一〇八）。解不遇のために放縦な生活を送った謝霊運も、年忘れの日は白蓮社の仲間入りを許してくれ、ついでに自分も酒宴の仲間に入れてくれ、と戯れの呼びかけ。参初案は上五「霊運を」（東瓦宛）。前書「春泥舎に遊びて」（句集）、「せいぼ」（正名宛）。

安永四年（一七七五）乙未　六〇歳

422
ほうらいの山まつりせむ老の春　句帳（安永四年春興帖　紫狐庵聯句集　五車反古　句集）

訳蓬莱の山の神を祭ろう、老の春に。季「老の春」春。語ほうらいの山―東海の中にあるという中国の伝説の島。不老不死の霊山（竹取物語）。老―四〇歳から老いるというのが一般的。作者不知「四十からもんどりかへせ老の春」（毛吹草）。解還暦の春、不老不死の山の神を祭って新春を迎えたことを寿ぐ歳旦句。参前書「安永乙未歳旦」（安永四年春興帖　紫狐庵聯句集）、脇は我則「金茎の露一杯の屠蘇」、第三月渓（春興帖）。『句帳』に朱点。

423
白《はく》梅《ばい》や墨芳《かんば》しき鴻《こう》鸕《ろ》館《くわん》　句帳（句集）

訳咲き匂う白梅よ、墨の香が芳しい鴻臚館。季「白梅」春。語鴻鸕館―鴻臚館の誤記。

平安時代、太宰府・難波・平安京においた迎賓館。解白梅の白と墨の黒の色彩が対照的で美しく、また梅の匂いと墨の香りが融和してすがすがしい。外国の使節を迎え、詩文や文書を交わして交誼を結んだ時代を髣髴《ほうふつ》とさせてくれる。参湖竹「僧の書《ふみ》こや朝鮮の五言律」(誹諧あふぎ朗詠)。

424 雉《き》子《じ》うちてもどる家路《いへぢ》の日は高し

句帳（安永四年春興帖 自画賛 月渓画賛 五車反古 新五子稿 遺稿）

訳雉《きじ》を撃って戻る家路、日はまだ高い。季「雉子」春。語もどる家路—桜を愛でて家路を忘れるのは風雅とされていた。「この里に旅寝しぬべし桜花散りのまがひに家路忘れて」(古今集)。解桜狩の風流を真似て、しばし野山を巡ろうか、と逡巡する猟師の風流心。自画賛は猟師が仕留めた獲物の雉を下げて帰る後姿。参中七「もどるや家路の」(遺稿)、「帰る家路の」(五車反古)。白雄「鳴たつや凡夫家路のいそがるゝ」(しら雄句集)。

425 御《ぎょ》忌《き》の鐘ひゞくや谷の氷まで

句帳（安永四年春興帖 紫狐庵聯句集 句集）

訳御忌の鐘が響いてくるよ。谷の氷まで解かすように。季「御忌」春。語御忌—浄土宗の開祖、法然上人の忌日に行う法会。旧暦一月一九日夜から二五日まで行われた。谷の氷—永福門院「峰の雪谷の氷もとけなくに都の方は霞たなびく」（玉葉集）。解氷をとかすほどの厚い信仰心が春を迎えた喜びと重なっている。参この句の脇は帯川「はつ花の香ににほふ山もと」（紫狐庵聯句集）。

426
剛《がう》力《りき》は徒《ただ》に見《み》過《すぎ》ぬ山ざくら　　句帳（句集）

訳剛力はむだに見過ごしてしまったのだ。せっかく山桜が咲いているのに。季「山ざくら」春。語剛力—強力。修験者などに従って荷物を背負って山を登る者。維舟（重頼）「強力もあはれと思へお峯入」（時勢粧）。解都人はわざわざ山桜を見るために訪ねて来るのに、いたずらに見過ごして平気な強力にあきれたが、そうした生き方もあると肯定。参「徒《タヾ》に」とルビ（句集）。

427
指《し》南《なん》車《しや》を胡《こ》地《ち》に引《ひき》去《さ》ル霞哉　　句帳（安永三・一二・二六正名宛（推定）　句集）

訳指南車を北方へ向けて引き連れて去って行く。霞の真只中。季「霞」春。語指南車—中国古代の車。仙人の木像をのせ、南に向くように造られた戦車（和漢三才図会）。恕哲「先開く枝や指南車花の輪」（続山井）。胡地—中国北方民族の匈奴などが住む地。
解霞とともに北方へ進軍する指南車の異変を描いた、大地に繰り広げられる壮大な歴史的ドラマ。よほどの異変があったのだろう。参「此句けやけく候へども、折ふしは致置候。「去ル」と云字にて、「霞」とくと居り申候歟」と付記（正名宛）。「けやけく」は、作為的すぎること。

春夜聞琴

428 瀟《せう》湘《しやう》の雁《かり》のなみだやおぼろ月　句帳（句集）

訳瀟湘を飛び立った雁の涙に違いない。この美しい朧月。季「おぼろ月」春。語瀟湘—中国洞庭湖に注ぐ瀟水と湘江。銭起「瀟湘何事ゾ等閑ニ回《かへ》ル　水碧《みどり》ニ沙《すな》明カニシテ両岸ニ苔アリ　二十五絃夜月ニ弾ズレバ　清怨ニ勝《かへ》ズシテ卻リ飛ビ来ル」（唐詩選）。雁のなみだ—「鳴き渡る雁の涙やおちつらむもの思ふやどの萩の上露」（古今集）。解朧月と雁の取り合わせは、寂蓮「今はとてたのむの雁も打わびぬ朧月夜の明ぼのゝ空」（連珠合璧集）のように日本の伝統だが、銭起の詩をふまえて、朧月を琴の音色に感じた雁の涙と見立てた点が新しい。

429 蓴《ぬなは》生《お》ふ池のみかさや春の雨　句帳（安永四春興帖　津守船　十三興　句集）

訳蓴が生える池、その水かさが増えている。思えば、春の雨が降り続いていたのだ。

季「春の雨」春。語蓴—蓴菜《じゅんさい》。池や沼に自生し、食用とする。蓴の茎《くき》は「白くして氷のごとくなる物つけり」（菜譜・水菜類）。「山城ノ淀・伏見ノ川上ニ多クコレ有リ」（和漢三才図会）。みかさ—水嵩。水量。解池水の量から春の到来を察知し、蓴の根茎から新しい芽が生えてくる春を迎えたことを喜んだ。参上五「蓴生ふる」（十三興）。暁台「蓴あり藻魚いとより春の雨」（暁台句集）。

430
几董が蛙合《かはづあはせ》催しけるに

月に聞て蛙《かはづ》ながむる田面《たのも》哉　　句集（句帳）

訳月に聞く蛙の声、月を映す美しい田面よ。季「蛙」春。語月に聞—ホトトギスを聞く場合の常套句。越人「月に花に聞や弥生の郭公」（庭竈集）。「（杜宇《ほととぎす》を）雨に待《まち》月に聞は尋常の情なるを」（国の花）。解主客を入れ替え錯綜させた表現のおもしろさ。月が田面に映り蛙が鳴いている。それを「月に（私が）聞て」、「蛙が田面を眺めている」とたわむれた。参「闇に坐《かく》して遠き蛙をきく夜哉」（句帳　句集）、「イメ《たたず》ば遠きも聞ゆ蛙かな」（句帳　遺稿）も同年の作か。

431
海棠や白粉《おしろい》に紅をあやまてる　　句帳（遺稿）

訳海棠の花よ。白粉の上にまちがって紅をひいたようだ。季「海棠」春。語海棠―酔い伏した楊貴妃（唐書・楊貴妃伝）のイメージから睡花とも言い、うつむいた妖艶な美女を連想。解白に紅色を一点誤って加えることで、魅力をます海棠の美しさ。美人の化粧の比喩か。参『句帳』に合点。蕪村・安永四「海棠の花ハ咲ずや夕しぐれ」（句帳詠草　遺稿）。尚白「海棠やおしろい気なき花の色」（忘梅）。

懐旧

432 遅き日のつもりて遠きむかし哉　句帳（句集）

訳暮れなずむ春の日を重ねてゆくと、遠き昔が目の前に甦ってくることよ。季「遅き日」春。語懐旧―昔を懐かしむこと。漢詩題。白楽天「往時眇茫トシテ都《すべ》テ夢ニ似タリ」（和漢朗詠集下・懐旧）など古《いにし》えを偲《しの》ぶ題。遅き日―永き日とも。三月の季詞（はなひ草・四季之詞）。つもる―積み重なる。日の擬人化。存義「算置《さんおき》が笠にもつもる月日かな」（古来庵発句集）。解時間の感覚の不思議さ。「つもる」という質感を伴う言葉で結ばれた「遅き日」と「遠きむかし」が響きあい、過去が現在に甦り、現在もまた過去のように思われてくる。参『句集』に同じ前書。蕪村・安永二「日暮〳〵春やむかしのおもひ哉」（遺稿）。其角「翁百ケ日懐旧／墨の梅はるやむかしの昔かな」（後の旅）。

433 異《こと》艸《くさ》も刈《かり》捨《すて》ぬ家《や》のぼたん哉　句帳（遺稿　新五子稿）

【訳】雑草も刈捨てないままの家に咲く牡丹よ。【季】「ぼたん」夏。【語】異艸―雑草。「異草もまじる茅筵《かやむしろ》」（謡曲・安達原）。蔦雫「異草に我がちがほや園の紫蘇《しそ》」（続猿蓑）。【解】雑草の中でも、風格をもって咲いている牡丹に共感した。【参】俊次「獅子に牡丹けだ物の王や花の王」（崑山集）。

434 みじか夜やいとま給《たまは》る白拍子　句帳（五車反古　句集）

【訳】夏の短い夜よ。暇をいただいて宮中を立ち去って行く白拍子。【季】「みじか夜」夏。【語】白拍子―遊女。「傾城《けいせい》・傾国は唐人のつけたる名にして、白拍子ながれの女は、我朝のやはらぎなるべし」（本朝文選・出女ノ説）。直垂《ひたたれ》・立烏帽子《たてえぼし》に白鞘巻《しろさやまき》の刀をさす男装姿で歌いながら舞った。恋の詞。「白拍子　仏ごぜ　祇王　池田の宿のゆや　しづかごぜ」（誹諧初学抄・恋之詞）。【解】歴史物語的趣向。平清盛の寵愛が仏御前に移って暇を出された（平家物語・一）という祇王の故事をふまえる。移ろいやすい人の心と短夜が響き合う。【参】蕪村・安永九「花に舞はで帰るさにくし白拍子」（句帳）。

435 でゞむしの住はてし宿やうつせ貝　句帳（句集　月並発句帖）

訳ででむしがすみ果てた宿だろうか。このうつせ貝。季「でゞむし」夏。語でゞむし—蝸牛。かたつむり。うつせ貝—空の貝殻。藤原国房「から衣袖師の浦のうつせ貝むなしき恋にとしのへぬらむ」（後拾遺集）。解この世のむなしさ。見立てがおもしろく、童謡に近い響きがあり深刻さはない。「でゞむし」が住み果てた宿を「うつせ貝」という見立ては蕪村独自のもの。参四月十二日、夜半亭、上五・中七「蝸牛住はてぬ宿や」（月並発句帖）。りん女「我からの萍に鳴虫かうつせ貝」（歌仙貝発句）。

円位上人の所願にもそむきたる身の、
いとかなしきさま也

436 実ざくらや死《しに》のこりたる庵《いほ》の主　句帳（句集）

訳花が散って、実桜の季節。死に残ってしまった庵主。季「実ざくら」夏。語円位上人の所願—西行の願い。「願はくは花の下にて春死なむその如月の望月のころ」（山家集）。建久元年（一一九〇）二月一六日没。七三歳。解西行のように桜の美しい季節に死ねず、老残の身をさらす庵主の悲しみ。参『句集』に同文の前書。同年作「来て見れば夕の桜実となりぬ」（句帳　句集）。

437
浪花《なには》の一本亭《いつぽんてい》に訪《とは》れて

粽《ちまき》解《とき》て蘆《あし》ふく風の音聞《きか》ん　句帳（懐紙　画賛　句集）

【訳】お土産の粽をといて、大阪の風流についてお聞きしたいものですな。【季】「粽」夏。【語】一本亭—大阪の俳人・狂歌師。号、芙蓉花。天明三年一月二六日没。六三歳。粽—もち米・くず粉などを茅の葉で巻いて円錐形にした食物。粽解—ゆるりとすることの喩《たと》え。蘆ふく風—浪花（難波）と蘆と風は、西行「津の国の難波の春は夢なれや蘆の枯葉に風わたるなり」（新古今集）による連想。【解】粽を土産に訪ねた芙蓉花への挨拶句。粽は蕪村の好物だった。【参】前書「一本亭の主人にはじめて訪れて」（懐紙）。一本亭脇「畳のうへも涼し此庵」（同）。「ふみもなく口上もなし粽五把　嵐雪／五把の中一本を写したるは　月渓／浪花の一本亭といへる者、たまく〜夜半亭を訪ひけるとき」（画賛）。

438
蚊《か》屋《や》つりて翠《すい》微《び》作らん家の内　句帳（句集）

諸子比枝《ひえ》の僧房に会す。余はいたづきのために此行《このぎやう》にもれぬ

【訳】蚊帳を吊って薄緑の山の霊気を作ろう。この家の内に。【季】「蚊屋」夏。【語】比枝の僧

房―比叡山延暦寺の僧房。いたづき―心労。病気。翠微―山の中腹から八合目あたり。また薄緑色を感じさせる山の霊気。「山ノスソ也。又山色ノ青キヲ云」(詩林良材)。解病気のために皆さんと行動をともにできない分、家の中で延暦寺の霊気にふれたい。蚊帳の色を若葉が芽吹く比叡山の翠微に見立てた洒落。参『句集』も同じ前書。杜甫「千家ノ山郭朝暉《てうき》静カナリ　日々江楼翠微ニ坐ス」(唐詩選・秋興二)。

439
若竹やはしもとの遊女ありやなし　自画賛(続明烏　句集)

訳なよやかにそよぐ若竹よ。橋本の遊女は今もいるのか、いないのか。季「若竹」夏。語若竹―その年に筍から成長した竹。はしもと―淀川の左岸、男山八幡の対岸にある宿。茶店や旅籠屋が多かった。はしもとの遊女―「江口・橋本などいふ遊女のすみか」(撰集抄)を地名に転化。ありやなし―「名にしおはばいざ言問はむ都鳥わが思ふ人はありやなしやと」(伊勢物語)。解若竹のなよやかな美しさを女性に見立て、橋本の遊女に仮託した女性を恋慕した作。西行にゆかりの遊女が今もいるのだろうか。参舎羅「うぐひすや有明の灯のありやなし」(荒小田)。

440
せみ啼《なく》や行者《ぎやうじや》の過る午《うま》の刻《こく》　句帳(句集)

【訳】蟬がかまびすしく啼いている。折しも行者が過ぎる真昼時。【季】「せみ」夏。【語】行者―修験道の修行者。真言を唱えて物の怪を調伏する。「物の化のをこたりがたきを山伏行者などの真言をとなへて祈るこそ冷《すさま》じけれ」（類船集）。午の刻―真昼の一二時頃。【解】聴覚と視覚の両面から真昼の炎天下の暑苦しさをとらえた作。【参】嘯山「うるはしき念仏行者や御忌詣」（葎亭句集）。

441 雨にもゆる鵜飼が宿の蚊やり哉　句帳（遺稿）

【訳】雨のなかに燃える、鵜飼の家の蚊遣火よ。【季】「蚊やり」夏。【語】蚊やり―蚊遣火の略。【解】雨のために休業した鵜飼の家の風景。鵜飼に焚く篝火《かがりび》を焚けず、なすこともなく蚊遣火を焚くのはやるせない、という鵜匠の心象風景も描き出した。【参】「あらたに居を卜《ぼく》したるに／一日のけふもかやりのけぶりかな」（遺稿　新五子稿）もこの年の作か。

442 此《この》蘭《らん》や五《ご》助《すけ》が庭にきのふまで　句帳（遺稿　月並発句帖）

【訳】この見事な蘭よ。五助の庭に昨日まで咲いていたとは。【季】「蘭」秋。【語】五助―百姓を象徴する名前。諷竹「五助田はまだ手もつけず九月尽」（続有磯海）。【解】蘭の高貴な香りと土臭い名前五助の落差から生じるおかしみ。【参】七月二十二日、夜半亭、兼題

「蘭」、中七「五介の庭に」と表記。「茂作の庭に」とも（月並発句帖）。蕪村・安永六「筝や五助畠の麦の中」（新花摘）。

443 蘭《らん》夕《ゆふべ》狐のくれし奇南《きやら》を炷《たか》む　句帳（句集　題叢）

訳蘭の香る秋の夕べ、狐がくれた伽羅《きやら》を焚こう。季「蘭」秋。語蘭と狐—蘭と菊に狐が隠れ住むと思われていた。白楽天「狐蘭菊ノ叢ニ蔵《かく》ル」（白氏長慶集）。方成「見とれては蘭菊に遊ぶ狐哉」（崑山集）。奇南—伽羅。香木。解甘美な蘭の香りと伽羅の香りに誘われ、この世を離れて幻想の世界に遊んだ。参上五「らにの夕」（題叢）。朱拙「蘭の香に我も狐のひとり也」（白馬）。

444 しらつゆやさつ男《を》の胸毛《むなげ》ぬるゝほど　句帳（月並発句帖　句集）

訳白露よ、猟師の胸毛が濡れるほどに。季「しらつゆ」秋。語さつ男—猟師。「さつおトアラバ、五月にともしする物をいふ」（連珠合璧集）。ぬるゝほど—少しだけ濡れる様子。蕪村「春雨や小磯の小貝ぬるゝほど」（句集）。解はかなさを象徴する白露と猟師の黒々とした胸毛を取り合わせた意外性と滑稽感。参七月二十二日、夜半亭、兼題「露」（月並発句帖）。『句帳』に合点。

445 もの丶ふの露はらひ行弰《ゆはず》かな　句帳（句集）

訳武士が露をはらいながら行く、弓弰の見事なしなりよ。季「露」秋。語弰―弓筈。弓の両端の弦をかける箇所。解秋の早朝、狩場の露をはらいながら行く武士の動きを弰のしなやかな動きによって表現。弓をふる武士の姿と秋気がさわやかに呼応する。参貞徳付句「弁慶がゐがきの露を打はらひ」（誹諧独吟集）。

446 猪《ゐのしし》の露折《をり》かけておみ（を）なへし　句帳（句集　新五子稿）

訳猪が、しとどにおりた露をふくんだままに、折った女郎花《おみなえし》よ。季「露」秋。語猪の露折―猪が萱や葦・萩などを折り敷いて寝たあとを臥猪《ふすい》の床という。「をそろしき猪も臥猪の床といへばやさしくなりぬ」（徒然草・一四）。「山深み月も宿りをかるもかく臥猪の床のつゆのしたくさ」（新葉集）。解臥猪の床を作るために折った女郎花が露にぬれている情景から、官能的な世界を暗示する。女郎花も秋の季詞。参雨夜「世心や露おもくさの女郎花」（時勢粧）。

447 かけいねに鼠のすだく門田哉　句帳（遺稿　月並発句帖　題苑集）

訳はぜに掛けた稲に鼠までが鳴く、秋の門田よ。季「かけいね」秋。語かけいね―掛稲。はぜに掛けて干す稲。すだく―鳴く。門田―屋敷の門の近くにある田。解七月二二日の蕪村一門の当座探題は、百人一首から引き当てた題詠で、蕪村は「夕されば門田の稲葉（おとづれて蘆のまろやに秋風ぞ吹く）」だった（月並発句帖）。この源経信の和歌をふまえながらも、風の音ではなく鼠の鳴き声によって秋の訪れを知る点が新しい。参中七「鼠鳴なる」（月並発句帖　題苑集）。

448
あだ花にかゝる恥なし種ふくべ　句帳（句集　栗まき集）

四十《よそぢ》にみたずして死んこそめやすめけれ

訳あだ花ならば、こんな恥をさらすこともない。種ふくべが嘆くことよ。季「種ふくべ」秋。語四十にみたずして―「長くとも四十に足らぬほどにて死なんこそめやすかるべけれ」（徒然草・七）。あだ花―実を結ばない花。種ふくべ―種をとるために残す瓢簞。解前書は徒然草の「命長ければ辱《はぢ》多し」に続く言葉で、発句と照応する。が、早世の勧めではなく、嘆くのは生きている証しだと感じさせる軽妙な作。参栢莚「兼好は受とらねども四十雀」（栢莚狂句集）。

449
落水《おとしみづ》田ごとのやみと成《なり》にけり　　句帳（月並発句帖　津守船　袖草紙　句集　新花摘）

訳落し水をはらってしまった後、一枚一枚の田が闇となったことよ。季「落水」秋。語落水―稲を刈る前に田の水をはらうこと。田ごとのやみ―田毎の月に対して言う。解落水を終えた後の情景。田毎の月が賞美されるが、無月の田のそれぞれの闇も深い。参八月十日、夜半亭、兼題「おとし水」（月並発句帖）。上五「さつき雨」（句集　月並発句帖　津守船）、「さみだれや」（新花摘）。

450
探題雨月《うげつ》
旅人よ笠嶋かたれ雨の月　　句集（句帳）

訳旅人よ、笠嶋について話しておくれ。雨月のつれづれに。季「雨の月」秋。語雨の月―雨の夜の月。雨のために見えない名月を想像して月を見ること。笠嶋―歌枕。奥州名取郡（宮城県名取市）。落馬してここで死んだという藤原実方《さねかた》の墓がある。この地を芭蕉は訪ねることが出来ず「笠島はいづこ五月のぬかり道」と詠んだ（奥の細道）。解芭蕉が笠嶋を訪ねることができなかった悔しさを思いやり、旅人と自認できる人がいるなら、笠嶋について語っておくれ、と呼びかけた。

451 茨《いばら》老《おい》すゝき痩《やせ》萩おぼつかな　句帳（句集）

訳茨は老い薄《すすき》はやせて、萩はたよりない。季「萩」秋。語おぼつかな―たよりないこと。解秋枯れの野の叙景句だが、茨を蕪村自身に、すゝきを妻に、萩を娘に擬《なぞら》えたか。茨は呂誰「嫌はるゝ物とはしらじ茨の花」（新選）のように詠まれるから、蕪村と同時代の人々は好ましく思っていなかったらしい。すすきと萩は一緒に詠まれることが多く、芭蕉付句「萩を子に薄を妻に家たてゝ」（元禄三・半日は歌仙）のように妻子に擬えた例がある。参芭蕉「しほらしき名や小松吹萩すすき」（奥の細道）。

452 うき我にきぬたうて今は又止ミね　句帳（続明烏　新虚栗　句集）

訳もの憂い私に砧を打って慰めてくれ。けれど、その響きに耐えられなくなった今、もう止めておくれ。季「きぬた」秋。語うき我―芭蕉「うき我をさびしがらせよかんこどり」（嵯峨日記）。きぬたうて―芭蕉「砧打て我にきかせよや坊が妻」（野ざらし紀行）。解屈折した心の動きを巧みに表現した独白。李白「万戸衣ヲ擣《う》ツノ声」（子夜呉歌）、大魯「よ所《そ》の夜に我夜後るゝ砧かな」（続明烏・秋興八句）も意識した作。参正白「うき人を心にこめてきぬた哉」（続明烏）。

453 夕しぐれ蟇《ひき》ひそみ音に愁ふかな　句帳（句集）

訳 夕方の時雨、蟇蛙のしのび音に深まる愁いよ。季「夕しぐれ」冬。語 蟇―蟇蛙。春（続山井）または夏（花摘）の季語。西鶴付句「風にさびしき蟇なく」（西鶴大句数・第四）。解「ひき（蟇）」と「ひそみ音」を通いあわせて、夕時雨のさびしさと重ねた、寂寞《せきばく》とした情景。参 曾良「うき時は蟇の遠音も雨夜哉」（蛙合）。

454 凩《こがらし》に鰓《あぎと》ふかるゝや鉤《かぎ》の魚　句帳（句集）

訳 凩に鉤につるされた魚の赤いアギトが吹かれているよ。季「凩」冬。語 鰓―あご。魚のえら。解 叙景句だが、『句集』の前書「大魯が兵庫の隠栖を几董とゝもに訪ひて、人々と海辺を吟行しけるに」に就けば、「鉤の魚」は人々の非難にさらされた大魯に擬《なぞら》えたものか。大魯は徳島藩士、明和七年蕪村に入門。性狷介固陋《けんかいころう》で、周囲の人々と軋轢《あつれき》を起こして、大阪周辺の各地を移り住み、安永六年兵庫に転居、翌七年没。四九歳。

455 霜百里舟中《しゆうちゆう》に我《われ》月を領ス　句帳（句集）

淀《よど》の夜船

【訳】見渡す限りの霜夜、百里を行く舟中で、月を独り占め。【季】「霜」冬。【語】淀の夜船—夜、淀川の川舟で芭蕉の遺骸を運んだこと（芭蕉翁終焉記）を思い出させる。百里—一里は約四キロメートル。領す—おさめる。【解】杜甫「月湧大江流」（旅夜書懐）のような漢詩的世界。船中で寝転んで月を見上げ、俗世を忘れ気宇壮大。『句集』前書「几董と浪花より帰さ」によれば、几董とともに兵庫に大魯を訪ねて帰る折の作。几董句は「櫓に諷《うた》ふ声悲哉秋の霜」（ほく帖・四）。【参】『句帳』に合点。

456 居《い》眠《ねぶ》りて我にかくれん冬ごもり　句帳（安永五年几董初懐紙　同年五雲歳旦　同年鷺喬除元集　句集）

【訳】居眠りして、自分自身に隠れよう、冬ごもり。【季】「冬ごもり」冬。【語】冬ごもり—冬の寒さを避けて家にこもること。居眠りて—木の上で居眠りをする法師の逸話（徒然草・四一）を受けて支考「かの居眠りのさむまじくは物と我とわすれたりとやいふべき。物其我をや忘れけむ。我其物をやわすれけん。ねぶるに時もなく、さむるに又時もなし」（本朝文選・牧童ガ伝）。【解】居眠りをして無我になる状態が最良の冬ごもり。【参】上五「燈をけちて」（五雲歳旦）。

ことば書略

457 鬼《おに》王《わう》が妻にをくれしふすま哉　句帳（月並発句帖　遺稿）

【訳】鬼王が妻に先立たれて、ひとり寝るふとんよ。【季】「ふすま」冬。【語】鬼王—鬼王新左衛門。曾我兄弟の家来。妻は月小夜。許六「大年や鬼王殿に逢ませう」（元禄癸未歳旦帖）は、閻魔《えんま》大王。をくれし—「おくれし」で、死別して先立たれること。ふすま—衾。夜具。【解】鬼の名をもつ鬼王新左衛門が、先立った妻を偲《しの》んで独り寝する、あわれ。【参】十一月二十日、夜半亭、探題「衾」（月並発句帖）。

458 大《だい》とこの屎《くそ》ひりおはす枯野哉　句帳（自画賛　句集）

【訳】徳の高いお坊さんが野糞《のぐそ》をしていらっしゃいます。この枯野で。【季】「枯野」冬。【語】大とこ—大徳。徳の高い僧。おはす—ありの尊敬語。【解】大徳が、枯野で俗な営みをしていることを仰々しく敬語を用いて滑稽に転じた。枯野は「旅に病で夢は枯野をかけ廻る」（笈日記）以後、芭蕉を思い起こす聖地。【参】無腸（秋成）「糞ふむやあまりに奥の山桜」（去年の枝折）。

459 むさゝびの小鳥はみ居る枯野哉　句帳（句集）

訳むささびが小鳥を食っている、荒涼たる枯野。季「枯野」冬。語むさゝび―「野衾《ノブスマ》又ハそばおしきトモ云」（物類称呼）。哺乳類。夜行性。リスに似ている。前後肢の間に飛膜があり、木から木へ飛行する。草食性。解枯野における荒涼たる営み。むささびは草食性だから小鳥を食うことはないが、「けだもの也」（はなひ草）と言われてきたことから生まれた空想句。参前書「春夜楼会」（句集）。『句帳』に合点。一蕪付句「あかつきのむさゝび月を蝕《むしばみ》て」（貞享四年冬芭蕉一座・露凍て歌仙）。

460 狐火や髑《どく》髏《ろ》に雨のたまる夜に　句帳（句集）

訳狐火が青白く燃えている。髑髏に雨がたまる夜に。季「狐火」冬。語狐火―狐の吐息（画図百鬼夜行）。狐と髑髏―「狐は髑髏をいただきて北斗を拝しおちざれば化して人となると也」（類船集）。解狐火と髑髏を取り合わせて、雨夜の暗鬱な情景を詠んだ怪奇趣味の作。「狐火」は明治時代に冬の季語として定着した。参太祇「鳴ながら狐火ともす寒かな」（太祇句選後篇）。嘯山「狐火歟《か》しらず冬野の小挑灯」（葎亭句集）。

461 漁《ぎよ》家《か》寒し酒に頭《かしら》の雪を焼《やく》　句帳（句集）

訳漁師の家は寒い。酒を温めて、白髪を焼く。季「寒し」冬。語頭の雪―白髪の比喩。

「非季詞」（増山井）。解一時《ひととき》の安らぎ。「酒に…雪を焼」は、白居易「林間ニ酒ヲ煖メテ紅葉ヲ焼ク」（和漢朗詠集）をふまえる。白髪を傾け、雪を溶かして酒を温める漁師には、隠者の風格がある。参上五「漁家寒く」（雪之集）。

462 わび禅師《ぜんじ》乾鮭《からざけ》に白頭《はくとう》の吟を彫《ゑ》ル　句帳（新虚栗　句集）

訳侘しくくらす禅僧が、乾鮭に白頭の吟を彫り付けている。季「乾鮭」冬。語白頭の吟—楽府の曲名。司馬相如が妾を迎えようとした時、妻の卓文君が「願ハクバ一心ノ人ヲ得テ　白頭マデ相ヒ離レザラン」（玉台新詠）と詠んで、翻意させた故事（西京雑記）。解芭蕉「侘《わび》テすめ月侘斎《つきわびさい》がなら茶歌」（武蔵曲）に対して、「わび禅師」ならば乾鮭に白頭の吟を彫りつける、と興じた。老年になっても止まない司馬相如のような恋情を戒めるためか。参前書「漫興」（新虚栗）。雁宕「詫《わび》禅師関も咎めぬ頭巾哉」（其雪影）。

安永五年（一七七六）丙申　六一歳

463 七くさやはかまの紐の片結び　句帳（句集）

訳七草の祝い日よ、年男のはかまの紐が片結び。季「七くさ」春。語七くさ—七草囃《ばや》し。「正月七日、七草をつみいはひ申候」（至宝抄）。年男が正月七日の暁、薺《なずな》など七草を組板《まないた》の上にのせ、すりこ木・庖丁で「七草なづな、唐土の鳥が日本の土地に渡らぬ先に、ななくさなづな手に摘み入れて」などと歌いつつ叩く。片結び―片方は真っ直ぐのままにして、他方をそれにまとって輪に結ぶこと。〔解〕七草囃しの年男に仮託した、歳旦吟。還暦を過ぎた後も、真結びの袴ではありません、と謙遜。〔参〕前書「人日」（句集）。『句帳』に朱点。

464 鶯に終日《ひねもす》遠し畑《はた》の人

安永五几董初懐紙（句帳 天明三蓼太日暮帖 遺稿 新五子稿）

早春

〔訳〕鶯が一日中鳴いているが、畑を打つ人には遠く届かない。〔季〕「鶯」春。〔語〕終日―一日中。一笑「終日や烏聞《からすきく》よりはるのとり」（西の雲）。畑の人―畑を打つ人。〔解〕近景の鶯の鳴き声と遠景の農夫の畑を打つ音が交響する俗を離れた理想郷。王維「鶯啼ヒテ山客ナホ眠ル」（田園楽七首）をふまえる。〔参〕蕪村・明和五「烏稀に水又遠しせみの声」（句帳他）。

465 みの虫の古巣に添ふて梅二輪

句帳（紫狐庵聯句集 安永五・二・一八東菑宛 天明三・一・一六佳棠宛 五車反古 遺稿）

〔訳〕みの虫の古巣にならんで梅が二輪咲いたよ。〔季〕「梅」春。〔語〕古巣―すみ捨てた巣。

歌語。【解】慣用的に「鳥は古巣を忘ず」と言われるが、顧みられることがない蓑虫の古巣に着目。梅の枝のようで目立たない巣に寄り添って咲く梅の温かさ。【参】『句帳』に合点。「此句は前かたいたし置候。いまだいづかたへも出さず候」（佳棠宛）。清政「蓑虫の花笠きるや梅の枝」（鷹筑波集）。

466
梅咲ぬどれがむめやらうめじややら　句集（安永五・二・二几董宛）

あらむつかしの仮名遣ひやな。字儀に
害あらずんば、アヽまヽよ

【訳】梅が咲いた。いったいどれが「むめ」で、どれが「うめ」やら、わからぬものじゃ。【季】「梅」春。【語】仮名遣ひ―安永五年一月、宣長が『字音仮字用格《じおんかなづかい》』を出版し、秋成との間で仮名遣いをめぐって論争した。字儀―字義の誤記。【解】仮名遣いに拘る学者的姿勢を傍観者として揶揄《やゆ》した作。蕪村は秋成と親しく交流、この年の二月に面会したので、秋成から直接仮名遣い論の概要を聞かされたのだろう。「うめ」の表記が定家流仮名遣い。【参】上五「んめ咲や」を「うめ」に改定（几董宛）、中七「どれがんめやら」、下五「むめじややら」と表記して、「当時流行の所ニ候や」と付記（同）。

467
梅咲《さい》て帯買室《むろ》の遊女かな　句帳（安永五・二・一二几董宛　同七・二・二七雨遠・玄仲宛　同七・二・二几董宛（推定）　同八・二・二三延年宛　落日庵　句集）

訳早春、梅が咲くと、競って帯を買う室の遊女よ。季「梅」春。語室の遊女―播州（兵庫県）室の津の遊女。古代から遊女がいて遊女が普賢菩薩《ふげんぼさつ》になったという話もある（撰集抄）。解早春のはなやぎ。「梅咲て」と「帯買う」が対句的に使われ、梅の花と遊女の艶が響き合い、遊女を慈しむ温かな思いが下五の詠嘆となった。参上五「んめ咲て」（几董宛）。紫道「帯買て夜の目もあはぬ花見かな」（小柑子）。

468
小《こ》冠者《くわじや》出て花見る人をとがめけり　句帳（句集）

やごとなき御かたの、かざりおろさせ給ひて、かゝるさびしき地に住給ひけるにや

訳こわっぱが出てきて、花見の人をとがめた。情けないことよ。季「花見る」春。語やごとなき御かた―身分の高い方。かざりおろさせ給ひて―剃髪なされて。小冠者―元服したばかりの若者男子。召使の若者。解高貴な方の隠棲する地での花見を想定した物語的趣向。後徳大寺大臣《おとど》が寝殿に鳶《とんび》を侵入させまいとして縄を張り、西行が興ざめしたという話（徒然草・一〇）をヒントにしている。参『句集』に同文の前書。中七

「花折人を」（十家類題集）。北枝「乗打を人なとがめそ花見笠」（そこの花）。

469
なつかしき津守の里や田にしあへ　句帳（句集）

訳懐かしい津守の里よ、田螺《たにし》あえの味。季「田にし」春。語津守の里―摂津国西成郡津守村（大阪市西成区）。田にしあへ―田螺の和え物。苦味がある。解子どもの頃のほろ苦い思い出と懐かしさが甦る。蕪村の故郷は毛馬（摂津国東成郡毛馬村）。津守には縁者があったか。加賀の俳人牧童「なつかしき津守の家の若葉哉」（鷹獅子集）は類句。参召波「片口のわぶと答へよ田にしあへ」（春泥句集）。几董「はづかしと客に隠すや田螺あへ」（井華集）。嘯山「泥手ふく在《ざい》の馳走や田にしあへ」（葎亭句集）。

暁台とゝもに嵯峨・伏見に遊ぶ

470
夜桃林を出て暁《あかつき》嵯峨の桜人《さくらびと》　句帳（安永五・二・二一几董宛　句集）

訳桃の咲く伏見に遊んで、夜、桃林を出て、暁には嵯峨で桜狩。季「桜人」春。語暁台―久村氏。尾張藩士。寛政四年没。六一歳。嵯峨―桜の名所。為秀「嵯峨吉野ふるし上野の山桜」（江戸広小路）。伏見―桃の名所。桃隣「昼舟に乗るやふしみ桃の花」（炭俵）。桜人―桜狩をする人（毛吹草・連歌四季之詞）。解漢詩文調の破調句で言語遊戯を用いた技巧的な作。夜は夜半亭蕪村、暁は暮雨巷暁台の暗喩。桃と桜は芭蕉「両の手に桃と桜や草の餅」（桃の実）の其角と嵐雪の表現をかりた蕪村と暁台の譬《たと》え。参前書「暁台と、もに東野西山の春に吟行して」（几董宛）、「暁台が伏水・嵯峨に遊べるに伴ひて」（句集）。『句帳』に合点。二月下旬（丙申之句帖）。

なには人の木や町にやどりゐしを訪ひて

471 花を踏《ふみ》し草履《ざうり》も見えて朝寝かな　　句集（扇面自画賛　摺物　自画賛　月渓筆画賛　新五子稿）

訳花を踏んだ草履も並んで見えている。この主、のんびり朝寝しているよ。季「花」―春。語木や町―木屋町。京都二条から五条までの高瀬川にそった町筋。旅館や料亭が多い。花を踏―白居易「燭ヲ背ケテハ共ニ憐ム深夜ノ月　花ヲ踏ンデハ同ジク惜ム少年ノ春」（和漢朗詠集）。良光「花を踏《ふむ》はにくいやつめのわらぢ哉」（続山井）。朝寝―其角「惜花不払地／我僕《わがやつこ》落花に朝寝ゆるしけり」（虚栗）。解其角の句をふまえ梅女（難波人）の風流に共感した。参「花とりのために身をはふらかし、よろづのことおこたりがちなる人のありさまほど、あはれにゆかしきものはあらじ」と前書し、「右の句は、四条わたりなる木屋町になにはの人の旅やどりして有けるを訪ひての口号《くちずさみ》なるを、おりふし梅女がもとよりのふみのはしに、初ざくらのほくかいつけて、みやこの春色いかに見過し給ふやなど、ほのめききこえければ、其かへりごとするとて、筆のつゐでに写してをくりぬ」と付記（摺物）。

472 折《をり》釘《くぎ》に烏《え》帽《ぼ》子《し》かけたり春の宿　　句帳（句集）

訳折釘に烏帽子がかかっている。春の宿。季「春」春。語折釘―頭部を直角に折り曲げて物をかけるようにした釘。車要付句「折釘の壱歩目出度花ざかり」（渡鳥集）。烏帽子―元服した男子の略式のかぶりもの。越人付句「きぬぎぬや烏帽子置床忘れけり」（「ためつけて」歌仙）。春の宿―杉風「仕着せもの皆着揃ふて春の宿」（杉風句集）。解女のもとへ忍んで行く男の烏帽子に焦点をしぼり、春の宿を背景にした艶冶《えんや》な物語的世界。参下五「春の雨」（夜半亭蕪村）。蕪村・同年「清輔は花に帒《ふくろ》を烏帽子哉」。

473 耕《たがやす》や五石の粟《ぞく》のあるじ皃《がほ》　　句帳（句集）

訳耕しているよ。雑穀五石を取る男の主人面。季「耕」春。語五石―一石は一〇斗、約一八〇リットル。粟《ぞく》―稲以外の雑穀の総称。粟《あわ》がその代表。解自足する男の「あるじ皃」が眼目。「魏王ハ我ニ大瓠ノ種ヲ貽《おく》レリ。我之ヲ樹《う》エテ成ルニ実ハ五石ナリ」（荘子）から満足することを美徳とした。参蕪村・安永九「寒梅や奈良の墨屋があるじ皃」（落日庵）。存義「田面のうるはしきをうち詠て／朝露や五石は五石炊《かし》ぐほど」（古来庵発句集前編)。

474 畠《はた》うつや鳥さへ啼ぬ山陰に　　句帳(句集　続明烏)

訳畑を打っているよ。鳥さえも鳴かないこの山陰に。季「畠うつ」春。語畠うつ—彼岸から八十八夜の間に畑を鋤きかえし耕す農作業。俳諧題。鳥さへ啼ぬ—王安石「一鳥鳴カズ山更ニ幽カナリ」(聯珠詩格)。解漢詩的世界を下敷きにして、人里離れた深山幽谷で耕す隠者のような生活ぶり。山陰は芭蕉「山陰や身を養はん瓜畑」(いつを昔のような、理想郷のひとつ。参上五「耕や」(続明烏)、嘯山「畑うちや鳥の馴たる影ぼうし」(葎亭句集)。

475 まだ長ふ成《なる》日に春のかぎりかな　　句帳(句集)

訳まだ日脚が長くなって行くのに、春が終わってしまうよ。季「春のかぎり」春。語春のかぎり—紀貫之「やよひのつごもり/ゆくさきになりもやするとたのみしを春の限はけふにぞ有りける」(後撰集)。解和歌的な文脈を下敷きにして、「長ふなる」と「かぎり」という相反する言葉を用いて滑稽味を出しながら、去って行く春を惜しんだ。参嘯山「船頭の寝㒵に春の日脚哉」(葎亭句集)。

476
ちりて後おもかげにたつぼたん哉
句帳（月並発句帖　夜半亭発句集　安永五・四・一一東瓦宛　同五・二十朗宛　春秋稿初篇　落日庵　句集）

訳散って後、その姿があらわれる、ぼたんの花よ。季「ぼたん」夏。語おもかげにたつ—宗祇「おもかげにたつや初花あさがすみ」（大発句帳）。解別離した女性を散る牡丹に喩《たと》えた作。咲いているときは何気なく見ていた牡丹だが、散った後に、華やかさとはかなさが心に甦ってくる。参上五「ちりてのちも」（春秋稿初篇）。四月十日、夜半亭、兼題「牡丹」（月並初句帖）。春岑「ちりて後は古かねなれや鉄線花」（ゆめみ草）。

477
ぼたん切て気のおとろひしゆふべ哉
句帳（夜半亭発句集　安永五・四・一一東瓦宛　同五・二十朗宛　同六・一九東瓦宛　写経社集　落日庵　句集）

訳ぼたんを切って気力が衰えてしまった、この夕べよ。季「ぼたん」夏。語おとろひし—弱ること。解深い喪失感。牡丹を切ったことと気力が失われたことに明確な因果関係はないが、華やかだった牡丹の残像だけが心に残る夕べ。大事に育てた一人娘くのを牡丹に喩え、嫁がせようと決めたことから生じた無力感と見る説もある。参蕪村付句「けふや切べき牡丹二もと」（此ほとり「白菊に」歌仙）。太祇「春の夜や昼雉子うちし気の弱り」（五車反古）。几董「宵闇の気のおとろひや高灯籠」（井華集）。

478 ほとゝぎす待や都のそらだのめ　句帳（月並発句帖　安永五・四・三一鼠宛　同四・二六東瓦宛　同五・二十士朗宛　自画賛　短冊　続明烏　津守舟三　落日庵　句集）

訳ほとときすの鳴声をひたすら待っているよ。あてにならない都の空を仰ぎながら。季「ほとゝぎす」夏。語そらだのめ―あてにならないことをあてにすること。甲斐のないことをいう「そら」と都の「空」を言いかける。西行「にしへ行くしるべとたのむ月かげのそらだのめこそかひなかりけれ」（山家集）。解都で時鳥が鳴く音を聞くのは風雅の極み。都にあって、そうしようとしても、容易にそれが叶わない。芭蕉「京にても京なつかしやほととぎす」（己が光）をふまえ、まして私には都の風雅を極めることができない、という謙退の思いを込めている。参三月十日、紫狐庵、兼題「郭公」（月並発句帖）。前書「長安元是名利地、空手無金行路難　白居易」（自画賛　短冊　落日庵）。「長安元是名利地」は、「長安古来名利地」の誤記か。「京の実景、愚老京住二十有余年、杜鵑《ほととぎす》を聞こと纔《わづか》に両度（二度）」（士朗宛書簡）。

479 稲葉殿の御茶たぶ夜や時鳥　句帳（句集）

狂居士の首にかけた鵺鵊鼓鳥
きょうこじ　　くびに　　　　ぬえかっこどり

句帳（写経社集　夜半亭発句集　落日庵　句集）

[訳] 稲葉殿がお茶を賜る夜よ、時鳥が鳴いた。

[季]「時鳥」夏。

[語] 稲葉殿——淀城主稲葉長門守（集英社・蕪村集）。小田原城主稲葉正則・正通父子（講談社・全集）。美濃三人衆の筆頭稲葉伊予守一鉄が信長の茶室で殺害されそうになったが、床の虚堂墨蹟を解しながら自己の無実を述べた人（新潮社・與謝蕪村集）。たぶん賜う。

[解] 稲葉殿に諸説ある。蕪村妖怪絵巻に描かれた、榊原殿の家臣稲葉六郎太夫も、候補の一人にあげられよう。六郎太夫が化け猫を鉄砲で撃った後に、お茶を賜って慰労された。折しも地獄と現世を行き交う時鳥が鳴いた、とみれば妖怪趣味の句となる。

[参] 舎羅「願ふたる時や御茶屋のほととぎす」（草庵集）。

[訳] 狂居士の主人——樋口道立。金福寺芭蕉庵再建を発起。江村北海の第二子。文化九年没。七五歳。杜鵑——時鳥。布穀——閑古鳥。雲井——宮中。鶉衣被髪——つぎはぎの衣にばらばらの乱

自在庵の主人、杜鵑・布穀の二題を出していづれ一題にホ句せよと有。されば雲井に走りて王侯に交らんよりは、鶉衣被髪にして山中に名利をいとはんには

れ髪。名利—名声と利益。狂居士—東山雲居寺の自然居士の高弟東岸居士。鞨鼓を鳴らして説教して歩いた（謡曲・東岸居士）。かけた歟—時鳥の鳴声にかける。慶友「本尊《ほぞん》かけたかにとらるな杜鵑」（犬子集）。鞨鼓—首にかけて二本の撥《ばち》で鳴らす鼓。解名利を捨てて生きるのが理想と言い（前書）、カンコドリ（諫鼓鳥）の響きから鞨鼓を連想、東岸居士を想定して風狂を称えた。参前書、諸本ほぼ同文。上五「自然居士の」（夜半亭発句集）。四月十五日、金福寺写経社会、兼題「かんこどり」（写経社集）。貞徳「慈童かや菊水鉾の鞨鼓打」（犬子集）。

481
山人《やまびと》は人也かんこ鳥は鳥なりけり

句帳（夜半亭発句集　安永五・五・二十朗宛落日庵　句集）

訳山人は人であり、かんこ鳥はまぎれもなく鳥だよ。季「かんこ鳥」夏。語山人—仙人。「和漢連歌の法に、僧・仙人（山人）は人倫にあらずといふによりて、此条々人の不審出くる也。兎角かやうの去嫌は、其座の宗匠に任すべき者也」（天水抄）。かんこ鳥—時鳥との違いが分からず、さまざまに見えた鳥。自悦「ある時は小鼠と見えかんこ鳥」（洛陽集）。解博物学や考証学がさかんな時代を背景に、学者の口ぶりを模した滑稽な句作り。断定「なり」と詠嘆「けり」を重ねた表現が、その口吻を感じさせておかしい。参前書「四明山下の古寺にあそぶ」（士朗宛）。古寺は金福寺。

482 かんこどり可もなく不可《ふか》もなく音哉　　句帳（句集）

訳かんこどり、お前は可もなく不可もなく鳴く声であるなあ。季「かんこどり」夏。語可もなく不可もなく―「我ハ則チ是ニ異ナリ、可モ無ク不可モ無シ」（論語・微子）。なく音―「無く」と「鳴く」を言いかけた。解閑古鳥は、長重「其名得るやさびしき故にかんこ鳥」（時勢粧）、芭蕉「うき我をさびしがらせよかんこどり」（嵯峨日記）等、寂しさを誘う鳥として詠まれてきた。しかし、よくよく鳴声を聞いてみれば、「可もなく不可もなく」という論語の一節のようでおかしい。「カ」音を巧みに用いて見方を変えた。参召波「さびしさの中に声ありかんこ鳥」（春泥句集）。

483 さし汐に雨のほそ江のほたる哉　　句帳（夜半亭発句集　落日庵　遺稿）

訳満ちてくる汐に雨がそぼ降り、狭い入江に蛍が舞っている。季「ほたる」夏。語さし汐―上げ潮。満ちてくる汐。李由「さし汐に走りあまるや浜千鳥」（続有磯海）。ほそ江―狭い入江。住吉の付合語のひとつ（類船集）。解上げ潮、細江に降る雨、舞うほたる、と動的な世界を一幅の画に仕立て、闇のなかに点滅する光を浮かび上がらせた。摂津国住吉の景色だろう。

484
戸を明《あけ》て蚊帳《かや》に蓮《はちす》のあるじ哉　句帳（月並発句帖　夜半亭発句集　落日庵　遺稿）

訳戸を明けて蚊帳越しに見る蓮の花の主人となった気分だなあ。季「蓮」夏。語蓮のあるじ―蓮の花を独占する人。解蓮は極楽浄土に咲くという花。桃隣に「明がたや蓮見に出て蚊に喰れ」（友すずめ）という句があるが、蚊帳のなかから蓮を見ていると蚊にも食われず極楽浄土の気分を味わえる。緑の蚊帳越しに見える白い蓮の花の配色が美しい。参六月十六日、夜半亭、兼題「蓮」（月並発句帖）。

485
みじか夜や小見世《こみせ》明《あけ》たる町はづれ　句帳（夜半亭発句集　落日庵　句集）

訳夏の短い夜が明け、小さな店も開いている、京の町はずれ。季「みじか夜」夏。語小見世―小店。里豊「紅梅の咲とき酒の小見世哉」（涓江話）。解早朝に出立する旅人をあてにした商人のささやかな生活ぶり。夏の短夜と響き合って、はかなさのなかにしみじみとした情趣をかもし出す。参同年に「みじか夜や暁しるき町はづれ」（夜半亭発句集　落日庵）、「みじか夜や暁早き京はづれ」（安永五・五・二十朗苑）。信徳付句「京わきや小家がちなる町はづれ」（信徳十百韻・第三）。

486
夏山や通ひなれたる若狭人《わかさびと》

句集（句帳　夜半亭発句集　落日庵）

訳夏山よ。都への街道を通い慣れた若狭商人が今日も行く。季「夏山」夏。語若狭人―若狭（福井県西部）と若さを言いかける。前川「はつ春や年は若狭の白比丘尼」（続猿蓑）。若狭名物は「鼻折、小鯛、尺八烏賊、若和布、荒和布、鱒、耳塩の貝」など海産物。解緑滴る夏山のすがすがしさと都に通いなれた若狭商人のさっそうたる姿。大きな自然に抱かれて生きる人物を点景として描いた絵画的な作。参中七「通ひなれにし」（句帳）。

487
そばあしき京をかくして穂麦哉

句帳（五車反古　句集）

洛東の芭蕉庵にて目前のけしき申出侍る

訳蕎麦がわるい京都を覆い隠して、たわわに実る穂麦よ。季「穂麦」夏。語洛東の芭蕉庵―道立の発起で再興した金福寺境内（京都市左京区一乗寺）の芭蕉庵。そばあしき京―雲鈴「先師翁のいへる事あり。「蕎麦切・誹諧は都の土地に応ぜず」とて、一生請合申されずとかや」（風俗文選）。無腸「蕎麦と俳諧は田舎ぞよきとや、しかつぶやかれし世をおもへば、都はなほ柿園のむかし口なる人もこそおほからめ」（井華集序）。穂麦

—芭蕉「いざともに穂麦喰はん草枕」(野ざらし紀行)。解芭蕉庵を再興したことを寿いだ作。都に蕎麦はよくない、というが、芭蕉翁は「穂麦喰はん」とも詠んだ。金福寺の芭蕉庵からは、京の町一帯を覆い隠すかのように穂麦畑が広がっているのだから、それで良い。参前書「洛東芭蕉にて」(五車反古)。

488 夕立や草葉をつかむ村雀　句帳(月並発句帖　夜半亭発句集　続明烏・落日庵　句集)

訳突然の夕立だ、逃げ遅れて必死に草葉をつかむ村雀。季「夕立」夏。語つかむ—強く握りしめる。村雀—村に住む雀。また群雀。解群れをなしている雀からはぐれてしまった一羽の雀が、激しい夕立のなかで懸命に草葉をつかむ。生きることの切実さ。参夕兆「こがらしや廊下のしたの村雀」(ありそ海となみ山)。

489 ゆふだちや門脇どのゝ人だまり　句帳(夜半亭発句集　短冊　落日庵　句集)

訳どしゃぶりの夕立、門脇どのの家の前の人だかり。季「ゆふだち」夏。語門脇どの—平清盛の弟教盛。六波羅門の脇に屋敷があり、門脇殿と呼ばれた。婿の成経が鹿ケ谷の変に連座したとして死罪となった折、清盛に命乞いして自宅へひきとった(平家物語・二)。解歴史物語の一場面を描き出した空想的な作。平清盛と教経(教盛の次男、能登守）は、謡曲や川柳でも詠まれるが、門脇殿（教盛）はあまり採り上げられない。
参重久「用あるやとふ門脇の姥桜」（毛吹草）。

述懐《しゆつかい》

490 椎の花人もすさめぬ匂かな　　句帳（写経社集　夜半亭発句集　落日庵　句集）

訳椎の花、人も心をとめない匂いだなあ。季「椎の花」夏。語述懐―心中の思いを述べること。椎の花―六月頃に開花。芭蕉「旅人のこころにも似よ椎の花」（続猿蓑）。人もすさめぬ―心をとめない。北鯤「はへ山や人もすさめぬ生ぐるみ」。解椎の花は花鳥ばかりか人の気にもとめられない、と老いの身を嘆いた。参前書「夏述懐」（夜半亭発句集　落日庵）。闌更「雨の野や人もすさめぬ女郎花」（半化坊発句集）。

491 実ざくらや立よる僧もなかりけり　　夜半亭発句集（落日庵）

訳実桜になると、立ち寄る僧さえもいないのだなあ。季「実ざくら」夏。語実ざくら―「葉桜、春也。若葉と実桜、夏也」（俳諧其傘）。解西鶴画宗因賛「ながむとて花にもいたしくびの骨」に代表されるような花見西行のイメージが流布していた。実桜では西行法師のような風狂の僧さえも立ち寄らない。参蕪村・安永四「実ざくらや死のこりたる庵の主」(句帳　句集)。同「来て見れば夕の桜実となりぬ」(月並発句帖)。乙由「洛の双林寺西行庵にて/実桜や言葉の種の蒔所」(麦林集)。

492 蝮《うはばみ》の鼾《いびき》も合観《ねぶ》の葉陰哉　句帳(句集)

訳大蛇の鼾も聞こえてくる、合歓の葉陰よ。季「合観(歓)」夏。語蝮―大蛇。大酒飲みの喩《たと》え。合観―観は誤記、合歓。紀女郎「昼は咲き夜は恋ひ寝る合歓の花君のみ見めやわけさへに見よ」(万葉集)。鰕交「我恋やほそ谷川の合歓の花」(骨書)。葉陰―草木の葉のかげ。次長「かくれごとするか葉陰の児桜」(続山井)。解男女の睦言ばかりか、大酒飲みの鼾も合歓の葉陰から聞こえてくる、と笑い。参露宿「うはばみに鼾やかはすともし山」(虚栗)。

493 白《しら》萩《はぎ》を春わかち取《とる》ちぎり哉　句帳(月並発句帖　夜半亭発句集　落日庵　夜半叟　句集)

訳白萩を来春根分けしましょう、と固く約束したことだよ。季「白萩」秋。語白萩―女性をイメージする花。舎来「待恋/白萩や人まつ夜の俤に」(新選)。わかち取―根分けする。ちぎり―男女の約束や前世・現世・来世におよぶ約束。解根分けは春だが、まだ咲いている内の約束。娘を嫁がす前の父蕪村の心境か。娘はこの年十二月に結婚したので、別の女性をイメージしていたかもしれない。[参]七月二十日、夜半亭、兼題「萩」（月並発句帖）。正秀「白萩やふり分髪の薄けはひ」（水の友）。寸木「こひ死なばちぎりたがへじまんじゆさげ」（其袋）。

494 **宮城野の萩更科のそばにいづれ**　　句帳（夜半叟　句集）

[訳]名高い宮城野の萩、更科の蕎麦、いずれをとりますか。[季]「萩」秋。[語]宮城野の萩—仙台の萩。歌枕。和歌的風流。橘為仲が陸奥守の任を終えて帰る日、宮城野の萩を長《なが》櫃《びつ》一二合に入れ都に上り、貴賤群衆して見物したという（無名抄）。更科のそば—更科は月の名所、姥捨《うばすて》伝説で有名。蕎麦は俳諧的。いづれ—どちらか。[解]和歌的な風流と俳諧的な風流のどちらをとるのもよいという思いからの問いかけ。[参]蕪村・明和年間「雪舟の不二雪信が佐野いづれか寒き」（遺稿）。

495 **秋風や干《ひ》魚《うを》かけたる浜《はま》庇《びさし》**　　句帳（夜半亭発句集　落日庵　句集）

[訳]吹いて来る秋風よ。干魚をかけた浜辺の軒端。[季]「秋風」秋。[語]干魚—干した魚。非季詞（毛吹草）。浜庇—浜辺の家の庇、また漁師の家。歌語。蕪村「磯打浪の砂をうち上ゲ〳〵軒端のごとく見ゆるを、はまびさしと云説、よろしく候」（安永七・一・一

○維駒宛)。解秋風が吹く淋しい漁村の風景。「浜庇」が鄙《ひな》びた漁村をいうことのおもしろさにひかれてなした作。参蕪村「柊《ひひらぎ》さす果《はて》しや外《そと》のはまびさし」(安永六・冬暁台宛　同七・一・六赤羽宛　同一・一〇維駒宛)。也有「暮秋／行秋の干魚に残る鳴子かな」(鶉衣拾遺)。

496 仲《なか》丸《まろ》の魂《たま》祭《まつり》せむけふの月

句帳(安永五・八・一一几董宛　句集　夜半亭発句集　落日庵　夜半叟)

訳仲麻呂の魂を供養しよう。今日の名月。季「けふの月」秋。語仲丸—阿倍仲麻呂。奈良時代の人。遣唐使として唐に渡って五四年過ごし客死した。「天の原ふりさけみれば春日なる三笠の山にいでし月かも」(百人一首)。「三笠の山に出し月かもとよみしは、明州にて仲丸が詠也」(類船集)。魂祭—鎮魂祭《たましずめのまつり》。「中寅日。此祭は人の魂魄の離遊するを招きて身中にしづむる功能あり」(増山井)。解望郷の思いを抱いて中国で客死した阿倍仲麻呂を鎮魂。参上五「仲麿が」(夜半亭発句集　落日庵　夜半叟)。重州「仲丸が歌か堤の水の月」(続山井)。召波「槙買て方士戻りぬ玉まつり」(春泥句集)。

497 月今《こ》よひあるじの翁舞出よ

句帳(安永五・八・一一几董宛　同八・一九羅川宛几董書簡　同八・二四維駒宛　短冊　夜半亭発句集　月の夜　落日庵　夜半叟　句集)

訳仲秋の名月に、主人の翁よ、舞出て来よ。季「月」秋。語あるじの翁―鬼の前に舞い出た瘤《こぶ》取りの翁。「木のうつほよりゑぼしははなにたれかけたる翁の、…よこ座の鬼のゐたるまへにおどり出たり」（宇治拾遺物語）。李白「花間一壺酒　独酌無相親　挙杯邀名月　対影成三人　月既不解飲　影徒随我身」（月下独酌）。「翁もほと〱舞ひいでぬべき心地なんしはべりし」（源氏物語・花宴）。解「あるじの翁」を誰と想定するかによって、受け取り方が異なるが「舞出よ」の呼びかけが、月の宴を予想させてくれて楽しい。参上五「名月や」とし「又、月今宵」と併記（几董宛）。『句帳』に合点。

句帳（安永五・八・一一
几董宛　夜半亭発句集
落日庵　夜半叟　遺稿）

498
盗人の首領哥《うた》よむけふの月

訳盗人の首領も歌を詠む、今日の名月。季「けふの月」秋。語盗人の首領―謡曲や浄瑠璃で有名な熊坂長範や石川五右衛門のような盗人の首領。中国では明代の伝奇小説『水滸伝』で有名な梁山泊の主となった宋江等。解歌徳信仰を背景にて盗人の首領も風流心を起こすほどの名月を称賛した。参蕪村「名月や夜を逃れ住む盗人等」（几董宛）。塩田成政「鳴かざるは歌盗人かほとゝぎす」（時勢粧）。

良夜とふかたもなくに訪来人もなければ

499 中〳〵にひとりあればぞ月を友　句帳（から檜葉　句集　安永五・八・二七几董宛　続明烏　落日庵）

【訳】むしろ、ひとりだからこそ、月を友として楽しめるのだ。【季】「月」秋。【語】良夜―月の明らかな夜。九月十三夜。中〳〵に―むしろ。かえって。中納言朝忠「逢ふことの絶えてしなくはなか〳〵に人をも身をもうらみざらまし」（百人一首）。【解】宴会好きだった蕪村のもう一つの孤独な顔。人との交わりを避けて、月を友とする隠者的生き方へのあこがれ。【参】前書「良夜とふかたもなくとひくる人もなければ」（几董宛　続明烏）。中七「独なればぞ」（同）、「ひとり居ればぞ」（落日庵）。几董宛に「月の友よりはまさりたる心地し侍り」と付記。暁台「大かたは逢ふまじと見し月を友」（暁台句集）。

500 山の端や海を離るゝ月も今　句帳（安永五・八・一一几董宛　夜半亭発句集　落日庵　夜半叟　句集）

【訳】海にせり出した半島の山の端よ、海から離れて、月も今、闇を照らす。【季】「月」秋。【語】山の端の月―山の稜線あたりでいざよう月。「暗きより暗き道にぞ入りぬべきはるかに照らせ山の端の月」（拾遺集）。月も今―月も今、光をます。嘯山「梅青し此花に見し月も今」（葎亭句集）。【解】「はるかに照らせ山の端の月」（拾遺集）をふまえ、天上の月と海上の半島がくっきりと分離する瞬間を詠んだ作。【参】阿倍仲麻呂が唐土で故郷を思って詠んだ歌を思い、貫之が「都にて山の端に見し月なれど浪より出でて浪にこそ入れ」（土佐日記）をふまえた、仲麻呂鎮魂とする説もある。

501 岡の家《や》の海より明て野分哉

几董丙申之句帖（夜半亭発句集　落日庵　夜半叟　新五子稿）

訳岡の家の眼下の海から明けて行く。昨夜の野分のすさまじさよ。季「野分」秋。語岡の家—岡の上の粗末な家。「浜の家」に対する言い。蕪村・安永七「岡の家に絵むしろ織るや萩の花」。野分—二百十日前後に吹く暴風。台風など強い風。解平明で素直な句作りをした樗良の句ぶりを意識して、淡い味わいにした。参八月十四日、几董庵での兼題「野分」（丙申之句帖）。そのときの樗良句は、「たふれたる竹に日の照《てる》野分哉」（同）。張祜「海明ケテ先ヅ日ヲ見　江《かう》白ク迥《はる》カニ風ヲ聞ク」（唐詩選）。

502 綿つみやたばこの花を見て休む

句帳（丙申之句帖　夜半亭発句集　落日庵　夜半叟　句集）

訳綿つみする女よ、たばこの花を見て休んでいるね。季「綿つみ」秋。語綿つみ—若い女性の仕事。千春付句「綿摘娘垣間見にけり」（武蔵曲・独吟歌仙）。たばこ—煙草。花は「八九月茎頭に朶椏を出だし、小白花を開く。赤色を帯びて、ちと紫苑の花に似たり」（和漢三才図会）。解煙草の花を見て休息するのは、恋しい人を思ってのこと。参八月十四日、几董庵、兼題「新綿」（丙申之句帖）。同年に「わたつみや皆ねんごろな臾ばかり」（夜半叟）、同下五「人ばかり」（夜半亭発句集　落日庵）。巴人「牽牛の瀬田をわたるかたばこの火」（夜半亭発句帖）。

503 地《ち》下《さが》りに暮《くれ》行《ゆく》野《の》辺《べ》の薄《すすき》哉

句帳（月並発句帖　安永五・八・二四維駒宛　夜半亭発句集　落日庵　夜半叟　遺稿）

【訳】斜面の下の方から暮れて行く野辺、次第に影を深くする薄よ。【季】「薄」秋。【語】地下り―斜面の下方。野辺の薄―「野辺の薄は、風にもまるゝ。ふくら雀は　竹にもまるゝ」（謡曲・放下僧）。【解】日の移ろい、時間の微妙な推移を土地の傾きで表現。【参】八月二三日、夜半亭、兼題「薄」（月並発句帖）。几董・自笑・百池・月居ら蕪村社中のほかに暁台も加わった句会、暁台句は「日も寒けたちぬ芒《すすき》の花のうへ」（同）。

504 垣根潜《くぐ》る薄一《ひと》もと真《ま》すほなる

句帳（夜半亭発句集　落日庵　句集　夜半叟）

【訳】垣根をくぐる薄一本、まさしく一本気。【季】「薄」秋。【語】真すほなる―まっすぐ（真直ぐ）と真《ま》蘇《す》枋《ほう》（赤みの深い赤紫色）をかける。【解】「ますほのすすき」の故事を知るために、雨天をおして出かけた登蓮法師（徒然草・一八八）の風狂ぶりを、垣根（困難）を越えてまっすぐにのびる薄に擬《なぞら》えた。【参】上五「垣くゞる」（夜半叟）。

505 釣上し鲈《すずき》の巨《きよ》口《こう》玉や吐《はく》

句帳（月並発句帖　夜半叟　句集）

訳 釣り上げた鲈が開いている巨大な口、玉を吐き出しそうだ。季「鲈」秋。語 鲈―鱸。巨口―大きな口。蘇軾「巨口細鱗ニシテ、状ハ松江之鱸ノ如シ」（古文真宝後集・後赤壁賦）。也有「巨口細鱗もまな板にひるがへれば、斗酒ハもとより坡翁が妻の才覚もからず」（続鶉衣・十六夜賦）。解 松江の鱸をイメージした豪放磊落《らいらく》な作。存義「掃出《はきだ》すや鱸の口のうす氷」（古来庵発句集前編）の氷を玉に読み替えたか。オーバーな表現が笑いを誘う。参 八月二十二日、夜半亭、探題「鱸釣」（月並発句帖）。上五「釣あげて」（夜半亭発句集　落日庵）。下五表記「璧や吐ク」（月並発句帖　落日庵）。蕪村・安永五「鲈獲て月宮に入るおもひ哉」（夜半叟　落日庵　夜半亭発句集）。嘯山「鱸／手紙やな巨口細鱗と書れたり」（葎亭句集）、同「鱸得つ我赤壁は妹が宿」（同）。

506 うつくしや野分の後のとうがらし

句帳（安永五・九・二三）
正名宛　夜半叟　遺稿

訳 うつくしいなあ。野分が去った後の真っ赤な唐辛子。季「とうがらし」秋。「野分」秋。語 うつくし―心が空ろになるほどの深い感動。一笑「心から雪うつくしや西の雲」（西の雲）。とうがらし―外来種。「番椒　和名タウガラシ。此ノ物後世番国ヨリ出ヅ。本草ニ不ㇾ載。…近世盛ニ植。色ニ赤黄ノ二種アリ。其ノ種類百余種ニ及ブ」（物類品隝）。外来種の唐辛子が日本の野分の後の荒涼たる景色に赤い色を添えてくれたのだ。
参芭蕉存義句「大風のあしたも赤し唐辛子」（もとの水）と類似する。

507 紀《き》の路《ぢ》にもおりず夜を行《ゆく》雁《かり》ひとつ　句帳（安永五・九・二三正名宛短冊　夜半叟　五車反古　句集）

訳紀州の路にも羽を休めず、夜を飛び行く雁ひとつ。季「雁」秋。語紀の路―奈良から続き日本の南端へ行く海路。「春寒みなほ吹上の浜風にかすみも果てぬ紀路の遠山」（新続古今集）。雁ひとつ―其角「酒かいに行か雨夜の雁ひとつ」（温故集）。解列をなして飛び行く雁に対して、孤雁のあわれ。参『句帳』に合点。正名宛に「紀は日のもとの南方のかぎり、なをそれにもをりず、只一羽友を尋ねていづちをさして啼わたることにや。千万里の波濤、孤雁のあはれをおもひつゞけ候」と付記。

508 鹿の声小《こ》坊《ばう》主《ず》に角《つの》なかりけり　句集（落日庵　夜半叟）

ある山寺へ鹿聞《しかきき》にまかりけるに、茶を汲沙弥《くみしやみ》の夜すがらねぶらで有ければ、晋子《しんし》が狂句をおもひ出《いで》て

訳鹿の声を聞いている小坊主に、角は生えていなかったよ。季「鹿の声」秋。語沙弥―出家し十戒を受けた少年の僧。小坊主。晋子が狂句―其角「菜のはなに小坊主も角な

かりけり」（続山彦）。同「菜の花の小坊主に角なかりけり」（えの木）。角―鹿の角。心の中の憎悪や嫉妬《しつと》の比喩。解鹿の声を聞くという風狂に一晩中嫌な顔もせず付き合ってくれた小坊主への賛辞。其角が詠んだ小坊主の生まれ変わりのような人柄を愛でた。参中七「小坊主に角は」（落日庵　夜半叟）。前書、諸集同じ。

509
起《おき》て居《い》てもう寝たと云《いふ》夜寒哉　句帳（丙申之句帖　安永五・九・二三正名宛　夜半叟　句集）

訳起きていて、声をかけられたら「もう寝た」と云う、秋の夜の寒さよ。季「夜寒」秋。語夜寒―「夜を寒みと、をの字入りてハ冬也」（毛吹草）。其角「あひせばや夜寒さこその空ね入」（のぼり鶴）。解当代で流行している、いわくありげな作り物の句を批判的にみて、日常会話を取り入れて平易な句作りをしてみせた作。「近来の流行、めったニしさいらしく句作り候事、無念之事ニ候。それ故、折々はかくもいたし見せ申候」と付記（正名宛）。参九月十四日、几董庵、兼題「夜寒」（丙申之句帖）。

510
巫女《かんなぎ》に狐恋する夜寒哉　句帳（夜半叟　遺稿）

訳巫女に狐が恋する、身にしむほどの夜寒だよ。季「夜寒」秋。語巫女―みこ。神に仕える女性。「かんなき」と表記（夜半叟）。荷兮「巫《かんなぎ》の老もめでたし花しづめ」（真木柱)。狐―狐の語源を「来つ寝(きつね)」とする説がある。解稲荷信仰や異類婚姻譚を背景にした童話風の作。叶わない恋の激しさと身震いするほどの夜寒が重なり響きあう。参『句帳』に合点。紫狐付句「未練の狐簺《サイ》に恋寄リ」(新みなし栗)。

511 夜を寒み小《こ》冠《くわ》者《じや》臥《ふし》たり北枕　句帳(夜半叟　五車反古　句集)

訳夜が寒いからと小冠者が臥せっていたよ。なんと北枕。季「夜を寒み」秋。語夜を寒み―連歌以来芭蕉時代までは冬の季(増山井等)。小冠者―元服したばかりの若者。北枕―釈迦《しやか》入滅のとき、頭北面西だったことから、死者を北向きにした。解北枕で寝る小冠者の無知ぶりが笑い。「夜を寒み」が「世を寒み」と感じてのこととすれば、しみじみとした情がこもり、悲しくもある。参『句帳』に合点。蕪村・年次未詳「ながき夜や物うき官者が北枕」(新五子稿)。

題　白河

512 黒谷の隣はしろしそばの花　句帳(安永五・九・二三正名宛　句集)

訳黒谷の隣は、白い蕎麦の花。季「そばの花」秋。語白河―京都市左京区岡崎。黒谷―白河と隣接。法然上人浄土教布教のゆかりの地。白河の僧が紫野の一休を訪ね「紫野丹波ニ近シ」と詠みかけると、即座に「白河黒谷ノ隣」と答えた逸話がある（一休咄）。【解】一休の頓智咄をふまえ、京を見たふりを云う俚言《りげん》「白河夜船」をもじり、黒谷の隣白河には、白い蕎麦の花が咲いていますと興じた。【参】「一休の白河黒谷ノ隣　紫野丹波ニ近シ、右の語を用ひ申候」と付記（正名宛）。九月二十日、金福寺写経社会、探題「山城名所づくし」。史邦「黒谷にて／有明の雫や落て白牡丹」（猿舞師）。

513
秋の暮京を出て行《ゆく》人見ゆる　月並発句帖（夜半亭発句集　落日庵　夜半叟）

【訳】秋の暮、都を出て行く人が見える。【季】「秋の暮」秋。【語】秋の暮―秋の夕暮れと晩秋の両義で用いた。京を出て行く―王維「西ノカタ陽関ヲ出ヅレバ故人無カラン」（楽府詩集）。【解】「見ゆる」は、自然に目に入ってきたことを言うが、京を出て行く人を見ている蕪村の寂しさが伝わってくる。【参】中七「京を出《いで》ゆく」（夜半叟）。八月二二日、夜半亭、兼題「秋暮」（月並発句帖）。蕪村社中の他、暁台も出席。暁台句は「誰かある弓弦響かす秋のくれ」。

514
我を慕ふ女やはある秋のくれ　夜半亭発句集（落日庵　夜半叟）

【訳】わたしを慕ってくれる女はいるのだろうか、秋の暮。【季】「秋のくれ」秋。【語】我を慕ふ女―放生川に投身した女の亡霊が、小野頼風を慕って女郎花《おみなえし》となったという（謡曲・女郎花）。解秋の暮の淋しさが人恋しさを募らせるが、自分を慕ってくれる女などいるのだろうかと軽く戯れた。参蕪村・同年「秋の夕べ袂《たもと》して鏡拭くおんな」（夜半叟）。

515 さびしさのうれしくも有《あり》秋のくれ

句帳（夜半亭発句集　落日庵　遺稿）

訳さびしさがうれしくもなるよ、秋の暮。季「秋のくれ」秋。語さびしさ・秋のくれ―「さびしさやつまる所は秋の暮」（十八番発句合）。解秋の暮の本意はさびしさにあり、古来詠まれてきたそれらの歌を味わっていると心が安らいでくる。「さびしさ」の伝統を逆手にとっての作。参調和「淋しさも枷《かせ》になりけり秋の暮」（俳諧葱摺）。

老懐

516 去年より又さびしひぞ秋の暮

句帳（安永五・九・六正名宛短冊　夜半叟　五車反古　句集　新五子稿　夜半叟）

訳去年より又いちだんとさびしいぞ、この秋の暮。季「秋の暮」秋。語老懐―老いての感懐。土芳「老懐／はつゆきを我いさみ気を見て嬉し」（蓑虫庵集）。解芭蕉「こちらむけ我もさびしき秋の暮」（笈日記）や「この道を行人なしに秋の暮」（枯尾花）を思って、還暦を過ぎた淋しさから芭蕉句に共感した。参蕪村「秋の暮去年より又淋しくて」（安永五丙申秋九月小摺物　夜半叟）。『句帳』に合点。樗良「老懐／行秋やあはれ非情の草も木も」（樗良発句集）。

517
暮まだき星のかゝやくかれの哉　　月並発句帖（夜半叟）

訳暮れなずむ空、星がきらめき、寒々とした枯野よ。季「かれの（枯野）」冬。語暮まだき—夕暮れの頃。嬰夫付句「暮まだき燭の光をかこつらし」（夜半楽「歳旦を」歌仙）。かゝやく—清音で読む。輝く。近世初期は清音、蕪村の時代は濁音でも読んだか。解時間が移ろう中、天上の星の明と地上の枯野の暗を対照的に描き出した。星と枯野の取り合わせが新しい。参十一月、夜半亭、兼題「かれ野」（月並発句帖）。

518
千どり聞《きく》夜を借《か》せ君が眠るうち　　浪華病臥記（自画賛）
甘棠居《かんとうきよ》にやどりて

訳千鳥を聞く夜の宿りを貸してください。あなたが眠っている間だけ。季「千どり」冬。語甘棠居—大阪高麗橋の豪家、苧屋吉右衛門。俳号志慶。解挨拶句。病気であっても、千鳥聞く夜を貸してください、と風流心とユーモアを忘れない。参「浪華病臥記」に「十月五日舟を浪花の蘆陰舎によす。舟中よすがら風におかされ、こゝち例ならず侍れば、都の夕なつかしく、客情やるかたなきに、かの隻履《せきり》を手にして西天に去給ふためし、愚なる身には尊くもうれはしく侍りけるに、志慶・東菑の両子、湯薬のことなどまめやかにものし給りければ、病ひとみにおこたり、夢の回りたるごとく覚て」と叙し、「手にとらじとても時雨の古草鞋」句とともにこの句を掲げる。

519 西念はもう寝た里を鉢たゝき　　句帳（月並発句帖　鷺喬丁酉載　夜半叟　句集）

訳西念は、もう寝てしまった里を廻って鉢たたき。季「鉢たゝき」冬。語西念―凡庸な僧一般の呼称。蕪村「はては西念坊が夜の衾に糊せられ」（古今短冊集序）。芭蕉付句「花とちる身は西念が衣着て」（猿蓑「灰汁桶の」歌仙）。解凡俗ぶりのおかしさ。鉢たたきは、半俗の僧侶がするが、西念が寝静まった里を廻るのぱ、あまりに気が利かない。参十一月、夜半亭、兼題「鉢たゝき」（月並初句帖）。

520 花に俵《へう》太《た》雪に君有鉢たゝき　　句帳（自画賛　夜半叟　句集）

訳花には俵太、雪には君だ、鉢たたきよ。季「鉢たゝき」冬。語俵太―表具屋太兵衛。元禄時代の京都の人。黒頭巾に銀の瓢《ひさご》の酒を提げて、花に浮かれ歩いた風狂ぶりで知られる（近世畸人伝・四）。解俵太と鉢たたきを対句仕立てにして、春と冬の京都の名物を称えた。参上五・中七表記「花に兵太雪に君あり」（自画賛）。蕪村・明和七「棒つきの表太を呵《しか》る夕哉」（落日庵）。尚白「忘るなよ梅に鶯田に鰯」（雪斎集）。

521
からざけに腰する市の翁哉

句帳（安永五・一二・二四延年宛　夜半叟　句集　遺稿）

訳からざけで腰を摩る、年の市の翁よ。季「からざけ」冬。語腰する—長寿を願って松根で腰を摩ること。「松根に倚って腰を摩れば」（謡曲・高砂）。徳元「春毎に先腰やするひめこ松」（塵塚誹諧集）。解松の長寿にあやかって腰を摩るのは新年の儀式だが、気が早い老人は、乾鮭を松根に見立てて早くもそうしている、と笑いを誘った。還暦を過ぎたので、これからは腰をさすって、長生きしますよ、の寓意か。参前書「冬吟」（延年宛　句集）。

522
芭蕉去てそのゝちいまだ年くれず

笠着てわらぢはきながら

句集（蕪村手沢『独言』識語　遺草）

訳芭蕉は旅人として澄んだ心境で年の暮を迎えたが、芭蕉没後そんな人はいない。だから、いまだに年は暮れない。季「年くれず（年のくれ）」冬。語笠着て—芭蕉「年暮ぬ笠きて草鞋はきながら」（野ざらし紀行）。解芭蕉は旅を人生として一年をしめくくり、新境地を開いていった。一方、芭蕉の後継者たる私たちは、今年も新しい境地を開くことができなかったのだから、「年暮れず」という他ない。参前書「名利の街にはしり貪欲の海におぼれて、かぎりある身をくるしむ。…（略）…としくれぬ笠着てわらじはきながら、片隅によりて此句を沈吟し侍れば、心もすみわたりて、かゝる身にしあらばといと尊く、我ための摩呵《ママ》止観ともいふべし。蕉翁去て蕉翁なし。とし又去や又来るや」（遺草）。曾良「さばけても愚どつく我も年暮ぬ」（乞食嚢）。

安永六年（一七七七）丁酉　六二歳

祇園会のはやしものは不㆑協《かなハ》㆓秋風ノ音律ニ㆒、蕉門のさび・しをりは可㆑避ク㆓春興ノ盛席ヲ㆒、さればこの日の俳諧は、わか〳〵しき吾妻の人の口質にならはんとて
安永丁酉春　初会

523 歳旦をしたり皃なる俳諧師　夜半楽（夜半叟）

訳歳旦を詠みおえて、得意顔の俳諧宗匠。季「歳旦」春。語祇園会―京都八坂神社の祭。旧暦六月七日から一四日に行われた。思演「朝鍛冶もまて祇園会のはやしもの」（句兄弟）。秋風ノ音律―雅楽の一つ、秋風楽。蕉門のさび・しをり―俳諧理念。吾妻の

人の口質―東国人の物言い。したり皃―してやったりという得意顔。[解]『夜半楽』巻頭の歳旦句。前書では蕉門を自称する宗匠の陰気な俳風を批判、発句では得意顔で歳旦句を詠んだ自らを滑稽化した。さび・しをりを理念とする地方系蕉門を批判する一方、俳諧宗匠としての自分も相対化して初笑い。[参]立以「一二三したりがほなる花の春」(承応元年歳旦発句集)。春来「元日や何やら人のしたり皃」(新選)。

524
鶯の啼《なく》や小さき口明《あ》イて　句帳(落日庵　はなこのみ　夜半叟　句集)

[訳]鶯が鳴いているよ、小さな口を精一杯開けて。[季]「鶯」春。[語]鶯の啼―王維「鶯啼ヒテ山客猶ホ眠ル」(田園楽七首)。[解]春興句。鶯の初音を姿でとらえた点が新しい。[参]中七・下五「啼や小サき口明て」(夜半叟)、下五「口あいて」(落日庵)。其角「鶯の身をさかさまに初音かな」(篇突)。紫道「鶯や初音一口啼て見る」(初便)。

525
春もやゝあなうぐひすよむかし声　夜半楽(句帳　遺稿　新五子稿)
老鶯児

[訳]鶯も少しばかりもの憂くなってきたよ。古びた鳴声。[季]「春」春。[語]老鶯児―老いた鶯。「老鶯トハ夏ノ鶯ナリ」(和漢文操・五)。あなう(ぐゐす)―「あな憂」を言い

かける。【解】『夜半楽』の巻軸句。季節が春から夏へと移ろう頃になりましたが、芭蕉翁の「春もやゝけしきとゝのふ月と梅」（薦獅子集）の典雅な美に対して、私は昔のまま鳴いていますと自分を相対化した笑い。

526 梅遠近《をちこち》南すべく北すべく

句帳（安永六・一・晦日 霞夫宛 夜半叟 句集）

【訳】梅があちらこちらに咲いた。南に見物に行こうか、それとも北へ行こうか。【季】「梅」春。【語】遠近―あちこち。望一「遠近《をちこち》へ香をやり梅の嵐かな」（犬子集）。南すべく北すべく―南へ行くべきか北へ行くべきか。「揚子逵路《きろ》ヲ見テ之ニ哭ス。其ノ以テ南スベク以テ北スベキガ為リ」（蒙求・楊朱泣岐）。龍草廬「南スベク北スベシ或ハ路ノ岐ノ如シ、今我楽マズ」（草廬集初編・短歌行）。【解】一度に春がやって来て、南へ北へと梅見に出かけるさま。漢詩文調で大げさに表現したところがユーモラス。【参】前書「野径梅」（霞夫宛）。

527 水にちりて花なくなりぬ岸の梅

句帳（安永六・一・晦日霞夫宛 同六・二・二何来宛 仮日記 夜半叟 遺稿）

【訳】川に散ったまま水に流されて行ってしまう。岸に咲く梅。【季】「梅」春。【解】散るたびに水に流されて行く岸の梅に、春そのものが失われて行くような喪失感を抱いた。【参】

上五「水に散って」（夜半叟）、下五「崖の梅」（霞夫宛）。前書「落花ナホ樹根ヲ離レズ春色恋々トシテ情有ルガゴトシ　さるが中に此ひと木は」（仮日記）。霞夫宛に「此句、うち見ニはおもしろからぬ様ニ候。梅と云梅ニ落花いたさぬはなく候。されども、樹下ニ落花のちり鋪《しき》たる光景は、いまだ春色も過行ざる心地せられ候。恋々の情有レ之候。しかるに、此江頭の梅は、水ニ臨ミ、花が一片ちれば、其まゝ流水の奪て、流れ去〳〵て、一片の落花も木の下ニハ見えぬ、扨《さて》も他の梅とは替りて、あわれ成有さま、すご〳〵と江頭ニ立るたゝずまゐ、とくと御尋思《ごじんし》候へば、うまみ出候。御噛《かみし》メ度レ被レ成候」と付記（何来宛もほぼ同じ）。『句帳』に合点。

528
やぶ入や浪花を出《いで》て長柄《ながら》川　　夜半楽（夜半亭蕪村　新五子稿）

[訳]やぶ入りで帰る嬉しさよ。浪花を出て、長柄川まで来た。この堤沿いを行けばわが家。[季]「やぶ入」春。[語]やぶ入―奉公人の休暇。長柄川―淀川の支流・中津川の古称。長柄村から伝法まで西に流れる（摂津名所図会）。[解]郷愁の思いを若い女に託して、漢詩句と発句を織り交ぜて詠んだ「春風馬堤曲」の巻頭句。巻軸句は太祇「藪入の寝るやひとりの親の側」で首尾呼応する。曲は漢詩の一つの様式で楽曲のこと。[参]篤羽「ひとり行長柄堤や冬の月」（新選）。

529 春風や堤長うして家遠し　夜半楽（夜半亭蕪村　新五子稿）

訳春風よ。長柄の堤は長く、家までは遠い。季「春風」春。語堤長うして—「家遠し」と対句仕立て。徐禎卿「江南道里長シ」（江南曲八首）。貞徳「ゆきつくす江南の春の光り哉」（山之井）。解一刻も早く帰りつきたいという願いを「長う」と「遠し」で逆説的に表現。「春風馬堤曲」の一首。

530 一軒の茶見《み》世《せ》の柳老にけり　夜半楽（夜半亭蕪村　新五子稿）

訳一軒の茶店の柳、年老いたことよ。季「柳」春。語柳老—ふつう春が来れば、柳も青々として若返る。王維「渭城ノ朝雨軽塵ヲ浥《うるほ》ス　客舎青青柳色新タナリ」（送元二使安西）。解茶店の主人が老いたことを柳に託した感慨。「春風馬堤曲」の一首。参湖柳「をみなへし雨にうたれて老にけり」（五車反古）。

531 古駅三両家猫児《べうじ》妻を呼《よぶ》妻来《きた》らず　夜半楽（夜半亭蕪村　天明六几董初懐紙）

訳さびれた駅舎三軒から恋の雄猫が妻を呼ぶ。けれど雌猫は来ない。季「（猫の恋）」春。語古駅—さびれた駅。三両—両は輛の通用字。ここでは家を数える軒。解古駅と猫を取り合わせて、恋猫の哀切な鳴き声に応えない雌猫の不在感から生じる春愁。「春風馬堤曲」の一首。【参】中七表記「猫児妻を呼ぶ」（初懐紙）。

532
春草《しゆんさう》路《みち》三叉《さんさ》中に捷径《せふけい》あり我を迎ふ　夜半楽

【訳】春草のなかの三差路、その近道が私を迎えている。【季】「春草」春。【語】路三叉—交差した三つの路。故郷への路・浪花へ帰る路・未知の路の三つ。捷径—近道。【解】故郷へ急ぐ女の心象風景。三差路のなかの近道を探し出した戸惑いと喜び。漢詩文調の破調句。「春風馬堤曲」の一首。【参】百洲「春草に道付そめて山城や」（誹諧句選）。

533
たんぽゝ花咲り三々五々五々は黄に　夜半楽

【訳】たんぽぽの花が咲いている。三々五々、五々は黄色に。【季】「たんぽゝ」春。【語】三々五々—あちこちに散在するさま。李白「岸上誰ガ家ノ遊冶郎　三々五々垂楊ニ映ズ」（采蓮曲）。【解】たんぽぽが点在して咲く様子を数に換算した遊び。「春風馬堤曲」の一首。【参】蕪村・安永六「憐ミとる蒲公茎短《たんぽぽくきみじかう》して乳を浥《アマセリ》」（夜半楽）。山店「たんぽぽや春とはぬ宿の忘れ菊」（虚栗）。

534 故郷春深し行々て又行々　夜半楽

訳故郷の春が深まって行く。昔々の記憶を深く深くたどって行く。季「春深し」春。語行々て又行々―どんどん深まって行く。「行キ行キテ　重ネテ行キ行ク」（文選・古詩）。曾良「行々てたふれ伏すとも萩の原」（奥の細道）。解藪入で帰郷した後の温かく懐かしい思い出に沈潜する心象風景。「春風馬堤曲」の一首。参蕪村・年次未詳「菖生ふ池歟《か》五尺の春深し」（短冊）。車蟻「春深し松の花ちる城の堀」（続明烏）。

535 春雨や珠《ず》数《ず》落したるにはたず（づ）み　句帳（遺稿）

訳降り続く春雨よ。にわたずみに数珠を落としたように。季「春雨」春。語にはたずみ―潦。地面に降りたまった雨が流れ出た水。「庭只海」または「俄かに立つ水」。解潦に降る春雨の見立てのおもしろさ。参蕪村は、「春雨や椿の花の落る音」という句を「あまた聞たる趣向也（常套的な趣向）」と批判（年代未詳句評）。一灯「春雨に椿を落す響かな」（其便）。几董「白雨《ゆふだち》や水晶のずず《数珠》のきるゝ音」（井華集）。

夢中吟

536 春雨やものの書《かか》ぬ身のあはれなる　句帳（句集）

訳春雨よ、ものを書かない身こそあわれだ。季「春雨」春。語春雨―「（春雨は）をやみなくいつまでもふりつづくやうにする」（三冊子・黒）。解夢の中で女に代わって詠んだ作。嵐雪「不産女《うまずめ》の雛かしづくぞ哀なる」（続虚栗）で詠まれたような女を想定しての作。恋文さえ書かず未練を抱き続ける女のあわれ。春雨の本意にも叶う。参乙由「ものかゝぬ扇涼しき別れかな」（麦林集）。

537 さくら狩美人の腹や減却す　句帳（山伏摺物　短冊　句集）

一片《ノ》花飛《ンデ》減㆓却春《ヲ》㆒

訳さくら狩、でかけた美人の腹さえも減ってしまった。季「さくら狩」春。語一片…―杜甫「曲江二首・一」の初句。減却―減ること。美人―生活の匂いがしない女性。蕪村「美人と云字を下ス事、中々容易のことにあらず。香の物などを出ス婦人を美人と遣ふことは大ニ悪し」（句評）。解風流を解する美人とて腹が減る。春の推移を「減却」と詠んだ杜甫の詩句を転用し、空腹を漢詩文調で大げさに表現したユーモラスな作。参前書「一片花飛減却春…老杜」（短冊）、「老杜之句…一片花飛減却春」（山伏摺物）。

花影上欄干、山影入門など、すべてもろこし人の奇作也。されど只一物をうつしうごかすのみ。我日のもとの俳諧の自在は、渡月橋にて

538 月光西にわたれば花影東に歩むかな　　自画賛（遺草　月渓筆画賛　夜半叟　四季文集）

訳春の暁、月光が西に傾けば、花の影が東から歩んでくるよ。季「花」春。語花影……―王荊公「春色人ヲ悩シ眠ルコト得ズ　月花影ニ移リテ欄干ニ上ル」（聯珠詩格）。山影……―「山影門ニ入リテ推セドモ出デズ　月光地ニ舗キテ掃《はら》ヘドモ還《ま》タ生ズ」（百聯抄解）。奇作―趣向が効いた作。俳諧の自在―俳諧の自由。麦水「活法自在の句体を、まことの俳諧としるべし」（俳諧蒙求）。渡月橋―京都嵐山の大堰川にかかる橋。解月光と花影のふたつの動きを東西に配した構成的な美。漢詩に優れた表現があるが、俳諧も自在な表現力をもつので、それに劣らないと自負した。自画賛は橋上を歩む老人と小童の図。

参前書に小異がある。

539 花の香や嵯峨の燈火《ともしび》きゆる時　　句帳（扇面自画賛　花七日　笠やどり　評巻　花の翁　夜半叟）

訳花の香がほのかに漂ってくる。嵯峨の町の灯火が消える時。季「花」春。語嵯峨―

花と竹の名所。香と燈火―待賢門院堀川「ともしびはたきものにこそ似たりけれ丁子がしらの香やにほふらん」（七柏集所引）。【解】嵯峨は桜の名所で源氏物語や平家物語の舞台、また隠棲の地として知られる。その地の燈が消え、闇に変わる時間に焦点をしぼって、花の香を際立たせた。【参】前書「題花」（花七日）。『句帳』に合点。「華の香や夜半過行嵯峨の町」（夜半叟）は別案か。蕪村は「虫の音や灯籠の灯の沈む時」を掲出句と「俤《おもかげ》相似たり」と批評した（年次未詳句評）。

540
ゆく春や横《よ》河《かは》へのぼるいもの神　句帳（句集）

【訳】過ぎ去って行く春よ、横河へ上って行く疱瘡《ほうそう》神とともに。【季】「ゆく春」春。【語】横河―叡山三塔の一。ここで修行して天台座主となった良源大師の像影は、厄除けの護符、疱瘡に効くと言われた。いもの神―疱瘡神。赤色の幣、または紅摺の疱瘡神の版画を祭り、供物をささげて快癒を祈り、願いがかなった後はそれを川に流した。のぼる―役目を果たした疱瘡神が上って行く。【解】安永二年、疱瘡が流行（日本疾病史）、同五年三月末から秋のはじめまで麻疹《はしか》が流行して多くの人が死亡（武江年表）。惜春の情を詠む代わりに、猛威をふるった「いもの神」が去った安堵感を詠んでいる点で新しい。【参】同年作「ゆく春や河をながる、瘡の神」（無名集）。

541 灌仏《くわんぶつ》やもとより腹はかりのやど　　新華摘

訳灌仏の日よ、もともと腹はかりの宿り。季「灌仏」夏。語灌仏―四月八日の釈迦《しやか》の誕生日を祝う法会。腹はかりのやど―諺「腹はかりもの」（諺苑）。解『新華摘』の巻頭句。其角の『華摘』の巻頭句は「灌仏や墓にむかへる独言」。借りの腹から出て仮の世を生きていることを軽やかに受けとめた。参其角「灌仏や捨子すなはち寺の沙弥」（韻塞）。梢風尼「せとなぎや腹はかりもの蓮の花」（木葉集）。「卯月八日死ンで生る、子は仏」も四月八日の作（新華摘）。『新華摘』は、其角の亡母追善集『華摘』（元禄三年刊）に倣って、安永六年、蕪村が一夏千句を目ざした夏行の集。出版は没後の寛政九年（一七九七）。

542 更衣母なん藤原氏也けり　　句帳（新華摘　安永七・四・二九維駒宛　句集拾遺）

訳更衣、母はかの藤原氏の出であったなあ。季「更衣」夏。語藤原氏―日本人の本姓（源平藤橘）のひとつ。「父はなをびとにて、母なむ藤原なりける」（伊勢物語・一〇)。許六「母なむやむ事なき深窓の女にして藤原なりけり」(風俗文選・断絃ノ文)。解更衣の日、亡き母の夏衣を出してみると藤原氏の紋、母の出自が高貴だと分かって心が騒いだ。蕪村の出自を暗示するという説もある。参上五「母人は」（維駒宛）。作者未詳

「母はなん藤原なりける端女郎」（『俳諧史要』所引「元禄一〇年祇園奉納」）。太祇「幟《のぼり》たつ母なん遊女なりけらし」（太祇句選後篇）。

543 更衣矢瀬《やせ》の里人ゆかしさよ　新華摘（句集拾遺）

【訳】更衣、矢瀬の里人がゆかしい日よ。【季】「更衣」夏。【語】矢瀬の里人―洛北八瀬の人。八瀬童子は天皇の駕輿丁《かよちょう》（かごかき）として仕えた。【解】矢瀬の人は、音の響きから「痩せ」に通じる。古代から朝廷に仕えた清貧の人を想像したか。また八瀬は、惟喬親王が出家した地（伊勢物語・八三）でもあり、親王を迎えた里人に思いをはせたか。伝説に彩られた里人へのゆかしさ。【参】更衣、八瀬ともに四月の季詞（はなひ草・四季之詞）。「ゆかしさよしきみ《樒》花さく雨の中」（新華摘）。

544 耳うとき父入道よほとゝぎす　新華摘

【訳】耳の遠い父入道よ、ほとゝぎすが鳴き始めても、知らんぷり。【季】「ほとゝぎす」夏。【語】父入道―在家のままで剃髪・染衣して出家の姿となった父親。【解】夏を告げる代表的なほとゝぎすが鳴いても聞こえないのは、老齢のために耳が遠いからではなく、風雅を解さず俗な欲望をもっているからだよ、と笑いを誘う。【参】行正「なげぶしや親父初音

―のほととぎす」（洛陽集）。

金の扇にうの花画《ゑがき》たるに句せよと、のぞまれて

545 白がねの花さく井出の垣根哉　新華摘

訳白銀の卯の花が咲く、ここ井出の垣根の見事さよ。季「白がねの花（卯の花）」夏。語井出―京都府綴喜郡井手町。木津川東岸、六玉川の一つ。山吹・蛙の名所。「かはづ鳴く井出の山吹散りにけり花の盛りにあはましものを」（古今集）。解春の山吹の黄に対して夏の卯の花の白、前書「金の扇」に対して発句「白銀《がね》」と対照的な色を配した遊び心。参「（白がねの）うの花も咲や井出の里」の別案を併記（新華摘）。また「うの花や貴布禰《きふね》の神女《みこ》の練《ねり》の袖《そで》」の作もある（新華摘）。

546 おちこちに滝の音聞く若葉かな　新華摘

訳あちこちから滝の流れ落ちる音が聞こえてくる、山いちめんの若葉。季「若葉」夏。語おちこち―をちこち。遠近。あちらこちら。解視覚的な若葉の緑が聴覚的な滝の音の爽快感と相まった初夏の感覚。参四月十日、夜半亭、兼題「若葉」（丁酉之句帖）。白雄「若葉して滝のありたきところ哉」（しら雄句集）。

547 峯の茶屋に壮士《さうし》餉《かれひ》す若葉哉　新華摘（短冊　遺稿）

訳峰の茶屋で壮士が乾飯を取っている。あたり一面の若葉、若葉。季「若葉」夏。語壮士―志をもって任を遂行する者。餉―乾飯。携帯用の食事。解若葉と壮士を取り合わせ、梁山泊に壮士が集まった水滸伝の一場面のような物語性を感じさせる。参蕪村・安永五「名月や夜ハ人住ぬ峰の茶屋」（句帳）。

548 みじか夜や葛城山《かづらぎやま》の朝曇り　新華摘

訳短い夏の夜明けよ。葛城山は朝曇り。季「みじか夜」夏。語葛城山―奈良県と大阪府の境にある、修験道の霊場。役《えん》の行者が葛城山の一言主神《ひとことぬしのかみ》に吉野の金峰山《きんぷせん》との間に岩橋を架けさせようとしたが、醜い顔を恥じた一言主神は夜だけ働いたという故事で有名（謡曲・葛城）。解一言主神には、夏の短夜よりも薄暗い朝曇りの方が都合良い。そんな心情を風景に転じたユーモア。参芭蕉「猶みたし花に明行《あけゆく》神の顔」（笈の小文）。

549 夏山や神の名はいさしらにぎて　新華摘（句集拾遺）

【訳】夏山の美しさよ。祠《ほこら》にまします神の名は知らないが、幣は白くさわやか。【季】「夏山」夏。【語】しらにぎて—白い幣。「しらにぎて」に「白幣」と傍記（新華摘）。「いざ知らず」と掛ける。【解】若葉に幣の白さが美しく映える様子を言い掛けて戯れた句作り。【参】善種「神歌や試む筆もしら幣帛《にぎて》」（承応三年歳旦発句集）。可申「夜もや今朝しらじらにぎて神の春」（延宝二年歳旦発句集）。

550 こもり居て雨うたがふや蝸牛《かたつぶり》　句帳（句集）

【訳】殻に籠《こも》ったままで、雨が降っているかどうか疑う蝸牛よ。【季】「蝸牛」夏。【語】こもり居て—引き籠っていて。「こもりゐるかのおくのこざしき」（犬子集・魚鳥付謡誹諧）。【解】洒堂の大阪移住を憂いた芭蕉の句文「贈洒堂／湖水の磯を這出《はひいで》たる田螺《たにし》一疋、蘆間《あしま》の蟹《かに》のはさみをおそれよ。牛にも馬にもふるゝ事なかれ／難波津や田螺の蓋も冬ごもり」（市の庵）が、念頭にあっての作。「這い出した田螺（洒堂）」とは逆に引き籠ったままで、時節の変化をしらない門人への警告か。【参】中七「雨うかゞふや」（発句題叢）。

551 ほの〲と粥《かゆ》にあけゆく矢《や》数《かず》かな　新華摘（句集拾遺）

【訳】ほのぼのと粥の湯気とともに明けて行く。通矢《とおしや》の射手の息も白く立ちのぼる。【季】

「矢数」夏。【語】矢数—旧暦四月から五月、京都の三十三間堂などで行った通矢。日暮から翌日の夕刻に及び、的中した矢の数を競った。ほのぼのと—柿本人麻呂「ほのぼのと明石の浦の朝霧に島がくれ行く船をしぞ思ふ」（古今集）。【解】人麻呂の有名な歌を短夜の夜明けに転じた作。夜通し矢を射続けた射手の緊張感がゆるみ、粥をすする白い息が安堵の思いを深くする。【参】「湯気ほのぼのと鉄鉢の粥　蕪村／寒き夜を狐と語り明しぬる　月渓」（安永年中蕪村・百池・我則・月渓「短夜や」二十句）。

552

朝比奈が曾我を訪ふ日や初がつを　新華摘

【訳】朝比奈三郎が曾我兄弟を訪う日よ、下げて行った初鰹。【季】「初がつを」夏。【語】朝比奈—朝比奈三郎義秀。和田義盛と巴御前の間の子で豪傑。曾我五郎時致《ときむね》と剛力を競ったという（曾我物語・六）。曾我—曾我十郎祐成《すけなり》と曾我五郎時致兄弟。仇討で有名。初がつを—鎌倉沖の初鰹は有名。流也「鎌倉の年寄もさぞ初鰹」（江戸広小路）。芭蕉「鎌倉を生て出けむ初鰹」（葛の松原）。【解】芝居仕立ての作で、朝比奈と初鰹の生きのよさが通い合う。蕪村の芝居好きはよく知られている。【参】其角「朝比奈の楽屋へ入し暑哉」（五元集拾遺）。

553 麦秋や狐のゝかぬ小百姓　新華摘（安永七・四・二九維駒宛　句集拾遺）

【訳】黄金色の麦秋よ。狐つきの離れないままの小百姓がぼんやり。【季】「麦秋」夏。【語】麦秋—麦が黄金色に実る初夏。「麦の秋」は歌語、「麦秋」は俳言。狐ののかぬ—狐が憑依《ひょうい》したままの状態。【解】深い失意のなかにあった小百姓を狐つきと見たのだろう。蕪村は、狐つきなどの憑依についても関心があったが、明和六年「みじか夜や金も落さぬ狐つき」（句帳）の作もあり、合理的に解する精神を持ち合わせていた。【参】蕪村・安永六「麦の秋さびしき㒵の狂女かな」（新華摘　維駒宛　句集拾遺）は同じ趣向。

554 殿原の名古屋㒵なる鵜川哉　新華摘（句帳　自画賛　句集）

【訳】男たちの瓜実顔の温和ぶり、この鵜川でも変わらないなあ。【季】「鵜川」夏。【語】殿原—身分の高い男子たち。男性一般にも用いた。蕪村・明和五「殿原の網にあさるや夕すゞみ」（落日庵）。同「殿原のいづち急ぎぞ草の露」（同）。名古屋㒵—瓜実顔でおっとりした顔。「なごやか」とかける。【解】蕪村は名古屋の暁台や士朗などの俳人と交流、同地には蕪村の絵を買い求める大尽もいた。名古屋人のなごやかな顔からうかがうと鵜川での鵜飼の殺生など何事もないように見えてくるから不思議。【参】中七「名護屋も見」の「も見」を消し「㒵なる」と改める（新華摘）。

555 渋柿の花ちる里と成にけり　新華摘

訳渋柿の花が散る、淋しい里となってしまった。季「柿の花」夏。語花ちる里—「花散里、源氏の句段ならば橘也。はなのちる里と云句ならば正花。たちばなの香をなつかしみ時鳥はなちる里をたづねてぞとふ　源氏」（其傘）。解渋柿の花が散っても誰も訪ねてくれない。蕪村と同時代の綾足（涼袋）の「渋柿の花ちるさとやかんこ鳥」（古今俳諧明題集）と類句。源氏の雅の世界を渋柿の俗の世界に転じ、人恋しさを詠んだ点で共通している。参大魯「渋柿の花落したる若葉かな」（蘆陰句選）。

556 ぼうふりの水や長沙《ちやうさ》の裏《うら》借《がし》屋《や》　新華摘

訳ボウフラがわくような水の匂いよ。長沙の街の路地裏の借家にいるようだ。季「ぼうふり」夏。語ぼうふり—ボウフラ。孑孑。蚊の幼虫。長沙—中国湖南省の洞庭湖畔にあり、屈原や賈誼が流された地。「長沙ハ卑湿ナリ、自傷《いたみ》悼シテ、以為《おもへら》ク寿長キコトヲ得ザラント」（蒙求・賈誼忌鵩）。解路地裏にある借家のどぶの臭気と湿気を吹き飛ばしたいという願望から中国の裏貸家を連想した。大げさな表現が笑いを誘う。参太祇「孑孑やてる日に乾く根なし水」（太祇句選）。「人には棒振虫同前（然）に思われて」（西鶴置土産二・二）。

557 討《うち》はたす梵《ぼ》倫《ろ》つれ立《だち》て夏野かな　新華摘（句集拾遺）

訳互いを討ち果たしたいと願っている虚無僧が、連れ立って行く。炎天の夏野よ。季「夏野」夏。語梵倫―梵論。「倫」は誤記。虚無僧。解宿怨のある梵論が決闘にのぞみ、「二人河原へ出であひて、心行くばかり貫きあひて、ともに死ににけり」（徒然草・一一五）をふまえた作。夏野の不気味さ。参蕪村・安永七以降「笠脱て帰る梵論ありせミの声」（夜半叟）。蓼太「春の日や門ゆく梵論の影法師」（蓼太句集）。

558 谷《たに》路《ぢ》行人は小き若葉哉　新華摘

訳谷間の路を行く人は小さく、山一面を若葉が覆っているよ。季「若葉」夏。語谷路―谷間に通る道。解竹林や山家を訪ねて行く点景として人物を描いた蕪村の画を彷彿《ほうふつ》させる。日々をつましく営む小さな命を遠望して、夏の谷の深さや山全体を覆う若葉が美しい。参其角「水汲に下りるも遠し谷若葉」（五元集）。

559 浅河の西し東シす若葉哉　新華摘（安永六・五・二三几董（推定）宛）

訳浅川が西に東に蛇行して流れて行く、いちめんの若葉。季「若葉」夏。語西し東シす―李華「宜陽城下草萋々　澗水東ニ流レテ復《また》西ニ向カフ」（唐詩選）。解清冽《せいれつ》な水の流れに映える若葉をクローズアップした作。兼好は名利に奔走する様を「蟻のごとくにあつまりて、東西にいそぎ南北に走る…」（徒然草・七四）と言ったが、それは人間界だけのこと。参玉馬挙句「西も東も菜《な》種咲比《たねさくころ》」（続一夜松前集・第十四）。

560 金《きん》屏《びやう》のかくやくとして牡丹哉　句帳（新華摘　安永六・四・二三　無宛名　同七・四・二九維駒宛）

訳金屏風が輝いている。描かれた牡丹の見事さよ。季「牡丹」夏。語かくやく―光り輝くさま。赫奕《かくやく》。何晏「赫奕章灼、日月之天ニ麗《つけ》ルガ若《ごと》シ」（文選）伊藤龍洲「乍《たちま》チ驚ク赫奕トシテ火空ニ張ルヲ」（日本詠物詩）。「酒一斗牡丹の園にそそぎけり　樗良／日は赫奕と佳墨《よきすみ》を摺ル　几董」（続明烏「菜の花や」歌仙）。解豪華な金屏風に描かれた牡丹が絢爛《けんらん》と咲く美しさ。参同年「ぼうたんやしろがねの猫こがねの蝶」（新華摘）。同「日光の土にも彫《ゑ》れる牡丹かな」（新華摘）。也有「旅籠屋の屏風は、けし（罌粟）か牡丹かしれぬ花咲て」（鶉衣・四芸賦）。

561 南《なん》蘋《ぴん》を牡丹の客や福《ふく》西《さい》寺《じ》　新華摘

訳沈南蘋を牡丹の客として招き入れたのだね。さすがに福西寺。季「牡丹」夏。語南蘋—清朝の画家、沈南蘋。享保一六年（一七三一）来朝、長崎に二年滞在。鮮やかな彩色の花鳥画を描き、宝暦・明和期、沈南蘋風として流行した。福西寺—福済寺。長崎にある黄檗宗《おうばくしゅう》の寺。黄檗宗は明の隠元が承応三年（一六五四）来日し、宇治に黄檗山万福寺を創建して以後の新しい禅宗。解唐風建築の福済寺をクローズアップ、南蘋の彩色鮮やかな花鳥画を室内に、牡丹を庭に配して、異国風で豪華な世界を描いた。

562 方《はう》百里雨《あま》雲《ぐも》よせぬぼたむ哉　新華摘（安永六・四・一三無宛名）

訳百里四方、雨雲を近寄せず咲き誇る牡丹よ。季「ぼたむ」夏。語方百里—一里は四キロメートル弱。その百倍、広大な四方をいう。芭蕉「そも野ざらしの風は、一歩百里のおもひをいだくや」（野ざらし紀行）。解四辺雨に降り込められている中で、牡丹が咲いているところだけ明るい。「雨雲」は男女の性愛をいう「雲雨の情」（文選・高唐賦）を思い起こさせるが、それを寄せつけない凛《りん》として咲く牡丹の美しさ。参中七「雨雲尽て」（無宛名）。

563
尼寺やよき蚊帳たるゝ宵月夜　句帳（句集）

訳尼寺よ。上質の蚊帳がゆったりとたれている、宵月夜。季「蚊帳」夏。語よき蚊帳―上質の蚊帳。宵月夜―宵の間だけの月夜。たるゝ―垂るゝ。「吊る」と区別。蕪村・安永九「僧とめて嬉しと幮《かや》を高う釣《つる》」（連句会草稿）。解宵月夜のけだるく艶冶な情景。尼寺にはふさわしくない上質の蚊帳を「つる」のではなく「たるゝ」だから意味ありげ。参「草の戸によき蚊帳たるゝ法師かな」（新華摘　安永六・五・二三几董宛（推定）落日庵　夜半叟）と類想。同じ題による作か。

564
木《こ》がくれて名誉の家の幟《のぼり》哉　新華摘（安永六・五・二無宛名　句集拾遺）

訳木の間に隠れがち、そこにひるがえる名誉の家の幟旗よ。季「幟」夏。語名誉の家―手柄を立てた家。「梅津半右衛ノ尉は、ある家の股肱《ここう》にて、難波の役にも絶倫のはたらきありて感状を給り、名誉の家也」（新華摘）。解木の間に隠れがちでも存在感のある幟旗に焦点をしぼった。其角門で其雫と号した梅津半右衛門は、秋田佐竹侯の家老で「名誉の家」の人。その幟旗は隠れようがないと賛辞を表した。参其角「花あやめ幟もかをるあらし哉」（華摘）。同「幟立長者の夢や黒牡丹」（五元集）。

565
しのゝめや露の近江の麻畠　句帳（句集）

訳しののめの雲よ、露けき近江の麻畠。季「麻」夏。語しのゝめ—東雲。夜明けの雲。図大付句「恋ならなくに東雲の人」（五畳敷・蕪村一座「木のはしの」歌仙）。近江—滋賀県。「あふみ（近江）」と「あひみ（相見）」を言いかける。麻畠—麻と恋は連想語。「麻衣着ればなつかし紀の国の妹背の山に麻蒔く吾妹」（万葉集）。解叙景句の裏に恋の気分をしのばせた作。麻と恋の連想を活かし、露に濡れるの縁から、近江に相見（契りを結ぶ）を響かせた。参「麻を刈レと夕日このごろ斜なる」（新華摘）、「あふみのや麻刈雨の晴間かな」（夜半翁　安永六・六・二七霞夫宛）の作もある。

566
鮒ずしや彦根の城に雲かゝる　句帳（新華摘　句集　安永六・五・一七　大魯宛）

訳鮒鮓の酸っぱさよ。彦根の城に雲がかかっている。季「鮒ずし」夏。語鮒ずし—飯と鮒を交互に重ねて作った押し鮓。彦根の城—徳川家の功臣井伊家代々の居城。彦根藩は石田三成の領地だった。解さわやかな叙景句。几董だけが「微笑」したのは、この句の背景を知っていたからだろう。鮒鮓の酸味に触発され、三成から当代の城主井伊家に至る彦根城の歴史的変遷に思いをめぐらせた、または下五「雲かゝる（雨になる）」から男女の交情を匂わせた、などを背景とするか。参「鮒鮓の便りも遠き夏野哉」（句帳）。中七「彦根が城に」（句集）。「此句、解スべく解すべからざるものニ候。とかく聞得る人まれニて、只几董のみ微笑いたし候」（大魯宛）。

567
鮓《すし》をおす石上に詩を題すべく　　新華摘

訳鮓を押す、この石の上に詩を書きつけたいものだ。季「鮓」夏。語石上に詩を題す―白楽天「林間ニ酒ヲ煖メテ紅葉ヲ焼キ　石上ニ詩ヲ題シテ緑苔ヲ掃ク」（和漢朗詠集・秋興）。解石上に詩を書くのは隠者の生き方、それが押し鮓の石だから生活者の匂いがして俗っぽい。雅と俗を混交させたおかしさ。参蕪村・明和六「石に詩を題して過る枯野哉」（句帳　遺稿　落日庵）。

568
鮓の石に五《ご》更《かう》の鐘のひゞきかな　　新華摘（安永六・五・一七大魯宛　同五・二無宛名）

訳一夜鮓ができた頃の鮓の重石に、遠くから五更の鐘が心地よく響くよ。季「鮓」夏。語五更―夜明け近い午前三時から五時頃。五晴「月隠レ高城ニ五更の鐘の声氷る」（新虚栗）。解時を告げる鐘の響きと鮓の石の取り合わせが新しい。江戸の市中に時を告げる石町の鐘楼はよく知られている。若き日の蕪村はそこに住んだ師の巴人のもとに仮寓した。青春の遠い思い出を「一炊の夢」ならぬ「一夜鮓」に転じた。参「是は暗ニ一夜ずしの句ニ候。しかし初五、置がたく候」（大魯宛）。

569 夢さめてあはやとひらく一夜ずし　句帳（夜半叟遺稿）

訳夢が覚めて、あわやとあわてて開いた一夜鮓。季「一夜ずし」夏。語あはや—熟《な》れすぎるかとあわてて。一夜ずし—鮎の腹に飯を詰め、重石をかけて一夜でなれさせた鮓。池島「仮初《かりそめ》に重ぬる石や一夜鮨」（時勢粧）。解女が芥川の辺で「あなや」と言って鬼に食われてしまった話（伊勢物語・六）のパロディ。夏の短夜と夢のはかなさに一夜鮨の酸味が加わり日常と非日常の境目を垣間見せてくれる。参蕪村・明和八「一夜鮓馴て主の遺恨哉」（落日庵）。紀逸「夢なれや十三年も一夜酒」（夜半亭発句帖）。

570 若《わか》楓《かへで》学《がく》匠《しやう》書《ふ》ミにめをさらす　新華摘

訳青々しい若楓のそよぐ窓辺、修行僧が書物に眼をさらしている。季「若楓」夏。語若楓—夏の楓。其角「僧正の青きひとへや若楓」（花摘）。学匠—学生。仏道修学者。さらす—くまなく見る。解学匠が目をさらして見る書物の中味が気になる。青々と繁る若楓と青年僧の真剣さが相まって清々しい。参傍記「め」に「眼」（新華摘）。同年「三井寺や日八午にせまる若楓」（新華摘　安永六・五・二無名宛）。蕪村・明和八「近う聞坐主《ざす》の嚔《くさめ》や若楓」（落日庵）。

571
酒を煮《に》る家の女房ちよとほれた　新華摘

訳酒を煮る家の女将さんに、ちょっと惚れました。季「酒を煮る」夏。語酒を煮る―酒を腐らせないように暑中に酒に火を入れること。久風「酒煮るや杉の若葉の煙る門」（洛陽集）。解軽い浮気心。軽やかでリズミカルな言いが楽しい。「ちよと」は、当時の手毬歌（宝暦一一・童唄古実今物語）の文句を転用したとする説がある。参支考「時ならぬけはひに行灯とぼすらん／うそにほれたる人もまちつつ」（続五論）。

572
青梅や微《び》雨《う》の中行《ゆく》飯《いひ》煙《けむり》　新華摘

訳清々しい青梅よ。かすかに降る雨の中、立ち昇る飯を炊く煙。季「青梅」夏。語微雨―小雨。鷺雪「鳴雉子微雨に麦の茎立ぬ」（曠野後集）。飯煙―可隆「家桜飯煙たつかすみ哉」（続山井）。梨東「苫船や時雨のあとの飯煙」（涓江話）。解船の上で煮炊きする漁師の親子を描いた蕪村の「闇夜漁舟図」を思わせる作。青梅が放つ清々しい光、夏の日の明るい小雨、立ち昇る煙の光と陰のコントラストが絶妙で、山中に住む人のやすらかな生活を彷彿《ほうふつ》させる。参東門「高灯籠微雨誰家を泣すらん」（新みなし栗）。

573 青梅をうてばかつちる青葉哉　句帳（句集）

訳青梅を打ち落とせば、一緒に散る梅の青葉よ。季「青梅」夏。語うてばかつちる―打つと同時に散る。家隆「下紅葉かつ散る山の夕時雨ぬれてやひとり鹿のなくらん」（新古今集）。紹巴「かつちるやきのふ見ざりし下紅葉」（大発句帳）。解青を基調にした色彩（視覚）と「かつちる」のリズミカルな音（聴覚）が融合してさわやか。参太祇付句「桃うてば其葉匂ひて落かゝり」（平安二十歌仙・第十）。

574 芍薬に紙魚《しみ》うち払ふ窓の前　新華摘（安永六・五・二）無宛名

訳芍薬の花が咲き、紙魚を払い落とす学窓の前。季「芍薬」夏。語芍薬―牡丹科。花も葉も似ている。別名、皃佳《かおよ》草《ぐさ》（牡丹は皃佳花）。根を乾燥させ鎮痛薬として煎用。貞伸「芍薬の花の莟《つぼみ》や小宰相」（続境海草）。紙魚―衣類や紙類につく虫。解初夏の風物詩。学僧が住む寮の窓辺で、紙魚をうち払う。薬を連想させる芍薬という名前から曝書を連想した。参後書「右題学寮」（新華摘）。前書「学寮」（無名宛）。

575
若竹や是非もなげなる蘆《あし》の中　新華摘

訳若竹よ、よしあしもなく蘆の中に生えている。季「若竹」夏。語是非もなし―良くも悪くもなく。致し方ない。正章付句「抜《ぬけ》し歯は口惜けれど是非もなし」（正章千句・第五）。蘆―イネ科の多年草で群生。高さ約二メートルで水辺に自生する。蘆は「よし」とも読む。解蘆は繁華の地、若竹は若い女性の譬喩で、世間の道理にしたがって生かされていることを表現。女性を蕪村の娘くのと見る説もある。参『新華摘』の左注「春草／春草綿々トシテ名ヅクベカラズ　水辺ノ原上乱レテ栄ヲ抽《ぬき》ンズ　車馬繁華ノ地ヲ嫌フニ似タリト　纔《わづか》ニ城門ニ入レバ便《すなは》チ生ゼズ　右、劉原甫」（聯珠詩格）。

576
さみだれや鳥羽の小路《こみち》を人の行《ゆく》　新華摘（句集拾遺）

訳五月雨よ、鳥羽のこみちを人が行く。季「さみだれ」夏。語鳥羽―京都南部鳥羽は、低湿の地で田が多かった。また袈裟御前の墓と伝えられる恋塚がある。袈裟御前は、渡辺渡《わたる》の妻。横恋慕した遠藤盛遠（文覚）が、誤って殺してしまった事を後悔して発心、恋塚を築いたという。小路―「径」と傍記（新華摘）。解五月雨のぬかるみ道と鳥羽の小路を言いかけ、恋の闇路を行く人を暗示した。参『新華摘』に収載する「うきくさも沈むばかりよ五月雨」、「さみだれに見えずなりぬる径《こみち》哉」、「五月雨や滄海を衝濁水」、

「さみだれや水に銭ふむ渉し舟」、「濁江に鵜の玉のをや五月雨」も同じ頃の作。

577 皐雨《さみだれ》や貴《き》布《ぶ》禰《ね》の社燈消《きゆ》る時　新華摘（句集拾遺）

訳さみだれが降り続いているよ。今しも貴布禰神社の灯火が消えようとしている。季「皐雨」夏。語貴布禰―洛北鞍馬にある。自分を捨てた夫を恨んだ妻が、頭に鉄輪を頂き、その三つの足に火をともして、貴布禰神社の丑の刻参りに出る（謡曲・鉄輪）。解貴布禰の社灯が消える一瞬の闇をとらえた作。憂鬱なさみだれと深い恨みを抱く女の闇が重なる。参重頼「貴布禰川鉄輪の火かや飛蛍」（犬子集）。

578 小田原で合羽《かつぱ》買たり五月雨《さつきあめ》　新華摘（句集）

訳小田原で合羽を買った、この五月の雨に備えて。季「五月雨」夏。語小田原―神奈川県小田原市。曾我兄弟の生れ故郷をイメージさせる。五月雨―降り続く雨。徳元「つづけふりにふる五月雨や天下」（塵塚誹諧集）。解物語性を秘めた作。仇討で有名な曾我兄弟が、小田原で合羽を買って箱根を越えた情景だろう。参露甘「御当地や五月雨およぐ歩行合羽」（江戸広小路）。

579 さみだれの大井越たるかしこさよ　新華摘（句集）

訳五月雨で増水した大井川を越した、ありがたいことよ。季「さみだれ」夏。語大井―大井川。「そもそも此川日本第一の流れ、北の諸山よりひとつに落合、不断に濁りて浪あらく、底は栗石こけやむ事なし。……東海道ひとつの難所也」（一目玉鉾）。かしこさ―ここではめぐり合わせの良いこと。解東海道の難所のひとつを越えた、という安堵感。芭蕉の「さみだれの空吹おとせ大井川」（有磯海）が念頭にあっての作。参この句を記した後「此日より所労のためによろづをこたりがちなり。発句など案じ得べうもあらねば、いく日もいたづらに過し侍る」と注記（新華摘）。

580 さみだれや大河を前に家二軒　句帳（月並発句帖　安永六・五・二四正名・春作宛　同六・五・二四也好宛　句集）

訳降り続く五月雨よ。増水した大河を前に小さな家が二軒。季「さみだれ」夏。語大河―「さすが難所の大河なれば、左右《さう》なう渡すべきやうも無かりし処に」（謡曲・頼政）。家二軒―几董「燕や流のこりし家二軒」（安永二・几董句稿・二）。解当時流行の伊勢派の乙由「さつき咲上《か》ミや大河を一跨《ひとまたぎ》」（麦林集）や只人「雲近く落花流る丶大河哉」（加佐里那止）等を平凡な句として退け、風景の背後にひそむ不安感を詠んだ。参「当時流行の調《しらべ》にては無之候。流行のぬめりもいとハしく候」（正名・春作宛、也好宛）。家二軒を蕪村と一人娘の寓意、また蕪村の家とこの年離縁した娘の婚家の寓意とする説もある。五月十日、夜半亭、兼題「五月雨」（月並発句帖）。

581 射干《ともし》して囁《さゝや》く近江やわたかな　　新華摘（安永六・五・一七大魯宛）

【訳】ともしを焚いてささやき交わす、近江小藤太と八幡《やわた》三郎よ。【季】「射干」夏。【語】射干—照射。「射干」に「トモシ」とルビ（大魯宛）。夏の夜、松明《たいまつ》を焚いてその火に寄ってくる鹿を射る。近江やわた—工藤祐経の郎等近江小藤太と八幡三郎。曾我兄弟の父河津三郎を狩場に待ち伏せして射殺した（曾我物語）。【解】近江小藤太と八幡三郎が、謀殺を図って河津三郎を待ち伏せしている不穏な場面を鹿狩に仮託した物語的な作。【参】召波「何いふて囁《ささや》く舟ぞ採蓮歌」（春泥句集）。

582 我宿に物わすれ来て照射《ともし》哉　　句帳（遺稿）

【訳】我が家に物を忘れて来て、焚き始めた照射よ。【季】「照射」夏。【語】我宿—我が家。芭蕉「涼しさを我宿にしてねまる也」（奥の細道）。同「我宿ハ蚊のちいさきを馳走かな」（泊船集）。【解】我が家に忘れた物が気になって、照射の火を焚いても猟に身が入らない猟師の粗忽ぶりがユーモラス。【参】園女「引裾《ひきすそ》にもの忘れけり更衣」（陸奥衛）。

583
一《ひと》鍬《くは》の蓼《たで》うつしけり雨ながら　夜半叟

訳 一鍬分の蓼を移し植えた。雨を含んだままに。季「蓼」夏。語 一鍬—鍬を一回入れて掘り出すこと。鬼貫「一鍬や折敷にのせしすみれ草」(仏兄七久留万)。蓼—イヌタデ・ハナタデ・ヤナギタデなどの総称。解 芭蕉「月はやしこずゑハあめを持ながら」(かしま紀行)をふまえ、「蓼食う虫も好き好き」(人の好みはそれぞれ)の諺を効かせた句作り。よりによって蓼を一鍬だけ雨の日にわざわざ移し植えたという風流心が憎めない。参 四月二十二日、三本樹水楼、題「蓼」(丁酉之句帖)。

諸子糺《ただす》の川に逍遥《せうえう》して、偖《さて》藻の花の句あり。
余、此行にもれたるをうらみて

584
音《ね》を啼や我も藻に住ム幮《かや》のうち　落日庵

訳 音をあげて啼くよ。私も藻に住む虫と同じように蚊帳に臥せったまま。季「藻の花」夏。語 糺の川—賀茂川の上流、糺の森の東。せみの小川。音を啼—白楽天「慈烏其母ヲ失ヒ　啞々と哀音ヲ吐ク」(慈烏夜啼)。藤原直子「あまのかる藻に住む虫の我からと音をこそ泣かめ世をば恨じ」(古今集)。解「音を啼」は「音をあげる」。門人たちが紀の川に逍遥したのに、病に臥していて同行できなかった「恨み」を大げさに告げて、同情と笑いを誘った。〔参〕四月二十二日、三本樹水楼、題「藻の花」(丁酉之句帖)。

585 路《みち》辺《のべ》の刈《かる》藻《も》花さく宵の雨　　句集(夜半叟)

〔訳〕路傍の刈藻の花が咲いている、宵の雨のなか。〔季〕「刈藻」夏。〔語〕刈藻—刈り取られた藻。和泉式部「刈藻かき臥猪《ふすゐ》の床のいを安みさこそ寝ざらめかからずもがな」(後拾遺集)。万子「かるもかく妻やふす猪も身のほそり」(喪の名残)。〔解〕猪さえも、恋のためには刈藻をかいて床をなすという。今宵の雨の床は、寝心地がよくないが、花は恋人への慰めとなろう。〔参〕芭蕉「道のべの木槿は馬にくはれけり」(野ざらし紀行)。

586 参《み》河《かは》なる八《やつ》橋《はし》もちかき田植かな　　新華摘

〔訳〕名高い三河の八橋も近くなってきた、田植のまっさかり。〔季〕「田植」夏。〔語〕参河なる八橋—「水行く河の蜘蛛手《くもで》なれば、橋を八つ渡せるによりてなむ八橋といひける」(伊勢物語・九)。〔解〕中七「八橋もちかき」が眼目。参河の「三」から八橋の「八」に増えて行く数を前触れにして、田植えの季節を迎え、業平が乾飯(餉)に涙したという話を思い出させる趣向。〔参〕許六「八橋に十ほどわたす田うゑかな」(風俗文選犬註解)。

―几董「さみだれや船路にちかき遊女町」（井華集）。

587
鯰《なまづ》得てもどる田植の男かな　新華摘（句集）

訳鯰を得て、家にもどる田植の男の得意さよ。季「田植」夏。語鯰―日本の国は鯰に抱かれているように描かれる（行基図）。「此日本国は鯰がいただきてをるといひならはせり」（類船集）。解鯰は食用だが日本国は鯰に抱かれているという。そんな大物を得た農夫の得意。参中七「帰る」（句集）。蕪村・安永四「雉子うちてもどる家路の日ハ高し」（句帳　自画賛等）。蓼太付句「夕月に獲《えもの》の鯰ふりかつぎ」（七柏集・第一下）。

588
早乙女やつげのおぐし《を》はさゝで来し　新華摘

訳早乙女よ、黄楊《つげ》の小櫛はささないで来たね。季「早乙女」夏。語つげのおぐし―黄楊の小櫛。業平「蘆の屋のなだの塩やきいとまなみつげのおぐしもさゝず来にけり」（伊勢物語・八七）。解業平の歌をふまえ、失恋の思いを秘めた作。江戸期の田植は、互いに助けあう「結い」の共同作業。恋する早乙女に黄楊の小櫛をプレゼントしたのだが、それをささないできた。身なりを整える暇がないほど忙しいからではなく、私を嫌っているからだろうか。参調古「黄楊の小櫛さゝず寄けり辻相撲」（坂東太郎）。

雲裡《うんり》叟《そう》、武府の中橋にやどりして、一壺《いっこ》の酒を蔵し、一斗の粟《ぞく》をたくはへ、たゞひたごもりに籠《こも》りて、一夏《ひちげ》の発句おこたらじとのもふけなりしも、遠き昔の俤にたちて

589 なつかしき夏書《げがき》の墨の匂ひかな　　桐の影

訳 懐かしい夏書の墨の匂いがたちこめているよ。墨をたっぷりすった雲裡叟が、夏安居に発句を詠んでいた日が思い出される。季「夏書」夏。語雲裡叟―美濃派の俳人。宝暦一一年四月二七日没。六九歳。武府の中橋―江戸日本橋と京橋の中間。一壺の酒―李白「花間一壺酒」（月下独酌）。もふけ―用意。夏書―旧暦四月一六日から七月一五日まで一室にこもって修行する夏安居の折に経文を写経すること。解雲裡坊の一七回忌追善句。蕪村は、雲裡坊より二三歳年下で俳系も異なるが、意気投合して江戸や宮津、京都で対面した。参蕪村「青飯法師（雲裡坊）にはじめて逢けるに、旧識のごとくかたり合て／水桶にうなづきあふや瓜茄」（句集他）。

590 蚊の声すにんどうの花の散ルたびに　　句帳（月並発句帖　夜半叟　句集　新五子稿）

訳 蚊の声がする。すいかずらの花が散るたびに。季「蚊」夏。語にんどう―忍冬。す

いかずら。六・七月頃、可憐な小さな白い花を咲かせ、やがて黄色に変わる。解「蚊の鳴くような声」（かすかな蚊の羽音）と、忍冬の花が散るはかなさを取り合わせ、よび覚まされる懐旧の情。参上五「蚊の声や」（新五子稿）、下五「散毎に」（同）。五月十日、夜半亭、兼題「蚊・かやり・蚊帳」（月並発句帖）。行流付句「にほひ匂ふか忍冬の花」（二一えう集）。渭北「夜半亭懐旧／めぐり来る空や蚊の声鐘の声」（夜半亭発句帖）。

591 蚊《か》帳《や》の内に朧《おぼろ》月《づき》夜《よ》の内《ない》侍《し》哉　句帳（夜半叟　遺稿）

訳蚊帳の内にいるのは、朧月夜の内侍だね。季「蚊帳」夏。語朧月夜の内侍―光源氏が藤壺を求めて宮中を彷徨《ほうこう》していた折、偶然出会って恋におちた（源氏・花宴）。「花のえんの夕月夜、こうきでんのほそどのにて、おもはずも源氏の君に契り給ふて、たがひの御心たえやらず」（誹諧初学抄・恋之詞）。解蚊帳の内がおぼろで誰か分からないので、朧月夜の内侍に喩《たと》えて呼びかけた。美化した戯れぶりが楽しい。参永次「花のえんに見初る朧月夜哉」（毛吹草）。燕石子「源氏ならば愛する朧月夜哉」（ゆめみ草）。

592 涼しさや鐘をはなるゝかねの声　句集（月並発句帖　安永六・五・二四正名・春作宛　同六・五・二四也好宛　天明二・七・一七布舟宛　短冊　落日庵　夜半叟）

【訳】涼しさよ。鐘を離れて響く鐘の声。【季】「涼しさ」夏。【解】鐘の声を視覚化した清涼感あふれる作。蕪村は「右は当時流行の調にては無レ之候。流行のぬくめりもいとはしく候」（正名・春作宛、也好宛もほぼ同）と美濃派や伊勢派の句調とは異なるという。紫英「吉田晩鐘／桜見の会者定離也暮の鐘」（国の花）や乙由「涼しさや遠寺の鐘の近ひ日は」（麦林集）など、梵鐘をイメージさせる常套的な着想とは異なり、無常観をからませない点が新しい。初案の上五「短夜や」（落日庵）の推敲句で朝の鐘とみるのが妥当。張継「夜半鐘声到客船」（楓橋夜泊）をふまえた夜半の鐘、また夕暮れの鐘とみる説もある。【参】杉風「有明に汗入るゝ頃の鐘涼し」（杉風句集）。希涼「其むかし思へば涼し夜半の鐘」（夜半亭発句帖）。

593 自《じ》剃《ぞり》して涼《すずみ》とる木のはし居哉　安永六・七・一二几董宛

法師ほどうらやましからぬものはあらじ、
人には木のはしのやうにおもはれて、とは
こゝろえぬ兼好のすさびならずや

【訳】自分で頭をまるめた法師が、涼み台の端で涼んでいるよ。【季】「涼」夏。【語】法師ほど…—「法師ばかりうらやましからぬものはあらじ。人には木の端のやうに思はるゝよと清少納言が書けるも、げにさることぞかし」（徒然草・一）。こゝろえぬ—悟っていない。

すさび―きまぐれ。自剃―自分で頭髪を剃り落とすこと。「弟子もたぬ坊主はかみ《髪》をじぞり《自剃》して」（新撰犬筑波集）。【解】几董宛に「昨日、雄山へも聯《れん》に発句書付《かきつけ》、漸《やうやう》相下《あひくだし》候」と記した挨拶句。剃髪した雄山は、大阪の俳人。法師を木の端ということをふまえ、端居と言いかけた。世俗から離れてさぞや涼しいでしょうね。【参】鬼貫「後に飽蚊にもなぐさむ端居哉」（仏兄七久留万）。

594　**ぎをん会や僧の訪《とひ》よる梶が許《もと》**　句集（夜半叟　落日庵）

【訳】祇園会の日よ。僧侶が訪ねる先は梶女の許。【季】「祇園会」夏。【語】祇園会―京都の祭。「（六月）七日。円融院天延二年六月六日助正といふ物の家、高辻東洞院へ鎮座あるべき霊夢により、宣旨をかうぶり、七日の祭はじまれり。秀吉公の時、いまの四条京極の御旅所に遷座あり」（増山井）。梶―祇園茶店の女将。元禄・宝永頃の歌人。歌集『梶の葉』。【解】山鉾巡業で騒がしい祇園会の祭りを避けて、僧侶が梶女を訪ねた。歌の添削だろうか、それとも忍ぶ恋か、いわくありげ。【参】下七「梶が茶や」（落日庵）。蕪村・安永六「宝舟梶がよみ歌ゆかしさよ」（夜半叟）。召波「七夕やよみ歌聞に梶が茶屋」（春泥句集）。蕪村付句「三首書たる梶がよみうた」（安永四「月うるみ」歌仙）。

595 脱すてゝ我ゆかしさよ薄羽折　夜半叟

【訳】脱ぎ捨てると、己が分身のようでいとおしいよ。この薄羽織。【季】「薄羽折」夏。【語】薄羽折―薄羽織。【解】かしこまった気分から解放された安堵感と一抹の寂しさ。【参】蕪村は、安永五年五月八日に他界した名古屋の俳人都貢に「なき人のあるかとぞ思ふ薄羽織」（蕭条篇）という追善句を送った。柳也「菅笠を脱や花野の薄羽織」（国の花）。召波「交れば世にむつかしや薄羽織」（春泥句集）。

596 ゆふがほや黄に咲たるも有《ある》べかり　夜半叟（安永六・六・二七霞夫宛　同七・三大魯宛　句集）

【訳】夕顔よ。黄色に咲いているのもあっても良いはずだ。【季】「ゆうがほ」夏。【語】ゆふがほ―夕顔。夏の夕べに白い花を開いて、朝しぼむ。【解】其角「蚊遣火に夕皃白しだいだいハ」（田舎の句合）と橙《だいだい》色の夕顔がないと詠んでいるが、黄色に咲く花があっても良いはずだ、と戯れた。道理にあわないこともあるはず。【参】乙由「夕皃の花に不形はなかりけり」（麦林集）。

597 葛水や入江の御所にまうずれば　遺稿（安永六・六・二七霞夫宛　夜半叟　新五子稿）

訳葛水をたまわったよ。入江の御所に参上すると。季「葛水」夏。語葛水—湯に葛粉をといて砂糖を加え、それを冷やした飲み物。「いとあつき比《ころ》葛水を銀碗にもりたるは見るもすゞし」（類船集・こぼるゝ）。入江の御所—摂津国（兵庫）須佐の入江にあった御所。平清盛が、後白河法皇を幽閉した牢御所。治承四年、文覚が平家追討の院宣を受けたという（兵庫名所記）。解葛水の清涼感のなかに不穏な空気が流れる。文覚が入江の御所に詣でて、平家追討の院宣を受けた歴史物場面を詠んだ物語風の作。参存義「葛水や茶筌にめぐる塵ひとつ」（古来庵発句集前編）。

598
葛を得て清水に遠きうらみ哉
夜半叟（安永六・六・二七霞夫宛　句集）

訳良い葛を得たけれど、この街中では清水には遠く、恨み葛となってしまうことだよ。季「（葛水）＝葛と清水」夏。語うらみ—うらみ葛の葉などの縁語。解葛から吉野葛を連想、吉野山の西行庵のとくとくの清水へと連想がつながる。市中の俗塵から逃れて西行庵の清水をくみたいが、遠出できないと恨みごとを言って笑いを誘った。参成之「葛水や爰に涼しき吉野川」（続境海草）。

599
汗入レて妻わすれめや藤の茶屋
夜半叟（安永六・六・二七霞夫宛）

【訳】汗をぬぐって一息。妻を忘れるはずがない。藤の茶屋。【季】「汗」夏。【語】汗入レて―汗を収めて。わすれめや―決して忘れない。読み人知らず「紅のはつ花ぞめの色深く思ひし心われ忘れめや」（古今集）。藤の茶屋―京都祇園楼門前の料理茶屋のうちの西の藤屋（東は中村屋）。【解】藤の茶屋に落ち着いて一息、言い訳するかのように「妻わすれめや」と強調したところがあやしくおかしい。【参】蕪村・明和八「汗入て身を仏躰としる夜哉」（句帳）。樗良「わすれめや扇にむすぶ文の数」（樗良発句集）。

600 掛《かけ》香《がう》をきのふわすれぬ妹《いも》がもと　夜半叟

【訳】掛香を昨日訪ねた恋人のもとに忘れてきてしまった。【季】「掛香」夏。【語】掛香―袋に入れた香。室内に掛けたり、紐をつけて首に掛けて持ち運ぶ。重頼「掛香も夏とや薫る風袋」（時勢粧）。妹―恋人。【解】掛香を外した昨夜のあれこれを思い出す、艶な心地。【参】蕪村・年次未詳「かけ香や何にとどまるせみ衣」（句集）、同「かけ香やわすれ皃なる袖だたみ」（句集）。青蘿「掛香や襟ぬひさせる妻の衣」（たつのうら）。

601 いづちよりいづちともなき苔清水　夜半叟

【訳】どこから来てどこへ流れて行くともわからない苔清水よ。【季】「清水」夏。【語】苔清水

—苔の間に湧き出る清水。伝西行「とくとくと落つる岩間の苔清水汲みほすほどもなきすまひかな」（吉野山独案内）。芭蕉「露とくとく心みに浮世すゝがばや」（野ざらし紀行）。【解】苔清水を詠んだ西行や芭蕉を慕っての作。召波「いづちよりいづち使ぞ初もみぢ」（春泥句集）と似た句作り。【参】蓼太「涼しさは千尋なりけり苔清水」（蓼太句集）。

602
二人してむすべば濁る清水哉　句帳（詠草　句集　蔦もみぢ）

【訳】二人ですくえば濁ってしまう、底の浅い川の清水よ。【季】「清水」夏。【語】むすぶ—水を掬《すく》う。越人「清水をばむすべば解る暑サ哉」（鵲尾冠）。【解】ひとり住む（澄む）隠者も、二人交われば、濁ってしまう。蕪村・年次未詳「世に流れ出ては濁るか山清水」自画賛と同じ発想。「二人してむすびし紐を一人して相見るまでは解かじとぞ思ふ」（伊勢物語・三七）、貫之「むすぶ手の雫に濁る山の井のあかでも人に別れぬるかな」（古今集）を下敷きにした恋の戯れとみることもできる。

603
百日紅《さるすべり》やゝちりがての小町寺　夜半叟

【訳】さるすべりの花がやや散り始めている、ここ小町寺。【季】「百日紅」夏。【語】百日紅—幹の皮が滑らかで、「猿も滑る」の意から命名された。紅色または白色の小花をつける。

小町寺―京都市左京区静市市原町の如意山補陀落寺の俗称。小野小町終焉の地という。
解容色を誇った小町を思い出させる小町寺の百日紅が散り初めて翳《かげ》りが見えてきたことに句の眼目がある。参文考「こもらばや百日紅のちる日迄」（菊の香）。蕪村・安永二「としひとつ積るや雪の小町寺」（句集）

604 蠅いとふ身を古郷《ふるさと》に昼寝哉　句帳（夜半叟　句集）

訳ハエを嫌うわが身なのに、うるさいハエが邪魔をする故郷の昼寝よ。季「蠅」夏。語蠅いとふ身―欧陽脩が蠅を憎んだ「憎蒼蠅賦」（古文真宝後集）をふまえる。「欧陽公がにくみし文勢たれかおもはざらん。奸人之魂佞人之魄と張復之も詠じたり」（類船集・蠅）。解古郷には蠅がいないだろうと昼寝を決め込んだが、どこにでもいるものだという皮肉とユーモア。『詩経』青蠅篇以後欧陽脩らが、人を陥れるような悪口をいう者をハエに喩《たと》えてきた漢詩の伝統に立つ。参行正「我恋は昼寝の夢に蠅さはぐ」（洛陽集）。吐月「隠家も蠅うつ音は聞えけり」（新選）。

605 阿《あ》古《こ》久《く》曾《そ》を夢の行衛《ゆくへ》や竹婦人　夜半叟

訳阿古久曾を抱いた夢の続きが気になるよ、竹婦人。季「竹婦人」夏。語阿古久曾―

紀貫之の幼名。芭蕉「あこくその心もしらず梅の花」（蕉翁句集）。竹婦人―涼をとるために抱いて寝る竹で編んだ籠《かご》。解「阿古久曾」を抱く夢は、稚児趣味。抱き籠とはいえ「婦人」の名をもつ竹婦人に向かって、夢の続きを問うのは、失礼ではないか、と笑いを誘った。参蕪村・天明二「阿古久曾のさしぬきふるふ落花哉」（句帳　夜半叟）。

606 雨後の月誰《た》そや夜ぶりの脛《すね》白き

句集（安永六・五・二四　正名・春作宛　同五・二四也好宛　夜半叟）

訳雨が上がって月明かり。誰だろう、川狩の脛の白い人は。季「夜ぶり」夏。語雨後の月―雨後の竹の子からできた造語か。夜ぶり―火ぶり。松明《たいまつ》をともして行う漁。脛白き―空中を飛行する久米仙人が、物洗う女の白い脛に目がくらんで墜落したという有名な逸話がある（今昔物語・一一　徒然草・八）。解雨後の月に妖しく照らし出された白い脛を見ると、いったい何者か、久米仙人でなくとも心が動かされる、と戯れた。参嘯山「川狩や若衆の脛のしらま弓」（葎亭句集）。蓼太付句「脛しろじろと賤めづらなる」（七柏集「雪瓜園興行」）。

607 川狩や楼上の人の見しり皃《がほ》

鴨河にあそぶ

句集（夜半叟）

訳川狩がはじまったよ。見上げると妓楼の上に見知った顔。季「川狩」夏。語川狩―川で魚を獲る漁。鴨河―京都市街の東部を流れる。楼―鴨川の西岸にある蕪村のなじみの料亭、三本樹の水楼か。蕪村・安永八「よすがら三本樹の水楼に宴して／明やすき夜をかくしてや東山」（句集）。解川狩をする人、それを見る楼上の人、この両者を見る作者は、鴨川で夕涼みしているのだろう。知り合いをみつけた驚きと喜び。その相手は女性か。参中七「楼《たかどの》の人の」（夜半叟）。

608
裸《はだか》身《み》に神うつりませ夏神楽《かぐら》　句集（夜半叟）

訳裸身の人に神がのりうつって下さい。夏神楽。季「夏神楽」夏。語夏神楽―水無月《みなづき》祓《はら》えに行う神楽。「夏神楽トアラバ川やしろ」（連珠合璧集）。「川社」は「是も夏祓に川辺に棚をかまへて神を祭る事と也。袖中抄にあり。夏神楽の時共《とも》いへり」（増山井）。解裸身で川の中に入っていく、神輿を担ぐ神輿かきにこそ、神様が乗り移って下さい。勇壮さと裸身のさわやかさに共感した。参貞徳「颯々《さつさつ》の涼しき声や夏神楽」（崑山集）。

609
天《てん》満《ま》祭《さい》大《たい》魯《ろ》に逢し人もあり　夜半叟

訳天満祭の日、大魯に逢ったという人もいたことだよ。季「天満祭」夏。語天満祭―

「天満天神ノ御祓。（六月）廿五日。是、天満祭也。住吉の六月祓に准《なぞらへ》て御祓と云」（増山井）。大魯—蕪村門。安永二年、大阪で蘆陰舎を結んだが、同六年五月兵庫に移り、翌七年秋から京で病臥、一一月一三日他界。【解】兵庫に立ち退いたはずの大魯が、大阪にもどってきているという噂を聞いた蕪村の憂慮。大魯は、才能豊かな俳人だったが、激情家で門人たちとトラブルを引きおこした。大阪に恋人を隠していて、忍んで逢いに来たのか。【参】「大魯一件、嘸《さぞ》御聞被成候半と奉存候。かねて御察之通ニ而、なを行すゑ無覚束事《おぼつかなきこと》ニきのどく仕候」（安永六・五・二四正名・春作宛）。

610
ところてん逆《さか》しまに銀河三千尺　句集（夜半叟）

【訳】ところてん、銀河三千尺を逆さまに呑むようだ。【季】「ところてん」夏。【語】ところてん—テングサの煮汁を冷水で冷やして固め、心太《ところてん》突きで突き出し棒状にして酢や醤油、辛子で食べる。「ところてんはうつくしき皿にもりてこそ」（類船集）。銀河三千尺—李白「飛流直下三千尺　疑フラクハ是レ銀河九天ヨリ落ツルカト」（聯珠詩格・望廬山瀑布　類船集・天河）。【解】李白の詩句をとりいれた、其角ばりの句。大げさな見立てに、豪快で爽快な気分になる。【参】上五表記「心太」（夜半叟）。下五「三千丈」（題叢）。其角「酔登二階／酒ノ瀑布《タキ》冷麦の九天ヨリ落ルナラン」（虚栗）。

611 雲の峰に肘《ひぢ》する酒《しゆ》呑《てん》童《どう》子《じ》かな　遺稿（夜半叟）

訳雲の峰にねそべって肘枕、まさに酒呑童子だね。季「雲の峰」夏。語酒呑童子―源頼光らに退治された丹波大江山の鬼。御伽草子「酒呑童子」に赤ら顔という。解大江山の雲の峰に夕陽があたる景色から、赤ら顔の酒呑童子を幻視した作。童心にかえるばかりか、肘枕をする大胆な姿を想像させて笑いを誘う。参上五・中七「雲峰に肱する」（夜半叟）。露川「さすらせて酒呑どうじが昼寝哉」（きれぎれ）。

612 蟬啼《なく》や僧《そう》正《じやう》坊《ばう》のゆあみ時　句集（安永六・六・二七霞夫宛　同七・三・大魯宛　自画賛　夜半叟）

訳蟬が鳴いているよ。ちょうど僧正坊で湯浴みしているとき。季「蟬」夏。語僧正坊―最高位の僧侶が住む僧坊。自画賛では天狗の坊主。解蕪村はこの句を「いさゝか蟬の実景を得たるこゝ地に候」と解説（霞夫宛）。「ほとゝぎす待や都のそらだのめ」についても「右の句は京の実景」（安永五・五・二十朗宛）と解説することから作者の趣向や粉骨が見えない景気の句をいうのだろう。蟬と僧、僧坊と湯浴みの取り合わせは、蕪村以前にはない。参其角「蟬啼や木のぼりしたる団売《うちはうり》」（桃の実）。

613 かりそめに早百合《さゆり》生ケたり谷の坊　句集（夜半叟）

訳なにげなく山百合が生けてあった、谷間の僧坊に。季「早百合」夏。語かりそめ―無造作に。一時的に。早百合―「さ」は接頭語。山百合。藤原定家「うちなびく茂みが下のさゆり葉のしられぬほどにかよふ秋風」（続古今和歌集）。谷の坊―谷間にある僧坊。和角「鶯に精進はなし谷の坊」（渭江話）。解早百合を無造作に生けた、谷間の僧侶の人柄を髣髴《ほうふつ》させる作。参召波「茶の花にきぎす鳴也谷の坊」（春泥句集）。

614 端《はし》居《ゐ》して妻子を避《さく》る暑《あつさ》かな　句帳（夜半叟 句集）

訳端居して、やかましい妻子から逃れて夕涼み。あまりに暑い。季「暑」夏。語端居―母屋から出た縁側にいること。次末付句「端居して何くれ語二三人」（時勢粧）。解市井の人の隠逸願望。明和六「冬ごもり妻にも子にもかくれん坊」（句帳）と同じ発想。参蓼太「端居して鶯に顔見しらせん」（新選）。

615 佐保河を蔵にめぐらすにざけかな　安永六・夏百池宛

訳佐保川の流れにそって立ち並ぶ酒蔵をめぐる、まさに煮酒の日だよ。季「にざけ」

夏。【語】佐保川―奈良の春日山の奥佐保に発して若草山をめぐり流れる川。歌枕。蛍の名所。にざけ―煮酒。夏、酒を煮なおして風味を新たにすること。この日、蔵元は人々に酒をふるまった。【解】佐保川沿いに立ちならぶ酒蔵と蔵めぐりすることを言いかける。煮酒の日に酒蔵を廻る喜び。百池宛に「四ツ辻に残月かかる煮酒哉」の句も掲出。【参】静之「煮直すや酒に賢き頭士《(マヽ)》ども」（洛陽集）。

616 見のこすや夏をまだらの京鹿子　　落日庵

駿河なる葛人・文母の両子、みやこの客舎の暑さをいとひて、帰京のいそぎあはたゞしければ

【訳】夏の名所見物、暑さのために鹿の子まだらのようにあちこち見残していませんか。

【季】「夏」夏。【語】葛人―駿河（静岡県）の人、蕪村の高弟几董と交流。蓼太門。天明七年没。文母―駿河住、几董と交流。蓼太門。時雨窓二世。寛政一〇年没。京鹿子―京染めの鹿の子絞り。まだら模様。「時知らぬ山は富士のねいつとてか鹿子まだらに雪の降るらん」（伊勢物語・九）。【解】京都の名所をめぐるかたわら、蕪村や几董を訪ねて上京する地方俳人が少なくなかった。駿河にゆかりの深い伊勢物語の有名な歌を下敷きにした送別句。【参】言水「都衆挨拶に／京鹿子富士の下草色もなし」（坂東太郎）。

617
秋立や素湯《さゆ》香しき施《せ》薬《やく》院《ゐん》　夜半叟（句集）

訳立秋のさわやかな朝、白湯が香り立つ施薬院。季「秋立」秋。語秋立―立秋。素湯―白湯。施薬院―奈良時代、貧窮の病者に施薬・施療する救済目的の施設。光明皇后が創建、中世に至り衰退したが、秀吉に側近として仕えた全宗が、正親町《おおぎまち》天皇の勅命で復興したという。解風の音で立秋を感じる伝統に対して、陰陽五行説の秋の色・白を下敷きにして、施薬院の白湯がさわやかに香り立つ情景を描いたところが新しい。参一以「薬ざきつとのさくらや施薬院」（松島眺望集）。

618
恋さまぐ願《ねがひ》の糸も白きより　句集（夜半叟）

訳恋はさまざま、結ばれたいという願いも白い糸から。季「願の糸」秋。語願の糸―七夕祭の竹の竿に五色の糸をかけて、織女星と牽牛星に祈ると、願い事がかなうと言われた。「ねがひの糸とは、五色の糸を竿にかけて手向る事也。朗詠に竹竿ノ頭上ニ願糸多シとあり」（増山井）。解やがて様々な恋に染まるが、初めは一途で純白。白糸が黄にも黒にも染まることを思って泣いたという故事（蒙求・墨子悲糸）をふまえ、初恋の清らかさを尊んだ。参雁觜「よい聟を願の糸や親ごころ」（新選）。

619
魂祭り王孫《わうそん》いまだ帰り来《こ》ず　遺稿（夜半叟）

訳精霊を祭る日、祖霊を祭る人々が集まる中で、王孫はいまだ帰って来ない。季「魂祭り」秋。語魂祭り—祖先の霊を迎えて祭る行事。陰暦七月。王孫—貴人の子弟。王維「春草年々緑ナリ　王孫帰ルヤ帰ザルヤ」（王右丞詩集・送別）。張華「流馨綺羅ニ入レドモ　王孫遊ビテ帰ラズ」（玉台新詠）。解王孫に誰を仮託したか不明だが、祭るべき魂が帰らない、その空虚感。参青蘿付句「王孫が帰らぬ春も已にくれ」（骨書）。

620
つと入や納戸《なんど》の暖簾《のれん》ゆかしさよ　遺稿（夜半叟）

訳つと入りの日よ、納戸の暖簾に心ひかれることだよ。季「つと入」秋。語つと入—七月一六日に限って他家に自由に入り、置物や妻女などを見ること。「昔は諸国にて、つと入とて家々の秘蔵せる置物道具、あるいはその家の嫁・娘・妻・妾の類まで常々見たきものを望みて、客殿・居間に限らず深く入りて狼藉に見ることなり」（滑稽雑談）。納戸—衣服・調度類を納める部屋。暖簾—部屋の仕切りにかける布。解伊勢の園女亭で詠んだ芭蕉句「暖簾の奥ものゆかし北の梅」（笈日記）をふまえ、芭蕉さんはつと入で園女さんに会ったわけではないが、ゆかしい思いは同じです、と笑いに転じた。参存義「つと入や声音をつくる面の内」（古来庵発句集前編）。

621
つと入やしる人に逢ふ拍子ぬけ　夜半叟（句集）

訳つと入よ、知人に出会ってしまった。とんだ拍子ぬけ。季「つと入」秋。語拍子ぬけ―調子が外れてしまう。不数「遅桜花のはやしや拍子ぬけ」（続山井）。解自分だけが目をつけていると思って、勇んでつと入した家で知人と会った無念さがおかしい。参巴人「立よれば禰宜《ねぎ》はしる人時雨の火」（夜半亭発句帖）。

622
相阿弥《さうあみ》の宵寝《よひね》おこすや大もんじ　夜半叟（句集　新五子稿　題林集）

訳宵寝してしまった相阿弥、その眠りを覚ますだろうか、大文字焼き。季「大もんじ」秋。語相阿弥―室町後期の画家。花道・香道に優れ、茶器の鑑定や造園にも通じた。祖父能阿弥・父芸阿弥と三代続いて将軍足利義政に仕え、同朋衆となる。銀閣寺の庭は、その創意によるという。大もんじ―陰暦七月一六日の夜、京都如意ヶ岳西の中腹で焚く篝火《かがりび》。大文字焼きの略。解文考に「夜着の香もうれしき秋の宵寝哉」（梟日記）とあるように、秋の宵寝は、贅沢な楽しみ。大文字焼きの送り火は見事だが、相阿弥の宵寝を起こすほどかどうか、宵寝の魅力には勝てないだろう、と戯れた。参上五「相阿弥が」（題林集）。同年に「銀閣に浪花の人や大文字」（遺稿　夜半叟）。

623 地蔵会やちか道を行《ゆく》祭《まつり》客《きやく》　句帳（夜半叟　遺稿）

訳地蔵会よ、魂胆があって近道を行く祭り客たち。季「地蔵会」秋。語地蔵会―地蔵盆のこと。陰暦七月二四日の地蔵菩薩の縁日、石地蔵に香花を供えて祭る。接待の風習があった。「七月廿四日、六地蔵めぐりには道すがら摂待あり。炎天の比は水桶に茶わんをそへて往来の人にのませ侍るも、摂待の心なるとかや」（類船集）。解信仰心よりも現世利益を願うことのおかしさ。参嘯山「背の子は夢路を廻る地蔵哉」（葎亭句集）。

624 にしきゞの門《かど》をめぐりておど《を》りかな　遺稿（自画賛　夜半叟）

訳錦木の門をめぐって、踊りが続いているよ。季「おどり」秋。語にしきゞ―錦木。353参照。解錦木伝説をふまえ、恋する女に呼びかけるかのように秋の夜を踊り続ける男たち。この踊りも秋のあわれ。参蕪村・安永二「錦木のまことの男門の松」（紫狐庵聯句集）。同・安永七以後「錦木ハ吹倒されてけいとう花」（句帳）。

625 八《はつ》朔《さく》もとかく過《すぎ》行《ゆく》おど《を》り哉　詠草

626 松《ま》明《つ》消《きえ》て海少し見《みゆ》る花野かな　　夜半叟（遺稿）

訳八月一日もとにかく過ぎて行く、座敷踊のにぎやかさ。季「八朔」秋。語八朔―陰暦八月一日。節句。「たのむの祝ひ」とも言い、米や銭を配った（山之井）。八朔の踊り―遊廓の揚屋の大広間で遊女が大勢で踊る座敷踊。泥足付句「座鋪おどりは八朔の宵」（其便）。解八朔を迎えた淋しさと遊里の華やかさが入り混じって推移する時間をおどりで形象化した。「とかく」が眼目。参蕪村・明和五「此森もとかく過けり百舌《もず》おとし」（句帳）。一六「躍やめてけふ八朔の雀かな」（続境海草）。乙由「八朔やおどりの足をかしこまり」（麦林集）。

訳松明が消えて、海がかすかに見えるあたりに広がる花野よ。季「花野」秋。語松明―たいまつ。花野―秋の花が咲く野原。解足元を照らす松明が消え、海辺の花野が眼前に立ち現れてくる美しさ。上五「松明消《け》して」では自ら松明を消したことになるが、「消《き》えて」で自然に消えた夜明けの情景とみたい。参同年に「人足らぬみちの奥なる花野かな」（夜半叟）。雷夫「夜行／松明消えて江の音寒し鴨の声」（続明烏）。

627 市《いち》人《びと》の物うちかたる露の中　　句帳（夜半叟　安永六・九・七柳女・賀瑞宛　句集）

【訳】商人が親しげに語り合っている、朝露の市の中。【季】「露」秋。【語】市人―各地で定期的に開かれた市に、商いのために集まってくる人。商人。【解】芭蕉句「市人よ此笠うらふ雪の傘」（野ざらし紀行）をふまえ、親しげな会話を想像させてくれる。「物うちかたる」は蕪村一派が好んだ用法。【参】上五「百性（姓）の」（夜半叟）。

628 生きて世にありのすさみの角力取《すまひとり》　夜半叟

【訳】生きてこの世にいるのに、いい加減に過ごしている角力取。【季】「角力取」秋。【語】ありのすさみ―在《あ》りの遊《すさ》び。在ることに慣れて、なおざりにすること。調和「ある時はありのすさみや蓮の食《めし》」（坂東太郎）。【解】「世にあり」と「ありのすさみ」をかけて、なおざりに生きる角力取を揶揄《やゆ》した作。【参】「角力の句はとかくしほからく相成候て、出来がたきもの二て候」（天明三・七・二一如瑟宛）。蕪村・安永六「二ツ三ツよき名たまはる角力取」（句帳）。

629 追風に薄《すすき》刈とる翁かな　句帳（夜半叟　遺稿）

【訳】追い風になびく薄、さらりと刈り取る白髪の翁よ。【季】「薄」秋。【語】追風―うしろから吹いてくる風。【解】風、薄、翁の取り合わせが新しく、淡々として深い味わいをもつ。

和歌に詠まれる「風になびく薄」に対して「薄刈る翁」が俳諧。参子尹「秋風やとても薄はうごくはず」（猿蓑）。召波「身がまへて芒かる也下男」（春泥句集）。

630 草の戸の心にそまぬ糸瓜《へちま》かな　夜半叟

訳草庵の主の気に入らない糸瓜がぶらり。季「糸瓜」秋。語糸瓜―瓜の一種。唐瓜。也有「花ハまして夕がほの人めきてよそほへるを、此もののへつらハず、うき世をへちまと名のりけるより、源氏の御目もとまらず。まして歌よみハ此名にもてあつかひて、こちの料理にハつかハれずとて、ほからかし捨たるを、やがて俳諧師のひろひとりて、己が垣ねにハ這せたるなり。その味ひの美ならねば、鴉もぬすまず、蟻もせせらず、鉢坊主もみかへらねば、隣の人をもうたがハず」（鶉衣・糸瓜辞）。解世捨て人である草庵の主にさえ、気に入られない糸瓜の無念さとおかしさ。参同年に「堂守の植わすれたる糸瓜哉」（夜半叟）。

631 花火せよ淀《よど》の御《お》茶《ちや》屋《や》の夕《ゆふ》月《づく》夜《よ》　句集（夜半叟）

訳花火をしなさいよ。淀の御茶屋の月が出ている夕暮に。季「花火」秋。語淀の御茶屋―秀吉が側室茶々のために建てた、淀川に面した館城内の茶屋。茶々はこれによって淀君と呼ばれるようになった。雄山「短夜や淀の御茶屋の朝日影」（続明烏）。夕月夜―「ほのめく　をぐら山　藤のうら葉　池のかがみ」（連珠合璧集・光物）を連想。【解】淀君の亡き魂をなぐさめるための花火によって映し出す歴史的陰影。【参】巴人「紅にて／闇をかりの顔や花火の水鏡」（夜半亭発句帖）。几董「花火尽て美人は酒に身投けん」（続明烏）。蕪村「花火見へて湊がましき家百戸」（安永六・九・七柳女・賀瑞宛）。

632 三《さん》径《けい》の十歩に尽て蓼の花　句集（夜半叟

【訳】隠者の住む小庭、十歩も行けば行き止まり、そこに蓼の花。【季】「蓼の花」秋。【語】三径―隠者の住む家の狭い庭。陶淵明「三径荒ニ就ケドモ　松菊ナホ存ス」（古文真宝後集・帰去来辞）。蓼の花―タデ科の総称。「蓼食う虫も好き好き」（せわ焼草）。【解】帰去来辞をふまえた作。狭い庭には、松菊のように永遠に変わらない緑の松や馥郁《ふくいく》たる香を放つ菊はなく、蓼の花が咲いていた。誰とも交流していないのだろうか。孤高の清貧。【参】可遊「野にひとり男ごころや蓼の花」（左比志遠理）。

633 瀬田降て志賀の夕日や江鮭《あめのうを》　句帳（夜半叟　句集　題林集）

【訳】瀬田に雨が降って、志賀の唐崎の美しい夕日よ。きらめく江鮭。【季】「江鮭」秋。【語】

江鮭―ビワマス。あめ。あめのいを。琵琶湖名産。八月一日より江州に取初《とりそむる》也（誹諧初学抄）。体側に朱色の斑点がある。解近江八景「瀬田夕照、唐崎（志賀）夜雨」の美の伝統に対して、瀬田の雨、志賀の夕日の美しさを発見した作。夕日に跳ねる江鮭が俳諧。参中七「志賀の夕や」（題林集）。几董「捨るほどとれて又なし江鮭」（井華集）。

634
椀《わん》久《きう》も狂ひ出《いで》来《こ》よ夜《よ》半《は》の月　　夜半叟（安永六・九・七柳女・賀瑞宛）

訳椀久も狂い出て来いよ、美しい夜半の月。季「月」秋。語椀久―大阪の富商椀屋久右衛門。新町の太夫松山と深くなじみ破産、座敷牢で死没（西鶴『椀久一世の物語』・紀海音『椀久末松山』）。解風狂の限りを尽くして死んだ椀久への呼びかけ。美しい夜半の月は風狂の極み、さあ共に月見に興じよう。参中七「狂ひ出テこよ」と読みを指定（柳女・賀瑞宛）。蓼太「椀久の讃／きれぎれの夢やあつめて文衾《ふみぶすま》」（蓼太句集）。

635
猿三《み》声《こゑ》我《われ》も又月に泣夜かな　　夜半叟

訳猿が三声悲しげに泣いている、我もまた月に泣く夜だよ。季「月」秋。語猿三声―猿が三度なく声に秋の悲しみを感じること。杜甫「猿ヲ聴キテ実ニ下ス三声ノ涙」（秋興八首）。積翠「猿を聞人に一等のかなしみをくはへて、今猶、三声のなみだくだりぬ」（野ざらし紀行翠園抄）。解漢詩句に擬して、『野ざらし紀行』富士川の段や芭蕉句「おもかげや姥ひとりなく月の友」（更科紀行）をふまえ、私も月に泣く一人ですよ、と共鳴した。参鉄僧・付句「三声啼ていづち猿《マシラ》の去ぬらん」（五車反古・其二）。

636 花《はな》守《もり》は野守に劣るけふの月　安永六・九・七柳女・賀瑞宛（句集）

良夜

訳花守は野守に劣る、実にすばらしい今日の名月。季「けふの月」秋。語花守―花の番人。柳女・賀瑞宛に「是はつれづれの、比丘尼《びくに》は比丘より劣り、うばいはうばそく《優婆塞》より劣る、といふをふ《ふまへ》候句作《くづくり》也。花守は春を専ラとして、ことに豪富大家の別業などを預り候もの二而《て》、花やか成るおもむき有《あり》。されど野守の貧しく、曠原平野ニ狐屋を結び、わびしき方にこそ風雅もありと、しばらく荷担いたし候」と自解。解自解の通り『徒然草』（一〇六）をふまえ、花守の華やぎ、野守のわびを対比させ、後者を勝とした風雅な遊び。それほど月が美しい。参「八月、夜半亭、兼題　良夜」（柳女・賀瑞宛）。

鯉長《りちやう》が酔るや、嵬峩《くわいが》として玉山のまさに崩れんとするがごとし。其俤《そのおもかげ》今なを眼中に在《あり》て

637
月見ればなみだに砕《くだ》く千々《ちぢ》の玉　句集

訳月を見ると涙があふれ、月光が玉と砕けて散って行く。季「月」秋。語月見ればー大江千里「月見れば千々に物こそ悲しけれ我が身ひとつの秋にはあらねど」（古今集）。鯉長ー大阪の歌舞伎役者中村久米太郎。安永六年七月一五日没。五四歳。嵬峩ー傀峩。酔った鯉長を山が崩れるさまに喩《たと》えた。「世説ニ曰ク、叔夜ノ人ト為《なり》、嵒々《がんがん》トシテ孤松ノ独立スルガ若《ごと》シ、其ノ酔スルニ、傀峩タルコト玉山ノ将《まさ》ニ頽《くず》レントスルガ若シ」（蒙求・叔夜玉山）。解鯉長を哀悼する句。ふだんきりりとしている鯉長が酔い崩れたことと突然死去した無念を言い掛けた。参明和六年刊『平安二十歌仙』に、鯉長の句「膝立て遅き日見るや天の原」が梅幸・慶子ら歌舞伎役者の句とともに入集。

638
十六夜《いざよひ》やくじら来《き》そめし熊野浦
句帳（夜半叟　安永六・九・七
柳女・賀瑞宛　名所小鏡　遺稿）

訳十六夜の月よ、早くも鯨が来はじめた、熊野浦。季「十六夜」秋。語十六夜ー陰暦八月一六日の月。熊野浦ー和歌山県の東部熊野地方沿岸一帯。鯨の漁場。「紀州熊野灘は仲秋を盛りとす」（和漢三才図会）。解海上に十六夜の月が漂い晩秋の気配を感じさせる熊野浦の大景。捕鯨漁を待つ漁師の視点から、冬に到来する鯨が早くも来た、と期待感を詠んだ。参嘯山「初くじら星にさかふて下りけり」（葎亭句集）。

639
鱸《すずき》釣《つり》て後《うしろ》めたさよ浪《なみ》の月　夜半叟（安永六・九・七柳女・賀瑞宛　遺稿）

訳鱸を釣り上げたが、なぜか後ろめたいことよ。浪に映った月がゆらいでいる。季「鱸」秋。語鱸釣—張翰が官位を捨てて帰郷し、松江で鱸を釣った故事、曹操の戯れに左慈が銅盤に水を入れて鱸を釣りあげてみせた仙術など。「秋風に古郷へ帰りしは晋ノ張翰か。…左慈が銅盤に水をたたへて竿をもて鱸を釣しは仙術とかや」（類船集）。解張翰の思いに託して、生き方をふり返った。自分の生き方に間違いはない、と信じているが淡い後悔の念がわく。中七「後めたさ」は、殺生が後ろめたいのではなく、浪にゆらぐ月の美しさと対比した心のわだかまりや暗さ。参素行「友船に鱸釣たるやみよ哉」（渡鳥集）。

640
茸《たけ》狩《から》ん似《じ》雲《うん》が鍋の煮《にゆ》るうち　句帳（夜半叟　遺稿）

訳きのこを採ってこよう。似雲の鍋が煮えている間に。季「茸」秋。語似雲—江戸中期の浄土真宗の歌僧。諸国を遊歴し、今西行と称された（近世畸人伝・四）。宝暦三年没、八一歳。解似雲の生き方に共鳴した作。「似雲が鍋」は、貧困のなかの温かさで似雲の生き方を象徴する。参上五「茸狩や」（夜半叟）。蕪村・明和六「埋火やつゐに八

―煮ユる鍋の物」（句帳）。

641 渡り鳥雲の機手《はたて》のにしきかな　　夜半叟（句集）

訳渡り鳥が、夕焼け雲のなかに織り込まれた錦のように翔《か》けて行くよ。季「渡り鳥」―秋。語雲の機手―夕暮れの雲が機織物のように風になびくさまの形容。「夕の雲のはたの体になびくにゝたるをいふ」（至宝抄）。解叙景句だが、恋の歌「夕暮れは雲のはたてに物ぞ思ふ天つ空なる人を恋ふとて」（古今集）を換骨奪胎、恋の気分が隠されている。参中七「雲の機手や」（夜半叟）。松弦「一群は雲やちぎれて渡り鳥」（国の花）。

642 鵯《ひえどり》のうたゝ来《き》啼《なく》やうめもどき　　句帳（夜半叟　遺稿）

訳鵯がたくさんやって来て騒々しく啼いているよ。梅もどきを啄《つい》ばんでいるのだ。季「うめもどき」秋。語鵯―大きな声で鳴き、赤い実を食む。「秋ふけぬれば鵯のわたりてあかゝりし実はむこそにくけれ」（類船集）。うたゝ―はなはだしく。うめもどき―葉が梅に似ていて、晩秋に紅または白色の小さな実を結ぶ。解梅もどきを梅に見立て、「梅の花見にこそ来つれ鶯のひとく（人来）ひとくといとひしもをる」（古今集・誹諧歌）をふまえ、鶯を鵯に転じて、「人来」に対して「うたた来」と戯れた。参『句帳』

に合点。惟然「鴨や霜の梢に鳴渡り」（藤の実）。

643 秋はもの丶そばの不作もなつかしき　夜半叟（安永六・九・七柳女・賀瑞宛　自画賛　句集　秋の夜）

【訳】秋はもののあわれとは言うものの、蕎麦の不作にも心ひかれる。【季】「そば」秋。【語】秋はもの丶―和歌的風雅。「秋はもの丶あはれ」の略。「もの丶あはれは秋こそまされと人ごとに言ふめれど」（徒然草・一九）。玉芳「秋はもの丶哀といへど新酒哉」（金竜山）。そばの不作―蕎麦の出来が悪い事。芭蕉「蕎麦はまだ花でもてなす山路かな」（続猿蓑）。【解】和歌的風雅のあわれをふまえながら、芭蕉俳諧のあわれを追慕した。【参】『句帳』に合点。鬼貫「秋はもの丶月夜烏はいつも鳴く」（仏兄七久留万）。

644 夜の蘭《らん》香にかくれてや花白し　句帳（夜半叟　安永六・九・七柳女・賀瑞宛　句集）

【訳】夜の蘭は、香にかくれていたのだろうか、気がつけば白い花。【季】「蘭」秋。【語】蘭―自生種、栽培種の両方あり香を嗜む。白居易「蘭衰テ花始テ白シ」（白楽天後集）。【解】白楽天の詩句をふまえ、蘭の美しさを香（嗅覚）ではなく視覚でとらえた。【参】朱拙「蘭の香に我も狐のひとり也」（白馬）。

645 さればこそ賢者は富《とま》ず敗荷《やれはちす》　句帳（夜半叟　遺稿）

訳だからこそ賢者は金持ちにならないのだ、なあ破れた蓮よ。季「敗荷」秋。語されればこそ—謡曲でよく使われ、俳諧にも取り入れられた。芭蕉「さればこそあれたきまゝの霜の宿」（阿羅野）。賢者—「公冶長／是も孔門の人にて『論語』ニ出たる賢者也」（安永九・九末・几董宛蕪村書簡）。「賢ナル哉回也、一箪之食一瓢之飲」（論語・雍也）。敗荷—葉が傷んだ蓮（其傘）。蓮は君子に喩えられる。「周茂叔は愛蓮の説を作りて、其文に蓮を君子にたとへたり」（類船集）。解賢者が、しおれた君子（蓮）に語りかけて同意を求めたとする趣向。貧しいのは、賢いからだと言い聞かせるおかしさ。参『句帳』に合点。諺「賢者ひだるし、伊達寒し」（和漢故事要言）。

646 二の尼のむかごにすさむ筐《かたみ》かな　夜半叟（安永六・九・七柳女・賀瑞宛）

訳二の尼の心を慰める、むかごを入れた小さな竹籠よ。季「むかご」秋。語二の尼—壇ノ浦で、孫の幼い安徳天皇を抱いて入水自殺した尼が有名（平家物語）。むかご—山芋の葉のつけ根にできる珠の芽。食用。ぬかご。筐—竹籠。「筐」に「カタミ」とルビ（柳女・賀瑞宛）。すさむ—心を遊ばせ、慰めること。解前天皇の形見・安徳天皇を慈しむ二の尼の姿を寓意した、平家物語的な世界。参中七「すさむ」の右に「うれしき」

「めづる」と傍記（夜半叟）。同年に「むかご取局が宿の筐かな」（夜半叟）、「うれしさの箕にあまりたるむかご哉」（句集）、「うれしさの箕にて受たるぬかご哉」（夜半叟）。

647 天狗風のこらず蔦の葉裏哉　安永六・九・七柳女・賀瑞宛（夜半叟　遺稿）

訳天狗風が吹き荒み、すべて裏返って吹かれている蔦の葉よ。季「蔦」秋。語天狗風―にわかに空中から吹く旋風。「不時に吹く風を天狗風といひ」（風来六部集）。解信太《しのだ》の森の白狐が正体を見破られ、「恋しくば尋ね来てみよ和泉なる信太の森のうらみ葛の葉」の歌を残して去ったという「恨み（裏見）葛の葉」の蘆屋道満大内鑑は、よく知られている。これをふまえ、「葛の葉」に似て非なる「蔦の葉」が天狗にあおられて、残らず裏葉を見せたことに興じた。残らず見せても「恨み」はない。参重頼「木葉共《ども》のしたがふ風や大天狗」（犬子集）。

648 物書《かく》に葉うらにめづる芭蕉哉　句集（夜半叟）

訳物を書くには都合よい芭蕉の葉の裏よ。季「芭蕉」秋。語物書―唐の僧で書家の懐素が貧しくて紙を買えず、芭蕉の葉に揮毫・染筆したという故事（円機活法・十八）に因む。解破れやすい芭蕉の葉に書くには、微妙な心の裏を書ける葉裏がよい、と懐素の心情を忖度《そんたく》した作。芭蕉句「物書て扇引さく余波《なごり》哉」（奥の細道）をふまえ、芭蕉その人もイメージしたか。【参】上五「物書て」（夜半叟）。アラレ「葛の葉に物書我ぞはしたなき」（其便）。

649
身にしむやなき妻のくしを閨《ねや》に踏《ふむ》　夜半叟（句集　題林集）

【訳】身にしみるよ。亡き妻の櫛を寝間で踏んだこと。【季】「（身にしむ）」秋。【語】身にしむ―季詞としては独立していなく、秋の景物とともに使われることが多い。「夕暮の露ふき結ぶ木がらしや身にしむ秋の恋の妻なる」（狭衣物語・一）。【解】亡き妻の櫛を踏んだ感触が、閨の記憶をも甦えらせる。秋のあわれの伝統をふまえながら、艶《なまめ》かしい身体感覚に転じた。蕪村の妻は、この年健在だった。【参】表記、中七「亡妻の櫛を」（句集）、「を」脱（題林集）。蕪村・安永六「身にしむや横川のきぬをすます時」（句集）。「浅茅が宿」（雨月物語）をふまえた作とする説もある。

650
日は斜《ななめ》関屋の鎗《やり》にとんぼかな　句集（夜半叟）

【訳】日は斜めに傾き、関所の鎗にとんぼがとまっている。【季】「とんぼ」秋。【語】日は斜―夕日。寇準「斜日ニ杏花飛ブ」（江南春）など漢詩文で多用される「斜日」の和語。関屋―関所の番小屋。解関所に備え付けた鎗は不審者に対する警護用、そこにとんぼがとまる夕暮れの風景。上五「日は斜」が緊張感を与えている。参中七「関路の鎗に」（夜半叟）。同年に「とんぼうのとまりもやらぬ神楽堂」（夜半叟）。闌更「川中島にて／川しまやつばな乱れて日は斜《ななめ》」（半化坊発句集）。

651 きちかうも見ゆる花屋が持仏堂　　夜半叟（句集）

訳桔梗の花も見える、花屋の仏間に。季「きちかう」秋。語「きちかう」桔梗の古名。歌語。紫色。法然「柴の戸に明暮かかるしら雲をいつ紫の色にみなさむ」（玉葉集・釈教部）。持仏堂―位牌を安置する仏間。解花屋の仏間の風景。秋の七草の桔梗も見える。無造作に供えられているが、法然上人の歌を思い出させてくれる紫色がゆかしい。参几董付句「きちかうにゆかりの色の藤ばかま」（続一夜松後集・第十二）。

652 高《たか》燈《どう》籠《ろ》惣《そう》検《けん》校《げう》の母の宿　　句帳（夜半叟　遺稿）

訳高燈籠が点してある。惣検校の母の宿に。季「燈籠」秋。語高燈籠―新盆を迎え、高い竿の先につけて点す燈籠。また盆の精霊を迎えるための燈籠。惣検校―盲人の最高位の官名。モデルは八橋検校（貞享二年没、七二歳）か。「山住は予（藤本箕山）が家来にして、勾当が老母を扶持し置たれば予が家に入て五六ケ月滞留す。…山住を改て上永検校、諱は城談といふ。其後又称号を改めて八橋検校といへり」（色道大鏡・七）。解中七・下五の助詞「の」を除いて名詞で仕立てた叙景句。近世箏曲の創始者八橋検校の母の宿とすれば、箏の音をひそませた句作り。参下五「舟の宿」（遺稿）。永良「検校のすずみにくむや一夜酒」（鷹筑波集）。

653
むし啼《なく》や河内通ひの小でうちん　句帳（夜半叟　句集）

訳虫が啼いているよ。河内へ通って行く男の小提灯がゆれている。季「むし啼」秋。語河内通ひ―大和から生駒山を越えて河内の女のもとへ通って行くこと。『伊勢物語』二三段とこれに基づく近松作『井筒業平河内通』等で知られる。解聴覚と視覚を融合させて、庶民の恋心の哀切さを浮かび上がらせた。虫が啼く小さな音と河内へ通う男がもつ小提灯の取り合わせが効果的。参樗良「むし啼や木賊《とくさ》がもとの露の影」（樗良発句集）。嘯山「喧嘩して跡の夜寒や小提灯」（葎亭句集）。

654
小百姓鶉《うづら》を取《とる》老《おい》と成《なり》にけり　夜半叟（句集）

訳小百姓、鶉を取って暮らすほど老いてしまったなあ。季「鶉」秋。語小百姓―小作人とは異なる小規模の土地を耕す自営農民。鶉―尾が短く赤褐色。キジ科。「うづらはいひ、ちちくわいとなく声を、一声はあまりおもなしとも、おはなくてしりこゑながしとも尾のこみじかき鳥なれば、父にも乳にもそへ、又よくにふける」（山之井）。解鶉を取るのは、鳴声の優劣を競う鶉合せを楽しむため。働き続けてきた小百姓が、老いの身を慰める遊びを見出して自足している。参蕪村・安永六「麦秋や狐ののかぬ小百姓」（新花摘）。同・明和六「ことしより蚕はじめぬ小百姓」（落日庵）。

655 待宵《まつよひ》や女《をんな》主《あるじ》に女客　遺稿（夜半叟）

訳待宵の日よ。女の主人に女の客。季「待宵」秋。語待宵―訪れるはずの人を待つ宵（毛吹草・連歌恋之詞）。また八月一四日（待宵・小望月）、一五日（名月）、一六日（いざよい）の月見をいう「三夜の遊び」のひとつ（韻塞）。解男を待つ宵なのに訪ねて来なかったことをもの足りなく思う心象風景。満月を待つ宵だから、女同士語り合うのも悪くない。参両推「待宵や憂世の秋の九分九厘」（金竜山）。

656 駒《こま》迎《むかへ》殊《こと》にゆゝしや額《ひたひ》白《じろ》　夜半叟（句集）

訳駒迎え、とりわけ心が惹かれるよ。額が白い馬。季「駒迎」秋。語駒迎―陰暦八月一五日（後に一六日）、諸国から献上する馬を逢坂の関まで出迎える王朝時代の行事。「望月駒　きりはらの駒　十五日ノ夜相坂迄勅使立」（毛吹草・連歌四季之詞）。ゆゝし―心が惹かれる。[解]額白の馬は、「車有リ鄰鄰タリ　馬有リ白顛ナリ」（詩経・秦風）を思わせるりりしく勇ましい馬。王朝懐古の作。[参]紹巴「月にこまむかへんをまつせき路哉」（大発句帳）。付合「相坂の山の成《なり》なる大びたひ／まつ白にみゆる望月の駒」（新増犬筑波集）。

657 **みの虫や笠置《かさぎ》の寺の麁朶《そだ》の中**

句帳（安永六・九・七柳女・賀瑞宛　夜半叟　遺稿）

[訳]蓑虫がぶらり、笠置寺の粗朶のなかに。[季]「みの虫」秋。[語]笠置の寺―京都府相楽《そうらく》郡《ぐん》笠置町にある真言宗の寺。壬申の乱に敗れ自害した大友皇子の創建といわれる。平安末期、末法思想の流行に伴って、弥勒《みろく》下生の霊場として信仰を集めた。麁朶―伐り採った樹木の枝や薪。[解]みの虫の「蓑」と笠置の「笠」が縁語。笠置寺の寺史をふまえ、蓑虫は麁朶の中で懶惰《らんだ》に過ごしているが、その運命はわからない。が、それも知らずにいるおかしさと達観ぶりに共鳴。[参]表記「笠置」を「笠城」に改め、「麁朶」に「ソタ」とルビ（柳女・賀瑞宛）、「笠置」を「笠木」（夜半叟）。

658 朝がほや手拭《てのごひ》のはしの藍《あゐ》をかこつ　夜半叟（句集）

訳朝顔よ、手拭の端の藍色に不平を言っている。季「朝がほ」秋。語手拭―てぬぐい。太祇付句「手に顔に手拭の藍移りたる」（平安二十歌仙・第二）。かこつ―ぐちをこぼす。解「青は藍より出でて藍より青し」（荀子・勧学）というが、藍染の手拭を見て、朝顔がその色合いに不満を抱いているのがおかしい。擬人法を用いた滑稽句。参中七「手拭のさまの」（題林集）。蕪村・明和五「朝がほや一輪深き淵の色」（句帳）。

659 蘆《あし》の花漁《ぎよ》翁《をう》が宿《やど》の煙《けぶり》飛《とぶ》　句帳（夜半叟　遺稿）

訳蘆の花が風に舞い、老いた漁師の家から煙が飛ぶ。季「蘆の花」秋。語蘆の花―細かい帯紫色の小花。嘯山「胡笳《こか》ふけば空へ飛けり蘆の花」（新選）。漁翁―老いた漁師。煙飛―白話小説の表現。「煙飛星散」（初刻拍案驚奇）。解秋の夕暮れのさびしさと安らぎ。柳宗元「漁翁詩」の「煙消エ日出デテ人ヲ見ズ　欸乃《あいだい》一声山水緑ナリ」（唐詩三百首）をふまえ、蘆の花が飛び炊事の煙が立ち上る暮らしに充足する。参嘯山「吹れ行向ひ近江や蘆の花」（葎亭句集）。

660
まんじゆさげ蘭《らん》に類《たぐ》ひて狐啼《きつねなく》　句帳（夜半叟　遺稿）

訳曼珠沙華を蘭と思って、狐が泣いている。季「まんじゆさげ」秋。語まんじゆさげ―彼岸花の別称。真っ赤な花を咲かせる。蘭―藤袴の古称。蘭と菊の香は狐が好むとされた。昌意「蘭菊は人を又つる狐かな」（毛吹草）。池島「蘭／蘭菊に芳き事あり狐わな」（時勢粧）。解蘭に偽装した曼珠沙華が、香の良い蘭と一緒に咲いている。人をだます狐がそれにだまされて、啼いている。虚実の間《あわい》。参其角「かなしとや見猿のためにまんじゆさげ」（類柑子）。

661
栗備《そな》ふ恵《ゑ》心《しん》の作のみだ仏　夜半叟（句集）

訳栗をお供えする、恵心僧都作の阿弥陀仏の御前に。季「栗」秋。語栗備ふ―九月九日の「栗節供」（其傘）に栗を供えること。「栗といふ文字は、西の木と書て、西方浄土に便あり」（奥の細道）。恵心―平安中期の僧源信の通称。みだ仏―阿弥陀仏。浄土宗の寺院には、恵心作と伝える阿弥陀仏が多く伝わっている。解栗名月の九月十三夜には一足早いが、恵心僧都が描いた阿弥陀仏に栗をお供えしよう。深い信仰。参次良「栗ならでなりし仏ぞ三年忌」（崑山集）。

662 手《て》燭《しよく》して色失へる黄菊かな　安永六・九・七柳女・賀瑞宛（夜半叟 句集）

🈩手持ちの燭台で照らすと、色を失ってしまった黄菊よ。🈪「菊」秋。🈫手燭—手で持ち歩ける携帯用の燭台。🈬手燭で黄菊を照らし出したとき、菊の色が白く変わったように見えた。嵐雪の有名な句「黄菊白菊其外の名はなくも哉」（其袋）を思い出すが、手燭でかざして見ればすべて白菊。この色を見れば嵐雪も顔色を失うだろう、と戯れた。🈭牧童「小家つづき垣根〳〵の黄菊哉」（卯辰集）。

663 鬼灯《ほほづき》や清原の女《め》が生写《しやううつ》し　句帳（夜半叟 句集）

🈩鬼灯の絵が生き生きとしているよ。清原氏の娘雪信がその生を写したのだから。🈪「鬼灯」秋。🈫清原の女—狩野雪信。母は狩野探幽の姪。落款「清原氏女雪信」。天和二年没、四〇歳。生写し—ものの本質を写し出すこと。本居宣長「まことの物のやうをよく見てまねびかく、これを生うつしとかいふ」（玉勝間）。🈬女流画家雪信が鬼灯を描いた真っ赤な鬼灯の絵の燃えるような生命力に感応しての作。🈭蓼太「阿房宮賦をよむ／鬼灯や三千人の秋のこゑ」（蓼太句集）。

664
毛《け》見《み》の衆《しゆ》の舟さし下《くだ》せ最上河　夜半叟（句集）

訳作柄を検分する毛見衆の舟を急流に流し下せ、最上川。季「毛見」秋。語毛見—検見。年貢高を決めるために、米の収穫前に遣わされて検分する役人。八月の季（其傘）。芙雀「むつかしき毛見の衆たちて松の月」（続一夜松後集）。最上河—山形県米沢・山形・新庄、庄内平野を流れ、酒田市で日本海に注ぐ。「最上川のぼればくだる稲舟のいなにはあらず此の月ばかり」（古今集）。解貪欲な役人毛見衆を最上川に「さし下だせ」と命令調で詠じた、農民の気持ちを代弁しての作。参月居「毛見の衆を見送る路の落穂哉」（反古瓢・十番句左右合・第五番）。

665
人は何に化《ばく》るかもしらじ秋のくれ　遺稿（夜半叟）

訳人間は何に化けるのか、誰も知らない秋の暮れ。季「秋のくれ」秋。語しらじ—知らないだろう。解蕪村は「秋のくれ仏に化る狸かな」（新華摘）と仏に化けた狸、「公達に狐化けたり宵の春」（句集）と貴族に化けた狐を詠んだが、何に化けるかわからない人こそ化け物。参中七「化るかはしらじ」（夜半叟）。西鶴「人は化け物　世にない物はなし」（西鶴諸国ばなし）。荻人「傘も化るは古し五月雨」（山琴集）。

666 木《き》曾《そ》路《ぢ》行《ゆき》ていざ年寄《よら》ん秋独《ひと》リ　落日庵（五車反古　句集　新雑談集　水薦刈　新五子稿　題苑集）

訳木曾路をたどり、さあ歳を重ねよう、秋独り。季「秋」秋。語木曾路―塩尻から中津川までの中仙道。年寄ん―芭蕉「けふばかり人も年よれ初時雨」（韻塞）。解芭蕉を追慕した作。宝暦元年、蕪村三六歳、上京の折の作とする説もあるが、老いを自覚するには早すぎる。几董は「句のからびたるさまハ、老杜が粉骨をさぐり、西行の山家に分入し芭蕉翁の口質ならんと申せしかば、先師もしかおもへりなど打ゑまれしが、滅後予に与へよとして、此句の下にみづからの像を画き置れし也」と述べ、「からびたる句」という（新雑談集）。参前書「故人にわかる」（五車反古　句集　新五子稿）、「斗藪雲水の時」（題苑集）。上五「木曾行て」（題苑集）。

祖翁の碑前に詣《まう》で

667 冬ちかし時雨の雲もこゝよりぞ　落日庵（遺草　句集）

訳冬が近い。時雨の雲もここから立つのだ。季「冬ちかし」秋。語祖翁の碑前―前年（安永五年）、洛東金福寺境内に芭蕉庵を再興し、この年に建立した芭蕉塚の碑前。解一〇月一二日の芭蕉の命日は、時雨の季節と重なる。宝暦一三年以後毎年、近江の義仲寺では蝶夢を中心に芭蕉を追善する法要が営まれ、「時雨会」が出版された。これに対抗する蕪村一派の意気込み。[参]前書「洛東芭蕉庵にて」（遺草　句集）。中七「時雨の空」（遺草）。九月二十二日、写経社会の題「祖翁之碑落成」（丁酉之句帖）。

668
初しぐれ眉にゑぼしの雫哉　句帳（句集）

[訳]初時雨、眉に烏帽子の雫がしたたり落ちる。[季]「初しぐれ」冬。[語]ゑぼし―烏帽子。元服した男子がかぶる略装の帽子。貴族から庶民に至るまで着用した。[解]烏帽子の男を貴人とみる説、神官とみる説がある。眉目は恋、霜の眉は老いの言葉（其傘）。夕霧が柏木を見舞ったときの「烏帽子ばかりおし入て、すこし起き上がらんとしたまへど」（源氏・柏木）という柏木のやつれた面影か。[参]蕪村・安永五「春雨の雫うれしき烏帽子哉」（夜半亭蕪村）。同・六「初しぐれきぬ傘のおとゞ入おはす」（夜半叟）。

669
古《ふる》傘《がさ》の婆《ば》娑《さ》としぐるゝ月夜哉　安永六・一〇几董宛（安永六・一〇・二七正名・春作宛　句帳　句集）

[訳]古い傘をバサと開く時雨降る月夜よ。[季]「時雨」冬。[語]婆娑―「バサ」とルビ（几董宛）して「月婆娑と申事は、冬夜の月光などの木々も荒蕪したる有さまニ用ひ候字也。秋の月ニは不レ用、冬の用ひ候字也と南郭先生被レ申候き。それ故遺ひ申候。ばさと云ふ響き、古傘に取合よろしき歟《か》と存候。何にもせよ、人のせぬ所ニて候」と自注（同）。

[解]冬の月夜に突然降りだした時雨の荒涼たるさまを聴覚化。自注で蕪村が言う通りバサという音の響きによる取り合わせが新しい。中七・下五「婆娑と月夜のしぐれ哉」(句帳・明和八年)の句形が初案。[参]召波「婆娑タル孤月懸リ二城樹ニ一 颯雨長風雑二海濤一」(友詩・秋日登楼)。同「傘《からかさ》の上は月夜のしぐれ哉」(春泥句集)。『句帳』に合点。

670 古寺の藤あさましき落葉かな　句集(夜半叟)

[訳]古寺の藤は見るも無残、おびただしい落葉よ。[季]「落葉」冬。[語]古寺—「人すまぬ鐘も音せぬ古寺に狸のみこそ鼓うちけれ」(類船集)。蘭更「古寺や葎の下の狐穴」(半化坊発句集)。あさまし—興ざめ。蕪村・安永八「あさましき桃の落葉よ菊畠」(句集)。

[解]古寺で美しく咲き誇った藤の春の華やぎと対照的な冬の無残な姿。藤は不死と音が通じるが永遠なるものはない、とみれば、忍び寄る老いのあさましさが隠されているか。

[参]蘆文「宗祇藤／寺の名はもとよりふるし藤の華」(志津屋敷)。

671 落葉してしのび車の響かな　夜半叟

[訳]落葉をふみしめてしのんでやってくる牛車の響きよ。[季]「落葉」冬。[語]しのび車—人目をしのんで来る車。安静付句「水干の袖を引しも人たがへ／しのび車に罵《ノリ》あひは

何」（誹諧独吟集）。解王朝風の貴族の恋を空想した作。牛車がふみしめる落葉の音が、恋人を待つ女の胸のざわめきと重なっている。参『源氏物語』や擬古物語『いはでしのぶ物語』等には、牛車をしのばせて恋人を訪ねる場面が多くみられる。

672
待人《まちびと》の足音遠き落葉哉　句集（夜半叟）

訳待ちわびている人の足音が、遠くから聞こえてくるような落葉の音よ。季「落葉」冬。語待人―恋人。「待人は障りて頼めぬ人は来り」（徒然草・一八九）。去来付句「待人入し小御門の鎰《かぎ》」（猿蓑・市中は歌仙）。解恋人が落葉をふみしめてやってくる足音が聞こえてくるようだが、実際には来ない焦燥感。「遠き」が眼目。参尚白「一まはり待人おそきをどりかな」（いつを昔）。

673
菊は黄に雨疎《おろ》そかに落葉かな　句集（夜半叟）

訳残菊は黄色に、雨はまばらに、ふりしきる落葉よ。季「落葉」冬。語雨疎そか―まばらに降る雨。疎雨（韓偓「疎雨東ヨリ疾雷ヲ送ル」、李清照「小風疎雨蕭々ノ地」等）の和訳。解残菊・疎雨・落葉を重ねて、黄色から茶色へと冬枯れて行く寂寞たる風景。参桂五「疎雨蕭々　閑ニ四絃ヲ弾ズ」（琵琶園句集序）。

674 葱《ねぶか》買《かう》て枯木の中を帰りけり　句帳（句集　題苑集）

訳葱を買って、枯れ木の木立の中をまっすぐ帰ったよ。季「葱」冬。語葱―ねぎ。根深。「ヒトモジ」とも呼称（毛吹草等）。芭蕉「葱白く洗ひたてたるさむさ哉」（韻塞）。嘯山「青眼に葱の白根を喰けり」（葎亭句集）。解冬の寒気を葱の白と枯れ木の黒で対照的に視覚化した。秦の始皇帝を刺殺しようと図った荊軻が易水へ帰る情況を想定すれば、明和六年作「易水に葱流るゝ寒哉」の変奏。参蕪村・安永六「葱洗ふ流れもちかし井出の里」（句帳　遺稿）。

675 我も死して碑《ひ》に辺《ほとり》せむ枯尾花　句集（から檜葉　新五子稿）

金福寺《こんぷくじ》芭蕉翁墓

訳私も死んでこの碑の傍らに葬られたい。枯尾花の下。季「枯尾花」冬。語金福寺芭蕉翁墓―臨済宗。京都市左京区一乗寺にあり、安永六年九月、蕪村らがここに芭蕉塚を建立した。枯尾花―薄《すすき》。其角編芭蕉追善集『枯尾花』（元禄七年）に因む。解芭蕉追慕。芭蕉が義仲寺の木曾義仲の墓の傍らに葬られたいと願ったこと（枯尾花・芭蕉翁終焉記）をふまえる。参蕪村は金福寺の芭蕉塚の傍らに葬られた。

676
千葉どのゝ仮家《かりや》引ケたり枯尾花　句帳（夜半叟 句集）

訳千葉殿の仮家が引き払われた。いちめん枯尾花。季「枯尾花」冬。語千葉どの―坂東八平氏の一つ。北条・和田・佐々木・梶原と並ぶ源頼朝の家臣。仮家―狩場・戦場などの仮の家屋。芒《すすき》の穂で屋根を葺く。解建久四年五月から六月にかけて、源頼朝が富士の裾野で巻狩をした折、千葉殿も参じた（吾妻鏡 曾我物語）ことから、巻狩の昔をしのんだ。芭蕉「夏草や兵《つはものども》共がゆめの跡」（奥の細道）が念頭にあったか。参中七「かり家引キたり」（夜半叟）。『句帳』に合点。元卜「ちば殿の幕打まはすかりくらに」（ゆめみ草）。

677
破《わ》レぬべき年も有《あり》しを古火桶《ふるひをけ》　夜半叟（落日庵 句集）

訳われてしまうはずの年もあったのに持ちこたえている、この古い火桶。季「火桶」冬。語火桶―丸い桶に炭火を入れた暖をとるための道具。「孫もたぬ姥御前は、火桶を伽《とぎ》にだいていね」（山之井）。貞徳「だいてねても肌はゆるさぬ火桶かな」（崑山集）。解火桶は暖をとるために抱いて寝たから愛着が深い。老妻を火桶にたとえて、離婚しても当然な年もあったのによくぞもちこたえたと感嘆。参上五表記「われぬべき」（句集）。野上「火桶抱く我影あやし夜の雪」（骨書）。

老女の火をふき居る画に

678 小《を》野《の》の炭匂ふ火《ひ》桶《をけ》の穴めかな　句帳（落日庵　句集）

【訳】小野炭がいぶって匂う火桶の穴、目も痛いことよ。【季】「火桶」冬。【語】小野の炭―洛北。炭の名産地。穴め―火桶に開いた穴と「あなめ」（ああ目が痛い）を言いかける。「秋風の吹くにつけてもあなめあなめ小野とはいはじ薄生ひけりとあり。これ小野の小町の歌なり」（謡曲・通小町）。【解】老女が火吹き竹で火を吹く画を見て、老衰の小町と小野炭を連想。「穴もないくせに小町は恋歌なり」（末摘花・二）という下世話な笑いも含みながら、老いの悲しみに共感。【参】久恵「ふすぼるや小町が㒵も小野の炭」（玉海集）。

679 こがらしや鐘《かね》に小石を吹当《あて》る　句帳（夜半叟　句集）

【訳】吹き荒ぶこがらしよ。鐘楼の梵鐘に小石を吹きあてたようだ。【季】「こがらし」冬。【語】鐘―寺の梵鐘。鐘楼に吊り、撞木で打ち鳴らす。【解】「こがらし」「鐘」「小石」のカ行音が効果的に働いて、闇の中で寺の梵鐘が甲高く響く音を感じさせる。【参】下五表記「吹あてる」（句集）。「木がらしや御影の浦の石を吹」（夜半叟）、「こがらしや瓦の落る一峰の寺」も同年の作か。浪化「木枯や釣鐘ばかり吹あまし」（芭蕉門古人真蹟）。

680
霜あれて韮《にら》を刈《かり》取《とる》翁《おきな》かな　　句帳（夜半叟　句集）

訳霜が荒涼と降りた真っ白な畑の中、青い韮を刈り取る白髪の翁よ。季「霜」冬。語韮―ネギ科の多年草。匂いが強い。「蒜・にんにく・韮・胡葱《アサツキ》、皆春也」（其傘）。解荒涼とした風景と白髪を乱して韮を刈り取る翁の取り合わせの妙。韮は生命力が強いので、枯淡を詠んだ情景句ではない。参上五「冬ざれや」（五車反古）。『句帳』に合点。同年に「冬木立北の家かげの韮を刈」（句帳　夜半叟　遺稿）。

681
蒲《たん》公《ぽぽ》のわすれ花有《あり》路《みち》の霜　　句帳（夜半叟　句集）

訳季節はずれのたんぽぽの花、路には霜。季「わすれ花」・「霜」冬。語わすれ花―季節はずれに咲く花。帰り花とも。解白い霜が降りた路に咲くたんぽぽは、弱々しいが存在感がある。「咲く」ではなく「有」によって存在がたしかとなり、路の霜もクローズアップされる。参更仙「たんほゝや浅妻舟の岸にさく」（蒲公園）。

682 松明《つま》ふりて舟橋わたる夜の霜　句帳（夜半叟　遺稿）

訳松明《たいまつ》をゆらして、舟橋を渡って行く。しらじらと夜の霜。季「霜」冬。語舟橋―舟を横にならべて仮の橋としたもの。上野国佐野の船橋が有名。「東路の佐野の船橋とりはなし、親しさくれば妹に逢はぬかも」（謡曲・船橋）。解川をへだてて住む男女が、舟橋をわたり毎夜人目を忍んで逢っていたが、それを知った親が橋板を取り外したために、二人は川に落ちて死んでしまったという伝説をふまえた作。夜の霜の冷たさが悲恋を暗示する。参『句帳』に合点。

683 古郷に一夜《ひとよ》は更《ふく》るふとんかな　句帳（夜半叟　句集）

訳つもる話に古郷での一夜が更けていく。ふとんのぬくもりよ。季ふとん―冬。語古郷―「昔トアラバ、かたる　友　夢　しのぶ　志賀の都　古郷」（連珠合璧集・述懐付懐旧）とあるように連歌以来、古郷で昔を懐かしむのが常。解懐かしさとふとんのぬくもりが心地よい帰郷した人の喜び。参上五「古里の」（夜半叟）。

684 いばりせしふとんほしたり須磨の里　句帳（夜半叟　忘れ花　句集）

訳小便したふとんを干しているよ。この須磨の里で。季「ふとん」冬。語いばり―小便。解須磨は、源氏の流《る》謫《たく》の地、また在原行平が松風・村雨の美女と情を交わしたという地。歌枕でもあり、王朝文学で定着した優雅なイメージと対照的な卑俗な世界。雅と俗の落差が笑い。参貞徳「山姥が尿やしぐれの山めぐり」（犬子集）。

685 范《はん》蠡《れい》が書《ふ》ミかく衣《きぬ》や鰒《ふく》の皮　夜半叟

訳范蠡が書く手紙の絹地は、何と鰒の皮。季「鰒」冬。語范蠡―中国春秋時代の越王勾践の臣。勾践を助けて呉王夫差を討って会稽の恥を雪《すす》がせた後、身を引いて山東の陶へ行き、巨万の富を得たという。魚の腹に手紙を入れて、囚われの身の勾践に死を思いとどまらせたという説話がある（太平記　曾我物語）。鰒の皮―布代わりに用い、また太鼓の皮にした。桐陰「内へ着る布子なりけり鰒の皮」（功用群鑑）。昨今「四海豊し鼓腹して楽む鰒の皮」（軒端の独活）。解匈奴に囚われた蘇武の手紙は、雁の脚に結ばれていた（漢書・蘇武伝）が、大胆不適な范蠡の手紙は、鰒の腹の皮がふさわしい。范蠡と鰒の取り合わせがユーモラス。参銀獅「鰒の腹に喰《くふ》なと書て戻りけり」（新選）。

686 邯《かん》鄲《たん》の市に鰒見る雪の朝　遺稿（夜半叟）

訳邯鄲の市、そこで鰒を見る雪の朝。季「鰒」冬。語邯鄲―中国戦国時代趙の国の都。繁華な商業地。邯鄲の雪は、盧生が邯鄲でみた一炊の夢のように、はかないものの譬え。解邯鄲の雪の朝、ふてぶてしい面構えで売られている鰒を見たおかしさ。盧生が栄華の夢を見た地だから、いっそうおかしい。参呂風「魚店に鰒の残るや雪げしき」（続有磯海）。

687 袴《はかま》着て鰒喰《く》ふて居る町人《まちびと》よ　　句帳（夜半叟　句集）

訳袴を着たまま鰒を食っている、町人よ。季「鰒」冬。語袴着て―武士が着ることがあっても町人は普段着にしない。曾北付句「袴を着ねばやすい侍」（七さみだれ・其三）。嘯山「武士の袴いみじき夏書哉」（律亭句集）。解町人が袴を着て正装して鰒を食うのは、葬儀の帰りか。死を悲しみ悼む一方で命を惜しまず鰒を食っている。いじらしくもおかしい。参孤桐「起て見る鰒喰た人の寝顔かな」（新選）。

688 冬ごもり燈光《とうくわう》虱《しらみ》の眼《まなこ》を射る　　遺稿（安永六・冬　暁台宛　五庫反古）

訳冬ごもり、灯の光が虱の眼を照射する。季「冬ごもり」冬。語燈光―灯の火。虱―中国の隠士につきもの。虱官は悪徳官吏。解「虱の眼を射る」は、「虱の皮を鎗《やり》で剝ぐ

（小事をなすのに大げさに行う）」（和歌民のかまど）と同じく誇張表現。漢詩文調の硬い表現が笑いを誘う。参白雄「寒菊や虱をこぼす身のいとま」（しら雄句集）。

689 信濃なる僕《しもべ》置けり冬ごもり　遺稿

訳信濃出の下男を雇って置いていたのだ。今年の冬ごもり。季「冬ごもり」冬。語信濃なる僕―信濃国（長野県）から出稼ぎに来た下男。川柳で「信濃者」は大飯食らいの代表。解信濃者は、冬には強いはずだから仕事を任せるには安心だが、大食漢だから米櫃《こめびつ》も底をついてしまう。冬ごもりしている間、どうなるやら、と笑いを誘った。参「信濃者につこりとして喰かゝり」（誹風柳多留・一一）。

690 加《か》茂《も》人《びと》の火を燧《きる》音や小《さ》夜《よ》衛《ちどり》　句集（夜半叟）

訳賀茂神社の社人が火をもみきる音だろうか。衛の鳴く声。季「小夜衛」冬。語加茂人―賀茂神社の社人（身分の低い神職）。習先「加茂人の都泊やさつき雨」（新選）。火を燧―燧石《ひうちいし》や燧金《ひうちがね》・火口《ほくち》など火打道具を使って発火させること。小夜衛―夜中に鳴く千鳥。解賀茂川と衛の取り合わせは珍しくないが、燧石と千鳥の取り合わせが新しい。千鳥の鳴声と燧石の音が重なりあって哀切さをかなでる。参下五「夕ちどり」（夜半

—叟)。暁台「日は氷室夜をなけ加茂の川ちどり」(暁台句集)。

691
水鳥や岡の小家《こいへ》の飯煙《いひけぶり》　夜半叟

訳川に浮かぶ水鳥よ。岡の上の小家で飯を炊く煙が立ち上る。季「水鳥」冬。語飯煙—飯を炊く竈《かまど》の煙。煙と小家は付合語(類船集)。解つましい生活を営む人の姿を温かくとらえた作。水鳥と小家に強い結びつきがないが、「小ささ」で通じあう。参同年に「水鳥や舟に菜を洗ふ女有」(夜半叟　句集)。文鳥「冬枯や煙すりあふ小家かな」(国の花)。白雄「雨そゝぐ岡の小家や花すゝき」(しら雄句集)。

692
周《しう》回《くわい》十里水鳥見えぬ寒《さむさ》かな　夜半叟

訳湖の周り四方十里、水鳥が一羽も見えない、この寒さよ。季「寒」冬。語周回—周囲。李白「越水碧山ヲ遶《めぐ》ル　周回数千里」(李太白詩集・越中秋懐)。十里—一里は約四キロメートル。解すさまじい寒さが生命を象徴する水鳥の不在と相俟って恐怖の感覚を呼び覚ます。参同年作「水鳥も見えぬ江渡る寒さ哉」(遺稿　夜半叟　新五子稿)。洒堂「水鳥の月の位を見る寒さ」(続山彦)。

693
水仙や寒き都のこゝかしこ　句帳（安永六・一〇・二七正名・春作宛　夜半叟　句集）

訳水仙が咲いているよ。寒い都のあちらこちら。季「水仙」冬。語水仙―冬に咲く花として愛された。「霜がれの草の中に、いさぎよく咲出たるを、菊より末のをとうとゝもてはやし、雪の花に見まがひていかにすいせんとわきかぬる心をもつらね…」（山之井）。解白を基調にした風景句。厳寒の都でも水仙が咲くやすらぎを下五「こゝかしこ」でクローズアップする。参同年作「水仙や花やが宿の持仏堂」（夜半叟）。露川「日の目見ぬ都で咲けり水仙花」（春鹿集）。

694
炉《ろ》開《びらき》や雪中庵のあられ酒　夜半叟（句集）

訳炉開きの大事な日だ、雪中庵でふるまわれる霰酒《あられ》。季「炉開」冬。語雪中庵―芭蕉の門人嵐雪（宝永四年没・五四歳）の庵号。以後二世・吏登（宝暦五年没・七五歳）、三世・蓼太（天明七年没・七〇歳）と継承された。あられ酒―味醂《みりん》に霰餅を入れて密封し、熟成させた混成酒。炉開の日に酒もふるまわれた。野坡「炉開きや酒は手前の作り物」（百曲）。解雪中庵の雪と縁語の霰を用いての句作り。伝統的な茶人の行事である炉開きから、嵐雪の伝統を継いだ三世の雪中庵蓼太を思ったか。蓼太は、蕪村と同時代人で多くの門弟を擁していた。参任口「古事の糟をくらふやあられ酒」（時勢粧）。

695
焼火《たきび》して鬼こもるらし夜の雪　夜半叟（新五子稿）

訳焚火をして鬼がこもっているらしい。降り積もる夜の雪。季「雪」冬。語焼火―式目では昼のもの。「焼火　夜分にあらず。蘆火・もしほ火みな焼火なり」（はなひ草・式目）。鬼こもる―平兼盛「みちのくの安達が原の黒塚に鬼こもれりと聞くはまことか」（拾遺集）。「あまりの夜寒に候ふ程に、上の山に上り木を取りて、焚火をしてあて申さうずるにて候」（謡曲・安達原）。解闇に浮かぶ一点の赤と焚火に照らし出されて降る雪。黒塚の鬼でさえ、この夜の雪の中では、寒さにふるえて焚き火してこもっている。夢幻能のような世界。参同年作「烈々と雪に秋葉の焚火かな」（夜半叟）。

696
住吉の雪にぬかづく遊女哉　句帳（遺稿）

訳住吉神社の雪の中、社前に額ずく遊女よ。季「雪」冬。語住吉―住吉神社（大阪市住吉区）。住吉の神と神功皇后を祀る。遊女の信仰をあつめた。松で有名。「心も共に住吉の松の隙より眺むれば」（謡曲・梅枝）。解住吉の松と「待つ」の連想から、雪の中であてのない人を待つ遊女のあわれ。

697
風《ふ》呂《ろ》敷《しき》に乾《から》鮭《ざけ》と見しは卒《そ》塔《と》婆《ば》哉　句帳（安永六・冬暁台宛　遺稿）

訳風呂敷に包んであるのは乾鮭だと見たら、何と卒塔婆だったよ。季「乾鮭」冬。語卒塔婆―供養・追善のため墓に立てる板の塔。梵字・経文・戒名等を記す。解明和七年の暮れ、五五歳の蕪村は、増賀聖が乾鮭を太刀に佩《は》き、痩牛にまたがったという逸話（発心集）に拠って、「年守や乾鮭の太刀鱈の棒」と詠んだが、実は太刀に見立てて風呂敷に包んでいたのは卒塔婆であった、と種明かしして笑いを誘った。参上五「風呂敷の」（暁台宛）。中七表記「からざけ」（同）。『句帳』に合点。

698
乾鮭の骨にひゞくや五夜のかね　夜半叟（新五子稿）

訳乾鮭のようなわが老骨に響きわたるよ。五夜の鐘の音。季「乾鮭」冬。語五夜―一夜を甲乙丙丁戊の五つに分けた内の第五夜。夜明け頃。解夜明け前の鐘の骨身にしみるような寒さ。乾鮭の骨の硬さが老骨をイメージさせ、相乗効果となって響き合う。上五「カラザケ」と下五「カネ」の「カ」音が硬質の感覚を呼び覚ます。参同年に「悼文霞／白炭の骨にひゞくや後夜の鐘」（句帳　遺稿）。

699 埋火やありとは見えて母の側《そば》　夜半叟（詠草　新五子稿）

訳埋火がたしかにあると感じられる温もり、まるで亡き母の側にいるよう。季「埋火」冬。語ありとは見えて―坂上是則「その原や伏屋におふる箒木のありとはみえてあはぬ君哉」（新古今集）。慶友付句「ありとは見えてなきは埋火」（犬子集・十四）。解埋火の温もりから亡き母を思い出して追慕した。「やさしやな田を植るにも母の側」（太祇句選）など母の句を詠んだ太祇の影響か。参前書「埋火」、「埋火のありとは見えつ掌《たなごころ》」を改めて掲出句とする（詠草）。上五「埋火の」（新五子稿）。太祇「なぐさめて粽解なり母の前」（太祇句選）、同「やぶ入の寝るやひとりの親の側」（同）。

700 いざ雪車《そり》にのりの旅人とく来ませ　連句稿（短冊）

召波居士の七周忌を悼《いたむ》

訳さあ雪車に乗って、仏法の旅人となった召波居士よ、すぐに帰って来てください。季「雪車」冬。語雪車―そり。昨非「たはれ男の雪車に袖しく山路かな」（難波曲）。のり―「乗り」と「法」を掛ける。解召波追善句。召波は蕪村の俳友で漢詩人。明和八年十二月七日没。この年（安永六年）、召波の子維駒が父の遺稿を四季類題別に編集して『春泥句集』を出版。蕪村は序文で有名な「離俗論」を説き、召波を「余三たび泣て曰。我俳諧西せり。我俳諧西せり」と哀悼した。㊜短冊前書「召波居士七周の追善に招魂のこゝろを申侍る」。

701
彳《たたずみ》て女さゝやく師走かな　　夜半叟

㊟立ち止まって女がささやいている、せわしない師走なのに。㊎「師走」冬。㊞彳て―その場に立って。㊘忙しい師走の街に似つかわしくない恋の気分が濃厚。女がささやく相手は誰か、何をささやくのか想像させてくれて楽しい。㊜蕪村・明和五「梨の園に人彳めりけふの月」(落日庵)。几董付句・安永三「彳ムはせちに恋する人やらむ」(幣ぶくろ「夕風や」歌仙)。

702
宝舟梶《かぢ》がよみ歌ゆかしさよ　　夜半叟

㊟宝舟、祇園梶女が詠んだ歌に心ひかれるよ。㊎「宝舟」冬。㊞宝舟―舟に乗った七福神を描いた絵。縁起の良い初夢をみるために節分または大晦日の夜、ふとんや枕の下に敷いて寝た。「ゐにかける船を衾の下に敷て寝る也」(増山井・冬)。梶―元禄・宝永頃、祇園の鳥居南側で茶店を営んだ女性歌人。㊘梶女の歌集『梶の葉』には、「あひ思ふ心にそれとみるならば夢のたゞちもうつゝならずや」や「ちぎりあれば夢にもあふと

思ふにぞ覚しうつゝの頼みなりける」など夢を信じた恋の歌が多く収録されている。縁起物の宝舟にあやかって、梶女が詠んだ恋歌が夢にあらわれれば良いと願った。参召波「宝舟御枕香ぞいや高き」(春泥句集)。同「七夕やよみ歌聞きに梶が茶屋」(同)。

安永七年(一七七八) 戊戌 六三歳

歳旦

みそかのやみのくらきより

703 己《おの》が羽《は》の文字もよめたり初烏《はつがらす》　安永七・一・六赤羽宛(同一・一〇維駒宛 夜半叟 津守舟三)

訳元日の陽の光で、自分の羽に書いてある文字も読み解いたよ、初烏。季「初烏」春。語みそかのやみ—晦日の闇。伝兼好作「有とだに人にしられで身のほどやみそかにちかき明ぼのゝ月」(三冊子・赤)。文字もよめたり—敏達天皇の時、高麗から奉った烏の羽に書かれた文字を王辰爾が読み解いた故事。王辰爾は、炊飯の湯気で蒸し絹布に羽を押しつけて、文字を写し取った(日本書紀・二〇)。解故事をふまえ、烏の羽の黒と晦日の闇を元日の陽光で照らし出す春を寿《ことほ》ぐ歳旦句。蕪村は、師の巴人追善集「一羽烏」を編もうと図り(夜半亭発句帖)、『あけ烏』で一派の蕉風宣言をした。新春を迎えた蕪村の脳裏に初烏が思い浮かんだのは、転機を迎えたからか。参前書、維駒宛も同じ、「歳月」(津守舟)。蕪村注記「是はむかし唐土より日本の智をはからんとて、烏の羽に文字を書てをくれり。佐伯何がしと欺《か》いへる人、かしこき人にて、鳥の羽をせいろうにてむし、文字を紙にて押へ、文字をうつし取ける古事也」（維駒宛）。

704 養《や》父《ぶ》入《いり》は中山寺の男かな　句集（自画賛）

訳養父入で帰省するのは、中山寺の寺男だよ。季「養父入」春。語養父入―奉公人が正月一六日前後に休暇をもらって帰省すること。中山寺―摂津国（兵庫県）宝塚市にある真言宗の寺。本尊は十一面観音。西国札所第二四番。解養父入で嬉しそうに親元へ帰る寺男は未婚者に違いなく、それゆえペーソスも感じられる。中山寺には八〇〇体ほどの羅漢像があり、寺男はその中の一人に似ているのだろう。自画賛は実に朴訥そうな男が描かれていて楽しい。参東籬「野のうめに中山寺の連歌哉」（続一夜松後集）。

705 青柳や芹《せり》生《ふ》の里の芹の中　句帳（安永六・一二・二五大魯宛　名所小鏡　句集）

訳青々とした柳よ、芹生の里の芹の中。季「青柳」春。語芹生の里―京都大原寂光院付近。歌枕。付合語「世をそむく門　草の庵　大原」（類船集）。解芹生の里の青柳のすがすがしさと芹の高貴な香り。大阪でトラブルを起こして、兵庫へ移住した大魯を励ます意図が隠されているか。参『句帳』に合点。牧童「たんぽぽや芹生小原のまがひ道」（卯辰集）。安永七年春興用で「右いづれ成とも春帖へ御加入可被下候」（大魯宛）。

不夜庵月並再興有ける日　　夜半叟

706 初ざくら其《その》きさらぎの八日かな

【訳】初桜がちょうど二月八日に咲いたことだよ。【季】「初ざくら」春。【語】不夜庵—二世不夜庵。太祇の不夜庵を継いだ、京都島原の五雲の庵号。月並—毎月開く句会。其きさらぎの—西行「願はくは花のしたにて春死なむそのきさらぎの望月のころ」（山家集）。八日—釈迦《しやか》生誕日の四月八日。【解】西行の歌をふみ、釈迦入滅の二月十五日ではなく、誕生の四月八日の八日に転じて、五雲が主催する月並句会を寿いだ。【参】下五「十日から」を改める（夜半叟）。蕪村・安永六「望月の其きさらぎに鰒はなし」（夜半叟）。

707 馬下りて高根のさくら見付たり　　句帳（夜半叟　遺稿）

【訳】馬からおりて、高嶺の桜を見つけたよ。【季】「さくら」春。【語】馬下りて—僧正遍昭の故事。「嵯峨野にて馬より落ちてよめる／名にめでて折れるばかりぞ女郎花《おみなへし》我落ちにきと人に語るな」（古今集仮名序）。高根のさくら—高嶺の花をにおわす。【解】遍昭の歌をふまえ、「私は女郎花ではなく、高嶺の花を見つけましたよ」と高貴な女性を見出したことを戯れて詠んだ。参千石「馬下りて歩むもゆかし女郎花」（金龍山）。

708
嵯峨一ト日閑院様のさくら哉　句帳（夜半叟 句集）

訳嵯峨の一日、とりわけ美しい閑院様の桜よ。季「さくら」春。語閑院様—堀河関白太政大臣藤原兼通の次男朝光（大鏡）。閑院左大将。内裏が焼失したため堀河院（二条南堀河東の兼通邸）を仮御所としていた円融院が、「閑院左大将の家の桜を折らせにつかはすとて」と言い（前書）「垣越しにみるあだ人の家ざくら花ちるばかり行きて折らばや」と詠みかけ、これに朝光が「折りにこと思ひやすらん花桜ありしみゆきの春を恋ひつゝ」と応えた（新古今）。解花の名所嵯峨で閑院様の桜を愛でた作。円融院は、閑院（朝光）の気が変わりやすいことと桜が散ってしまうことを言いかけて、朝光の家の桜を折って来させようと詠みかけ、朝光が円融院を待っていますよ、と応えた応酬をふまえている。参春宵「冬づくや閑院殿のしやうじがみ」（玉海集）。

日くるゝ頃、須磨の浦づたひして侍りけるに、
夏まだき青葉がひまに遅桜の白く見え出たる、
ことにあはれ深し

709 冷《ひや》飯《めし》も乏しき須磨の桜かな　夜半亭蕪村

訳冷飯も乏しくなってきた、須磨の遅桜よ。季「桜」春。語青葉がひま―青葉の間。遅桜―行春《ゆくはる》の名残の桜。貞継「行春の跡にぎはしか遅桜」(鷹筑波集)。解須磨の春のあわれを、冷や飯と遅桜の白さに見出した。須磨の秋が「またなくあはれなるものは、かかる所の秋なりけり」(源氏・須磨／謡曲・松風)と言われるのと対照的な俗なあわれ。参蕪村・安永五年「山守のひやめし寒きさくら哉」(句帳)。

須磨懐古

710 足よはの宿とるため歟《か》遅ざくら　扇画自画賛(夜半亭蕪村　一枚摺　夕暮塚　新雑談集　新五子稿)

訳老人がここで宿をとるためか、見事に咲く遅桜。季「遅ざくら」春。語須磨―源平合戦の古戦場。足よは―園女「足よはははみな負越シて花の川」(和連貝)。宿―「行き暮れて木の下蔭を宿とせば花や今宵の主ならまし」(謡曲・忠度)。解年老いて足腰が弱った人が休息する理由に、宿の遅桜を出したところが笑い。参扇面自画賛に、五本の根上り松に一本の桜木を描き、署名「夜半」、落款「謝寅」。前書「生田森懐古」(夜半亭蕪村)、「ひとゝせ、夜半翁とかの地に遊びける時、生田の森にて」(新雑談集)。中七「宿かる為歟」(同)。一枚摺に「これは夜半翁いく田の森にての遺詠也」と付記。

諸子とわだのみさきの隣松院に会す。題を探て偶《たまたま》春草を得たり。余不レ堪二感慨一、しきりにおもふ。王孫万里今なをいづちにありや。故郷の春色誰ためにか来去す。王孫々々君が遠遊に倣《なら》ふべからず、君が無情を学べからず

711 **我帰る路いく筋ぞ春の艸《くさ》**　自画賛（夜半亭蕪村）

訳 故郷へ帰る路は、幾筋にも分かれているよ。生い茂った春草に踏み惑い途方にくれるばかり。季「春の艸」春。語 諸子―几董・大魯・来屯・佳則と蕪村。わだのみさき―神戸市兵庫の和田岬。「三月十五日、和田岬隣松院小集、席上探題」（戊戌之句帖）。春草…王孫万里…―「王孫游兮不レ帰　春草生兮萋萋」（文選・招隠士・十二）、張華「流馨入二綺羅一。王孫遊不レ帰」（玉台新詠・二）等。解 故郷喪失者の心象風景。前書と発句で王孫と同じように私も帰郷する路を探しあぐねていると告げた。自画賛の末尾に「右書似蘆陰舎正」と記す大魯への呼びかけだろう。あなたも同じように彷徨しているのでしょうね。参 若い娘の心に仮託して、蕪村自身の心情を吐露した（安東次男『与謝蕪村』）、大魯句「われが身に故郷ふたつ秋の暮」に応えた（村松友次『蕪村集』）、「恋人を置き去りにした王孫の真似はしない」と前書を理解し、青年に戻って空想のな

かで若い娘と戯れる恋情（矢島渚男『与謝蕪村散策』）、「大魯への留別の情に故郷喪失者の痛切な想いを重ねた」（講談社『蕪村全集』一・発句）、「悲運の人、大魯を王孫に擬《なぞら》えて、望郷の大魯を哀れむ」（おうふう『蕪村全句集』）等、諸説ある。

712 筋《すぢ》違《がひ》にふとん敷《しき》たり宵《よひ》の春

句帳（短冊　夜半亭蕪村　夜半叟　句集）

訳筋違いにふとんを敷いて寝たよ、甘美な宵の春。季「宵の春」春。語筋違―筋交。斜め向かい。宵の春―蕪村好みの表現。解蕪村と門弟の温かな交流。短冊の前書「公甫子・几董とわきのはまにあそびし時」から、公甫子と几董と蕪村の三人が筋交いにふとんを敷いて寝たことが分かるが、句集前書は「几董とわきのはまにあそびし時」。参三月一七日、八日の間の作（戊戌之句帖）。支考「万考亭／筋違に寝て涼しいか佐渡の山」（夏衣）。

713 菜の花や鯨もよらず海くれぬ

句帳（夜半叟　句集）

訳いちめんに咲く菜の花よ、鯨もよらず海が暮れてゆく。季「菜の花」春。語鯨もよらず―初春に鯨が近海に寄り、捕獲すると縁起がよいとされた。涼菟「浦々の仕合は、年の始に見えたり／春はまた鯨道者の投頭巾」（簗普請）。野白「大きなる鯨引けり浦の春」（有の儘）。解野山が菜の花で黄金色に染まり、海も黄金色に染まる春の夕暮れ。鯨が寄って来なくても、至福の時空がひろがる。

脇の浜の客舎にて終日雨降りければ

714 何地《いづち》去ル日ぞ遅々として雨の中　夜半亭蕪村

訳春はどこへ去って行くのだろう。暮れなずむ雨の中。季「日ぞ遅々（遅日）」春。語脇の浜―神戸市東の敏馬《みぬめ》の浦。日ぞ遅々―永日・遅日。解擬人化された春の日がゆっくりと雨の中を歩んで行く。漢詩文調の硬い表現に託した惜春の情。参同年作「永き日を残して春の行衛かな」（夜半亭蕪村）。蕪村・明和六「寝ごころやいづちともなく春は来ぬ」（落日庵）。

敏馬のうらづたひせむとすゞろに道をいそぎけるに、むこ河のほとりにて、佳則子《かそく》が浪花《なには》におもむくに相逢ふ。旅衣《りよい》を換ふるまもなく、かれは春風に乗じて東し、我は落日を望《のぞん》で西す

715 我影をうしろへ春の行衛《ゆくへ》かな　自画賛（短冊）

訳私の影をうしろに引きずって、去って行く春の行方よ。季「春の行衛」春。語敏馬のうら―神戸市灘区の海辺。うらづたひ―海辺をつたい歩く。「うらづたひに逍遥しつゝ」（源氏物語・須磨）。すゞろに―何となく。むこ河―武庫川。西宮市東部を流れ大阪湾に注ぐ川。佳則―松浦氏。伝未詳。解三月九日、几董とともに伏見を舟で出て、大阪へ赴く途中の三月一二日の作（戊戌之句帖）。思いがけず出会った佳則に、東から吹く春風に乗って行くあなたとゆっくりお話もできず、去ってゆく春を追うかのように、私は西へ向かって行きます、と挨拶。参前書「はりまにおもむくとて武庫河をわたりければ、偶《たまたま》佳則子に相逢ふ。旅衣を換ふいとまもなくて、かれは東し、我は西す」（短冊）。中七「うしろに春の」（同）。

716
ゆく春や白き花見ゆ垣のひま　句帳（夜半叟　夜半亭蕪村句集　題叢　題林集）

訳去ってゆく春よ。白い花が見える垣根の間に。季「ゆく春」春。語ゆく春―暮の春・春の限り・春の名残など（増山井）。白き花―太祇「夕㒵やそこら暮るに白き花」（太祇句選）。解惜春の情。白い花が眼目。『句集』に「召波の別業に遊びて」の前書があり、明和八年一二月七日に他界した召波を追慕した作に見えるが、誤って付されたものか。参上五「行春の」（題叢）。中七「白き花見る」（題林集）。蕪村・安永六「雨やそも火串に白き花見ゆる」（新花摘）。左柳「名月や草のくらみに白き花」（続猿蓑）。

717
はしたなき女嬬《にょじゅ》のくさめや時鳥《ほととぎす》
遺稿（安永七・四・九古好宛　句帳断簡）

訳つつしみのない女官のクシャミよ。時鳥の声は聞こえない。季「時鳥」夏。語女嬬―宮中の内侍司に属し、掃除・点灯など雑役を行う女官。季成「火ともすは女嬬か大内山ざくら」（続山井）。解風雅を解さない女嬬の無粋さを笑いに転じた。参瓢水付句「はしたなき山彦きえて神は春」（万里行「四々四独吟」）。蕪村「秋来ぬと合点のいたる嚔《くさめ》哉」（新選）。雁宕「女嬬達の物驚きや今朝の秋」（同）。

718
歌なくてきぬぎぬつらしほとゝぎす
句集（安永七・四・九古好宛　句帳断簡）

訳歌がなくて、後朝の別れが辛い暁、ほととぎすが鳴く。季「ほとゝぎす」夏。語きぬぎぬ―後朝。男女が一夜をともにした後の朝。歌を詠み交わすのが慣例。解後朝の朝の女になり代わっての作。後朝の別れの歌がなくて辛い思いをしていると、ほととぎすが鳴いた。男よりも風流な鳥だと感じ入って聞き入った、という泣き笑い。参其角「きぬぎぬの用意か月に時鳥」（五元集）。除風「きぬぎぬや余のことよりも時鳥」（阿羅野）。

逢不逢恋《あふてあはざるこひ》

719 ふたり寝の蚊屋もる月のせうと達　遺稿

訳二人して寝る蚊帳に月光がもれ、それを見張っている兄弟。季「蚊屋」夏。語逢不逢恋―一度逢瀬を楽しんだのに二度と逢えないで思いが募る恋。和歌題。もる―月光が洩ること と蚊帳を見守ることを言いかける。解二人の恋を見張り、妨害する兄弟のために再び逢えない悲しみ。二条の后のもとに崩れた土塀を通路にして通った業平を「せうとたちのまもらせたまひけるとぞ」として妨げた話（伊勢物語・五）をふまえている。参蕪村「せうと達もる夜ながらや時鳥」（安永七・四・九古好宛）。

720 初秋や余所《よそ》の灯《ひ》見ゆる宵のほど　句帳（夜半叟句集）

訳初秋の肌寒い候となったよ。余所の家の灯が見えてくる、宵の頃。季「初秋」秋。語余所―他人の家。宵のほど―宵の頃。解初秋のさわやかさと人恋しさ。「秋の日はつるべ落とし」と言われるように、すぐに暮れてしまう。参潘川「余所の灯に付はなされて花の闇」（松濤集）。

721 女郎花二もと折ぬけさの秋　句帳（夜半叟 遺稿）

訳女郎花を二本折ったよ。立秋の朝に。季「けさの秋」秋。語二もと—二本。解一見すれば、叙景句。和歌で「初瀬川ふる川のべに二本ある杉　年をへてまたもあひ見む二本ある杉」（古今集・旋頭歌）と詠まれた「二もとの杉」は俳諧でも詠まれるが、二もとの女郎花は作例がない。女郎花はしばしば女性に喩《たと》えられるので、二人の女性と交わったことの暗喩か。参蕪村・明和七「河ほねの二もと咲や雨の中」（句帳　句集）。

722
絶《たえ》々《だえ》の雲しのびずよ初しぐれ　句帳（安永七・一〇・三白桃宛　短冊　遺稿）

訳切れ切れの雲が我慢できなくなったらしいよ。初時雨が降り始めた。季「初しぐれ」冬。語絶々—「たえだえトアラバ、かけはし　雲　煙　かけひの水　通路」（連珠合璧集・重詞）。しのびず—こらえられず。付句「別《わかれ》しのびず君が手をひく　二柳／流矢のそなたの空を恨《うらむ》らん　蕪村」（安永六「舂《うすづく》や」歌仙）。解男女の交情をいう「雲雨の情」（文選・高唐賦）をふまえ、雲と初時雨を男と若い女に擬えて詠んだ艶冶《えんや》な作。参宗牧「山かぜもたえだえゆきの朝戸かな」（大発句帳）。

堕葉《だえふ》をひろひて紙に換《かへ》たるもろこしの貧しき人も、
腹中の書には富《とめ》る成べし。されば、やまとうたの、
しげきことの葉のうちちりたるをかき集て捨ざるは、

723 もしほぐさ柿のもと成《なる》落葉さへ　我はいかいの道成《なる》べし　　句帳（短冊箱書　句集）

〔訳〕藻塩草となることだ、柿の下の落葉でさえも。〔季〕「落葉」冬。〔語〕堕葉…貧しき人—柿の葉を紙の代用とした唐の鄭虔の故事（円機活法・一八「書柿葉」）。腹中の書—学殖。七月七日の虫干しの日、郝隆は仰臥して自分の腹の中にある書物を曝したという逸話がある（蒙求・郝隆曬書）。もしほぐさ—藻塩草。アマモの類で、塩を採るための海草。掻き集めて潮水を注ぐことから、「書《か》き集《あつ》む」とかけて使う。柿のもと—柿本人麻呂の伝統を継ぐ正統派の和歌や連歌の一派。〔解〕前書と発句から蕪村の俳諧観が窺われる。漢詩文的教養を背景にして、伝統的な和歌の言葉をも拾い集めてなすのが俳諧の道だという。〔参〕前書、『句集』も同文、「短冊箱書」もほぼ同じ、「安永戊戌冬、三葉洞において、夜半翁席上ニ書」と付記（同）。

724 息《いき》杖《づゑ》に石の火を見る枯野哉　　句帳（安永七・一〇・三日　桃宛　句帳断簡　短冊・安永八年不夜庵『歳旦』　句集）

〔訳〕息杖に燧石《ひうちいし》で切り出した火が見える。荒涼とした枯野よ。〔季〕「枯野」冬。〔語〕息杖—駕籠《かご》かきなど荷を負う人が、息を整えるために用いた杖。先端に金属をかぶせておく。石の火—燧石できり出す火。はかないことの喩《たと》え。「無常迅速　念々遷移　石火風灯逝波残照」（万善同帰集）。[解]枯野を急ぐ駕籠かきの息杖が石に当たり、火花が散る実景を見たのではなく、心象風景を形象化した作。「旅に病んで」の枯野の夢は、息杖できり出した火のようにはかないが、私にも見えますよ、と芭蕉を追慕した。[参]昌意「咲し間は石の火候よ石の竹」（毛吹草）。

725
逢ぬ恋おもひ切ル夜やふくと汁　　句帳（句帳断簡
遺稿　新五子稿）

[訳]逢うことのできない恋を思い切る夜よ、鰒汁で楽しもう。[季]「ふくと汁」冬。[語]逢ぬ恋―逢うことのできない恋。和歌題。越人「不逢恋《あはぬこひ》／おもへどもうけらが花の宿世かな」（猫の耳）。[解]「逢ぬ恋」という切ない恋情と命がけで食う鰒汁の味覚を響きあわせて、滑稽に転じた。越人「うらやましおもひ切《きる》時猫の恋」（猿蓑）が念頭をよぎったか。[参]月渓付句「逢ぬ恋死といふまでしつくして」（続一夜松後集・第十）。

故人暁台《けうたい》、余が寒炉《かんろ》訪はずして帰郷す。
知是《しんぬこれ》、東山西郊に吟行して、荏苒《じんぜん》として
晦朔《くわいさく》の代謝《たいしや》をしらず、帰期《きご》のせまりたるを
いかんともせざる成《なる》べし

726
牙《きば》寒き梁《うつばり》の月の鼠かな　句帳（落日庵　句集）

訳寒々とした牙、それを梁の上でむき出す、月の鼠よ。季「寒き」冬。語故人―旧友。晩台―蕪村と同時代の俳人。名古屋の人。元尾張藩士。安永三年以後蕪村と風交。寒炉―火のない炉、寒廬とかける。荏苒として―次第に。陶淵明「荏苒歳月頽」（雑詩・其五）。晦朔の代謝―月日の経過。梁の月―「屋梁落月」（深く友を思うこと）の応用。杜甫「落月屋梁ニ満ツ　猶ホ疑フ顔色ヲ照ラスカト」（古文真宝前集）。月の鼠―月日が早く推移するはかなさの譬《たと》え（大方等大集経）。解前書・発句を併せ、自分を訪ねなかった暁台への恨み言を硬質な漢詩文調で大げさに表現して、無念がってみせた。参前書、『句集』・『落日庵』もほぼ同文。

727
痩《やせ》脛《はぎ》や病より起《た》つ鶴寒し　句帳（句集）

大魯《たいろ》が病《やまい》の復常《ふくじやう》をいのる

訳痩せた脛よ。病床から起き上がる鶴の脛に似て寒々としている。季「寒し」冬。語大魯―蕪村門の俳人。元阿波藩士。明和三年三七歳で致仕、京都・大阪・兵庫を転居し、安永七年九月、療養のため上京、一〇月末重態、一一月一三日没。四九歳。金福寺に葬られた。解病床にあっても凜とした大魯の姿を鶴に喩え、病気が快復するように祈った。蕪村は、才能がありながら世慣れず、直情径行でトラブルメーカーだった大魯の才を愛し、かばい続けた（安永五・二・二八東菑宛書簡等）。参前書、『句集』も同じ。

728
頭《づ》巾《きん》着て声こもりくの泊《は》瀬《せ》法師　句帳（句帳断簡　句集）

訳頭巾をかぶって、声がこもりがちの長谷寺の法師よ。季「頭巾」冬。語こもりく―泊瀬の枕詞。柿本人麻呂「こもりくの初瀬の山の山のまにいさよう雲は妹にかもあらむ」（万葉集）。声がこもるに言いかける。泊瀬法師―大和長谷寺の僧。「初瀬などに詣でて、局する程、くれ階のもとに車ひきよせて立てたるに、帯ばかりうちしたる若き法師ばらの、足駄と云ふものを履きて、いささかつつみもなく、下り上るとて、なにともなき経のはしうち誦み、倶舎の頌など誦しつつありくこそ、所につけては可笑しけれ」（枕草子・一二〇）。解頭巾を着たのは防寒のためだが、自分の正体を隠すことにもなる。人麻呂の歌を踏まえ、枕草子の若き法師の恋を連想してなした作。参下五「山法師」（句帳断簡）。一朝付句「こもりくの泊瀬の寺の奉加帳」（談林十百韻・上第二）。

安永八年（一七七九）己亥　六四歳

729
うめちるや螺《ら》鈿《でん》こぼるゝ卓《しょく》の上　句帳（安永七・一二・二七雨遠・玄仲宛　同一二中几董宛　落日庵　句集）

【訳】梅が散って行くよ。螺鈿の貝が剝落している卓の上。【季】「うめ」春。【語】螺鈿―鸚鵡《おうむ》貝や鮑貝《あわび》など真珠光を放つ貝を剝ぎとって漆細工等に嵌《は》めこんだ細工品。卓―唐音「シヨク」。香華を供えるために仏前に置く。螺鈿こぼる丶―「うすもの丶表紙はとく損ずるがわびしきと人のいひしに、頓阿が、羅《うすもの》は上下はつれ、螺鈿の軸は貝落て後こそいみじけれと申侍しこそ、心まさりして覚えしか」(徒然草・八二)。【解】散る梅と欠損した螺鈿が響きあい、移ろい行く時間をとらえた作。兼好の美意識に通じる。【参】蕪村付句「印籠の螺鈿こぼるるゆかしさは」(安永七年「声ふりて」歌仙)。安永八年二月廿三日付延年宛書簡にも提出。

730

しら梅や北野丶《の》茶店にすまひ取

句帳(安永七・二・二七雨遠・玄仲宛　同二二几董宛　落日庵　句集)

【訳】清らかな白梅よ。ゆるり花見する北野天神の茶店の相撲取り。【季】「しら梅」春。【語】北野の茶店―京都市上京区。菅原道真を祭った北野天満宮があり、梅の名所となった。茶店は、七軒茶屋が梅の季節に出す出店。すまひ取―相撲取り。其角「上手ほど名も優美也すまひ取」(句兄弟)。【解】馥郁《ふくいく》と香る白梅の清潔感と安息する相撲取りの取り合わせがすがすがしい。舞台が恨みを遺して他界した道真の神社だけに奥行きが深い。【参】延之宛に「別に趣向をもとむる句」、雨遠・玄仲宛に「新意を探る句法」という。【参】几董「花もりや北野の社僧梅ぼうし」(玉海集)。

731 かはほりのふためき飛や梅の月

句帳（安永七・一二・二七雨遠・玄仲宛　同一二中几董宛　若菜売一枚摺　落日庵　遺稿）

訳蝙蝠があわてふためいて飛んでいる。満開の梅に満月の夜。季「梅」春。語かはほり—蝙蝠。ふためき—さわぎたてる。嘯山「ふためきて我とおかしや蚤と指」（葎亭句集）。解夏の生き物の蝙蝠があわてて飛ぶのは、梅と月の美しさに季節を取り違えたからだろうか、と戯れた。参几董宛に「よのつねおもひよる句」、雨遠・玄仲宛に前書「春興」、「右は尋常の案じ場也」と付記。

732 針折て梅にまづしき女哉

安永七・一二・二七雨遠・玄仲宛

訳縫い針が折れてしまった。手を休めて見る梅の花。貧しい女も心が動かされているよ。季「梅」春。語まづしき女—天竺《てんじく》の貧女檀膩伽《だんにか》（賢愚因縁経）。「かの西天の貧女が一衣を僧に供ぜしは、身の後の世の逆縁。今の貧女は親の為」（謡曲・自然居士）。解僧に自らの衣を提げた檀膩伽を貧女としてきた伝統を日常の一こまに転じて風流心を詠んだ。雨遠・玄仲宛に「新意を探る句法」のうちの一句として掲げる。参松律「月清し貧女が儘の針仕事」（功用群鑑）。

733 宿の梅折《をり》取《とる》ほどになりにけり　句帳（句集）

訳わが家の梅はちょうど折って取る時期となりましたよ。季「梅」春。語折取―梅の枝を折って実を取ること。成熟した女性を我が物とすることの比喩。尼の「佐保河の水を塞上《せきあげ》て殖《うえ》し田を」に、大伴家持が「刈る早飯《わさいひ》は独《ひとり》なるべし」と継いだ歌（万葉集）、白河院の寵姫である祇園女御を賜った平忠盛が、ご落胤《らくいん》（清盛）の成長を「いもが子は這ふほどにこそなりにけれ」と奏上し、院が「ただもりとりて養ひにせよ」と応えた話（平家物語・六）をふまえる。解隠された意味を読み取り、謎解きを楽しむ趣向。参蕪村と交流した樗良句「梅が香や折とる心はづかしき」（樗良発句集）。同年に「出べくとして出ずなりぬうめの宿」（句帳　句集）。長重「折とるはりふじんなれや美人草」（毛吹草）。

734 花のみ歟《か》もの云はぬ雨の柳哉　安永八・一・二五几董宛（推定）（同一・二三延年宛）

訳花に心ひかれるばかりか、もの言わない雨の柳がいとおしい。季「柳」春。語もの云はぬ―白居易「落花語《ものいは》ズシテ　空シク樹ヲ辞ス」（和漢朗詠集・落花）。解花のような華やかさがなく、静かに雨にぬれる柳に心を寄せた。参几董宛に「兵庫すり物加入の句」と出し、「よろしく候はゞ加入相定申度候」と付記。似春「花のみかその方もねに帰る雁」(続山井)。太祇「閑かさを覗く雨夜の柳かな」(太祇句選後篇)。

735
順礼の宿とる軒や猫の恋　　夜半叟

訳順礼が宿をとる軒のけたたましさよ、恋猫が鳴く。季「猫の恋」春。語順礼―霊場を巡拝する人。当時、西国や四国などの霊場巡りがさかんだった。解順礼と恋猫の取り合わせが新しい。頼朝に会って銀の猫をもらった西行が、それを惜しげもなく門前の子どもに与えたという逸話(東鑑・六)をかすめ、世俗を離れようとする順礼者が恋猫に悩まされるおかしさ。参几董「売家のいせが軒ばや猫の恋」(井華集)。

736
池田より炭くれし春の寒哉　　句帳(夜半叟　遺稿)

訳池田から炭を送ってくれた。余寒がまだ厳しい春。季「春の寒」春。語池田炭―大阪府池田市の産。「炉にをくとしても名所也」(はなひ草)。堅炭より火力は劣るが、長持ちして埋火に適していた。解「善き友三あり。一には物くるゝ友」(徒然草・一一七)をきかせて、池田炭のおかげで余寒をしのいでいますよ、と心遣いしてくれた門人の温かさに感謝した。参定主「長者かやおほくゝべ置池田炭」(鷹筑波)。

737
関《せき》守《もり》の火鉢小さき余寒哉　夜半叟（新五子稿　題苑集）

訳関守の火鉢は小さく、厳しい余寒に耐えられないよ。季「余寒」春。語関守―関所の番人。源兼昌「淡路島かよふ千鳥の鳴く声にいく夜ねざめぬ須磨の関守」（金葉集）。解大男の関守と対照的な小さな火鉢、それにしがみつくほど余寒がなお厳しい。関守の姿を想像すれば、いじらしくもあり滑稽でもある。参上五「関の戸の」（新五子稿題苑集）。嘯山「炭立て関守鼻をあぶりけり」（葎亭句集）。

738
やぶいりや余所目《よそめ》ながらの愛宕山《あたごさん》　句帳（安永七・一二・二七雨遠・玄仲宛　自画賛　句集）

訳藪入の日よ。愛宕山が気になってよそ目に見ながら、故郷へ帰って行く。季「やぶいり」春。語余所目―見るともなしに見てしまうこと。愛宕山―京都の北西部、上嵯峨の北部。山頂に愛宕神社がある。「此社には日々諸国及び京都より参詣多し」（京城勝覧）。解奉公人の子どもが、愛宕山の天狗にさらわれないだろうかと急ぎ足で親元へ帰って行く。帰省先は、丹後か丹波。愛宕山と天狗は付合語（類船集）。「愛宕の山の太郎坊」は、「七つの年天狗にとられ」（謡曲・花月）と知られているので、子どもにとっては気がかりな山。参友雪付句「幾度も参りて拝む愛宕山」（大坂檀林桜千句・第十）。

739 やぶ入の宿は狂女の隣哉

句帳（安永八・不夜庵歳旦　同来之歳旦　津守舟三　夜半叟　遺稿）

訳養父《やぶ》入《いり》の途中の宿は、狂女の隣部屋だったよ。季「やぶ入」春。語狂女—正気を失った女。謡曲の狂女物をイメージしたか。解狂女を歳旦句に詠み込むのは異例。蕪村に狂女を詠んだ発句「岩倉の狂女恋せよほととぎす」（安永二）、「更衣狂女の眉毛いはけなき」（同）、「麦の秋さびしき皃の狂女かな」（同六）「摂待へよらで過行狂女哉」（同七年以降）、「昼舟に狂女のせたり春の水」（天明元）のほか付句「狂女を寝せる親心かな」（安永三「ィば」歌仙）、「此家の狂女世になく成ぬらん」（安永中「秋萩の」連句）がある。正気を失った女でも、やぶ入りはうれしい。

740 初《はつ》午《うま》や鳥羽四ツ塚の鶏《とり》の声

句帳（安永七・一・二三几董宛　同二・無宛名　五車反古　夜半叟　句集　月渓筆画賛）

訳初午の日よ。鳥羽の四ツ塚の鶏の声。季「初午」春。語初午—二月最初の午の日、伏見稲荷大社の神のお祭りをする。鳥羽四ツ塚—京都の南西部。東寺から鳥羽街道に入り、伏見へ通じる。狐塚・杉塚・経田塚・琵琶塚があった。解伏見稲荷の初午大祭に出かけるために鳥羽四ツ塚辺りが早朝からにぎわい、つられて鶏が夜明けを告げた。几董の歳旦帖『初懐紙』用に詠んだ発句（几董宛）、夜明けの声をあげてください、との祝意がこめられている。参一漁「初午やさもなき森の百千鳥」（友あぐら）。

741 蕾《つぼみ》とはなれもしらずよ蕗《ふき》の薹《たう》　句帳（句集）

訳まだつぼみだとは、あんたも知らないだろうね。蕗の薹。季「蕗の薹」春。語なれも―汝も。解花が咲く身であることを知らず、つぼみのまま摘まれて食される蕗の薹への同情と無知のおかしさ。無知・無欲の人を蕗の薹に喩えた作か。参木導「養父入の客のとりけり蕗の薹」（韻塞）。舎羅「蕗の薹さすがに伯父のにがみ哉」（花の市）。

742 きじ鳴や御《お》里《さと》御《ご》坊《ばう》の苣《ちさ》畠《ばたけ》　句帳（夜半叟　遺稿）

訳雉が鳴いているよ。御里御坊の苣の畠。季「きじ」春。語御里御坊―山寺の高僧が人里近くに構えた僧坊。苣―現代のレタス。中国伝説上の帝王、神農の代から伝わるという薬草のひとつ。苣畠―楓江付句「方丈の留守に畠の苣荒て」（渭江話）。解「雉も鳴かずばうたれまい」という諺があるが、僧坊の苣畠では、読経にあわせるかのように甲高い声で鳴いてもうたれることはないと戯れた。雉も苣も一月（其傘）。参惟然「枝《し》折女《をりめ》を夕なぐさみやちさ畠」（初蟬）。

743
暁のあられ打ゆく椿哉　　夜半叟

訳暁の霰が椿を激しく打って行くよ。季「椿」春。語暁のあられ—李下「あかつきの霰は冬の信《まこと》かな」の評語に「烈風寒威、暁の寝覚《ねざめ》、冬のまこととい へるぞ」(続の原句合)。あられ打—「かり小田の鳴の上毛にふるあられ玉もて鳥を打かとぞきく」(夫木和歌抄　類船集)。椿—常緑樹。「貞徳云、椿は雑也。花を結びては春也。仮令《たとひ》花となくても花の心あらば春也」(増山井)。解聴覚から「玉もて鳥を打」つ余寒の厳しさ、また朝焼けと椿の赤が融合した色合いも連想させてくれる。参同年作「玉人《たますり》の座右にひらく椿かな」(句帳　夜半叟　句集)、「ばらばらとあられ降過る椿哉」(句帳　遺稿)。

744
大和路《やまとぢ》の宮もわら屋もつばめ哉　　句帳(句集)

訳大和路の神社にも藁屋にも、飛ぶ燕よ。季「つばめ」春。語大和路—京都の五条口から伏見・木津を経て大和へ向かう道。「宿りもしげき嶺続き山又山を分け越えて行けば程なく大和路や」(謡曲・葛城)。解燕に託したささやかな願い。蝉丸「世の中はとてもかくても同じこと宮も藁屋もはてしなければ」(新古今集)をふまえて、燕がどこでも自由に飛び交うように、どこにも同じように春が訪れる。参三征付句「正月は宮もわら屋ももち《餅》気にて」(境海草)。

745 大津絵に糞《ふん》落しゆく燕かな　句帳（安永七・一二・二七雨遠・玄仲宛　安永八・二・二〇梅亭宛　落日庵　句集）

訳大津絵に糞を落として飛び去って行く燕よ。季「燕」春。語大津絵―江戸初期の寛文頃から近江大津の追分や三井寺辺りで売られた素朴な泥絵。画題は仏画、鬼の念仏、槍持ちの奴、藤娘、瓢簞鯰《ひょうたんなまず》など。解大らかで色彩も素朴な大津絵は自然の一部、燕が糞をして、さっと飛び去っても不思議はない。芭蕉「大津絵の筆のはじめは何仏」（俳諧勧進牒）や「鶯や餅に糞する椽《えん》のさき」（葛の松原）をふまえ、春のおおどかな風景のひとこま。

746 美《みごと》哉《かな》盛也《さかりなり》新田にかゝる春の水　自画賛

あらたに店をひらくを賀す

訳見事な上に勢いがある。新田に落ちかかる春の水。季「春の水」春。語美哉―褒め言葉。「美哉、水洋々乎」（史記・孔子世家）。「洋々乎《やうやうたり》　美哉《みごとかな》　盛也《さかりなり》　悠哉《いうなるかな》　などの類ハ、ずいぶんと可然候」（安永四・三・二八大魯宛蕪村書簡）。解店舗の開業を新田開発に擬えて寿《ことほ》いだ祝儀句。糸物商を営む寺村百池（微雨楼）が京都寺町に新店舗を開いた祝い。連歌をする人には漢学がなく、「美哉」「盛也」等の漢語を使えないが、自在である俳諧はこうした破調の句作りもできると自信作（大魯宛）。【参】同時期の賀句に「微雨楼があらたに舗をひらくを賀す二章／ひらく田の地の利も得たり春の水」（自画賛）、「新田をひらく地利よし春の水」（自画賛）。

747 のふれんに東風《こち》吹《ふく》伊勢《いせ》の出《で》店《みせ》哉　句帳（夜半叟　句集）

【訳】暖簾《のれん》に吹く温かな東風、春を迎える出店よ。【季】「東風」春。【語】のふれん―暖簾。屋号を染めて店先につるした。伊勢の出店―伊勢松坂の商人の出店。京都をはじめ各地に出店した。【解】芭蕉句「蓬萊《ほうらい》に聞ばや伊勢の初便」（炭俵）、「のうれんの奥物ふかし北の梅」（菊の塵）を念頭において、京都に出店をもつ伊勢商人の春の店先に転じた。【参】同年作「河内路や東風吹送る巫女《みこ》の袖」（句帳　夜半叟　句集下五「巫女が袖」）。

748 さしぬきを足でぬぐ夜や朧月《おぼろづき》　句帳（夜半叟　句集）

【訳】さしぬきを足で脱ぐ夜よ。朧月。【季】「朧月」春。【語】さしぬき―指貫。古代から中世にかけて着用された男性用の袴。直衣《のうし》・狩衣などを着る際にはいて裾を紐でくくる。

【解】逢瀬の一夜の秘め事を前にした情景。朧月が艶冶な気分を醸し出す。「足でぬぐ」は、王朝の貴公子のしぐさ。水干烏帽子のときは、足で脱ぐような自堕落な風情は見せない。

参徳元「さしぬきやうす紫の藤ばかま」（塵塚誹諧集）。

749 祇《ぎ》や鑑《かん》や花に香炷《たか》ん草むしろ　句帳（遺稿）

訳宗祇よ宗鑑よ、この花に香を炷いて俳席を楽しもう。季「花」春。語祇や鑑や―連歌師の宗祇や宗鑑への呼びかけ。香炷ん―髭《ひげ》に香をたきこめた宗祇の話がよく知られていた（宗祇諸国物語）。草むしろ―粗末な敷物。ここでは俳席。語俳諧の鼻祖と言われる宗祇や宗鑑にあやかって、桜を愛でながら俳諧をしよう、と当代の俳人に呼びかけた。参『句帳』に合点。「花下に聯句して春を惜む／祇や鑑や髭に落花を捻けり」（五車反古）も同じ頃の作か。一治「愛するは蝶や花やと児桜《ちご》」（崑山集）。

750 眠《ねぶ》たさの春は御室《おむろ》の花よりぞ　句帳（句集）

訳眠たい春は、御室の花からやって来るのだ。季「花」春。語御室―宇多天皇の御所があった。仁和寺の別称。花見の名所。「春は此境内の奥に八重桜おほし。洛中洛外第一とす。吉野の山桜に対すべし。毎年二三月の初ごろ、十余日の間、花見の人多くして、日々群集せり。酒食を携へ幕をはりて、遊宴をなす者多し」（京城勝覧）。解中国では「春眠不覚暁」（孟浩然・春暁）といい、わが国では「小夜ふけて今はねぶたく成にけり」（村上天皇・拾遺集）というが、御室の花こそがその原因だ、と花を誉めて戯れた。
参この年か「又平に逢ふや御室の花ざかり」（自画賛）。

しれるおうなのもとより、古ききぬの
わたぬきたるにふみ添てをくりければ

751 橘のかごとがましきあはせ哉

句帳（安永八・四・一八清之助宛同・五・六賀瑞宛　短冊　句稿断簡　重厚旧蔵句帳　句集）

訳昔なじんだ女性から送られてきた、いわくありげな袷よ。季「あはせ」夏。語橘のか―「さつき待つ花橘の香をかげば昔の人の袖の香ぞする」（古今集）。かごとがましき―いわくありげ。あはせ―袷。単衣《ひとえ》に対して着物の表と裏をあわせることによる呼称。解昔の恋人の贈り物に甦った恋の記憶。前書では「知り合いだった嫗《おうな》が、綿ぬきの袷を手紙とともに送ってきた」といわくありげ。発句では、橘の香と「かごとがまし」の「か」音を言いかけた。参前書『句集』は同じ。他は若干の異同がある。

752 山に添ふて小舟漕《こぎ》行《ゆく》若ばかな

そのしをり（句集）

訳山の懐に添って小舟を漕いで行く、若葉が迫ってくる。季「若ば」夏。語山に添ふて―渓流が山間を曲りくねって行く様子。解桃源郷を訪ねて山中に入った人が小舟に乗って行く構図。鳥瞰的な視点から小舟を点景に配し、若葉のさわやかな美しさを描き出した。[参]几董・安永三「船見ゆる麓を埋む若葉哉」（蕪村評几董発句）。

753 ことば多く早《はや》瓜《うり》くるゝ女かな

句帳（連句会草稿
夜半叟 句集）

[訳]たくさんおしゃべりしながら、早瓜をくれる女よ。[季]「早瓜」夏。[語]早瓜―普通より早く熟成する瓜。俳言。「浅瓜共云《ともいへ》リ」（増山井）。[解]早瓜には毒気があるという（古今著聞集・七）が、饒舌《じょうぜつ》な女の毒気の方が強い。けれど、諺に「初物七十五日」（初物を食えば七五日命が延びる）とも言うからありがたい。多弁で粗野に見える女の好意を温かな視点でとらえた。[参]前書「画賛」（句集）。四月二十五日、檀林会初会、探題（連句会草稿）。嘯山「早瓜に酒くむ君子誰々ぞ」（葎亭句集）。

よすがら三本樹《さんぼんき》の水楼に宴して

754 明《あけ》やすき夜《よ》をかくしてや東山

句帳（安永八・五・
六賀端宛 句集）

[訳]夏の短夜を隠してくださいな、東山。[季]「明けやすき夜」夏。[語]三本樹の水楼―京都鴨川上流の荒神橋から南、鴨川の西岸にある茶屋町、蕪村らが遊んだ料亭があった。東山―鴨川の東、比叡山から稲荷山の山々。[解]遊興の夜遊びの楽しさ。東山を擬人化

した嵐雪句「蒲団着て寝たる姿や東山」（枕屛風）をふまえて、東山はまだ眠っているのだから、明けやすい夏の夜も明けないで、遊興が終わらずに続いて欲しい、と戯れた。参前書「三本樹玉松亭興行、探題、みじか夜」（賀端宛）、『句集』前書は同じ。

---

755 虹を吐《はい》てひらかんとする牡《ぼ》丹《たん》哉　句帳（遺稿）

訳虹を吐いて、今まさに花を開かんとする牡丹よ。季「牡丹」夏。語虹を吐く―蘇東坡「気虹ヲ吐ク」（聯珠詩格）。虹色は五色と思われていた。維舟独吟付句「五色の虹や白雨《ゆふだち》のあと」（時勢粧）。解絢爛《けんらん》豪華な花を咲かせる前の牡丹の充実ぶり。虹との取り合わせが新しい。参芭蕉存義句「裾山や虹吐くあとの夕つつじ」（もとの水）。也有「蛙々、木曾路の橋のそれならで、幽谷に虹を吐て、そのわざのあやしきや」（鶉衣拾遺）。

---

756 採《さい》蓴《じゅん》をうたふ彦根の傖《さう》夫《ふ》哉　句帳（句集）

訳蓴菜を採りながらうたう、彦根の貧しい男よ。季「蓴」夏。語採蓴をうたふ―蓴菜を採るときに、中国の楽府や李白の採蓮曲にあやかって口ずさみ歌う。傖夫―田舎の男。貧しい男。解夏の涼やかな風物詩。傖夫に彦根藩の儒者となって仕えた龍草廬ら漢詩人を擬《なぞら》えたか。【参】芭蕉「風流の初めやおくの田植うた」（奥の細道）。召波「何いふて囁《ささや》く舟ぞ採蓮歌」（春泥句集）。

丸山主水《もんど》が小さき亀を写したるに賛せよ、とのぞみければ、仕官懸命の地に栄利をもとめんよりは、しかじ、尾を泥中に曳んには

757 銭亀や青砥《あをと》もしらぬ山清水　　句帳（句集）

【訳】銭亀よ、青砥藤綱さえも知らない、この澄んだ山清水。【季】「清水」夏。【語】丸山主水—円山応挙の通称。寛政七年没。六三歳。仕官懸命の地—官職について命を養う知行地。尾を泥中に曳ん—楚王に宰相として仕官を求められた荘子が、死んでから廟堂に崇められる神亀となるより、生きて尾を泥中に引く泥亀の気楽さを選びたい、と辞した有名な話（荘子・秋水篇）。青砥—青砥藤綱。北条時頼の臣。倹約を重んじた清廉の武士。滑川に落とした銭一〇文を五〇文かけて探し出したという逸話がある（太平記・三五）。

【解】安永二年、嵐山・几董・樗良・蕪村で巻いた「白菊や」歌仙の樗良の挙句に「泥に尾を引亀のやすさよ」（此ほとり）とある。泥亀を銭亀に転じて、清廉の士・青砥でさえ知らない澄んだ清水に住んでいて、金銭に無縁ですよ、と笑いを誘った。【参】前書

『句集』は同じ。下五「谷清水」（画賛）、「谷清水」を改めて「山清水」（句帳）。

幻住庵に暁台《けうたい》が旅寝を訪て

758 丸盆の椎にむかしの音聞ん

句帳（懐紙　安永八・九・一五田福宛　同・九・一五、六正名宛　句集　雪の光　新五子稿）

訳丸盆に載る椎の実、共に芭蕉翁の昔を聞きましょう。季「椎」秋。語幻住庵―宝暦初年頃、雲裡坊が国分山から義仲寺に移した庵。椎の木も移植した。解芭蕉句をふまえ、暁台に共に芭蕉翁の精神を継承しましょうと呼びかけた。「右は、まづたのむ椎の木も有、と翁句により候」（田福宛）と自解した通りの句作り。参前書は、それぞれ若干異同がある。この句を受け取った暁台は、「かたみて月を松もその山」と脇句をつけたと伝える（暁台句集）「暮雨叟が幻住庵の旅寝をしたふこと、こつがゐ・饑人のごとし／椎を喰ミていざ俳諧の乞食せん」（詠草）も同日の作か。

琵琶湖上月といふ題を得て

759 月に漕《こぐ》呉《ご》人《ひと》はしらじあめの魚

懐紙（詠草　安永八・九・一五田福宛　同・九・一五、六正名宛　常盤の香）

訳湖水の月に向かって舟を漕ぐ張翰は知るまい、琵琶湖の江鮭の美味を。季「あめの魚」秋。語月に漕ぐ―湖面に映る月に向かって舟を漕ぐ。呉人―官を辞して呉の国に帰った晋の張翰の故事（蒙求・張翰適意）。あめの魚―江鮭。琵琶湖で獲れる淡水魚。ビワマス。解暁台を送別する句。故郷の呉の蓴菜《じゅんさい》や鱸《すずき》などを思って官を捨てて帰郷した張翰でさえ、琵琶湖の江鮭の美味を知らないのだろうから、それを味わってから帰ってくださいよ、と帰郷する暁台をひきとめた。参前書「琵琶湖上月」（詠草）、「幻住庵にて琵琶湖上月といふ題を得て」（正名宛）、「琵琶湖上月」（田福宛）。

湖南の水楼に後の月みんと、前の日よりたれかれうちかたらひて、すゞろおもひ立ける。さなきだに秋の空のさだめなければ、いかに今宵の清夜を見過し侍らんと、三井の何がしの上人の書屋に至りて十三夜の月を見ずして、十二日登山しければ、かく申ける也

760 三《み》井《ゐ》寺《でら》や月の詩つくる踏《ふみ》落《おと》し

句帳（懐紙　安永八・九・一五田福宛　同・九・一五、六正名宛　遺稿）

訳三井寺の観月会よ、後の月の詩を作るつもりが、ふみはずしてしまった。季「月」秋。語月の詩―名月を読んだ詩。芭蕉付句「禅小僧とうふ《豆腐》に月の詩ヲ刻ム」（「春澄にとへ」百韻）。踏落し―七言絶句・律詩で起句にすべき押韻をしないこと。ここでは九月十三日の後の月を十二日に賞したこと。解芭蕉翁は「三井寺の門たゝかばやけふの月」（雑談集）と、三井寺の名月を賞したが、定めない秋の空にかこつけて一日早く後

一の月を賞しています、と微笑を誘った。【参】前書と付記に若干の異同がある。

三井の山上より三上山《みかみやま》をのぞみて

761 秋寒し藤太《とうだ》が鏑《かぶら》ひゞく時　句帳（懐紙　自画賛　安永八・九・一五田福宛　同・九・一五、一六（推定）正名宛　句集）

【訳】秋のふるえる寒さ、俵藤太の射た鏑矢の音が響く寒気が冴えわたる時。【季】「秋寒し」秋。【語】三上山―近江富士。俵藤太が大百足《むかで》を退治したという伝説によって、百足山とも呼ぶ。藤太―俵藤太。将門の乱を平定した藤原秀郷の別称。藤太は勢多の橋から三上山の百足を射たという（御伽草子・俵藤太物語）。鏑―鏑矢。木や竹の根、角でかぶらの形を作り、その中をくりぬいて矢先につけた矢。放つと音が出る。【解】秋の寒さを音声で表現。弓の名手俵藤太が百足を退治したという鏑矢の音と寒気を重ねて、昔物語の世界へと誘う。【参】前書「三井山頂の得皮亭よりみかみの山をのぞみて」（懐紙）、自画賛・田福宛・正名宛『句集』の前書は、ほぼ同じ。

762 洟《はな》たれて独碁《ひとりご》をうつ夜寒かな　遺稿（遺草）

【訳】水洟をたらして独り碁を打つ身、身にしみる夜寒よ。【季】「夜寒」秋。【語】夜寒―晩秋の夜の寒さ。【解】芭蕉が「堅田にて／病雁の夜さむに落て旅ね哉」（猿蓑）と旅寝を詠んだのに対して、市井の片隅に生きる私は独りで碁盤に向かっています、と応じた作。書画琴碁詩酒花は文人の嗜みだが、洟をたらしていてはさまにならないので、滑稽でもある。[参]「貧僧の仏をきざむ夜寒かな」（遺稿　遺草）も同年の作か。

---

763 住むかたの秋の夜遠き灯《ほ》影《かげ》哉　句帳（懐紙　安永八・九・一五田福宛　同・九・一五、一六正名宛）

探題　閑燈

[訳]人の住む家のあたりは、秋の夜も深まり、遠く灯影がぽつり。[季]「秋の夜」秋。[語]閑燈―しずかな灯。寒燈に通じる。蘇軾「寒燈ニ相対セル疇昔ヲ記ス」（蘇東坡集・七）。住ムかた―住んでいるところ。「晴る、夜の星か川辺の蛍かも我が住む方の蜑《あま》の焚く火か」（伊勢物語・八七）。[解]漢詩句や古典を下敷きにして、共に語り合った日を懐かしんだ。[参]前書「窗《まど》といふ題を探りて」（懐紙、田福宛）、「窗といふ字を探りて」（正名宛）。この句の他に、「丸盆の」（758）「月に漕」（759）「秋寒し」（761）を掲げて「右の句どもおもしろからず候へども、当月十二日幻住庵ニ暁台・臥央など淹留《えんりう》いたし居候を尋ねての句也。それ故御なぐさみニ書付候」という（正名宛）。

---

764 村百戸菊なき門《かど》も見えぬ哉　句帳（句集　千秋楽後篇）

【訳】村の家々百戸、菊がない家の門はどこも見当たらないよ。【季】「菊」秋。【語】菊—周茂叔「愛蓮説」に「菊ハ花ノ隠逸ナル物ナリ」(古文真宝後集)。陶淵明が愛した花。また菊慈童のように不老不死をイメージさせ、中国尭代の彭祖のように仙徳を受け永遠の若さを保証する花。「彭祖、菊を服して長寿、其の年七百歳、顔色壮にして十七八歳の如し」(謡曲・養老)。【解】不老不死をイメージさせる菊の門は、桃の花が咲く春の桃源郷に対する秋の仙境。反語的表現を用いて、一村全体が理想郷であることをいう。【参】下五「なかりけり」(千秋楽後篇)。風国「門に出て誰まつ児ぞ菊の花」(後れ馳)。

安永九年(一七八〇)庚子　六五歳

765 うぐひすのわするゝばかり引《ひく》音《ね》哉　安永九・一・一四暁台宛

【訳】うぐいすが鳴声を忘れてしまったかのように引っ張って鳴いているよ。【季】「うぐひす」春。【語】引音—一般的には、雨戸、轆轤《ろくろ》、鳴子、また砥石や着物の裾を引く音をいう。【解】名古屋の俳人暁台への挨拶句。鶯は縄張りを争うときに「ホーホケキョ」と鳴くが、同じく蕉風復興を目指すあなた(暁台)と私(蕪村)は、その必要がありませんから、「ホー」と同意したまま「ホケキョ」の「引音」を忘れてしまいますね。【参】「うぐひすの歌の字余る引音哉」(夜半叟)も同年作か。

766 鶯や茨《いばら》くゞりて高うとぶ　句帳（安永九・一・一四暁台宛　連句会草稿　安永九几董初懐紙　句集）

［訳］鶯よ、茨の藪をくぐりぬけて、空高く舞い上がって行く。［季］「鶯」春。［語］茨―棘《とげ》のある小木、野薔薇《のばら》の総称。［解］鶯が伝統的に梅と取り合わせて詠み継がれてきたのに対して、茨と取り合わせたところが新しい。茨をくぐる鶯が眼目。［参］前書「庚子正月廿日、初会」（連句会草稿）、「正月廿日、檀林会一順」（初懐紙）。親重「鶯と飛こぐらせよ梅の花」（犬子集）。鬼貫「鶯よ花は散ルとも飛まはれ」（仏兄七久留万）。

767 加茂堤太閤様のすみれかな　安永九・一・一四暁台宛

加茂《かも》の堤《つつみ》は、むかし文禄《ぶんろく》のころ、防河使《ばうかし》に命ぜられて、あらたにきづかれたり。さてこそ桃花水《たうくわすい》の愁《うれひ》もなくて、庶民安堵のおもひをなせり

［訳］太閤様が築いた加茂堤、そこに咲くすみれよ。［季］「すみれ」春。［語］加茂の堤―宇治川・桂川の合流する伏見に築かれた堤防。太閤堤とも。文禄のころ―安土桃山時代の頃。防河使―平安時代に設けられた鴨川の治水をする役人。防鴨河使。桃花水―桃の花が咲く頃に雪解け水や春雨が増水して流れること。王維「春来リテハ遍《あまね》ク是レ桃花ノ水、仙源ヲ弁《わきま》ヘズ何《いづ》レノ処ニカ尋ネム」（和漢朗詠集・三月三日）。太閤様―豊臣秀吉。尾張国

中村の出身。天正一九年、関白を養子の秀次に譲り太閤と称した。[解]暁台への挨拶句。暁台が元尾張藩士だったことから、尾張出身の秀吉が築いた堤を誉め、それに菫《すみれ》を配した。菫は、芭蕉が「山路来て何やらゆかしすみれ草」(野ざらし紀行)と詠んだことに因む。[参]園女「夜ざくらや太閤様の桜狩」(玉藻集)。

768
源八をわたりてうめのあるじかな　句帳(安永九几董初懐紙　句集)

[訳]源八の渡し場を渡って、梅の主になったことだよ。[季]「うめ」春。[語]源八―大阪桜の宮近くの淀川の渡し場(淀川両岸一覧)。長さ九〇間(約一六〇メートル強)。蕪村の「故園」毛馬に近い。[解]源八の渡し場あたりの梅を独り占めした、と意気揚々。また、源八も梅も人名に使われるので、夫と妻に見立てて洒落たか。[参]『初懐紙』に題「梅」。几董「峰の巣に爰《ここ》源八の宮居かな」(井華集)。

769
琴心《きんしん》挑美人
妹《いも》が垣根さみせん草の花咲《さき》ぬ　句集(安永九几董初懐紙　句帳　安永九・四・二五道立宛)

[訳]恋人の住む家の垣根に三味線草の花が咲いたよ。[季]「さみせん草」春。[語]琴心挑美人―琴心モテ美人ニ挑《いど》ム。司馬相如が富家の娘卓文君に琴を弾いて心を奪った故事(蒙

求・文君当壚)。妹が垣根―恋人の家の垣根。「白き糸の染まん事を悲しび、路《みち》のちまたのわかれん事をなげく人もありけんかし。堀川院の百首の中に、昔見し妹が垣根は荒れにけり茅花《つばな》まじりの菫のみして、さびしきけしき、さる事侍りけん」(徒然草・二六)。さみせん草―薺《なずな》。ぺんぺん草。解司馬相如の琴に倣って、三味線で恋人に訴えよう、と戯れた。和漢の古典をふまえて小糸への恋心を示唆した自信作だが、いかがなものかと門人の道立に示した。参前書、『初懐紙』は『句集』と同じ。蕪村・明和八「卯の花や妹が垣根のはこべ草」(落日庵)。芭蕉「よく見れば薺花咲く垣ねかな」(虚栗)。

770 春雨やゆるい下駄借《か》す奈良の宿　はるのあけぼの (古今句集)

訳しとしと降り続く春雨よ。緩んだ鼻緒の下駄を貸してくれた、老舗の奈良の宿。季「春雨」春。語ゆるい下駄―鼻緒の緩んだ下駄。春雨―正月・二月初めに降る雨を「春の雨」、「春雨はをやみなくいつまでもふりつづくやうにする」(三冊子・黒)。解しとしとと降り続く春雨にふりこめられた感懐と時間に取り残され世俗離れした古い宿屋のゆかしさが響きあう。参『はるのあけぼの』は、安永九年騏道の歳旦帖。

771 古《ふる》河《かは》の流《ながれ》を引《ひき》つ種おろし　句帳 (連句会草稿　句集　題苑集)

訳古河の流れを引き込んで、昔ながらの種まき。季「種おろし」春。語古河―昔からある川。「ふる川にみづたえず、積善のいへによけいあり」（毛吹草・世話付古語）。種おろし―稲の種籾《たねもみ》を苗代にまくこと。八十八夜前後に行われる。解地に足をつけて生き続ける農民の姿。「ふる川野辺のさびしくも人や見るらん身の程も」（玉葛）というが、代々種をまいて耕し続ける人は、個人を超えた時間のなかで生かされている。参中七・下五「流引つゝ種ひたし」（連句会草稿）。二月十五日、檀林会、探題（同）。中七「流を引や」（題苑集）。

772 よもすがら音なき雨や種俵　句帳（句集）

訳一晩中音もなく雨が降っているよ。種俵の上。季「種俵」春。語種俵―種籾を入れて・種池・種田などに浸しておく俵。解芭蕉「名月や池をめぐりて夜もすがら」（孤松）は動の風狂心だが、一晩中雨音を聴き続けるのは静の風狂心。参蕪村「題老農／種俵ひと夜は老がまくらにも」（短冊）もこの頃の作か。

773 花に来て花にいねぶるいとまかな　句帳（連句会草稿　安永九・二・三〇赤羽宛　句集）

訳花見に来て、花の陰で居眠りする、やすらぎの時よ。季「花」春。語花に来て―花見に来て。其角「花に来てみやこは幕の盛かな」(五元集)。解花を主《あるじ》として宿る和歌的風雅と現実と夢の区別がつかない荘子「胡蝶の夢」をふまえた作。作為があらわでなく、花見疲れからくる居眠りの充足感が伝わってくる。参弘永「胡蝶もやねん猫ねぶる花の陰」(毛吹草)。一留「蝶／初てふやすや〳〵ねぶる梅の花」(続山井)。

774 居《すゑ》風《ぶ》呂《ろ》に後《ご》夜《や》きく花のもどり哉　句帳(連句会草稿　安永九・二・一五以前百池宛　句集)

訳居風呂で後夜の鐘を聞いている。花見から戻って満たされた心よ。季「花」春。語居風呂―桶の下に焚口を据え付けた風呂。後夜―夜半から明け方。ここでは後夜の鐘の略。「初夜の鐘を撞《つ》く時は諸行無常と響くなり。後夜の鐘を撞く時は是生滅法と響くなり…」(謡曲・三井寺)。解花見に浮かれ歩いた身体をゆったり居風呂で休め、後夜の鐘に生命のあるものはいつかは滅びるのだと感じながらも充足する心境。参下五「帰哉」(連句会草稿　百池宛)。支考「居風呂に夢見る朧月夜哉」(蓮二吟集)。

775 花見戻り丹波の鬼のすだく夜に　句帳(遺稿)

訳花見戻りの胸騒ぎ。丹波の鬼が集まって騒ぐ夜に。季「花見」春。語丹波の鬼―大江山(山城と丹波の境)の鬼。「丹後丹波の境なる鬼が城と聞きしは、天狗よりもおそろしや」（謡曲・花月）。すだく—たくさん集まって騒ぐ。[解]怪異幻想。花見に浮かれ歩いて帰る夜の酔い心地と丹波の鬼が出現するかもしれないという恐れ。

776
花《はな》盛《ざかり》六《ろく》波《は》羅《ら》禿《かむろ》見ぬ日なき　句帳（詠草　遺稿）

[訳]花盛りの都、六波羅禿を見ない日はない。[季]「花盛」春。[語]六波羅禿—平清盛が平氏を悪く言う者を密偵するために放った三百人の童（平家物語・一）。[解]花見に浮かれてうっかり平家の悪口を言い、批判すると告発されかねない。平家の時代に仮託して、当世の油断できない政治を風刺したのだろう。[参]尚白「六波羅や禿聞出すほととぎす」（忘梅）。召波「ゆくとしや六波羅禿おぼつかな」（春泥句集）。

777
花に舞ハで帰るさにくし白拍子《しらびやうし》　句帳（連句会草稿　句集）

[訳]花の宴で舞わずに帰って行く、その姿が憎らしい白拍子。[季]「花」春。[語]帰るさ—帰り際。白拍子—平安末期から鎌倉時代にかけて行われた歌舞。また直垂《ひたたれ》・立烏《たてえ》帽子《ぼし》に白鞘巻《しらざやまき》の刀をさした男装姿で舞う遊女。[解]花に舞わずに帰る白拍子の所作が思われて妖艶。平家物語や謡曲（仏の原・祇王）などに登場する白拍子、祇王・祇女・仏御前を想像させてくれる。[参]舎羅「寄花恋／花に諷ふ白拍子こそ頻伽《びんが》鳥《てう》」（鏞鏡）。

778 傾《けい》城《せい》はのちの世かけて花見かな　句帳（連句会草稿　句集）

訳遊女は来世に望みを託して、花見をしているよ。季「花見」春。語傾城―太夫クラスの遊女。のちの世かけて―来世の安楽を願って。前権僧正実聡「偽りのなき言の葉の露後の世かけて契りおくかな」（玉葉集・釈教）。解傾城の心情を思いやっての作。一見華やかな遊女の花見、だが、苦界のこの世ではなく、来世で心から花見をしたいのだ。参布門「傾城の名には未《まだ》なし花の春」（新選）。

779 花の御《お》能《のう》過て夜を泣ク浪《なに》花《は》人《びと》　句集（夜半叟）

訳花のお能を終えて、一晩中泣く、浪花の人。季「花」春。語花の御能―花が咲いた頃に演じられる能。夜を泣ク―一晩中泣く。浪花人―大阪の人。「歌の父花の兄御よ難波人」（続山井）。解花の能を見物した浪花人に秘められた悲しみ。貧しさゆえに妻を離縁した難波の蘆刈人が、妻と再会して歌を交わして縒《よ》りを戻し、「津の国の難波の春は夢なれや」と結ばれる謡曲『蘆刈』が上演されたか。参上五「花の能」（夜半叟）。赤羽「三番叟／くり返しヤツオン花の御能哉」（新選）。

高野《かうや》を下る日

780 かくれ住《すみ》て花に真田《さなだ》が謡《うたひ》かな　句集（夜半叟　短冊）

【訳】高野山に隠棲し花を愛でて謡う、真田父子の謡いよ。【季】「花」春。【語】高野―和歌山県伊都郡九度山《くどやま》。高野山領。真田―真田昌幸・信繁（幸村）父子。関が原の戦いの後、九度山に蟄居《ちつきょ》させられ、昌幸は死去、幸村は大坂冬の陣（慶長一九年一一月）で、豊臣方へ参じた。【解】九度山で送る日々の謡に秘められた真田の無念の思いを忖度《そんたく》しての作。【参】嘯山「杓をぬく真田が鞘や厚氷」（葎亭句集）。

781 花ちるや重たき笈《おひ》のうしろより　句集（夜半叟）

【訳】花が散って行くよ。重たい笈の背後から。【季】「花ちる」春。【語】笈―行脚僧や修験者などが仏具・着替え・食器など荷物を入れて背に負う箱。【解】動きのなかに静寂さを感じさせる叙景句。重い笈を背負って歩む芭蕉のような旅人が背後から散りしきる桜の中を歩んで行く。【参】己百付句「夜もすがら笈に花ちる夢心」（継尾集「忘《わする》なよ」歌仙）。

大井川の上流に遊びて陶弘景が詩を感ず

782 ゆく水にちればぞ贈る花の雲　懐紙（夜半叟）

訳流れ行く水に散り込めば贈りますよ、花の雲。季「花の雲」春。語大井川の上流―京都盆地北西の嵐山あたり。陶弘景―中国梁の人。致仕して茅山に入り華陽隠居と称したが、しばしば武帝に諮問されたので山中宰相と呼ばれた（円機活法十・高傑）。蕪村・安永七「陶弘景賛／山中の相雪中のぼたん哉」（句集）。解陶弘景は、武帝に山中の白雲に喩《たと》えた気楽な暮らしを贈り届けられない代わりに詩を送った。しかし私なら流水に花が散れば、花の雲を送りますよ。頓智をきかせた戯れ。参懐紙に（783）と併記して、「山中何所有／嶺上多白雲／只可自怡悦／不堪持贈君／陶弘景」（山中何《なん》ノ有ル所ゾ／嶺上白雲多シ／只自《ただみづか》ラ怡《い》悦《えつ》スベシ／持《じ》シテ君ニ贈ルニ堪《た》ヘズ）と付記。

783 嵯《さ》峨《が》へ帰る人はいづこの花にくれし　懐紙（句集　句帳

日くるゝ頃嵐山を下る　夜半叟　自画賛）

訳嵯峨へ帰って行く人は、どこの花見で一日をくらしたのだろうか。季「花」春。語嵐山―大堰川の南。「むかし吉野の桜のたねをうつせし所なり。近年桜をうへて今も桜多し」（京城勝覧）。嵯峨―京都の北西。大堰川を隔てて嵐山に対し清涼寺・天龍寺がある。野紅「嵯峨迄は花見がてらの参哉」（白馬）。解花の名所の嵐山・嵯峨で花見をしないで帰るのは、都のどこもかしこも花が開いて花見気分で浮かれているから。参中七「人はいづちの」（句帳）。前書「日くるゝほど嵐山を出る」（句帳　句集　夜半叟）。卜尺「花にくれて狐に小歌ならひけり」（稲筵）。

784
月に遠くおぼゆる藤の色香哉　句帳（連句会草稿　遺稿　新五子稿）

訳月には疎遠に感じられる藤の花、それでも色香を放つことよ。季「藤」春。解春の朧月《おぼろづき》に藤を配した叙景句。上五「月に遠く」は、下五「藤の色香」との距離感で、恋が叶わないという気分が隠されている。参上五「目に遠く」（連句会草稿　遺稿）。露沾「松島行脚の餞別／月花を両の袂の色香哉」（いつを昔）。好風「何故に月はおぼろぞ藤のはな」（左比志遠理）。

785
飛《とび》かはすやたけごゝろや親雀　句帳（連句会草稿　句集　新五子稿）

訳飛び交って子を守り育てる、勇ましい心よ親雀。季「親雀」春。語やたけごゝろ―弥猛心《やたけごころ》。勇む心。「矢たけ心」とも。解子育てのために、必死に餌を求めて飛び交う親雀を武士に見立てた。参尚白「草の戸や吹矢にもれし親雀」（孤松）。大魯「皐月待時宗やたけごゝろかな」（蘆陰句選）。御風「わりなしや痩て餌運ぶ親雀」（続明烏）。

786
匂《にほ》ひ有《ある》きぬもたゝまず春の暮　句帳（詠草　落日庵　句集）

訳移り香の匂いがある衣をたたまないまま、もの憂い春の夕暮。季「春の暮」春。語匂ひ有きぬ―花の匂いがこもった衣。「弄花香満衣《にほひ》」、「衣に花の匂ひとどまりて軽き麻衣もものうくおもたき也」（安永九・一〇上旬几董宛蕪村書簡）。解一日中花見を楽しんだ女性の移り香が残る衣を脱ぎ捨てた春の暮。ひとりで過ごすとすれば婉美、ふたりで過ごすとすれば甘美。中七「たゝまず」から自堕落で艶冶《えんや》な姿が思い浮かぶ。参嘯山「たなばたに借りてたゝむか小夜衣」（葎亭句集）。

787
誰《たが》ための低きまくらぞ春の暮　句帳（詠草　落日庵　句集）

訳いったい誰のために用意した低い枕か。春の夕暮れ。季「春の暮」春。語低きまくら―男性用のくくり枕。女性用は高い箱枕。解春の夕暮れのやるせなさを、閨《ねや》の低い枕によって浮かび上がらせる。恋人が訪ねて来ないで久しく孤閨をかこつ女性の心情を思いやっての作。参雪居「春の暮かり寝の枕はづれけり」（五車反古）。

788
きのふ暮けふ又くれてゆく春や　　連句会草稿

訳きのう暮れ、今日もまた暮れゆき、去りゆく春よ。季「ゆく春」春。語ゆく―暮れて行くことと春が逝くことの両者にかかる。解「きのふ」「けふ又」と日々繰り返されて行く春の夕暮れの推移が、「や」の働きによって惜春の情へと集約されて行く。参未及「きのふより跡なが先ぞけふの春」（寛文元年貞門歳旦集）。

789
ゆくはるや同車の君のさゝめごと　　句帳（詠草　自画賛　短冊　落日庵　遺稿）

訳過ぎ去ってゆく春よ。牛車に同乗した君のささやき。季「ゆくはる」春。語同車の君―「女有リ車ヲ同ウス　顔ハ蕣花ノ如シ」（詩経・鄭風）。さゝめごと―「さゝめごと・さらるる　いづれも恋の詞也」（はなひ草）。解王朝物語風の恋。去り行こうとする恋人と過ぎ行く春を重ね、恋人を引きとめようとする甘いささやきが、牛車の軋《きし》みの音に紛れて聞こえてくる。参『句帳』に合点。几董付句「うち悩む同車の君をかき抱き」（五車反古「栗に飽て」歌仙）。其角「蚊をやくや褒似が閨の私語《ささめごと》」（虚栗）。

790
春お《（を）》しむ座主《ザス》の聯句《れんぐ》に召れけり　　句帳（詠草　句集）

訳春を惜しむ座主から聯句の会に招かれた。季「春おしむ」春。語座主―学徳ともにすぐれた僧。出家した王族の貴公子が多い。聯句―漢詩句を数人で詠む文芸。中世期、貴族や僧侶の間で流行した。解教養も地位もあり、惜春の情を解する座主から聯句の会に招かれた名誉と喜び。蕪村・明和六「行春や撰者を恨む歌のぬし」（平安二十歌仙続明烏）とは逆の心境。参蕪村・年次未詳「春おしむ座主の聯句や花のもと」（詠草）。几董付句「世をも知ります座主の御心」（続明烏「花ながら」両吟歌仙）。

791　わするなよほどは雲助ほとゝぎす　　句集（葛の翁図賛草稿）

箱根山を越《こゆ》る日、みやこの友に申遣《まうしつかは》す

訳忘れるなよ。身の程は雲助となっても、共にほととぎすを愛でた日のことを。季「ほとゝぎす」夏。語わするなよ―昔男東へ行きけるに友だちどもに道よりいひおこせける／忘るなよほどは雲居になりぬとも空行く月のめぐりあふまで」（伊勢物語・一一）。雲助―駕籠《かご》かき。解「葛の翁図賛」で、伊勢物語の右の段を引いて、伊勢のパロディと自解。参前書「箱根山をこゆる時、都の友どちに申遣しける」（葛の翁図賛）、付記「自註、俳諧にはかゝる句も折ふしは有てよし」（同）。

792
かしこにてきのふも啼《なき》ぬかんこどり　連句会草稿

訳あの場所で昨日も啼いていたよ。閑古鳥。季「かんこどり」夏。語かしこ―彼処。解芭蕉「うき我をさびしがらせよかんこどり」(嵯峨日記)に応えた作。全体をひらがなで書き「啼」だけを漢字表記して、閑寂さの中の啼声を強調。また、上・中・下句の頭に硬質のカ行音をおいて、「昨日も今日も」という時間の連続性を感じさせる。参中七「きのふも聞ぬ」(新五子稿)。

793
燃《もえ》立《たち》て皃はづかしき蚊やり哉　連句会草稿(新五子稿)

訳炎が一瞬燃え立ち、照らし出された顔の恥ずかしさ。憎らしい蚊遣火よ。季「蚊やり」夏。語皃はづかしき―園女「花の前に顔はづかしやたび衣」(其袋)。紀逸「年々や顔恥かしき瓜茄子」(夏つくば)。解「六月の頃、あやしき家に夕顔の白く見えて蚊遣火ふすぶるもあはれなり」(徒然草・一九)をふまえて、恋の句に仕立てた。蚊遣火が燃え立ち、一瞬にして照らし出されてしまった恋心。その恥じらう顔がうつくしい。参「浴《ゆあみ》して蚊やりに遠きあるじ哉」も同じ時の作。太祇「初恋や灯籠によする顔と顔」(太祇句選後篇)。

794 摑《つか》みとりて心の闇《やみ》のほたる哉　連句会草稿（新五子稿）

訳つかみとって、己が心の闇に気がついた。掌のなかの蛍よ。季「ほたる」夏。語心の闇—理非の判断に迷う恋心や頑迷な心のあり方。解つかみとった蛍が掌の中で幽《かす》かに光を放つことで、かえって心の闇の深さに気がついた驚き。参蛍は魂の化身だと思われていた。和泉式部「物思へば沢の蛍も我身よりあくがれ出づる魂かとぞ見る」（後拾遺集）。嘯山「里下りや心の闇の根深汁」（葎亭句集）。

795 帋《し》燭《そく》して廊下過《すぐ》るやさつき雨　連句会草稿（新五子稿）

訳紙燭で照らし出して、廊下を過ぎて行くのだろうか。五月の暗い長雨に。季「さつき雨」夏。語帋燭—宮中などで夜間の儀式や行幸の折に用いた灯り。解長雨の暗鬱《あんうつ》な気分を詠んだ作。「長《ナガキ》」の付合語に「廊下」（類船集）、「五月」の付合語に「長雨」（同）があり、降り続く五月の長雨に紙燭で足下を照らし、長々と続く廊下を渡り過ぎて行く王朝の女房の憂鬱さが思い遣られる。芭蕉句「夕皃の白ク夜ルの後架に紙燭とりて」（武蔵曲）が念頭にあったか。参嘯山「胼《あかぎれ》やかい灯し行長廊下」（葎亭句集）。

張九齢は明鏡の裏に白髪を憐み、丈山はきよき流に老の面影を恥。

ここにひとりの隠士あり。いづれのところの人といふことをしらず。常に葛てふものをたしめば、人呼て葛の翁といふ。もとより青雲権貴の地をいとひて、龍山公の御前に侍らざれば、おのづからかきつばたの秀句を遁れ、資朝卿に逢奉らざれバ、むくいぬのそしりもなし。只生前一杯の葛水、身後の栄声にかゆべし。されば清濁明晦のさかひ、是不是いづれぞや。しかじ、きよからんよりハむしろ濁らんにハ、明らかならむよりは、はたくらからんにハ

796
葛水や鏡に息のかゝる時　葛の翁（蕪村文集）

訳葛水よ。その濁り加減が、鏡に息のかかる時のよう。季「葛水」夏。語張九齢は明鏡の裏に―張九齢「宿昔青雲ノ志　蹉跎タリ白髪ノ年　誰カ知ラン明鏡ノ裏　形影自ラ相憐マントハ」（唐詩選・照鏡見白髪）。丈山はきよき流―石川丈山が「渡らじなせみの小川のきよければ老の波そふ影ぞ恥かし」と詠んで、後水尾院の招待を辞した逸話（常山紀談・二二）。かきつばたの秀句―龍山公が山崎宗鑑を誘い「宗鑑が姿を見よやかきつばた」と詠じたのに対して宗鑑が「のまんとすれば夏の沢水」とつけた故事（雑談集）。資朝卿―日野資朝。老を尊いとする西園寺実衡をからかったという逸話で知られる（徒然草・一五二）。生前一杯―白居易「生前一樽ノ酒ニシカズ」（白氏文集）。葛水―葛湯を冷やした夏の飲み物。鏡に息―芳山「霞たつ空や鏡の息曇り」（国の花）。解

葛を好んだという神沢杜口《とこう》の古稀を祝う賀句。杜口は京都の町奉行与力を辞して、俳諧と執筆に専念した。前書と発句で、老いの姿を恥じた唐代の張九齢やわが国の石川丈山等と異なり、杜口が葛の濁りや薄暗さまでも愛したことを寿《ことほ》いでいる。参『葛の翁』は、牛行編寛政七年刊の杜口追善集。

宿昔青雲志　蹉跎白髪年　誰知明鏡裏　形影自相憐　張九齢

わたらじなせミのおがハのきよければ老の波そふかげぞはづかし　丈山

貧しく老さらぼひたる身の、資朝の卿に逢奉らバいかが見給ふらんといとはづかしく、つと物にかくれ侍る

797 葛水に見る影もなき翁かな　真蹟草稿（蕪村文集）

訳葛水に映して見る影もない老翁の姿よ。季「葛水」夏。語わたらじな―石川丈山の歌（796参照）。宿昔―唐の宰相張九齢が、志を遂げず老いた姿を鏡に映して嘆じた詩（同前）。資朝卿―日野資朝（同前）。見る影もなき―以前とはすっかり変わって見るにたえない。みすぼらしい。解杜口《とこう》の古稀を祝う賀句。濁っている葛水に映すと、葛水の濁りと同化してしまうほどだ、だがそれでよいではないか、と老いを肯定。

宿昔青雲志　蹉跎白髪年
誰知明鏡裏　形影自相憐　張九齢
わたらじなせみのお河のきよければ老の
浪そふかげぞはづかし　丈山

798 葛水にうつらでうれし老が皃　自画賛（新五子稿
袖草紙　題苑集）

〔訳〕葛水に映らないので嬉しい。この老の皃が。〔季〕「葛水」夏。〔語〕796・797参照〔解〕葛の翁（杜口）になり代わって詠んだ賀句。前書は老いを恥じる張九齢と丈山の詩歌、句では葛水の濁りのおかげで老を映さないから、恥じることはないと逆転の発想。濁りを受け入れて老いる生き方を肯定した。〔参〕前書「自画賛」（新五子稿）、中七・下五「うつりてうれし老の皃」（同）。中七「うつして嬉し」（袖草紙）、下五「老のかほ」（題苑集）。

799 宗鑑に葛水給ふ大臣《おとど》かな　句集（短冊）

〔訳〕夏痩せした宗鑑に、葛水をお与えになった近衛の大臣よ。〔季〕「葛水」夏。〔語〕796参照。〔解〕近衛公が宗鑑に餓鬼のように痩せ細っていることを気づかせたが、宗鑑は沢水が涸《か》れていて飲めないと応じたという当意即妙の付合を、葛水を与えた話と読み替えた。『雑談集』の逸話を踏まえる。『犬子集』『醒睡笑』の記事とは異なるが、杉雨『芭蕉発句評林』（宝暦七年）等も『雑談集』を踏襲。参芭蕉「有難きすがた拝まんかきつばた」（泊船集）。

800
昼がほやすみれの後のゆかしさよ　短冊

訳昼顔が咲いているよ。すみれの後に咲くゆかしさよ。季「昼がほ」夏。解芭蕉追慕の思いと新しい美の発見。春のすみれを芭蕉翁は「山路来て何やらゆかしすみれ草」（野ざらし紀行）と詠まれた。後塵を拝す私は、昼顔のゆかしさに心がひかれましたよ。すみれと昼顔の取り合わせが新しい。

801
花はいさ月にふしみの翁かな　夜半叟

訳花見はどうか知れないが、伏見の船中で臥して月見に興じる翁の気楽さよ。季「月」秋。語花はいさ―花見の折はどうだったか忘れた。貫之「人はいさ心も知らずふるさとは花ぞ昔の香に匂ひける」（古今集）。ふしみ―地名の伏見と臥見を言いかける。伏見は月の名所。また宇治川を大阪へ下る船が出る。解船中に寝て、月を愛でる翁の脱俗を称え、酔った李白が船中で月をとろうとして溺死したという有名な逸話（類船集等）を下敷きにした作。参去来「月見せん伏見の城の捨郭」（猿蓑）。

802
月見舟きせるを落す浅瀬かな　　夜半叟（新五子稿）

訳月見の舟、落としてしまったキセルが見える浅瀬よ。季「月見」秋。語きせる―煙管。きざみ煙草を吸う道具。解猿が水に映った月を取ろうとしたという寓話「猿猴が月」をイメージした作。手が届きそうな浅瀬にキセルを落としてしまっても取ることができないもどかしさ。

803
秋去ていく日になりぬ枯尾花　　句帳（安永末年頃一〇・二三無宛名　遺稿）

訳秋が去っていったい幾日経っただろうか、枯尾花。季「枯尾花」冬。解芭蕉追慕の思い。安永五年に「芭蕉去てそののちいまだ年くれず」（句集）と詠んだのと同じ句作り。枯尾花は、薄《すすき》の穂が枯れて花に見えることからつけられた名前で、其角が編んだ芭蕉追善集の書名でもある。参「おどろきし凬さへなくて枯尾花」と併記（無宛名別紙）。

804
凩《こがらし》や何をたよりの猿お（を）がせ　　句帳（詠草　遺稿）

訳こがらしが吹き荒んでいる、猿おがせよ、何をたよりにぶら下がっているのだ。季

「凩」冬。【語】猿おがせ―サルオガセ属の地衣類。針葉樹に付着し垂れ下がる。黄緑色。乾して松蘿《しょうら》といい利尿剤に用いる。俳言。何をたよりの―何を「頼りの」と「便りの」を言いかける。【解】厳しい状況におかれていることの寓意。「猿おがせ」は、その名に猿がつくが、名ばかりでたよりない。【参】南北「冬枯て何をたよりに松の声」（笈日記）。程巳「渋ビ壁に何をたよりの秋の風」（韻塞）。

805 寒梅や奈良の墨屋があるじ㒵　落日庵

【訳】寒梅が芳香を放っているよ。奈良の墨屋の主人面。【季】「寒梅」冬。【語】奈良の墨屋―老舗《しにせ》の墨屋・古梅園。当時の主人は、松井元彙。俳諧を嗜み、文人墨客と交流した。【解】寒梅が放つ香りと墨の香りを縁として、古き都の古き墨屋の古式ゆかしい主人顔が調和している。【参】蕪村・安永五「耕や五石の粟のあるじ㒵」（句帳・句集）。芭蕉「菊の香や奈良はいく代の男ぶり」（泊船集）。

806 冬の梅きのふやちりぬ石の上　句帳（句集）

【訳】冬の梅、昨日散ったのだ。石の上に花弁。【季】「冬の梅」冬。【語】石の上―和漢で用いた詩語。白居易「石上ニ詩ヲ題シテ緑苔ヲ掃フ」（和漢朗詠集・秋興）。小野小町「石の上に旅寝をすればいとさむし苔の衣を我にかさなん」（後撰和歌集）。芭蕉「丈六にかげろふ高し石の上」（笈の小文）。【解】石の上に散った梅花への愛惜。詠嘆の「や」と完了の「ぬ」の働きによって、取り戻すことができない時間を失ったことを知った。【参】「とかくして散る日になりぬ冬のうめ」（落日庵）も同年の作。芭蕉「梅白し昨日《きのふ》や鶴を盗れし」（誹諧吐綬雞）。

---

807 うぐひすの老母草《おもと》に来ぬる師走哉　安永一〇白兎園宗瑞『歳旦』

【訳】うぐいすが老母草にやって来た。めでたい師走よ。【季】「師走」冬。【語】老母草—ユリ科の多年草。四季を通じて青々と衰えないので万年青とも書く。盆栽にして観賞用にもする。俳言。岩の付合語（毛吹草）。鬼貫「草の葉の岩に取あふ老母草哉」（仏兄七久留万）。【解】俳諧の師系が異なる宗瑞に送った歳暮句。歳旦の挨拶も兼ねるので、観賞用の老母草や鶯を配して、めでたく詠んだ。【参】蕪村・安永七「うぐひすの啼や師走の羅生門」（句帳　句集他）。白雪「鶯は梅に啼とも師走哉」（されぎれ）。

天明元年（一七八一）辛丑　六六歳［安永一〇年四月二日改元］

808 撞《しゆ》木《もく》町《まち》うぐひす西に飛去りぬ　句帳（連句会草稿　落日庵　遺稿）

訳ここ撞木町、うぐいすが西に飛び去ってしまった。季「うぐひす」春。語撞木町—伏見にあった遊女町。街路が鐘を打つ撞木の形（T字）をしていることから命名された。大石良雄ら赤穂浪士が遊んだ遊郭として有名。「金次第すきな音の出る撞木町」（柳多留・四六）。解西は西方浄土の暗喩、遊女町では欣求浄土《ごんぐじょうど》の念から、鶯さえも浄土を願って飛び去ったのだ。参安永九年の一〇月二一日、檀林会、通題「鶯」（連句会草稿）での作。中七「鶯西へ」（同）。

809 家にあらで鶯きかぬひと日哉　句帳（落日庵　遺稿）

訳家にいなくて、鶯の鳴く音を聞かない一日だったなあ。季「鶯」春。語あらで—不在で。解有間皇子「家にあれば笥に盛る飯を草枕旅にしあれば椎の葉に盛る」（万葉集）をふまえて、外で過ごした一日の感懐。「あらで」と「きかぬ」のふたつの否定が効果的。参安永九年中の作だが、翌年の春興句用。

810 具《ぐ》足《そく》師《し》のふるきやどりや梅花《うめのはな》　安永一〇几董初懐紙（新五子稿）

訳具足師の古い家よ。梅の花が芳しく咲いている。季「梅花」春。語具足師—甲冑《かっちゅう》を製造し補修する職人。ふるきやどり—代々続いた古い家。解世代交代しながら伝統の中に生きる甲冑職人と年々歳々咲き代わる梅花を取り合わせて、時代を超えて生きるものの姿をとらえた。参前書「正月廿日於二春夜楼中一俳諧之連歌」で、九吟歌仙を掲出(初懐紙)。上五「具足師が」(新五子稿)。

すりこ木にて重箱を洗ふがごとくせよとは、政《まつりごと》の厳刻《げんこく》なるをいましめ給ふ。かしこき御代《みよ》の春に逢ふて

811 すみ〴〵にのこる寒さやうめの花

安永一〇・一・二〇おうめ宛
(安永一〇几董初懐紙　同末頃一〇・二七東瓦宛　句集　短冊)

訳すみずみに残る厳しい寒さよ。それでも咲く梅の花。季「うめの花」春。語すりこ木にて重箱洗ふがごとく—大雑把に処理することの喩《たと》え。諺「摺こ木にて重箱洗ふ様」(世話詞渡世雀)。政の厳刻—政治が厳酷なこと。かしこき御代の春—畏れ多き聖代の春。安永九年一二月光格天皇が即位、大赦令が施行されたことをいうか。解厳しい政治を余寒の厳しさに、その中でけなげに生きる庶民を梅の花に喩えて、政治を風刺した。参前書、ほぼ同じ。土芳「隅々やあるけば見出す花のふり」(蓑虫庵集)。

812 炉《ろ》ふさいで南《なん》阮《げん》の風呂に入《いる》身《み》哉

句帳(夜半叟　句集)

訳炉を塞いで、南阮に倣って清貧の風呂に入る身だよ。季「炉ふさぎ」春。語炉ふさぎ—三月末、茶の地炉や囲炉裏の炉を塞ぐこと。南阮—晋の人、晋の阮咸・阮籍。他の阮氏一族と離れて道の南に住み、清貧に甘んじた。竹林の七賢の一人。「北阮は富みて南阮は貧なり」（蒙求・仲容青雲）。解南阮の風呂は、貧しいから熱くなく夏向き、俗を離れようとする身にはふさわしい。参前書「春夜盧会」（句集）。「ろふさいで立出る旅のいそぎ哉」（句帳他）も同じ折の作か。自珍「炉塞であるじは旅へ出られけり」（五車反古）。召波「炉ふさぎや招隠の詩を口ずさむ」（春泥句集）。

813 足よはのわたりて濁る春の水　句帳（夜半叟　句集）

訳足が弱い女が渡って行き、濁ってくる春の水。季「春の水」春。語足よは—健脚ではないこと。老人・女性・子どもの喩え。「足弱車の力なき花見なりけり」（謡曲・熊野）。解川を渡る足弱の女性の脛の白さと春の水の濁りが対照的でエロチック。蕪村自身の姿と見る説もある。参蕪村・安永七「生田の森にて／足弱の宿かる為歟遅桜」（新雑談集）。嘯山「さみだれや足弱連の物もらひ」（葎亭句集）。

814 里人よ八《やつ》橋《はし》つくれ春の水　句帳（夜半叟　遺稿）

訳里人よ、昔をしのんで八橋を作りなさいよ。滔々《とうとう》と春の水。季「春の水」。春。語里人―里に住む人。一幽（宗因）「里人の渡り候か橋の霜」（続境海草）。「いかに此あたりに里人のわたり候か」（謡曲・景清）。八橋―三河国の歌枕。「水ゆく河の蜘蛛手《くもで》なれば橋を八つわたせるによりてなむ八橋といひける」（伊勢物語・九）。解業平の昔を思って、里人に風流をともにしよう、と呼びかけた。里人は三河の国の人々。参『句帳』に合点。鬼貫「春の水ところどころに見ゆるかな」（大悟物狂）。

815
春の水にうたゝ鵜縄《うなは》のけいこ哉　夜半叟（句集）

訳春の水に、早くも始まった鵜飼の縄の稽古よ。季「春の水」春。語春の水―勢いよく流れる雪解け水。うたゝ―程度がすすみ常とは異なるさま。鵜縄―鵜飼の時、鵜の頭につけて操る縄。俳言。解鵜縄の稽古が始まり、人も鵜も翻弄されている。鵜縄は、貞徳「後世はわがくびかせならん鵜縄哉」（崑山集）、正範「しるべなき闇にたぐれる鵜縄哉」（境海草）、芭蕉「おもしろうてやがてかなしき鵜舟哉」（阿羅野）のように無常につながるが、それを払拭した作。参涼菟「声かけて鵜縄をさばく早瀬哉」（皮籠摺）。

816
昼《ひる》舟《ぶね》に狂女のせたり春の水　夜半叟（遺稿）

訳昼舟に狂女を乗せているよ。春の水が流れて行く。季「春の水」春。語昼舟―淀川を通う舟。淀舟。桃隣「昼舟に乗るやふしみの桃の花」（柿表紙）。狂女―心の闇に迷う女。謡曲の狂女物（桜川・隅田川等）では、子どもを失って彷徨する女。解春の水は雪解け水、水量が多いので、勢いよく流れて行く。狂女と奔流は一脈通じるが、淀川を通う昼の舟ではどちらも落ち着かない。参嘯山「昼舟の帆を送り来ぬ御忌の鐘」（葎亭句集）。蕪村・年次未詳「摂待へよらで過行狂女哉」（句帳）。

817 春水《しゅんすい》や四条五条の橋の下　句帳（句集）

訳鴨川をどっと流れ行く春水よ。四条五条の橋の下。季「春水」春。語春水―水量をました水。「春風春水一時に来る」（類船集・春風）。杜甫「舎南舎北皆春水」（唐詩三百首・客至）。劉廷芝「天津橋下陽春水　天津橋上繁華子」（唐詩選・公子行）。四条五条の橋の下―京都四条大橋と五条大橋の下。繁華な地。「四条五条の橋の上、老若男女貴賤都鄙、色めく花衣」（謡曲・熊野）。解四条五条の橋の下を勢いよく流れる春の水によって、春を迎えた橋上の人の喧騒も想像させてくれる。参芋月「はる風や四條五條の橋のうへ」（おもかげ集）の類句があるが、蕪村句は漢詩句の換骨奪胎。

818
垣《かき》越《ごし》にものうちかたる接木哉　句集（夜半叟）

訳垣根越しになにごとか語り合いながらする接木よ。季「接木」春。語接木―植物の芽や枝を品種の近い種類に接《つ》ぐこと。解人間が主体なら、垣根越しに隣人と語ることになるが、接木を主体とみれば、接木された木が台木（親木）に向かって語りかけていることになり、童話的。参中七「咄《はな》しながら」（夜半叟）。蕪村・安永六「市人の物うちかたる露の中」（句帳他）。亀翁「垣越の咄《はなし》しみけり夕すずみ」（其袋）。

819
菜畠にきせるわする丶接木哉　夜半叟（遺稿）

訳菜畠にキセルを忘れて来てしまった。のんきに行う接木だよ。季「接木」春。きせる―煙管。煙草を吸うための道具。解菜畠の主は、隠者。接木の途中、一服しようとして煙管を忘れてきたことに気づいたのは、その隠者ぶりに感化された人だろう。忘れることの楽しさ。参露川「方翠を訪／隠者なら此道ゆかん小菜畠」（西国曲）。

820
菜の花やみな出はらひし矢《や》走《ばせ》舟《ぶね》　句帳（遺稿　題苑集　題叢）

訳いちめんに咲く菜の花よ。すべて出払ってしまった矢走舟。季「菜の花」春。語矢走舟―矢橋船。旧東海道矢橋（草津市）と石場（大津市）の間の琵琶湖の渡し舟。木導「真直に矢橋を渡る胡てふかな」（韻塞）。解近江八景の一つに数えられる「矢橋帰帆」は、舟が帆をおろしながら次々と矢橋の船着き場へ帰って来る風景の美しさをいうが、舟が出払ってしまって、船着き場いちめんに咲く菜の花も美しい。舟が帰ってくれば、伝統的に賞美された矢橋帰帆の美しい風景も展開される。

821 日くるゝに雉子《きじ》うつ春の山辺哉　句帳（夜半叟 句集）

訳春の日が暮れる頃、雉子をうつ銃声が響く春の山辺よ。季「日くるゝ（春の暮）」―春。語春の山辺―道命法師「花見にと人は山辺に入はてゝ春は都ぞさびしかりける」（後拾遺集）。「わが心春の山辺にあくがれてながながし日を今日も暮しつ」。解「春宵一刻値千金」とも言われる春の夕暮れの甘美な時間が、山辺から聞こえる雉を撃つ銃声によって破られる。春の山辺は、都人が逍遊する地だが、和歌的優美な世界を銃声によってうち破る点が新しい。参「わが心」の歌の作者は、貫之（新古今集）、躬恒（古今和歌六帖・亭子院歌合・袋草子・躬恒集）、僧遍昭（定家八代抄）と諸書で異なる。

822 大《おほ》門《もん》のおもき扉や春の暮　句帳（夜半叟 遺稿）

訳大門の重い扉よ。春の暮。季「春の暮」春。語大門—京島原の大門。解大門を寺の門とする説もあるが、遊女の春愁と遊廓の門の心の扉の重さを重ねると、春の暮れの艶《えん》冶《や》な気分がいっそう濃厚になる。参『句帳』に合点。楼川「揚屋出て大門を出て秋のくれ」（其雪影）は、江戸吉原の大門。

823 うたゝ寝のさむれば春の日くれたり　句帳（夜半叟　句集）

訳うたた寝から覚めて、ぼんやりしていると、春の日が暮れてしまった。季「（春の暮）」春。語うたゝ寝—寝るつもりがないのに寝てしまうこと。「うたたねトアラバ、よひ　恋しき人　夢」（連珠合璧集）。解小野小町の有名な歌「うたゝ寝に恋しき人を見てしより夢てふ物は頼みそめてき」（古今集）をふまえ、うたた寝の夢から覚めて、再び甘美な春の暮れに心身を委ねる。参中七・下五「春も暮にけり」（俳諧品彙）。蕪村・明和八「うたた寝の臾に離騒や蝿まれ也」（詠草）。召波「うたたねの臾に離騒や菊の花」（春泥句集）。

天明二年（一七八二）壬寅　六七歳

824 うぐひすに老がひが耳なかりけり　夜半叟（春秋稿二篇　天明二落柿舎初懐紙　遺稿）

訳うぐいすの美しい初音を聞いた。老いて聞き違えが多くなった耳にも、間違いないよ。季「うぐひす」春。語ひが耳—聞きそこないや聞き違い。解蕪村とは俳風を異にする加舎白雄や落柿舎重厚に寄せた春興賀句。淡白な味わい。参上五「うぐひすや」(遺稿)。中七「老のひがみゝ」(春秋稿　初懐紙)、「耆ひが耳」(遺稿)。蕪村・明和六「さみだれのうつぼばしらや老が耳」(句帳他)。徳元「老耳にはおもふやはつね郭公」(塵塚誹諧集)。

825 鶴は南うぐひすは北に啼《なく》日哉　夜半叟

訳鶴は南、うぐいすは北で鳴く、春まだ浅い山野の日よ。季「うぐひす」春。語鶴は南—鶴は渡り鳥で初春には北へ帰り、繁殖期の真冬だけ鳴く。解「山野にすめる獣も人気遠ければ日かげをうけてまろびふせる」(類船集)という日《ひ》南北向《なたぼつかう》の山野の初春。白居易「南枝北枝の梅　開落已に異なり」(和漢朗詠集)をふまえ、南北から聞こえる鶴と鶯の声に春を感じた喜び。参「南枝落ちて北枝開く」(白孔六帖・梅部)。

826 今朝きつる鶯と見しに啼《な》かで去《さる》　遺稿（夜半叟）

訳今朝、わが庭に来た鶯だと見たが、鳴かないで飛び去った。季「鶯」春。語去—ここでは飛び去る。「阿弥陀如来、此《ここ》を去ること遠からず」（無量寿経）。解今朝鳴いた鶯の音を再び聞けると思ったのに聞きそこねたという淡い失望感。一方、鳴くはずだという思い込みが裏切られたことのおかしみ。参中七「鶯とおもふ」（夜半叟）。

827
燈《ひ》を置カで人あるさまや梅が宿　句集（天明二・一・二二百池宛）

訳灯を点さず、誰かいる気配がするよ、梅が香る家。季「梅」春。解闇の中でひとり梅の香を楽しんでいる隠者か。あるいは魯文の句「紅閨灯《ひ》を剪《キル》、徒《タダ》梅が香を抱《いだ》き臥す」（新みなし栗）ような艶《つや》やかな女性か。参下五「うめの宿」（百池宛）。

828
梅ちりてさびしく成しやなぎ哉　句帳（句集）

訳梅の花が散って、さびしく成った柳よ。季「やなぎ」春。語梅とやなぎ―早春の風物として対で使われる。重頼「梅の立枝しだり柳や春の対」（時勢粧）。解早春の景色を彩る梅と柳は、芭蕉「梅柳さぞ若衆哉女かな」（武蔵曲）のように擬人化された例が多い。この句の梅は、蕪村馴染の大坂の妓女梅女か。参上五「梅散ッて」（夜半叟）。「梅ちりてしばらく寒き柳かな」（夜半叟）。

829 春雨や暮なんとしてけふも有《あり》　句帳（天明二・一・二六正名・春作宛　同二・七士朗宛　天明二几董初懐紙　杜口春興　夜半叟　俳諧品彙　句集）

訳静かに降り続く春雨よ。今日も暮れようとしている。季「春雨」春。語暮なんとして―漢文訓読調。暮れようとして。けふも有―古代から延々と続く時間の中に生きる存在を確認した言い方。蕪村は「今日も有ノ字、下得《くだし》たりと存候」（士朗宛）と自負した。解自分一人の存在を超えて、永遠の中に生きる存在。古く「春宵一刻値千金」と愛された春の暮、春雨が降り止まない。過去の人が春の夕暮れの「けふ」を生きたように自分もまた未来につながる現在を生きている。参前書「閑居」（俳諧品彙）。上五・中七「春の雨日暮むとして」（几董初懐紙）。中七「日くれんとして」（士朗宛　杜口春興）。白雄「雲の峰きのふに似たるけふもあり」（しら雄句集）。「春日遅々　卉木生萋々」（詩経）。

830 股《もも》立《だち》のさゝだ雄《を》ちぬ雄《を》春の雨　句帳（詠草　遺稿）

訳股立ちのささだ雄とちぬ雄に、春の雨。季「春の雨」春。語股立―袴の左右の腰の側面にあたる明きの縫止めの所。ここでは、股立ちをつまみ上げて腰の紐にはさんでいるさま。さゝだ雄ちぬ雄―小竹田《ささだ》壮士《おとこ》と血沼《ちぬ》壮士《おとこ》。菟原処女《うないおとめ》を争ったが、処女はどちらも選ばず、三人とも死を遂げたという伝説の男二人（万葉集　大和物語　謡曲・求塚等）。[解]股立ちを取った二人の若い男の姿から、古代の恋の争いを幻視。彼らもまた恋のために命をかけたのだろう。たたみかけるリズム感が小止《おやみ》なく降る春雨の降り方と呼応する。[参]中七「さゝだ男や」（夜半叟）。

831
春雨の中を流るゝ大河哉　　句帳（夜半叟　遺稿）

[訳]ししとしと降り続く春雨の中を悠々と流れ行く大河よ。[季]「春雨」春。[語]大河―大きな河。「さすが難所の大河なれば、左右なう渡すべきやうもなかつし処に」（謡曲・頼政）。[解]微細な春雨が天を覆い、悠久な河の流れが地を這う、天地渾然とした世界。五月雨ではなく春雨と大河の取り合わせが新しい。[参]蕪村・安永元「おぼろ月大河をのぼる御舟かな」（句帳他）。同・安永六「五月雨《さみだれ》や大河を前に家二軒」（句集他）。

832
春雨やものがたりゆく蓑と傘　　句帳（夜半叟　句集）

[訳]ししとしと降る春雨よ、何ごとか語り合いながらゆく蓑と傘。[季]「春雨」春。[語]蓑と傘―蓑を着けた人と傘をさした人。蘆本付句「蓑着ては恋笠きては恋」（三疋猿）。[解]蓑と笠を着た人を、商家の主従、親子、恋に身をこがす男女、芭蕉と曾良、旅の道連れ、等さまざまに想像できる楽しさ。親密な物語まで聞こえてきそう。[参]蕪村・安永二

「いざ雪見容《カタチツクリ》す蓑と笠」（句帳他）。芭蕉「小町画賛／貴《たふと》さや雪降ぬ日も蓑と笠」（己が光）。太祇「東風吹とかたりもぞ行主と従者」（太祇句選）。「孔子之郯　遭程子於途　傾蓋而語　終日相親」（蒙求・程孔傾蓋）。

833 春雨や鶴の七日を降くらす　天明二臥央初懐紙（夜半叟　遺稿）

【訳】春雨よ、鶴が舞い降り、この地にとどまるという七日間降り続いている。【季】「春雨」春。【語】鶴の七日—俗に鶴は舞い降りた地に七日留まるという。芭蕉「花咲て七日鶴見る麓哉」（ひとつ橋）。青蘿「七種や七日居りし鶴の跡」（青蘿発句集）。【解】芭蕉句をふまえた春興句。春雨の降り続く間、お互い蕉風で過ごしていますね。【参】臥央は、暁台門の高弟。樗良「春雨や松に鶴なく和かの浦」（樗良発句集）。

834 春雨に下駄買《かふ》泊瀬《はせ》の法師かな　夜半叟（遺稿）

【訳】春雨の中、下駄を買い求めている、長谷寺の法師がひとり。【季】「春雨」春。【語】下駄—遊女が好んで履いた下駄か。許六「出女（遊女）の門立を見れば、四季共に足駄（高下駄）をはきたがるは何事ぞや」（旅の賦）。泊瀬—初瀬・長谷・始瀬とも表記。「初瀬は恋を祈る所」（淀川）。奈良県桜井市。【解】初瀬を訪ねた芭蕉と杜国（万菊）が「春の夜や籠り人《ど》ゆかし堂の隅」「足駄はく僧も見えたり花の雨」（笈の小文）と詠んだことをふまえる。下駄は法師自身のものか、女のものか、どちらともとれるが、恋する人のものだろう。【参】其角「時鳥初瀬の榑橋《くれはし》足駄がけ」（焦尾琴）。

835
柴《ふし》漬《づけ》の沈みもやらで春の雨　　句集（夜半叟）

【訳】沈みもしないでいる柴漬に降り注ぐ春の雨。【季】「春の雨」春。【語】柴漬―柴《しば》を束ねて、水中につけておいて、集まってくる魚やエビを捕る仕掛け。冬季。夏扇「柴漬や鯉だまされて冬籠」（国の花）。【解】春になったら用がない柴漬が、水中に沈まずに浮かんでいる。無用の長物に降り注ぐ春の雨が哀愁を誘う。

836
小原《をはら》にて

春雨の中におぼろの清水哉　　句集（夜半叟）

【訳】春雨のけぶる中、おぼろの清水のおぼろさよ。【季】「春雨」春。【語】小原―大原。おぼろの清水―歌枕。「北山寂光院のにし二町ばかりに有」（国花万葉記）。建礼門院が、寂光院を訪ねた朧《おぼろ》月夜の夜、水に映った自らの衰えた姿を見て嘆いたという伝承がある。
【解】朦朧《もうろう》の美。兼好「大原やいづれ朧の清水とも知られず秋はすめる月かな」（兼好法師集）の歌を春雨に煙る景色に転じて、建礼門院をしのんだ作。参其角「炭焼や朧の清水鼻を見る」（韻塞）。

837 粟《あは》島《しま》へはだし参りや春の雨　句帳（夜半叟 遺稿）

訳粟嶋社への裸足参りよ。降り続く春の雨。季「春の雨」春。語粟島―京都下京区宗《そう》徳寺《とくじ》境内にある淡島社。「堀川の西、生酢屋橋《きすやばし》通りの南、宗徳寺の内にあり。紀州粟嶋の勧請《くわんじやう》なり」（都名所図会）。病気平癒・安産子授・良縁祈願の信仰を集めた。はだし参り―願かけのために素足で寺社に参ること。「（浅草観音の裸足参り）なるほど裸足参りと言うものは、おおかた色っぽいものだ」（江戸生艶気樺焼）。解願かけする女性を春の雨がやさしくつつみこむ。浮世絵師・鈴木春信が描いた寺詣りの女性のような艶なる姿が想像される。参蕪村・安永六「摂《カカゲ》あへぬはだし詣りや皐雨《さつきあめ》」（新花摘）。

838 遅き日や雉子《きじ》の下《お》り居る橋の上　句帳（天明二・一・二六正名・春作宛 同二・七士朗宛 天明二几董初懐紙 短冊 夜半叟 句集）

訳暮れなずむ春の日の夕暮れよ、雉が舞い下りて羽を休める橋の上。季「遅き日」春。語遅き日―歌語（遅日は詩語）。橋の上―劉廷芝「天津橋下陽春水 天津橋上繁華子」（公子行）。蕪村・明和五「寒月や僧に行逢ふ橋の上」（落日庵他）。解橋の上は現世と異界の境界。そこに舞い降りた美しい羽の雉が、見慣れた繁華の町の風景を一転させる。参士朗宛に「野村《やそん》ノ春色、いかゞに候や」と付記。正名・春作宛、士朗宛ともに「春雨や暮なんとしてけふも有《あり》」と併記。綾足「物影に雉子のひかりやはるの雨」（かすみをとこ）。

839
柴刈に砦《とりで》を出るや雉子の声　句帳（自画賛　夜半叟　句集）

訳柴刈に砦を出たのだろうか。けたたましく鳴く雉の声が山野に響く。季「雉子」春。語砦―本城以外の要所に設けた要塞。解ケーンケーンとけたたましく鳴く雉の声から、戦《いくさ》を連想した作。軍記物語の一節を思わせ、柴刈小屋を砦と見立てた大げさな表現が笑いを誘う。参召波「月かけて砦築くや兵等」（春泥句集）。

840
亀山へ通ふ大工やきじの声　句帳（夜半叟　句集）

訳亀山へ通って行く大工の急ぎ足よ。雉の甲高い鳴き声が響く。季「きじ」春。語亀山―丹波亀岡（京都府）。解歴史物語を秘めた作。明智光秀が丹波の亀山城を築城する時、京都から老の坂を越えて通う大工の背後に響く雉の鋭い鳴き声が、戦乱の世の緊迫感を漂わせる。亀山殿の水車を宇治の里人を召して造らせた話（徒然草・五一）に拠り、京都嵯峨野の後嵯峨・亀山両院の離宮亀山殿の造営時とする説もある。参蕪村・天明三「夕しぐれ車大工も来ぬ日哉」（遺草）。

841
河内女《かはちめ》の宿に居ぬ日やきじの声　遺稿（夜半叟）

訳河内女が家にいない日よ。雉の鳴き声。季「きじ」春。語河内女―河内（現在の大阪府の東部）の女性。「河内女の手染めの糸を繰り返し片糸にあれど絶えむと思へや」（万葉集）。後一条入道「忍ぶれば苦しきものを河内女の手染めの糸の色に出でなん」（続後拾遺集）。維舟独吟付合「恋風の吹河内女を夜半にまぎれ／手くりのいとゞほそき心中」（時勢粧）。解河内女から恋を連想、河内通いの男（伊勢物語・二三）の心中をおしはかった作。雉の鋭い鳴き声だけが聞こえてくる空虚感。参中七「内に居ぬ日や」（夜半叟）。大魯「河内女や干菜に暗き窓の機」（蘆陰句選）。

842
若草に根をわすれたる柳かな　夜半叟（句集）

訳若草に見とれて、自分の根を忘れてしまった浮かれ者の柳の木よ。季「柳」春。語根をわすれたる―「根ざし尋ねて」とは逆、自分の出自を忘れること。読人しらず「千世へむと契りおきてし姫松のねざしそめてし宿は忘れじ」（後撰集）。解若草を若い女性に喩《たと》え、根を老いた自分に擬《なぞら》えた。若草になびく柳。参千代尼「根を置てけふももどらぬ柳哉」（千代尼句集）。

843
旅人の鼻まだ寒し初ざくら　句帳（夜半叟　句集）

訳旅人の鼻先はまだ寒くても、咲き始めた初桜。季「初ざくら」春。語初ざくら―初花ともいう（毛吹草）。解季節の変わり目を、旅人の赤い鼻先から感受した。朱拙「夜寒さの水鼻落ん本ンの上」（後れ馳）、東羽「はながみの鼻むけ寒し鼻のさき」（国の花）等の古句があるが、近代では芥川龍之介の辞世句と言われる「水洟や鼻の先だけ暮れ残る」（澄江堂句集）が思い出される。参中七「鼻迄寒し」（題林集）。

844
みよしの丶ちか道寒し山ざくら　句帳（夜半叟　短冊　句集）

訳吉野山への近道は肌寒い、そこでも咲いている山桜。季「山ざくら」春。語みよしの―みは接頭語で吉野の美称。解吉野山は、宗祇「みよし野や外に八花の山もなし」（吉野山独案内）に代表される桜の名所。そこへの近道は険しい山道の上、肌寒く春の実感が伴わないが、山桜をみて、吉野山では満開だろうと胸が高なる。参下五「花一木」（夜半叟）。「みよしの丶ぬけ道寒し初ざくら」（夜半叟）。

845 阿《あ》古《こ》久《く》曾《そ》のさしぬきふるふ落花哉　句帳（夜半叟句集）

[訳]阿古久曾が指貫をふるって花を落としている。まこと見事な落花だよ。[季]「落花」春。[語]阿古久曾―紀貫之の幼名。さしぬき―指貫。袴の一種で、裾に紐を通してくくった。[解]貫之の幼名「阿古久曾」のおもしろさにひかれて成した作。紀貫之ならば、「人はいさ心も知らず古郷は花ぞ昔の香に匂ひける」（古今集）と詠んで、少々拗《す》ねて気取っているが、幼少の阿古久曾時代だったら、指貫袴に花びらをためこんで、無邪気に袴の紐を解いて、花をふるい落として楽しんでいただろう。

吉野

846 花に遠く桜に近しよしの川　句集（遺草）

[訳]花には遠く、桜には近い、よしの川。[季]「桜」春。[語]よしの川―奈良県吉野から紀の国（和歌山県）に流れ入る。紀ノ川の奈良県内での呼び方。花と桜―花は桜の花を称美した言い方、桜は桜木を言う。「花は草木にわたれども、ただ花といふ時ハ桜花に限る事、是この花を第一に称美するの詞、その風流をいふ也。桜とはもと木の名故に、桜さくとか散るとか、あるひは八重桜、うば桜など其花の名目をそへず、ただ桜とばかりいふては花の事にならず」（もとの清水）。[解]花の白さと桜木の黒さのコントラストを

遠近法でとらえ、その間に流れ行く吉野川を配した。遠く仰ぎ見ると吉野山全体が桜の花ざかり、近くを見ると黒々とした桜並木の美しさ。参几董付句「花は桜さくら散ともよしの山」（石の月）。

847
雲を吞《のん》で花を吐《はく》なるよしの山　　真蹟懐紙（自画賛　短冊　天明二・三・一八梅亭宛　新五子稿）

よし野を出る日、風はげしく雨しきりにして、
満山の飛花《ひくわ》、春を余さず

訳雲を吞んで花を吐き出しているような、吉野山一山。季「花（落花）」春。語飛花—春の詞（増山井・四季之詞）。嘯山「春城無処不飛花／わか草やここにも酒の流るめり」。解吉野山を擬人化し、鳥瞰的にとらえた作。嵐雪「白鳥の酒を吐らん花の山」（其便）を念頭においていたか。参前書、自画賛「よし野をくだる日」、梅亭宛「雨はげしく」に異文、「よしのを出る日は、雨かぜはげしくて」（新五子稿）。上五・中七「花を吞で雲を吐なり」（梅亭宛）。

848
花散《ちり》月落《おち》て文《ぶん》こゝにありがたや　　俳仙群会図賛

訳花が散り月が落ちて幾星霜、文章を新たに書き加えることのありがたさよ。季「花

散」春。語あら—感動詞。「あら（新ら）た」を言いかける。解張継「月落烏啼霜満天」（楓橋夜泊）の語調を借り、掛詞を用いた軽妙洒脱な作。俳諧の先達を描いた二〇歳頃をふりかえった照れ隠し。参前文「守武貞徳をはじめ、其角・嵐雪にいたりて、十四人の俳仙を画きてありけるに、賛詞をこはれて／此俳仙群会の図は、元文のむかし余弱冠の時、写したるものにして、ここに四十有余年に及べり。されば其拙筆いまさら恥べし、何ぞ烏有とならずや。今又是に賛詞を加へよといふ。固辞すれどもゆるさず、則筆を洛下の夜半亭にとる」と叙し、「天明壬寅春三月　六十七翁蕪村書」と年記と落款（俳仙群会図賛）。嵐雪「冠里公にて／ありがたやたゞとり山の郭公」（玄峰集）。

さくら見せうぞひの木笠と、よしのゝ旅にいそがれし風流はしたはず、家にのみありてうき世のわざにくるしみ、そのことはとやせまし、この事はかくやあらんなど、かねておもひはかりしことゞもえはたさず、ついには煙霞花鳥に辜負《こふ》するためしは、多く世のありさまなれど、今更我のみおろかなるやうにて、人に相見んおもてもあらぬこゝちす

849 花ちりて身の下やみやひの木笠　花鳥篇（新五子稿）

訳花が散り心の闇が深くなったよ。檜《ひのき》笠の下。季「花ちりて」春。語さくら見せうぞ

ひの木笠―芭蕉「乾坤無住同行二人／よし野にて桜見せふぞ檜の木笠」、万菊丸（杜国）「よし野にて我も見せふぞ檜の木笠」（笈の小文）。煙霞花鳥―風雅・風流の象徴。辜負する―期待を裏切る。身の下やみ―木の下闇を転用して、心の闇をいう。解吉野の花見をしたことに加え、花が散ったことに重ねて、前書と句で心の闇を告げた作。吉野で「桜見せうぞ」という芭蕉に対して、杜国は「我も見せふぞ」と心身ともに投げ出して見せた。私は吉野で花見した身も心の闇も檜笠に隠していますよ、と告げた。「花ちりて」は、失意の比喩でもあるか。身の闇は煩悩、また遊女・小糸への恋心。参り ん女「下闇やむすびめとけて花ざくろ」（紫藤井発句集）。

暮春

850 ゆく春や逡巡として遅ざくら　句集（花鳥篇）

訳去って行く春よ。逡巡として咲く遅桜。季「ゆく春」春。語逡巡として―ためらいがちに。解漢語的表現「逡巡として」によって、行く春を惜しんだ。『花鳥篇』に金篁の句とするが、蕪村の代作。参上五「行春を」（夜半叟）、「ゆく春の」（花鳥篇）。「行春の跡にぎはしかおそ桜」（犬子集　崑山集　鷹筑波集）。「行く春のとどまる所遅桜」（春泥句集）。「子貢逡巡而有愧色」（荘子）。

851 日《ひ》枝《え》の日をはたち重ねてぼたん哉　自画賛（断簡）

【訳】冷え寒《ざむ》の日を二十日《はつか》経て、牡丹が咲き誇っているよ。【季】「ぼたん」夏。【語】日枝の日―冷えの日と冷えの山を掛け、その連想から比叡山、また富士山をイメージ。「富士や雪さむさ迄似てひえの山」（鷹筑波集　崑山集）。はたち重ねて―牡丹の異称の二十日草に「その山（富士）は、ここにたとへば比叡《ひえ》の山を二十ばかり重ね上げたらんほどして」（伊勢物語・九）を効かせた表現。【解】見事に咲き誇る牡丹を富士山に擬《なぞら》え比肩させた豪放磊落《らいらく》な作。【参】前書「富士の画賛」（断簡）。

852 蓼《たで》の穂を真《ま》壺《つぼ》に蔵《かく》す法師哉　句帳（天明二・八・二四　几董宛　夜半叟　遺稿）

【訳】蓼の穂を茶壺に入れ、大切に保存している法師よ。【季】「蓼の穂」秋。【語】蓼の穂―塩漬けにして食用とした。季吟付句「卒度《ソツと》ばかりも辛き蓼の穂」（紅梅千句・七）。真壺―新茶の茶壺の口を切る口切の茶事のときに用いた大切な茶壺。日野好元「口切は加様に名高き真壺哉」（時勢粧）。【解】諺「蓼喰虫も好き好き」（世話重宝記他）をふまえて、物好きな法師がいるよ、と笑いを誘った。【参】几董宛に、この句と「塩淡くほたでを嗜む法師かな」を併記して、「嗜《たしむ》を又蔵すともいたし見申候。いづれ歟《か》」と付記、「たでの穂に乾けるしほをたしむかな」の句も掲げる。

853 甲斐がねやほたでの上を塩車　句帳（天明二・八・二四几董宛　夜半叟　句集　新五子稿）

訳遠く聳《そび》え立つ甲斐の嶺よ。穂蓼が実る上の道を塩車が行く。季「ほたで」秋。語甲斐がね―甲斐国（山梨県）の山。白嶺とも（類船集）。ほたで―穂蓼。蓼の穂が出たもの、食べると辛い。紅色の他、白花桜蓼と呼ばれる白い蓼もある。芭蕉「草の戸をしれや穂蓼に唐がらし」（笈日記）。塩車―塩を載せた車。驥服塩車《きふくえんしゃ》。高い能力をもった者がつまらない職につくこと。立吟付句「塩車月夜のよさに引侘て」（其袋）。解遠景に甲斐国の白嶺、近景に穂蓼を配し、塩車が動いて行く様を眺望した叙景句。信玄に重用されず、甲斐の国を去って行く姿を背景にひそませているか。塩車から謙信が信玄に塩を送った故事を連想する説もある。参露沾「甲斐がねも見直す秋の夕哉」（続虚栗）。

854 鮎落て宮木とゞまるふもと哉　句帳（夜半叟　遺稿）

訳鮎が下流に落ちて行き、宮木は留まる麓よ。季「鮎落て（落鮎）」秋。語鮎落て―産卵を終え力尽きた鮎が川を落ちるように下って行く。宮木―宮殿や神殿を造るための木材。ふもと―麓。「麓に当つて少し木深き影の見え候こそ、大宮の御在所橋殿にて御入り候へ」（謡曲・兼平）。解「落つ」と「とゞまる」を対照させ、謡曲・兼平を下敷きにして、落鮎から粟津に落ちのびた木曾義仲を、宮木から自らはとどまって追っ手を防いだ今井四郎兼平をイメージしたか。[参]重頼「落行は爰《ここ》やうき世のさがの鮎」（犬子集）。

855 鮎落てたき火ゆかしき宇治の里　句帳（夜半叟　遺稿）

[訳]落鮎の候、焚き火がなつかしくなる。ここ宇治の山里。[季]「鮎落て（落鮎）」秋。[語]宇治の里―京都の南部。「げにや遠国にて聞き及びにし宇治の里、山の姿川の流れ、遠の里橋の気色、見所多き名所かな」（謡曲・頼政）。[解]落鮎の晩秋、焚き火のぬくもりに人恋しさがつのる。嘯山「其業《そのわざ》の宇治の汲鮎《くみあゆ》や暮る迄」（俳諧新選）の後の風景。[参]蕪村「宇治行」（天明三年）では、宇治で詠んだ句「鮎落ていよいよ高き尾上かな」を掲げる。入江「落鮎や春見し里とおもはれず」（左比志遠理）。

856 後の月鴫《しぎ》たつあとの水の中　句帳（扇面　天明二・九・五前後騏道宛　同年九・一六以後騏道宛　夜半叟　遺稿）

[訳]後の月、鴫が飛び立ったあとの水の中に映っているよ。[季]「後の月」秋。[語]後の月―九月十三夜の月。鴫たつあと―西行「心なき身にもあはれは知られけり鴫立つ沢の秋の夕暮」（新古今集）。慈鎮和尚「夕ま暮鴫たつ沢の忘れ水思ひいづとも袖はぬれなん」

（続古今和歌集）。解西行や慈鎮の和歌が詠み残した美を発見した。飛び立つ鴫の動に対して水中の後の月の静けさ。参箕山「鴫立や水とわからぬ薄月夜」（左比志遠理）。

857
後の月かしこき人を訪《と》ふ夜哉　句帳（夜半叟　遺稿）

訳後の月、賢人を訪ねるにふさわしい夜だよ。季「後の月」秋。語かしこき人―身分の高い人、尊敬すべき人、賢人など畏れ多くて普段は近づきがたい人。「賢人の山居せしたぐひおほし」（類船集）。解後の月の寂寥《せきりよう》感と賢人を訪わずにはいられない夜の訪問者の澄み切った心境。参一イ「賢《かしこき》もうかれ出ん世や屠蘇の酒」（年次未詳・貞門歳旦発句集）。

858
泊る気でひとり来ませり十三夜　句帳（句集　夜半叟　題林集）

訳泊まる気持ちで、ひとりいらっしゃいました、この十三夜。季「十三夜」秋。語来ませり―いらっしゃる。解誰が泊まる気持ちで誰のところへ来たかは謎。蕪村は、賀瑞の句「榾《ほた》たけば天狗来ませり峰の坊」を褒めているので（安永七・一〇・二八付柳女・賀瑞宛書簡）、十三夜の名月をしみじみと語り合うことができる、普段ならひとり歩きをしない人だろう。参中七「独《ひとり》わせたり」（夜半叟）、下五「後の月」（題林集）。

859 三《み》井《ゐ》寺《でら》に緞《どん》子《す》の夜《よ》着《ぎ》や後の月　句帳（扇面　夜半叟　遺稿）

［訳］三井寺に用意された緞子の夜着よ。後の月。［季］「後の月」秋。［語］三井寺―滋賀県大津市の園城寺の別称。緞子―絹の紋織物の一種。夜着―綿を入れた夜具。ふとん。［解］芭蕉が「三井寺の門たたかばやけふの月」（雑談集）と詠んだのに対し、九月十三夜の月見に豪華な緞子の夜具を用意していますよ、と応じた。三井寺の月と鐘は調和するが、緞子の夜着は違和感があり、その落差がおかしい。［参］『句帳』に合点。

860 梺《ふもと》なる我蕎麦存す野《の》分《わき》哉　句集（夜半叟　天明二・九・二八米居宛）

［訳］ふもとにはわが家の蕎麦畑がある。吹き荒れる野分よ。［季］「野分」秋。［語］梺―麓の国字。野分―野の草を分けて吹く風、台風。［解］米居宛書簡に「匋彭沢《たうはうたく》と風流を競ひ候。いかゞ、御聞可被下候」と付記、匋彭沢（陶淵明）の詩「三径荒ニ就ク、松菊猶存ス」（帰去来辞）を意識しての作とわかる。高潔な松菊を俗な蕎麦に詠み替えたおかしみ。米居が、蕎麦の名産地信濃善光寺の俳人で、隠逸志向の人であることを意識したのだろう。［参］上五「けさ見れば」（米居宛　夜半叟）。これにつけば、台風が通り過ぎた朝の心境句となる。蕪村・安永三「我のみの柴折くべるそば湯哉」（句帳）。

861
市人《いちびと》のよべ問かはす野分かな　句集（夜半叟）

訳商人たちが昨夜の様子を問い交わしている、野分の朝よ。季「野分」秋。語市人―市で物を売る人。商人。富長付句「明《あけ》ぬとて野べの市人にぎやかに」（時勢粧・五）。よべ―よんべ。昨夜。解市井の人への温かいまなざし。早起きの商人たちが、昨夜のすさまじい台風について話しあい、互いの無事を喜んでいる。参下五「秋のくれ」を「野分」と改める（夜半叟）。芭蕉「市人よ此笠うらふ雪の傘」（野ざらし紀行）。

862
鳥さしの西へ過《すぎ》けり秋のくれ　遺稿（天明二・八・二四几董宛　夜半叟）

訳鳥さしが西へ過ぎていった。さびしい秋の暮。季「秋のくれ」秋。語鳥さし―もち竿で小鳥をさして捕らえる人。解秋の夕暮と殺生を業とする鳥さしの淋しさを重ねて、心底に潜む西方浄土への希求。同時代の白雄句「秋日和鳥さしなんど通りけり」（しら雄句集）と類想だが、中七「西へ過けり」が句の眼目。参前書「秋のくれ」（几董宛）。漁焉「鳥さしの来ては柳を憎《にくみ》けり」（新選）。

863 淋し身に杖わすれたり秋の暮　句帳（天明二・八・二四几董宛　夜半叟　句集　新五子稿）

【訳】淋しい身に寄り添う杖を忘れてしまったよ、秋の暮。【季】「秋の暮」秋。【語】淋し身―淋しい老いの身。「淋しみ」と言いかける。【解】杖を忘れたという何気ない日常の一こまが、老いの身の悲しみを深くし、秋の暮の淋しみと重なり合う。几董宛に862句とこの句を掲げ、「秋のくれなどは、深く案候はゞよき句も有るべく候へども、病中叶ひがたく候」と付記。【参】上五「淋し身の」（几董宛）、中七「杖わすれたる」（夜半叟）。杉風「老淋し若葉の花をさがす杖」（杉風句集）。

864 ひとり来て一人を訪ふや秋のくれ　夜半叟（遺稿　句稿　断簡　天明二・一二無宛名）

【訳】ひとり来て一人の人を訪ねるよ。この秋の暮。【季】「秋のくれ」秋。【語】ひとり来て―ひとりだけで来て。冬松「独《ひとり》来て友選びけり花のやま」（阿羅野）。【解】ひとりとひとりの出会いこそ心を通わせるにふさわしい。下五「冬の月」（句稿）ならば、寒月のなか孤高の人を訪ねる人を、「秋のくれ」ならば、「此道や行人なしに秋の暮」（其便）と詠んだ芭蕉を訪ねる人。【参】下五「冬の月」（句稿）。大江丸「ふたりしてひとりを訪ふや冬籠」（あがたの三月よつき）。

865
流来《ながれき》て引《ひ》板《た》におどろくサンシヤウ《（セウ）》魚《うを》　夜半叟

[訳]流れて来て、引板の音に驚く山椒魚。[季]「引板」秋。[語]引板—雀などの鳥を驚かすために音を立てる道具。「引板は板に木をそへて縄ひきて鳴すもの也」（増山井）。サンシヤウ魚—山椒魚。山奥の渓流に住む。鮎・鹿皮とならぶ丹波の名物（毛吹草）。[解]山椒魚を詠んだ句は、たいへん珍しい。隠者が俗世に出て、その喧騒に驚いたことを寓意したか。[参]蕪村「あな苦し水尽シとす引板の音」（天明二・九・一六几董宛）。

866
山陰や誰よぶこどり引《ひ》板《た》の音　句帳（夜半叟　句集　新五子稿）

[訳]秋の日の山陰よ、誰を呼んでいるのか呼子鳥のようなかしましい引板の音。[季]「引板」秋。[語]よぶこどり—呼子鳥と「誰呼ぶ」小鳥を言いかける。古今伝授の三鳥の一つで秘伝の鳥。伯《ヲ》母《バ》棄《ステ》山の付合語（類船集）。「をちこちのたつきも知らぬ山中に覚束なくも呼子鳥かな」（古今集）。[解]古今集の歌「覚束なくも呼子鳥」に応じて、古今伝授では秘伝とされた鳥の正体を引板であると見立て、権威的な古今伝授を揶揄《やゆ》したのだろう。[参]江鳥「親しらず子しらず啼や呼子鳥」（左比志遠理）。

867 親法師子法師《こぼし》も稲を担ひゆく　夜半叟

訳親の法師、子の法師も稲を担って行く。季「稲」秋。語親法師・子法師―親の僧侶と子の僧侶。法師に影法師を言いかける。解日々の営みが親から子へと継承され、代々生き続ける法師の姿。味わい深い人生詩。前書「返照入江翻石壁（返照、江ニ入リテ石壁ニ翻ル）」を抹消（夜半叟）。杜甫「返照」（唐詩選）の第三句で「落日が川の水面を照らし、石の壁に反射している」の意。老衰多病の身でありながら、帰郷がかなわず彷徨する魂を嘆く望郷の詩で第三句は白帝城西の情景。はじめ前書にこの詩句を用いて西日がさす夕暮の叙景句としたが、暗く絶望的な杜甫詩全体を鑑みて抹消したのだろう。参「したゝかに稲荷ひゆく法師哉」（遺稿　夜半叟）も同じ頃の作か。

868 折くるゝ心こぼさじ梅もどき　句帳（扇面　天明二・九・一六　駅道宛　同九・二八　米居宛　忘れ花　落日庵　夜半叟　句集　題林集）

訳折り採ってくれた梅もどき、折ってくれた心もこぼすまい。季「梅もどき」秋。語梅もどき―モチノキ科の落葉低木、葉が梅に似ている。晩秋、紅色または白い実を結ぶ。解扇面の前書や書簡の付記から、洛東芭蕉庵（双林寺）での作で、芭蕉の精神を損なわないで継承することの寓意。「所謂しほからきと申句に候へども…」、「わざと此句法を用ひ候」（騏道宛）と言うことから、其角流の「高邁洒落《こうまいしやらく》」を作風とする蕪村が、支考や麦林の系統を継ぐ俳人の「しほからき」句風を真似て見せたことになる。[参]前書「十五日、洛東はせを庵小集、探題二句」（扇面、869を併記）。付記「右、いづれも洛東はせを庵にていたし候」（米居宛）、中七「心ほどよし」（題林集）。乙由「午潮亭に遊びて／世の音に露はこぼさじ菊の花」（麦林集）

869
梅もどき折《をる》や念珠《ねんじゅ》をかけながら　　句帳（扇面　天明二・九・一六騏道宛　夜半叟　句集）

[訳]梅もどきを折っている、その腕に数珠をかけたままで。[季]「梅もどき」秋。[語]念珠―念仏を唱えながら一つ一つ数珠を数えること。[解]「かけながら」は、数珠を「手に掛けながら」と「願を掛けながら」の掛詞。尼僧の仕草とみれば、艶なる情景が浮かぶ。[参]寿松「菩提樹の実は身の秋の念珠哉」（俳諧新選）。

870
柿崎の小寺尊しうめもどき　　句帳（夜半叟　遺稿）

[訳]柿崎の親鸞上人ゆかりの小さな寺が尊い。梅もどきの小さな実。[季]「うめもどき」秋。[語]柿崎―越後（新潟県）中頸城の海沿の町。親鸞上人配流の地。小寺―柿崎には親鸞ゆかりの寺という浄善寺や浄興寺がある。[解]蕪村は若き日に浄土宗の僧として諸

国を行脚したことがあり、柿崎にも立ち寄ったかもしれない。梅ぼうし（法師）にもならぬ梅もどきの青春の日を懐かしみ、また流謫《るたく》の親鸞上人への敬愛の思いをこめて、北海の地の小寺を尊んだ。参支考「柿崎や墨にはそめで夏衣」（夏衣）。

題　烟光疑暮山紫

871 山暮れて紅葉の朱《あけ》を奪ひけり　扇面（夜半叟）

訳山が暮れ、紅葉の朱色を奪ってしまった。季「紅葉」秋。語烟光疑暮山紫―「疑」は「凝」の誤記。王勃「烟光凝リテ暮山紫ナリ」（古文真宝後集・滕王閣序）。朱を奪ふ―「子曰ク紫ノ朱ヲ奪フヲ悪ムナリ」（論語・陽貨）。解暮れてゆく紅葉の山の荘厳さを漢詩文調で表現。参中七「もみぢの秋を」（夜半叟）。九月十五日、芭蕉庵小集、題「紅葉」（扇面）。安成「丹波にて／朱にまがふ丹波の山の紅葉哉」（続山井）。

872 二荒や紅葉が中の朱の橋　夜半叟

訳二荒山よ、一山みな紅葉の中、朱塗りの橋。季「紅葉」秋。語二荒―日光の古い表記。日光の山を特に二荒山と書く。東照宮が祭られていた。解一山全体が紅葉にそまって燃えている。中国風の絢爛《けんらん》で原色に近い色彩の美しい寺社がある中でも、朱色の橋に焦点をしぼり、鮮やかさを浮かび上がらせた作。二荒の表記を意図的に用いたのだろう。参蘭更「日光／日面《ひおもて》も日うらも照す宮居哉」（半化坊発句集）。

873
よらで過《よぎ》る藤沢寺のもみぢ哉　句帳（夜半叟句集）

訳立ち寄らずに過ぎ去った、藤沢寺の紅葉の美しさよ。季「もみぢ」秋。語藤沢寺―相模国（神奈川県）藤沢の時宗総本山清浄光寺。通称遊行寺。遊行上人一遍の開基、代々他阿弥陀仏の別称を用いた。解何ものにも心をとどめない遊行僧にならって、紅葉の美しさにも立ち寄らずに過ぎて行く美学。参上五「よらで過グ」（夜半叟）。太祇「摂待へよらで過けり鉢たたき」（太祇句選）。

874
村紅葉会《あひ》津《づ》商人なつかしき　句帳（夜半叟句集）

訳村一帯が紅葉に染まった。会津商人がなつかしい。季「紅葉」秋。語村紅葉―群鴉・群千鳥のように群をなして村全体が紅葉したこと。会津商人―福島県の商人。解燃えるような紅葉から、朱塗りの水杯や美しい絵模様の入った蠟燭など会津の名産を商う会津商人をなつかしく思い出した。参蕪村は会津とつながりがあった。「右之画ハ奥州会津より之求メニてしたゝめ置候所、遠境の事故、急ニ一物ニ成かね候故、会津下し一は春永ニいたし下し申す可くと存じ奉候」（安永七・一二・二二来屯宛）。

875 いさゝかな価乞《おひめ》はれぬ暮の秋　夜半叟（題林集　句集）

訳少しばかりの借金の返済を催促された。暮れて行く秋。季「暮の秋」秋。語価乞—借金。「オイメ」とルビ（夜半叟）。解少しばかりの借金の返済を迫られた身の淋しさと秋の終わりの淋しさが重なって一入《ひとしお》淋しい。三夕の和歌の淋しさは風雅であるが、庶民にとっては、少しばかりの金銭にまつわる淋しさが身につまされる。参中七「価乞はれつ」（題林集）。蕪村の金銭感覚は「今の世行脚の俳諧者流ほど下心のいやなるものハ無之候。其旨いかにと問ふニ、行先キざきニ而金銭を貪り取たがり候」（安永四・一二・一二霞夫・乙総宛書簡）からもうかがえる。

876 ある方にて
くれの秋有職《いうそく》の人は宿に在《ま》す　句集（夜半叟）

訳秋が終わろうとしている。訪ねた有職家は在宅していらっしゃいました。季「くれの秋」秋。語有職の人—朝廷や武家の礼式・典故に詳しい人。解蕪村が有職家を訪ねたのは、何か理由があったからだろう。前書の「ある方」は未詳。伊勢で有職家の竜尚舎に会った芭蕉が、「物の名を先とふ蘆のわか葉哉」（笈の小文）と詠んだことが念頭をよぎったか。参几董「ある方にまねかれて／炉開や紅裏《もみうら》見ゆる老のさび」（続明烏）。

877
跡《あと》かくす師の行《ゆき》方《がた》や暮の秋　句集（夜半叟）

訳行衛を隠す師よ、いったいどこへ行ってしまわれたのでしょうか。暮の秋。季「暮の秋」秋。語跡かくす師―亡くなってしまった師。行方―「いかなる事か有りけむ、過ぎぬる比《ころ》、かき消つ様に失せて、行方も知らずと語るに、くやしくわりなく覚えて」（発心集・玄賓僧都遁世逐電の事）。解蕪村の師巴人は、寛保二年（一七四二）六月六日、他界。何年経っても秋の末になると亡くなった師が私を置き去りにしてどこへ行ってしまわれたのか、と深い悲しみが甦ってくる。参中七「師はいづちへぞ」（夜半叟）。宰鳥（蕪村）の巴人追善句・寛保二「我涙古くはあれど泉かな」（西の奥）。

878
朔《つい》日《たち》や三夕ぐれを一しぐれ　夜半叟

訳一〇月一日、三夕の歌をいっぺんに塗り替えてしまうほど淋しい時雨の雨よ。季「しぐれ」冬。語三夕ぐれ―秋の夕暮を詠んだ三首の『新古今集』に収載する名歌。定家「見渡せば花ももみぢもなかりけり浦の苫屋の秋の夕暮」、寂蓮「さびしさはその色としもなかりけり槇立つ山の秋の夕暮」、西行「心なき身にもあはれは知られけり鴫立つ沢の秋の夕暮」。解上・中・下句の上に、朔日の一、三夕の歌の三、一時雨の一と数字を配した作。三夕の歌の秋の淋しさが、初冬一日のたった一度の時雨によって変化する。三夕の歌の情緒を理知的に詠み替えた俳諧的な表現。

879 半江の斜日《しやじつ》片《へん》雲《うん》の時雨哉　天明二・冬青荷宛（遺草）

訳川の半分を夕陽が赤く染め、一方、ちぎれ雲が過《よぎ》り、降り注ぐよ時雨よ。季「時雨」冬。語半江―川の半分。白居易「一道ノ残陽、水中ニ鋪キ　半江ハ瑟瑟、半江ハ紅ナリ」（暮江吟）。斜日―夕陽。片雲―ちぎれ雲。杜甫「乾坤、一腐儒　片雲、天ハ共ニ遠ク」（江漢）。解慣用的にいう「馬の背をわける」雨を一句のなかで「半江の斜日」と「片雲の時雨」で対句的に表現。漢和聯句の付合に「滴月橋姫涙／哀秋山姥相」（俳諧塵塚）の例があるが発句では実験的な試み。

880 撥《ばち》音《おと》に散るは寿永の木の葉哉　断簡

琵琶の画賛

訳琵琶の法師の奏でる撥音に散るのは、寿永の世の木の葉だよ。季「木の葉」冬。語撥音―琵琶の演奏で使う道具が弦にふれて出す音。寿永―平安末期。安徳天皇朝の年号。平家滅亡は寿永四年（一一八五）。解画賛を求められた折の作。寿永の世に滅んだ平家と木の葉が散るさまの哀切さを重ね合わせて、切迫した撥音の響きで表現した。参樗良「蘭台子にて／風流や紅葉の中に散る木の葉」（樗良発句集）。

881
桐《きり》火《ひ》桶《をけ》無《む》絃《げん》の琴《きん》の撫《なで》ごゝろ

天明二・一二・一一季由宛（同三・二・二八如瑟宛　真蹟　自画賛　短冊　夜半叟　雁風呂）

訳桐火桶を抱いていると、無絃の琴を愛撫した陶淵明の心持が伝わってくる。季「桐火桶」冬。語桐火桶―桐の木をくりぬいて作った火鉢。無絃の琴―陶淵明は楽器を弾けなかったが、酒に酔うと絃のない琴を愛撫したという。蕭統「淵明音律を解せず。しかるに無絃琴一張を蓄へ、酒適のごとに輒《すなは》ち撫弄す」（陶靖節伝）。蕪村「琴―右琴ノ字、音ニヨムベシ。こととよむ事なかれ」（季由宛）。解酒席で無絃の琴を撫でる無為自然なふるまいこそ自在だと、陶淵明の生き方に心をよせた。参「琴心もありやと撫る桐火桶」（夜半叟）は別案か。丙穴「雁帰リ渺《べう》として無絃の琴を掻《かく》」（新みなし栗）。

882
松島で死ぬ人もあり冬籠

天明二・冬青荷宛（夜半叟　新五子稿）

訳行脚の果て松島で死ぬ人もいる。私は冬籠。季「冬籠」冬。語松島―陸奥国（宮城県）松島。風雅の象徴の地。大塚「松島の月こそ和歌の道の奥」（時勢粧）。【解】西行の「願はくは花の下にて春死なん」の歌をふまえて、素堂が芭蕉に「松島の松陰にふたり春死む」（己が光・送芭蕉翁）と送ったこと、また「冬籠りまたよりそはん此はしら」（阿羅野）と芭蕉が詠んだことを念頭においての作。松島で客死する人も、市井に生きる私の冬籠も芭蕉の遺志を継いでいる。【参】「松島で古人と成る歟《か》年の暮」（遺草）は別案か。

883 冬川や舟に菜を洗ふ女有《あり》　句稿（断簡　夜半叟）

【訳】冬の川の冷たさよ。その川に舟を浮かべて菜を洗う女もいる。【季】「冬川」冬。【語】菜を洗ふ女—言水「芋洗ふ女に月は落にけり」（東日記）、芭蕉「芋洗ふ女西行ならば歌よまむ」（野ざらし紀行）。【解】言水句や芭蕉句に詠まれた西行伝説をふまえた作。菜を洗う女は、芋洗う女の末裔《まつえい》。安永六年「水鳥や舟に菜を洗ふ女有」（句集　夜半叟）の上五のみ改訂した作。【参】帯河「菜をあらふ女に近し池の鴨」（有の儘）。

884 ふゆ河や誰《たが》引すてゝ赤《あか》蕪《かぶら》　句稿（夜半叟　断簡）

【訳】寒々とした冬の川。誰が引き抜いて捨てたのだろうか。川面に浮かんで流されて行く赤蕪。【季】「ふゆ河」冬。【語】赤蕪―日野蕪また赤菜・近江菜とも。近江（滋賀県）蒲生郡日野の名産。茎葉・根茎ともに紫紅色。【解】明和五年「冬川やほとけの花の流れ去《さる》」（句帳　遺稿）と類似する発想。「誰引すて、」と「赤蕪」が、上五「や」の切れ字と照応して、寒々とした風景がひろがる。【参】中七「誰が引捨し」（断簡）。己百「紅猪口を誰が投すてし寒椿」（渭江話）。「冬川や蕪ながれて暮かかり」（俳諧寂栞）。

885 **嵐雪にふとん着せたり雪の宿**　句稿

【訳】「蒲団着て」と詠んだ嵐雪に、ふとんを着せてやったよ。雪の宿。【季】「雪」冬。【語】嵐雪―服部氏。其角とともに芭蕉没後の江戸蕉門を先導した。宝永四年没、五四歳。嵐雪「蒲団着て寝たる姿や東山」は、名句として流布（枕屏風・玄峰集等収載）。【解】雪の宿のたわむれ。嵐雪句、ふとん、雪の宿の連想が、温かなイメージを喚起する。下五が「夜半の秋」（夜半叟）の句形もあるので、秋季とするか冬季とするか迷ったのだろう。【参】蕪村・安永四「嵐雪とふとん引合ふ佗寝かな」（句集）。

886 **楽書の壁あはれ也今朝の雪**　句稿（夜半叟）

【訳】落書きされた白壁がみすぼらしくあはれだ。今朝の雪。【季】「雪」冬。【語】楽書―落書。

休和「落書をせんとや壁に筆つ虫」（続山井）。芭蕉付句「落書に恋しき君が名も有て」（卯辰集「馬かりて」歌仙）。解清浄な雪の朝、真っ白な壁のシミのように浮かび上がる落書きが、人の営みの汚れを浮かび上がらせるようで、あわれ。参中七「あさましや」（夜半叟）。乙由「落書は鳥の跡や今朝の雪」（麦林集）。

887
登《とう》蓮《れん》が雪に蓑たく竈《くど》の下　夜半叟

訳登蓮が雪の日に蓑を燃やす、竈の下の薄明かり。季「雪」冬。語登蓮―平安時代末期の歌僧。ますほの薄の故事を知るために「蓑がさやある、かし給へ。かの薄の事ならひに、わたのべの聖のがり尋まからんといひけるを、…」と、風雨をおしてまで「聖」を訪ねた説話で有名（徒然草・一八八）。解登蓮自らが大事な蓑を雪の日に燃してしまう潔さ。参太祇付句「夏のくれ未焼止メぬ竈の下」（平安廿歌仙・第十七）。

888
雪に来よといふ人住《すむ》やよしの山　夜半叟

訳雪の日に訪ねて来てよ、と言う人が住んでいるよ、吉野山。季「雪」冬。語よしの山―花の名所。解西行は「吉野山やがて出でじと思ふ身を花散りなばと人や待つらん」（山家集）と詠んだが、冬を迎えても未だ吉野山に住んでいて、「さびしさにたへたる人のまたもあれな庵ならべん冬の山里」（新古今集）と呼びかけているのだろう。参蕪村・年次未詳「雪どけやけふもよしの丶片便」（遺草）。

889 文《ふ》机《づくえ》の肘《ひぢ》も氷のひゞきかな　句稿（夜半叟　天明二・一二無宛名）

訳文を読む机についた肘も、氷が割れるように響いてくることよ。季「氷」冬。語文机―ふみづくえ。読書に用いる机。貞室「文机になれてや月も数万巻」（玉海集）。解文机に肘をついて書見する、蕪村の自画像か。『平家物語』の冒頭「諸行無常の響き」に対して、「肘も氷のひゞき」と応じた。「も」によって、寒気の厳しさがひとしおではないことを感じさせてくれる。参自悦「氷の割湖へいなう往《》と響けり」（洛陽集）。

天明三年（一七八三）癸卯　　六八歳

ことしは歳旦の句もあらじなどおもひゐけるに、臘月廿日あまり八日の夜のあかつきのゆめに、あやしき翁《おきな》の来《きた》りていふやう、おのれはみちのくにの善正殿にたのまれまいらせて、京うちまゐりし侍るおきなゝるが、よきついでなればそこに奉るべきもの丶侍れば、ここにまほで来《う》ぬとて、ひらつゝみときて、根松のみどりなるをふたもとゝうでて、これを御庭のいぬゐの隅に植おき給はば、かぎりなきよろこびをも見はやし給はんといひつつ、かいけちて見えずなりぬ。ゆめうちおどろきても、

此翁にむかひかたるやうにおぼえて、かの武隈の古ことおもひ出られてかくは申侍る

890 我門や松はふた木を三《みつ》の朝

自画賛（扇面自画賛・自画賛　歳旦説　新五子稿）

訳これぞ我が家、めでたい二つ松の門松に年・月・日の三つの朝が来た。季「三の朝」春。語松はふた木―根元で二本に分かれている武隈の松（宮城県岩沼市）。橘成季「武隈の松は二木を都人いかにと問はばみきと答へむ」（袖中抄）をふまえた芭蕉「桜より松は二木を三月越シ」（奥の細道）による。三の朝―年・月・日の始め。元旦。「三」と「見つ」を言いかける。解武隈の松の精霊が訪れてくれた我が家で元旦を迎えたことを寿《ことほ》いだ歳旦句。前書は、旧年十二月二八日の暁「あやしき翁」が夢枕に立って、緑の根松を取り出し、庭の北西に植えておけば喜びに恵まれよう、といって消えた。そこで、武隈の松を思い出して句を詠んだ、という。参付記「癸卯正月朔応百池求」（扇面自画賛）。

891 きのふ見し万才に逢ふや嵯峨の町

天明二・冬几董宛

訳昨日見かけた万才師に今日も逢いましたよ。嵯峨の町。季「万才」春。語万才―万歳。太夫と才蔵でおもしろおかしく祝儀を述べて家々をまわる門付け芸。幕府の保護に

よって、三河万歳が栄えた。[解]新年を祝う気分で京中が沸きかえるなかで、洛外に視点を移して、新年を祝った歳旦句。万才芸人は京の町中こそ似合うが、洛外の嵯峨の町で再会した驚き。[参]天明三年用の歳旦句として詠んだもの。

892 傀《くわい》儡《らい》の赤き頭《づ》巾《きん》やうめの花　　天明二・冬几董宛

[訳]傀儡師《くぐつし》が舞わす恵比寿《えびす》人形の赤い頭巾よ、梅の花。[季]「うめの花」春。[語]傀儡―傀儡師の略。恵比寿人形を入れた箱を胸にかけ、その人形を操り舞わせ歩いた門付芸人。[解]門付けの傀儡師の赤い頭巾が、早咲きの梅のようでめでたい。箱から取り出した恵比寿は商売繁盛の福の神、鯛を釣り上げる黒い頭巾と傀儡の赤い頭巾は対照的、赤の美しさが映える。[参]天明三年用の歳旦句として詠んだもの。

893 うぐひすや梅踏こぼす糊《のり》盥《だらひ》　　遺稿（夜半叟）

[訳]うぐいすがやってきたよ。梅の花を踏みこぼす先の糊盥。[季]「梅」春。[語]糊盥―米や正麩などを煮立てたデンプン質から作り、貼り付け用の接着剤として用いた糊を入れた盥。[解]御伽草子「舌切り雀」の話が思い出される。うぐいすが花を軽やかについばみ、梅の花が洗濯婆の糊盥に散って行く危うさをユーモラスに描いた。[参]付記「誰が

やどぞ梅のちりこむ糊盥」を示し、「此句再案有、いづれよろしからんや」（夜半叟）。「鶯や舌があぶない糊の桶」（夜半亭蕪村）は、この別案か。

894 紅梅の落花燃《もゆ》らむ馬の糞　短冊（天明三几董初懐紙　夜半叟　句集）

訳紅梅の落花が燃えているよう、馬糞の上で。季「紅梅」春。解醜のなかの美。湯気の立つ馬糞の上に落ちて、赤々と燃えているような紅梅は、杜甫「山青クシテ花燃エント欲ス」（唐詩選）の「燃エント欲ス」から着想したか。無腸（秋成）「梅さくや馬の糞道江の南」（五車反古）も念頭にあっただろう。参林斧「掻《かき》よする馬糞にまじるあられ哉」（阿羅野）。支考付句「馬糞の上に蝶の飛ちる」（笈日記）。

895 公《きん》達《だち》に狐化たり宵の春　夜半叟（句集）

訳公達に狐が化けたにちがいない。妖しい宵の春。季「宵の春」春。語公達―貴族の子弟。男子にも女子にも使う。宵の春―春の宵と同じ時間を言うが、「春宵一刻値千金」を踏まえた言い。蕪村特有の表現。解甘美な時間のなかで、狐顔の公達を幻視して、王朝の世界に心を遊ばせた。「公達」「狐」のカ行音の固い響きを下五「宵の春」でゆったりと受け止めている。参上五「上扇（臈）に」（夜半叟・別案）。

896
連歌してもどる夜鳥羽《よとば》の蛙かな　句集（一枚摺　新蛙合）

訳連歌の会を終えて戻る夜、聞こえてくる鳥羽の蛙の声よ。季「蛙」春。語鳥羽―京都市伏見区下鳥羽。同地実相寺に松永貞徳の墓がある（貞徳終焉記）。解貞徳ゆかりの鳥羽と蛙を取り合わせ、連歌師の気持ちを忖度《そんたく》してユーモラス。蛙は「花に鳴く鶯、水にすむ蛙の声を聞けば、生きとし生けるもの、いづれか歌をよまざりける」（古今集仮名序）以来歌を詠む者の代名詞。連歌会を終えて高揚した気分で帰ったが、思えば蛙こそ歌を詠むのだと思い直した。参一枚摺に几董の「網代木のゆるぐ夜ごろや朧月」（天明三『初懐紙』）と併出。林紅「下鳥羽や雨の音ほどなく蛙」（鯰橋）。

897
雛《ひな》の燈《ひ》にいぬきが袂《たもと》かゝるなり　遺稿（落日庵　夜半叟）

訳雛壇のぼんぼり、いぬきの袂がかかり、薄闇につつまれたよ。季「雛」春。語いぬき―犬君。『源氏物語』（若紫）で、雀を逃がしたという童女の名。解あどけない少女のしぐさと雛祭の灯がかもしだす王朝物語的な世界。参羽紅付句（挙句）「雛の袂を染るはるかぜ」（猿蓑・餞乙州東武行）。蓼太「消かゝる灯もなまめかし夜の雛」（蓼太句集）。

898 たらちねの抓《つま》まずありや雛の鼻　句集（落日庵　五車反古）

訳母さんが高くなるようにとつまんでくれなかったのでしょうね。女雛の低い鼻。季「雛」春。語たらちね―母の枕詞。ここでは母。解低い鼻ですましている女雛へのユーモラスな呼びかけ。存義が「紙びなやおぼつかなくも目鼻だち」（古来庵発句集）と詠んだように、庶民にとって紙雛が一般的な時代だったから、土雛か、もっと上質の雛人形。参前書「上巳」（五車反古）、中七「抓までありや」（同）。千代尼「鑓《やり》もちや雛のかほも恋しらず」（千代尼句集）。安永八年作とする説もある。

899 卯の花はなど咲である雛の宿　夜半叟（落日庵）

垣根の蓬《よもぎ》、畠の桃、いとゆかしき
妹《いも》が宿りなりけり

訳卯の花だけどうして咲いていないのだろう。雛人形が飾ってある家。季「雛」春。語垣根の蓬―荒れた垣根をイメージ。畠の桃―桃の節句（三月三日の雛祭り）に因む。桃仙「美しみして」（徒然草・二六）。「昔見し妹が垣根はあれにけり茅花まじりの菫のきいもと持けり桃の花」（金竜山）。妹が宿り―恋人の住む家。卯の花―ウツギの花。蕪村・明和八「卯の花や妹が垣根のはこべ草」（落日庵）。解蓬も桃も春、卯の花は夏。雛祭りに卯の花が咲くはずはないが、恋人との思い出の花だろう。参前書「ゆかしき」を「なつかしき」と改訂（落日庵）。安永八年作とする説もある。

900 古びなやむかしの人の袖《そで》几《き》帳《ちやう》　落日庵（夜半叟　句集）

訳古びた雛人形よ。思い出すのは昔の恋人が袖で顔を隠したしぐさ。季「ひな」春。語むかしの人の袖―昔の恋人の袖。「五月待つ花橘の香をかげば昔の人の袖の香ぞする」（古今集）。袖几帳―袖をあげて顔を隠すしぐさ。解女雛を見ていると、昔の恋人が袖で顔を隠したしぐさとほのかな香りを思い出す。王朝貴族に託した恋の句。参「上巳」と前書（句集）。佐秋「経るとしを手箱にかくす雛かな」（蕉門むかし語）。

901 箱を出る㒵《かほ》わすれめや雛二対　落日庵（句集　新五子稿）

訳しまっておいた箱から出る二対の雛人形、お互いの㒵を忘れるはずがないよ。季「雛」春。語わすれめや―忘れるはずがない。宗牧「わすれめや月とあめとのとまりぶね」（大発句帳）。解二対ある雛人形が、同じ箱に入っていても、男雛と女雛それぞれ連合いの㒵を忘れないでいるけなげさ。参大魯「古雛や桜がくれのうらみ顔」（蘆陰句選）。

902 畑うちや法三章の札のもと　句集（落日庵）

訳畑をのんびりとうつ人よ。法三章の高札の下。季「畑うち」春。語法三章―漢の高祖が秦の時代の苛政を改め、殺・傷・盗を罪とし、これ以外の罰則を廃止したという故事。「前漢ノ高祖初メテ関ニ入、法ヲ約スルコト三章」（蒙求・蕭何定律）。解過酷な政治からうってかわって、人々が法から解放された理想郷。参上五「畑うつや」（落日庵）。「耕や法を約する札のもと」（落日庵）、「畠打や法を約する札のもと」（夜半叟）、「畑打や耳うとき身の只一人」（遺稿　夜半叟　落日庵）も同じ着想。

903 畠《はた》打《うつ》や峯の御坊の鶏《とり》のこゑ　遺稿（夜半叟）

訳畑を打つのんびりした音。聞こえてくる山寺の鶏の鳴き声。季「畠打」春。語畠打―春先に作物を植えるために畑を耕す。芭蕉「畑打音やあらしのさくら麻」（花摘）。解理想郷の春。峯の御坊と鶏の声は、陶淵明「桃花源記」にいうような仙境。参蕪村・天明三か「野望／畠打の目はなれずよ真爺が嶽」（遺稿　夜半叟）。同・年次未詳「畑打や木の間の寺の鐘供養」（句帳）。同「畑打や我家も見えて暮遅し」（同）。

加久夜長帯刀《かくやたちはきのをさ》はさうなき数奇《すき》もの也けり。古曾部《こそべ》の入道はじめてのげざんに、引出物見すべきとて、錦の小帒《こぶくろ》をさがしもとめける風流などおもひ出《いで》つゝ、すゞろ春色に堪えず侍れば

904 山吹や井手を流るゝ鉋屑《かんなくづ》

天明三几董初懐紙（天明二・冬几董宛　同三・八・一四　嘯風・一兄宛　短冊　句集）

訳 咲き乱れる山吹よ。井手の玉川を流れて行く鉋屑。季「山吹」春。語 加久夜長帯刀—藤原節信《ときのぶ》。平安後期の歌人。さうなき—並びなき。数奇もの—風流者。古曾部の入道—能因法師。げざん—見参。対面。引出物云々—節信が能因と対面した折、能因が錦の小袋から長柄の橋を造ったときの鉋屑を取り出して見せると、節信は紙に包んだ井手堤の蛙の干物を見せ、互いに感嘆した（袋草紙）。すゞろ春色に堪えず—わけもなく春色に感動して。王安石「春色悩人不得眠」（夜直詩）。井手—井手の玉川。山城国綴喜郡。「蛙トアラバ、井手　山吹」（連珠合璧集）。解 叙景的な句の背後に物語をひそませた作。井手の山吹と蛙の連想から節信の風狂心、鉋屑から能因の風流心を思い出させる趣向。前書と句が一体となって受容され（几董宛）、漢詩がそうであるように故事をふまえて、二重の意味をくみとることを望んだ（嘯風・一兄宛）。参 他もほぼ同文の前書。

905 裏門の寺に逢《ほう》着《ちゃく》す蓬《よもぎ》かな　句集（夜半叟）

訳裏門のある寺に出くわした。覆い茂る蓬よ。季「蓬」春。語蓬―葎《むぐら》と同じく荒れたイメージを喚起する。逢着―「ぶぢゃく」とも。張籍「僧房ニ逢着ス款冬花　寺ヲ出テ吟行スレバ日既ニ斜メナリ」（三体詩・逢賈島）。解僧房（坊）に行きあたり、そこに住む僧侶とともに寺を出て吟行したという張籍の漢詩に対して、人も住まず荒廃した寺の裏門にめぐりあった怖れ。漢詩調の強い響き「逢着す」で「蓬」をクローズアップして、荒涼たる寺の裏門を描き出した。参支考「吏明亭／裏門にあきのいろあり山畠」（浮世の北）。

906 遅き日や谺《こだま》聞《きこゆ》る京の隅《すみ》　遺稿（天明三・一・一六佳棠宛　同三巴牛歳旦帖　同文誰歳旦　夜半叟）

訳暮れなずむ日の夕暮れよ。どこからか谺が聞こえてくる、京の片隅。季「遅き日」春。語谺―木霊。山彦。柳岡付句「同音の谺山びこ宮の月」（星桜）。京の隅―「今日の住み」と言いかける。解谺が木の精霊か山に住む男が発するものと思われていた時代を懐かしみ、古代から続いてきた京都の町の片隅で、今日を生きることを喜び、暮れなずむ春の日を愛でた。参嘯山「谺してみじか夜明けぬ日本橋」（葎亭句集）。

祖翁一百回忌大会

907 空にふるはみよしの丶さくら嵯峨の花

天明三・三・四野菊宛
（風羅念仏　新五子稿）

訳空に降るのは、吉野のさくら嵯峨の花。季「さくら」春。語祖翁一百回忌大会―芭蕉百回忌取越法要・句会。暁台主催、蕪村協賛。天明三年三月一一日・一二日大津義仲寺、一三日双林寺、一四日から一七日洛東安養寺、二三日に金福寺で追善興行。空にふるは―慈円「世の中の晴れ行く空にふる霜のうきみばかりぞおきどころなき」（新古今集）。みよしの丶さくら嵯峨の花―吉野は万葉以降の、嵯峨は江戸初期以降の桜の名所。解芭蕉追善句。芭蕉が訪ねた吉野や嵯峨の散る桜に追慕の思いを託し、「ふる」に降る（散る）とふる（経る）の意をかけて、芭蕉俳諧の伝統に思いをはせた。参前書「祖翁百回大会」（風羅念仏）、「翁百回忌に」（新五子稿）。上五「空に雨」（野菊宛に併記）。

題四山亭

908 すゞしさをあつめて四つの山おろし

四山集

訳涼しさを集めて、四方から吹く山おろし。季「すゞしさ」夏。語四山亭―伊勢の俳人巴水が新築した家の亭号。解四山亭の亭主に贈った祝賀の句。『奥の細道』の途上、芭蕉が一栄宅で詠んだ「五月雨を集めて涼し最上川」をふまえ、素堂が泰山・箕山・首陽山・飯顆山によって四山《しざん》の瓢《ひさご》と命名してくれた芭蕉庵の瓢と同じ亭号だから、四倍も涼風が吹いてきますね。

909 涼さやかしこき人の歩行《かち》渉《わた》り　月並発句帖

訳目にも涼しいことよ。畏れ多い方が浅瀬を歩いて渡ってゆく。季「涼さ」夏。語かしこき人―身分の高い人。貴人。蕪村付句「茶のにほひかしこき人やおはすらん」（写経社集「植かゝる歌仙」）。解衣冠束帯の貴族が裸足で歩く不用意さと涼しさの感覚。裸足の足の白さから視覚的にも涼やかでなまめかしい。参五月八日、月並句会、同席俳諧（月並発句帖）。

910 我影を浅瀬に踏《ふみ》てすゞみかな　天明三・六・二四如瑟宛

訳鴨川の浅瀬にのびるわが影、その影を踏んで涼んでいるよ。季「すゞみ」夏。語浅瀬―ここでは鴨川。「右、鴨緑江頭《あふりよくかうとう》にあそびていたし候。おもしろからず候へども書付《かきつけ》候」（如瑟宛）。「鴨緑江頭」は鴨川のほとり。解「我が影」を踏むのは蕪村自身。風国が豊後の友人朱拙に「もろともに影も踏むべき花の陰」（泊船集）と呼びかけたように、

―他人の影を踏むことは親しい者に許された。孤独ながらも涼しげ。李白の「杯ヲ挙ゲテ明月ヲ邀《むか》エ……影徒ニ我ガ身ニ随フ」（月下独酌）が念頭をよぎったか。【参】鬼貫「水海やわが影にあふ箱根山」（仏兄七久留万）。

911 塵《ちり》塚《づか》の髑《どく》髏《ろ》にあける青田かな　落日庵

【訳】塵塚に捨てられた髑髏。その窪んだ眼から夜が明けて、背後に広がってゆく青田よ。【季】「青田」夏。【語】塵塚―ゴミ捨て場。【解】シュールな感覚。髑髏が捨てられた塵塚の不気味な夜が明け、さわやかな青田が広がって日常に戻って行くときの不思議な幻惑。「塵塚に鶴」（掃きだめに鶴）よりも、塵塚に髑髏が似合う。【参】晋明「暁の炉に深山木の髑髏哉」（新みなし栗）。几董「野を焼くや小町が髑髏不言《ものいはず》」（井華集）。

912 あだ花は雨にうたれて瓜ばたけ　月並発句帖（落日庵　句集）

【訳】あだに咲く花が雨に打たれている。この瓜畑。【季】「瓜」夏。【語】あだ花―実を結ばない花。【解】瓜畑のなかでも、寂しげなあだ花に焦点をしぼって、失意の人を詠んだ、寓意の句。荷兮句「あだ花の小瓜とみゆるちぎりかな」（阿羅野）があるように、瓜とあだ花は連想語。【参】下五「瓜畑」とも（月並発句帖）。五月八日、月並句会、探題（月並一発句帖）。蕪村・天明三「あだ花にねぶるいとまや瓜の番（落日庵）。

913 桜なきもろこしかけてけふの月

天明三・八・一九佳棠宛（同八・二〇騏道宛　同八・二三如瑟宛　同九・一月渓宛　扇面　雁風呂　新五子稿）

【訳】桜がないという唐土までも照らし出す、今宵の名月よ。【季】「けふの月（名月）」秋。【語】桜なきもろこし―桜がないという中国。貝原益軒『花譜』に「からの書にて、吾いまだみざる物多し」として「小桜・垂糸桜・桜」を筆頭に「凡三十六種」の草木を掲げる。このことから中国には桜がないという話が人口に膾炙《かいしゃ》したか。もろこしかけて―源家長「いづこにもふりさけ今や三笠山もろこしかけていづる月影」（新勅撰集）。【解】我が国では桜ばかりか名月もすばらしい。画に「東成謝寅」と署名する蕪村が、中国を意識して自国の優位を誇る作。【参】前書「良夜」（騏道宛　月渓宛　扇面）。付記「月の小すり物いたし度候」（佳棠宛）、「此句は当時流行之蕉風にてはなく候。近来之蕉門といふ物、多くあやなし候句斗いたし、俗耳をおどろかし候。実はまぎれ物ニ候故、わざとケ様之句をいたし置候」（如瑟宛　月渓宛もほぼ同じ趣旨）。

十三夜、西の京を過て

914
鬼すだく露のやどりやのちの月　扇面

訳鬼がむらがる露けき宿のすさまじさよ。美しい後の月。季「のちの月」秋。語西の京―平安京朱雀大路の西側。処刑場があった地。蕪村「西の京にばけもの栖《すみ》て、久しく荒はてたる家ありけり」（五車反古）。すだく―たくさん集まってさわぐ。解地上のはかない露の宿りに集う怪異な鬼たちに対し、天上の月の美しさ。冷気で天地が通じ合う。参蕪村・明和六「水鳥や提灯遠き西の京」（落日庵）。

915
関《せき》の燈《ひ》をともせば消る野分哉　遺稿（天明三・八・一一　如瑟宛）

訳関所の燈を点せば消える、すさまじい野分の風よ。季「野分」秋。語関の燈―関所で点す燈。支考「関の灯のあなたこなたを夕涼」（梟日記）。野分―二百十日前後に吹く暴風。台風。解太祇「ふりむけば灯とぼす関や夕霞」（太祇句選）の春の風景とは一変して、野分の烈風に吹きさらされる関所の心細さ。参付記「宿かさぬ村あはれなる野分哉」「西須磨に泊り合せて野分哉」と併記して「いづれも尋常の句也」（如瑟宛）。

太祇居士が十三回追善の俳諧にまねかれける日、風雨ことに烈しかりければ、かくては道のほどいかにやなど、人のせちにとゞめけるを、蓑笠や有、とく得させよと云罵りて、ことごとしき老の出立いとおかしく、からうじて不夜庵にいたりぬ。かの登蓮法師が風流とは品かはりたる(れ)ど、こころざしの誠はなどか恥べきにやと、頓《やが》て仏前に向て

916 線香やますほのすゝき二三本　文集

㊞立ち上る線香の煙よ、ますほの薄《すすき》が二、三本。㊥「すゝき」秋。㊨太祇―蕪村の心友。江戸の人。京都島原に不夜庵を結んだ。明和八年没。六三歳。不夜庵―太祇門の二世必化坊五雲の庵号。ますほのすゝき―どのような薄かを知るために、登蓮法師が雨の中、蓑笠をつけて教えを乞いに出かけた故事（徒然草・一八八）。二三本―ここでは線香の本数を薄の数に喩えた。㊟太祇追善句。前書で登蓮法師の故事をふまえて、人々に止められたにもかかわらず、老齢をおして、太祇の一三回忌に駆けつけたという志の誠を述べ、発句では、ますほの薄を線香に代えて追慕した。

宇治山の南、田原の里の山ふかく、茸狩し侍けるに、わかきどちはえものを貪り先を争ひ、余ははるかに後れて、こゝろ静にくまぐ〵さがしもとめけるに、菅の小笠ばかりなる松たけ五本を得たり。あなめざまし、いかに宇治大納言隆国の卿は、ひらたけのあやしきさたはかいとめ給ひて、など松茸のめでたきことはもらし給ひけるにや

917
君見よや拾遺の茸の露五本　宇治行自画賛（文集）

訳若者よ、ご覧あれ。ここに拾いあげた露けき松茸五本。季「茸」秋。語田原―京都の東南部、宇治田原。ここの門人毛条（奥田治兵衛）に招かれて訪ねた。宇治大納言隆国の卿―『宇治拾遺物語』の作者といわれる。同書に丹波国篠村の平茸の話がある。拾遺の茸―残り物を拾ったという意と『宇治拾遺』をかけた洒落。解同行した若者への呼びかけ。平茸ばかりではなく松茸にも注目してくれ、と洒脱に戯れた。参「見のこしの茸のかほりや宇治拾遺」（宇治行初稿）、「茸狩や遺《のこ》るを拾ふ宇治の露」（宇治行再稿）の作もある。

918
西行の夜具も出て有《ある》紅葉哉　句帳（句集）
高雄

訳西行の寝具も出ている、燃えるような高雄の寺の紅葉よ。季「紅葉」秋。語西行の夜具―高雄の神護寺の文覚上人が、法華会で西行を宿泊させた故事（井蛙抄・六）。解西行を憎んで頭を打ち割ってやろうとし文覚が、高雄で対面した後、西行に親しみを抱いたという故事をふまえ、文覚の愛憎を紅葉の色で象徴した。参蕪村・安永七以降「文覚が袈裟も紅葉のにしき哉」（夜半叟）。其角「高雄にて／此秋文覚我をころせか

—し」（五元集）。

919 ひつぢ田にもみぢちりかゝるゆふ日哉　句帳（句集）

訳青々としたひつぢ田に紅葉が散りかかり、ますます赤く燃える夕日よ。季「もみぢ」秋。語ひつぢ田—刈り取った後の稲の切り株に、再び青々とした稲が生え出た田。尚白「ひつぢ田の麦より青き時雨哉」（忘梅）。解色彩のくっきりした絵画的な作。再生した青田に赤く散る紅葉のコントラストが美しく、荘厳に沈む夕日に溶け込んで行く。参蕪村・安永六「ひつぢ田の案山子もあちらこちらむき」（夜半叟）。

920 しぐるゝや長田《をさだ》が館《たち》の風呂時分　天明三・九・尽日馭道宛（同一〇・三不二庵宛　同一〇・四士川・士喬・士考宛　同一〇・五正名宛）

時雨

訳時雨が降り始めたよ。ちょうど源義朝を謀殺した長田忠致《ただむね》の館の風呂が沸く頃。季「しぐる」冬。語長田が館—尾張の豪族長田氏の館。主の忠致は、永暦元年（一一六〇）、平治の乱で敗れ長田氏を頼って逃げ延びてきた義朝を屋敷の西にある薬師堂の湯殿で家臣に殺害させた（平治物語）。「父義朝は、これよりも野間の内海に落ち行き、長田を頼み給へども、頼む木の下に雨洩りてやみやみと討たれ給ひぬ」(謡曲・朝長)。後に長田は義朝の子頼朝によって処刑された。解冬を告げる時雨の寂しさと歴史物語を重ね合わせた作。時雨の本意と謀殺の悪意が微妙に響き合う。

921 身ひとつの鳰《にほ》のうきすや置《おき》巨《ご》燵《たつ》　月並発句帖

訳わが身ひとつは寄る辺ない鳰の浮巣のよう。置炬《ご》燵《たつ》。季置巨燵―冬。語鳰のうきす―鳰の浮巣。カイツブリの作った巣が葦間に浮いているように見えることから言う。寄る辺ないことを譬《たと》える歌語。置巨燵―動かさない掘り炬燵に対し、やぐらの中に炭入れを仕組んで、移動できるようにした炬燵。芭蕉「住つかぬ旅のこゝろや置《おき》火《ご》燵《たつ》」(俳諧勧進牒)。解芭蕉句「住つかぬ」をふまえた作。私は寄る辺ない身でもありながら定住者、それも置炬燵に頼っています、と戯れた作。参十月十日、月並句会、探題「巨燵」(月並発句帖)。太祇「恥かしやあたりゆがめし置火燵」(太祇句選)。

922 冬鶯むかし王《わう》維《ゐ》が垣根哉　から檜葉(月並句会記　月渓筆画賛)

訳冬の鶯の鳴き声が遠くから聞こえてくる。その昔の王維の垣根が思われるよ。季「冬鶯」冬。語冬鶯―山を離れて平地に棲む。枯れ色の羽で目立たず、春の鳴き声とは異なりチャッ、チャッと笹鳴き（地鳴き）する。「冬なくは妙ぞ鶯ほふ法花」（毛吹草）。王維―盛唐の詩人で画人。「曙月孤鶯囀《さへづ》リ　空山五柳ノ春」（王維詩集・過沈居士山居哭之）。「花落チテ家童未ダ掃ハズ　鶯啼テ山客猶ホ眠ル」（同・田園楽）等。〔解〕臨終三句の一。王維の家の垣根で鳴いていた鶯が、時空を超えてやって来てかすかに鳴いているような幻想。敬慕する王維の垣根は、「妹がかきね三線草の花さきぬ」と詠んだ恋人の垣根ともつながっている。〔参〕正甫「冬鶯／鶯の声ものどにや冬籠り」（境海草）。

923 うぐひすや何ごそつかす藪の霜

から檜葉（月並句会記　月渓筆画賛）

〔訳〕うぐいすよ。何をかさこそ音を立てているのだ。藪の霜の中で。〔季〕「（冬）うぐひす」冬。〔語〕ごそつかす―かさこそと音を立てる。幽泉「鶯や椿の中をごそつかす」（泊船集）。藪の霜―霜が降りた藪。路通「鶯も鶯めくぞ藪の花」（既望）。〔解〕臨終三句の二。藪の中に生きる鶯のけなげな命に共鳴した呼びかけ。鶯はとげとげしい藪の霜の中で懸命に春を待って命をつないでいる。其角「鶯の身をさかさまに初音かな」（篇突）のように、冬の鶯は勇ましくはなく、藪をかき回すだけ。

924 しら梅に明る夜ばかりとなりにけり

から檜葉（月並句会記
晋明集二　月渓筆画賛）

訳白梅に明けるばかりの夜明けとなったよ。季「しら梅」春。解臨終三句の三。次年度用の春興句。咲き初めた白梅に白み始めた夜明けを調和させ、明るい春を予感して寿《ことほ》いだ。白に象徴される命や自然への希求は、蕪村の生きる希望そのもので、美しく清らかに澄んでいる。参月渓筆画賛に臨終二句に継いで「しばらく有て暁の頃」の前書で「白むめのあくる夜斗と成にけり」と記し、「初春の題を置候様、あとにて仰られ候」と付記。几董「夜半翁終焉記」（から檜葉）に「此三句を生涯語の限りとし、睡れるごとく臨終正念にして、めでたき往生をとげたまひけり」。

年次未詳　安永七年～天明三年（一七七八～一七八三）　六三歳～六八歳

季節は、原則として『俳諧新選』の配列順にしたがった。

925 うぐひすや野中の墓の竹百竿《ひやくかん》

句帳（夜半叟　遺稿）

訳うぐいすよ。野原の中の墓、百竿の竹藪でホーホケキョと鳴いている。季「うぐひす」春。語野中の墓―深草の元政の墓。「瑞光寺は、深草極楽寺にあり。……明暦元年に元政上人草創ありて法華道場とし給ふ。元政墓、仏殿の西にあり。塚の上に竹を植ゆる。元政法師常に携へ給ふ竹の枝を立てしかば、枝葉茂りしとなり」(都名所図会)。解詩僧元政上人を敬慕した作。元政上人が墓標替わりに、二、三竿竹を植えよと遺言したこと(草山集)をふまえ、その竹が百竿にも増え、鶯がやって来てホーホケキョ(法、法華経)と鳴いている。参蕪村・安永四か「寒月や枯木の中の竹三竿」(句集)。惟然「尋元政法師墓/竹の葉やひらつく冬の夕日影」(藤の実)。

926 住吉に天《あま》満《みつ》神のむめ咲ぬ　遺稿(夜半叟)

訳住吉にある、天神様の梅が咲いた。季「むめ」春。語住吉—大阪市の南。住吉大社がある。解住吉大社の境内に咲いた梅を、さすがに天に満ちる神(菅原道真)の梅と感嘆。「梅」のかな表記をめぐって、宣長と秋成が論争したが、学問の神様の天神さんの梅は、「東風《こち》吹かば」咲くのだから、争うことはない。参蕪村・安永五「梅咲ぬどれがむめやらうめじややら」(句集)。本居宣長『字音仮字用格』は安永五年刊。

927 小豆《あづき》売小家の梅のつぼみがち　句集(夜半叟)

訳小豆を商う小さな家の梅、その花もまだ莟《つぼみ》のまま。季「梅」春。解小正月(一月一五日)、小豆粥《がゆ》を煮て邪気を払う「小豆粥いはふ」(増山井)風習を背景にした作。梅の莟は幸福の象徴。つましく生きる小豆売りの小商人への温かい眼差し。【参】下五「つぼみ哉」(夜半叟)。支考「縁に寝る情や梅に小豆粥」(続猿蓑)。

928 やぶいりや鉄漿《かね》もらひ来る傘の下　　句集(夜半叟)

【訳】藪入の娘よ。恥ずかしそうに顔を隠しながら鉄漿をもらいに来た、傘の下。【季】「やぶいり」春。【語】やぶいり―奉公人がもらう正月一六日前後の休暇。鉄漿―おはぐろ。既婚の女性が歯を黒くすること。初めて歯を染める時、指南する人を御歯黒親という。傘の下―徳元「夜目遠目笠の内よし月の顔」(塵塚誹諧集)。【解】藪入で帰郷した娘になり代わっての作。結婚が決まった報告を兼ねて、鉄漿親になってもらいたいと願い出た、娘のうれしさと恥ずかしさ。【参】米仲「初雪やわれはづかしき傘の下」(かなあぶら)。

929 やぶ入のまたいで過《すぎ》ぬ几巾《いか》の糸　　句集(夜半叟)

【訳】藪入で故郷へ帰った少年が、またいで通り過ぎたよ。凧の糸を。【季】「やぶ入」春。【語】几巾の糸―蕪村付句「几巾の糸心行迄《ゆくまで》のばすらん」(天明三「花ざかり」三十句)。【解】大人になろうとする少年の気負い。凧糸がぴんと張ってこそ凧は揚がるが、垂れ下がっている。それをまたいで過ぎたのは、凧揚げに関心を失ったからか、大人は凧揚げなどに興味がないものだと装ったからか。参蕪村・年次未詳「藪入りを守《もる》や小安の地蔵尊」（夜半叟 遺稿）。木導「養父《やぶ》入に道一筋の焼野かな」（旅館日記）。

930 畑打よこちの在所の鐘が鳴《なる》　自画賛（句帳・夜半叟 句集）

山々唯落暉

訳畑を打つ人よ。こちらの在所の夕暮れの鐘が鳴る。季「畑打」春。語こちの在所―こちらの村。其角付句「在所でもよそに聞なす泊瀬の鐘」（句兄弟）。解漢詩に詠まれた秋の夕暮れを春に転じた作。あち（隣村）の働き者に、そろそろ仕事をやめようやと呼びかけた。参前書は、王績「東皐薄暮ニ望ミ　徙倚《しい》何《いづ》クニ依ラント欲ス　樹々皆秋色　山々惟落暉《ただらつき》」（唐詩選三・野望）に拠る。

931 野《の》袴《ばかま》の法師が旅や春の風　夜半叟（句集）

訳野袴を着た法師の旅よ、春風が吹いて行く　季「春の風」春。語野袴―裾の襞《ひだ》をまとめて歩きやすいようにした袴。下級武士は用いたが、僧侶はあまり使わない。解法師が似合わない袴で頼りなさそうに旅を行くおかしさ。参嘯山「公家方の野袴風《ぶ》俗《り》や春の草」(葎亭句集)。

932
春風のつまかへしたり春曙抄《しゆんしよせう》　遺稿(夜半叟)

訳春風が端をひるがえしたよ、春曙抄。季「春風」春。語つま―着物のすそ。ここでは本の紙の端。春曙抄―北村季吟による『枕草子』の注釈書。延宝二年(一六七四)成立。解春風が「春はあけぼの」を書名にした『春曙抄』を開くおもしろさ。参りん女「芭蕉葉の小つまかへすや今朝の秋」(友すずめ)。

933
曙のむらさきの幕や春の風　句集(夜半叟)

無為庵会

訳春は曙の紫の幕よ、春の風。季「春の風」春。語無為庵会―三浦樗良の無為庵での句会。樗良は安永五年六月、京都木屋町三条へ移住。曙のむらさきの―「春は曙、やう白くなりゆく、山際すこし明かりて、紫だちたる雲の細く棚引きたる」(枕草子春曙抄・冒頭)。むらさきの幕―あけぼの幕。蕪村付句「たはゝにしぼる紫の幕」(安永八年「罷出た」歌仙)。解蕪村は安永三年に「ゆく春やむらさきさむる筑波山」(句集)とも詠んだので、春の色を陰陽五行説にいう青ではなく、紫色とみていたか。三つの

「の」音が効果的。参随古「二番座の斎《とき》すむ幕や春の風」（新選）。

壬生《みぶ》山科やがもとにて

934 壬生寺の猿うらみ啼けおぼろ月　夜半叟（色紙）

訳壬生寺の猿よ、恋の恨みに啼きなさい。美しい朧《おぼろ》月夜。季「おぼろ月」春。語壬生山科や―壬生は中京区。壬生寺の狂言は有名。山科や（屋）は、寺領内の料理茶屋か。「当寺の御ほんぞん。ぢざうぼさつ、れいげんあらた也。毎年三月十四日より廿四日まで里のおとこ共いろ〳〵のきやうげんなしけり。内に料理茶や有」（京名所案内記）。解猿の狂言を演じた若者に呼びかけた作。朧月夜の中、叶わない恋の思いを抱いて演じる滑稽なしぐさが、「猿猴が月」を連想させ、哀切な気分を醸し出す。参前書「壬生山科屋がもとにて俳諧興行有ける時」（色紙）。

935 蝸《でゝ》牛《むし》のかくれ顔なる葉うら哉　夜半叟

訳蝸牛がかくれ顔している葉の裏よ。季「蝸牛」夏。語かくれ顔―かくれているつもりになっているような顔つき。解世捨て人を蝸牛に喩《たと》えて、隠れることはできないと揶揄《やゆ》したか。角がある蝸牛は、隠れているつもりでも見つかってしまう。参蕪村・年次未詳「子狐のかくれ皃なる野菊哉」（新五子稿）。

936
出る杭のうつゝなき身やかたつぶり　夜半叟

【訳】出る杭は打たれる、それでも現世に角をふりたてる身なのか、蝸牛。【季】「かたつぶり」夏。【語】出る杭のうつ―「出る杭は打《うた》る」（世話類聚）の応用。うつゝなき―正気でない。【解】蝸牛が角を出す習性をとらえた作。「出る杭は打たれる」と「うつつなき」を言いかけて、無我夢中で争っても仕方ない、と現《うつつ》ではない身を案じた。争いごとを度々引き起こした大魯への警句か。【参】霞夫「うつゝなきものよ火桶の撫ごころ」（左比志遠理）。

937
茂《も》右衛《ゑ》門《もん》が筑波とはゞや麦の秋　夜半叟

【訳】茂右衛門が住む筑波山を訪ねたいものだ。黄金色に実る麦の秋。【季】「麦の秋」夏。【語】茂右衛門―農夫らしい人名。【解】連歌の別称を「筑波の道」という。風流は解さないが、麦秋の美しい筑波山麓に農夫を訪ねてみたいと戯れた。【参】千川「麦の穂と共にそよぐや筑波山」（炭俵）。白雄「筑波根や世のやぶ入か遠霞」（しら雄句集）。

938 水《みな》底《そこ》の草にこがるゝほたる哉　　夜半叟

【訳】水底の草を恋慕って光る蛍よ。【季】「ほたる」夏。【語】こがるゝ―身を焦がすほどに思慕する。「水底に生ふる玉藻のうちなびき心を寄せて恋ふるこの頃」（拾遺集）。「腐草、蛍となる」（礼記・月令）。【解】拾遺集の歌や礼記等で知られる蛍の出自を下敷きにした作。蛍が火をともすのは、故郷に焦がれて身をこがすからだ。【参】暁台「ともし火にこがるゝ蝶を夢路かな」（暁台句集）。

939 笠脱て帰る梵《ぼ》論《ろ》ありせみの声　　夜半叟

【訳】笠を脱いで帰る虚無僧がいる。かまびすしい蟬の声。【季】「せみ」夏。【語】梵論―虚無僧の古称。【解】托鉢を終えて寺に帰る虚無僧の安堵感。猛暑に耐えかねて笠を脱ぐと、それほどにも感じなかった蟬の鳴き声が、かまびすしく聞こえる。【参】蕪村・年次未詳「蟬なくや比枝のあざりの昼飯《ひるがれひ》」（夜半叟）。大魯「梵論が笠吹上し枯野かな」（蘆陰句選）。蓼太「春の日や門ゆく梵論の影法師」（蓼太句集）。

940 骨《こつ》拾《ひろ》ふ人にしたしき菫《すみれ》かな　　句帳（夜半叟　句集）

［訳］骨を拾う人に、寄りそって咲く菫よ。［季］「菫」夏。［語］骨拾ふ―火葬にした死者の骨を拾う。「たづぬる骨を拾ふ草むら　旦水／半分は焼けたる藁の一束　一雲」（其便「一雲・泥足・旦水三吟歌仙」）。菫―山部赤人「春の野に菫摘みにと来し我ぞ野をなつかしみ一夜寝にける」（万葉集）。芭蕉「山路来て何やらゆかしすみれ草」（野ざらし紀行）。［解］悲しみを慰めてくれるかのように咲く菫のつつましさ。赤人や芭蕉が詠んだ、なつかしくゆかしい菫が、骨揚げで悲しみにくれる人に寄りそうように咲いている。

941 摂《せつ》待《たい》へよらで過《すぎ》行《ゆく》狂女哉　句帳（夜半叟　遺稿）

［訳］摂待へ立ち寄らず過ぎて行く、狂女よ。［季］「摂待」秋。［語］摂待―陰暦七月初旬から下旬にかけて、湯茶を路上でふるまう仏教の布施のひとつ。狂女―失った子を求めて狂気に陥った女（謡曲・百万・桜川・隅田川・三井寺等）。［解］摂待に寄らないで、仏の縁から離れて行く狂女のあわれ。狂女は一途に何かを求めるあまり狂気に陥った女。「よらで過行」が眼目。［参］蕪村・安永年中「此家の狂女世になく成ぬらん」（樗良・几董・蕪村三吟「秋萩の」二十五句）。蕪村・天明二「よらで過る藤沢寺のもみぢ哉」（句集）。

942 朝露やまだ霜しらぬ髪の落《おち》　句帳（夜半叟　句集　新五子稿　題苑集）

訳晩秋の朝露よ、まだ白髪にならない黒髪が落ちた。季「露」秋。語霜しらぬ―露しらぬ（まったく知らない）のもじり。霜と髪―霜の髪で白髪。解白髪になる前に黒髪が抜け落ちた驚きと無常の思い。朝露のはかなさに感じ入っていたら、わが身のことだったというペーソス。参上五「朝霧や」（題苑集）。『句帳』に合点。闌更「剃髪／剃捨る白髪に露のうく日哉」（半化坊発句集）。

943 角力《すまひ》取《とり》つげの小《を》櫛《ぐし》をかりの宿　句帳（夜半叟　遺稿）

訳相撲取り、借りた小さな黄楊《つげ》の櫛をちょこんと頭に載せている。巡業先の仮の宿。季「角力取」秋。語つげの小櫛―黄楊（柘植）の小さな櫛。「蘆《あし》の屋のなだの塩焼いとまなみ黄楊の小櫛もさゝず来にけり」（伊勢物語・八七）。正直「柳髪にさす半月は小櫛哉」（犬子集）。解『伊勢物語』の業平の歌をふまえて、気をきかせて小櫛を借りてきて、巡業の旅に出たのでしょうね、と反転。相撲取りと借り物の櫛と仮の宿の取り合せた。ちぐはぐさがユーモラス。

944 みのむしや秋ひだるしと鳴なめり　句集（安永八・九・三几董宛　夜半叟）

訳蓑虫よ、秋はひもじいと鳴いているのだろう。季「みのむし」秋。語ひだるし―空腹だ。ひもじい。解蓑虫は「八月ばかりになれば、ちちよ、ちちよと、はかなげに鳴く、いみじうあはれなり」（枕草子・四一）とされ、芭蕉「蓑虫の音を聞きに来よ草の庵」（続虚栗）とも詠まれてきたが、実は「父よ父よ」ではなくお腹が減って「乳よ乳よ」と鳴いているのだろう、と笑いに転じた。参上五「みのむしの」、下五「啼音哉」（几董宛）。付記「右の句は当時之風潮ニては無之候。されども、わざといたし置候。世評ニかまはず御出し可被下候」（几董宛）。

945 三輪の田に頭巾着てゐるかゞし哉　　夜半叟（句集）

訳三輪の田で頭巾を着ている案山子《かがし》、そのすましぶりよ。季「かゞし」秋。語三輪―奈良の三輪山。解謡曲・三輪では、三輪山に隠棲する玄賓僧都を三輪の里の女性が訪ねて来て衣を所望、僧都は「山頭には夜狐《よるこ》輪《りん》の月を戴き、洞口《とうこう》には朝一片の雲を吐く。山田守るそほづの身こそ悲しけれ」と悲しみを訴えて、衣を与えた。かゞし（案山子）の古名「そほづ」に「そうづ（僧都）」を言いかけ、衣を与えてしまった玄賓僧都らしき人（案山子）が三輪の田で頭巾だけ着ています、と戯れた。参玄賓「山田守るそほづの身こそあはれなれ秋果てぬれば訪ふ人もなし」（続古今集）。

946 かつまたの池は闇也けふの月　句帳（夜半叟　句集）

㊞勝間田の池は今も闇のまま。今宵の名月。㊣「けふの月」秋。㊂かつまたの池―奈良の唐招提寺と薬師寺あたりにあったという池。「かつまたの池は我知る蓮《はちす》なし然言《しか》ふ君が髭なきごとし」（万葉集）。『連珠合璧集』『俳諧類船集』でも引かれる有名な歌。㊊不実な男をなじる女性に代わって詠んだ作。「かつまたの池は」の歌は、新田部皇子に、「あなたは勝間田の池の美しい蓮を見て来た、とおっしゃいますが、あなたに髭がないように、蓮があるなんて知らない。嘘ばかり」と戯れて男を非難した歌。これをふまえ、今でも男と女の中は「闇也」と断定、明るく澄む天上の月と対比させた。

947 鬼老て河原の院の月に泣ク　夜半叟

古院月

㊞鬼が年老いて、河原の院で月に泣いている。㊣「月」秋。㊂古院―河原の院。嵯峨天皇の皇子源融の邸があった。夕顔が鬼にとり殺された院（謡曲・夕顔）、また融の霊が出現して（今昔物語・二七　江談抄等）、月明りの中で舞う院（謡曲・融）。㊊『源氏物語』の主人公の光源氏にも擬《なぞら》えられる源融が、鬼と化した伝説をふまえた作。老いて河原の院で月に泣くすさまじさとあわれ。㊇芭蕉「俤や姥《うば》ひとり泣く月の友」（更科

紀行）。遥知付句「月に泣遊女のこゝろ冷じき」（続一夜松前集・於雪音廬興行）。

948
庵《あん》の月主《あるじ》を問へば芋掘ニ　句帳（夜半叟　句集）

訳庵では月が留守居している。主の行き先をたずねると芋掘りに行った、と。季「月」秋。語月と芋―芋名月をかける。解賈島「松下童子ニ問ヘバ言フ　師ハ薬ヲ採リニ去ルト」の「採薬」（唐詩選・尋隠者不遇）をふまえ、庵を守る童子を月に見立て、八月十五夜の月を芋名月ということから、「芋掘り」に行ったと洒落た。参蕪村・年次未詳「五六升芋煮る坊の月見哉」（句帳）。

949
長き夜や通夜《つや》の連歌のこぼれ月　句帳（夜半叟　句集）

訳秋の夜長、一晩中連歌、気がつけば有明の月が出ている。連歌の会で引き下げた月にちがいない。季「長き夜」秋。語長き夜―柿本人麻呂「あしひきの山鳥の尾のしだり尾の長々し夜をひとりかも寝む」（百人一首）。通夜の連歌―北野天満宮で興行した徹夜の連歌会が有名。こぼれ月―連歌や連句で定座より引き下げた月の句。「こぼれ月は折端に月をする事也」（寂栞）。解明け方の月が出るまで連歌の会が続いたために、大事な月の定座を引き下げてしまったと失態を楽しんだ。

950 石を打《うつ》狐守《も》る夜のきぬた哉

句帳（夜半叟 句集
俳諧品彙 題林集）

訳火打石で火を打ち出す狐から家々を守る、夜半に打つ砧の音よ。季「きぬた」秋。
語石を打―火打石で石を打ち、火を出すこと。解生活の一こまを妖怪趣味から見直した作。砧を打つ音が、火を打ち出す火打石を想像させ、その音によって狐を家に近づけないように守ろう。参上五「石をうちて」（俳諧品彙）。中七「狐きく夜の」（題林集）。雲扇付句「狐火をさへしのぶ夜の道」（夏つくば・一得居興行）。

951 書《ふみ》つゞる師の鼻赤き夜寒哉

遺稿（短冊 遺草
落日庵 夜半叟）

訳書き物をしている先生の鼻が赤い晩秋の夜の寒さよ。季「夜寒」秋。解寛保二年（一七四二）、六七歳で他界した蕪村の師早野巴人をしのんでの作。夜寒のきびしさが師への思い出をよみがえらせ、師の鼻先に焦点をしぼった。鼻の赤さは、恩師との温かい思い出につながっている。参表記、上五「文つゞる」（短冊）、「書ミつゞる」（夜半叟）。四睡「行人の鼻の赤さよ雪のくれ」（続別座敷）。

952 美人泣《なく》浅《あさ》茅《ぢ》が宿やしかの声　　夜半叟

訳美人が泣いている荒れ果てた家よ。妻を問う悲しい鹿の声。季「しかの声」秋。語浅茅が宿―茅萱《ちがや》でおおわれた家。参議等「浅茅生の小野の篠原しのぶれどあまりてなどか人の恋しき」（百人一首）。しかの声―妻問《つまどい》の悲しみを象徴する鳴き声。猿丸太夫「奥山に紅葉ふみわけ鳴く鹿の声きく時ぞ秋は悲しき」（百人一首）など。解上田秋成の「浅茅が宿」（雨月物語）を下敷きにしての作か。七年ぶりに故郷に戻った夫勝四郎は、浅茅が宿で夫の帰りを待ち侘びていた妻宮木と一夜を共にしたが、翌朝、妻はすでに異界の人であったことを知った。参秋成は、蕪村と風交を結び、その死を「かな書の詩人西せり東風《こち》吹て」と追悼した（から檜葉）。

953 錦木は吹《ふき》倒《たふ》されてけいとう花　　句帳（夜半叟 句集）

訳錦木は吹き倒されてしまって、鶏頭の花が赤く立っている。季「けいとう花」秋。語錦木―平安時代、男が恋する女の家の門に錦木を立て、女が求愛を受け入れればそれを取り入れる風習があった。（謡曲・錦木）。谷水「錦木は杣《そま》が立てたる紅葉哉《だいだい》」（滑江話）。けいとう花―鶏頭花。鶏のトサカ状に見え赤・黄・橙・紅色の花をつける。万葉の時代、中国から渡来した。解プロポーズを意味する錦木に代わって、赤い鶏頭花がすっくと立っている。恋を諦めていない。参蕪村・年次未詳「秋風の吹のこしてや鶏頭花」(夜半叟)。

954 そば刈《かり》て居るや我《わが》行《ゆく》道《みち》のはた　句帳(夜半叟 遺稿)

訳蕎麦を刈り取って居るよ。我が行く道のほとり。季「そば」秋。語我行道―芭蕉句「此道や行人なしに秋の暮」(其便)に対して我が行く道。道のはた―路傍。土芳「植竹に河風さむし道の端」(続猿蓑)。解芭蕉「蕎麦はまだ花でもてなす山路かな」(続猿蓑)に応えた作。行く人もないと言った芭蕉翁の俳諧の道こそわが行く道。まだ実っていないと仰せの蕎麦を刈り取っていますよ参『句帳』に合点。

955 鬼すだく戸隠のふもとそばの花　夜半叟

訳鬼が集まる戸隠山のふもと、蕎麦の花が真っ白く咲いている。季「そばの花」秋。語すだく―たくさん集まる。戸隠―信濃国(長野県)。鬼女紅葉の伝説がある(謡曲・紅葉狩)。解鬼の怪異なイメージと対照的な蕎麦の花の白さ。戸隠と蕎麦を取り合わせて詠んだ例は、江戸期には多くない。参蕪村・宝暦一〇「白雲の飛びのこしなり蕎麦の花」(真蹟)、同・年次未詳「残月やよしの、里のそばの花」(夜半叟)。

956 椎《しひ》拾ふ横《よ》河《かは》の児《ちご》のいとまかな　句帳（夜半叟 句集）

訳椎の実を拾っている横河の児、修行から解放されて一息ついているよ。季「椎」秋。語椎―ブナ科の常緑樹。「子は菓子にし、多く収めをきては飢餓をも助くる物なり」（農業全書）。横河―横川。比叡山三塔の一つ。延暦寺根本中堂の北。解寺に預けられた子どもが修行の合間に休息している姿に心を寄せた。参『宗因七百韻』中の歌仙「月の外は乗合禁制川瀬舟」付合「大児小児腹やへるらん　春澄／或時は横川の杉立中がへり　梅翁（宗因）」の世界を発句に仕立てたか。

年次未詳　年次推定の上限・下限が特定できないもの

957 剃立て門松風やふくろくじゆ　扇面自画賛

訳剃り上げた福禄寿の頭に、立てた門松の上を吹く風のすがすがしさよ。季「門松」春。語剃立て―頭を剃り上げたことと門松を立てたことをかける。門松―「松」に「待つ」をかける。ふくろくじゆ―福禄寿。七福神の一。頭が長く鶴を従えている。ふくに「福」と「吹く」をかける。解新年を祝う明るい気分を、掛詞を用いた言葉遊びで寿《ことほ》いだ歳旦句。初笑い。参蕪村・年次未詳「元日や艸《くさ》の中なる福禄寿」（自画賛）。

粟飯《あはいひ》一椀の為に五十年の歓楽をむなしくせんよりは、葉に遊び花に戯れ、さめて後うらみなからんには

958 春雨や菜めしにさます蝶の夢　句集拾遺（自画賛）

訳降り続く春雨よ。炊き上がった菜飯に覚ます、蝶の夢。季「春雨」春。語粟飯一椀─邯鄲《かんたん》の夢の付合語（貞室・俳諧之註）。邯鄲の夢は、粟飯の炊ける間に一生の栄華の夢を見たという盧生の故事（李泌・枕中記）。蝶の夢─荘子が夢で蝶になったという故事（荘子・斉物論）。諺「胡蝶の夢の百年目」（せわ焼草）。解良く知られた、盧生邯鄲の夢と荘子胡蝶の夢を取り合わせて、夢の中で遊ぶような生を肯定した。春雨が夢と現《うつつ》の境界をとりはらう。参存義「荘子の画に／蝶の野に夢をあはする菜飯かな」（古来庵発句集前編）。乙由「荘子の讃／菜の花の色にも染ず蝶の夢」（麦林集）。

959 むくと起て雉追ふ犬や宝でら　句集

訳むくと起き上がって雉《きじ》を追う犬よ、宝寺。季「雉」春。語むくと起て─むっくりと起き上がって。李井付句「むくと起たる狐いぶかし」（反古衾「蜑人の」歌仙）。宝でら─山城国（京都府）乙訓郡大山崎町天王山宝積寺（真言宗）の通称。聖武天皇が夢で竜

神から授けられたという打出の小槌を祭る。【解】宝寺の寺宝を守る犬の怠惰な働きぶりのおかしさ。「むくと」が眼目。【参】亀丸「けんけんと雉子《きぎす》なゝいそ犬の声」（崑山集）。其角「草庵／人うとし雉をとがむる犬の声」（いつを昔）。

960 雛祭る都はづれや桃の月　句集

【訳】雛人形を祭る都はずれの家よ。桃の花に照る月。【季】「雛祭る」春。【語】桃の月―桃の節句に因む表現。用例は少ない。宗敏「三年三月三日に汲むや桃の酒」（続山井）。【解】都はずれの桃林の寂しさと華やぎ。中心から外れた地は、寂しさを伴うが理想郷でもある。【参】自笑・年代不詳「凩《こがらし》や都はづれの藪の外」（蕪村句評）。

961 さくらより桃にしたしき小家哉　句集

【訳】桜の花の華やかさより、桃の花のつましさが似合う小さな家よ。【季】「桃」春。【語】さくらと桃―芭蕉「両の手に桃とさくらや草の餅」（桃の実）。宇柏「照そふや桃にさくらにかがみ塚」（渭江話）。小家―『源氏物語』の夕顔が住む家がイメージされてきた。徳元「五条わたり夕顔けふは小家かな」（塵塚誹諧集）、「夕がほの小家はそれかはちたゝき」（同）。【解】夕顔のイメージを借りながら、桜の華やかさより桃のようにつましく生きる人への愛情。参蕪村・安永四「鯊魚《はぜ》を煮る小家や桃のむかし貝」（句稿）。

962 帰る雁田ごとの月の曇る夜に　句集

訳北へ帰って行く雁、田毎に月が曇る夜に。季「月が曇る夜（朧月《おぼろづき》）」春。語田ごとの月―姨捨山（長野県千曲市冠着山）の棚田のそれぞれに映るという月。芭蕉「此ほたる田ごとの月にくらべみん」（みつのかほ）。解帰雁の悲しみに仮託して、日本の春の美しさを詠んだ作。「春の月は朧を魂とすべし」（篇突）と言うが、朧どころか暗く月が曇っているのは、帰る雁が別れを惜しんで涙で月を曇らせるからだ。参蕪村・安永四「瀟湘《せうしやう》の雁のなみだやおぼろ月」（句集）。

963 又平に逢ふや御室の花ざかり　自画賛

みやこの花のちりかゝるは、光信が胡粉《ごふん》の剝落《はくらく》したるさまなれ

訳大津絵の絵師又平に逢ったような気がするよ。御室の花盛りの日に。季「花ざかり」春。語光信―土佐将監光信。土佐派を中興した室町後期の宮廷絵師。胡粉―貝殻を焼いて作った白い粉末の顔料。又平―光信の弟子。浮世又平。近松門左衛門作の「傾

城反魂香」に登場する吃音の絵師。御室―京都市右京区。桜の名所。「花の比《ころ》はよしの山をうつせり」（京名所案内記）。解絵師で芝居好き・酒好きであった蕪村が又平に仮託した自画像。自画賛は、赤い頭巾をかぶり、片肌を脱いだ又平らしき酔客とその足元に転がる瓢箪の図。前書・句・画が相まって実に楽しい。参几董に「又平が画もぬけ出て踊かな」（丁酉之句帖）の句がある。同時期の作とすれば、安永六年の作か。

ある人のもとにて

964 命《みやう》婦《ぶ》よりぼた餅たばす彼岸哉　句集（題林集）

訳命婦からぼた餅を賜った。今日、彼岸の日。季「彼岸」春。語命婦―五位以上の官の妻。また中級の女官。中世以後稲荷神の使いの狐の異称。ぼた餅―牡丹餅。牡丹の花に似ることから言う。彼岸―彼岸会の略。春分・秋分の七日間に行う仏事。春は、ぼた餅を祖先に供えた。たばす―賜ばす。くださる。解表では命婦からぼた餅をいただいて彼岸を迎えたことを感激したが、本当は「ある人」（前書）の縁者は狐命婦で、頂戴したぼた餅は、彼岸のお供え物だろうと笑いを誘った。参下五「亥子哉」（題林集）。

965 枕する春の流れやみだれ髪　遺草

訳肘枕して、うたたねする女の髪、春の水のようにうなじから肩、肩から腰へと乱れ、流れてゆく。季「春の流れ」春。語枕する流れ―「流ニ枕スル所以《ゆゑん》ハ、其耳ヲ洗ハント欲シ」（世説新語）。春の流れ―春の水の流れ。嘯山挙句「春の流れに樽のある舟」（平安二十歌仙）。みだれ髪―寝乱れた髪。物の怪の付合語（類船集）。解枕して寝る女性を背後から見て、肢体を川に、髪を流れる水に見立てた。しどけなく、妖艶。参素練「みだれ髪ゆはぬもうきや麦の秋」（春秋稿五篇）。

966 返歌なき青女房よくれの春　句集

ある人に句を乞はれて

訳返歌をしない物馴れない女房よ。春の終り。季「くれの春」春。語返歌―贈られた歌に対して返しの歌を送ること。青女房―未熟者の女官。身分の低い女官。解恋歌の返歌ができない物馴れない王朝の女性に仮託して、うまく返答の句を詠めないことと過ぎてしまう春を重ねておどけてみせた。参尺布「茂り葉や青女房の加茂詣」（新撰）。随古「けふ限に客殿みせずくれの春」（平安二十歌仙）。

画賛

此老蛙《このらうあ》も春の別レを惜むなるべし

967
行春や水も柳のいとに寄る　夜半亭蕪村

訳 過ぎ行く春よ。水も柳の糸につながれようと寄りそっている。季「行春」春。語 いとに寄る─紀貫之「糸による物ならなくに別れ路の心細くも思ほゆるかな」（古今集）。解 惜春の情に託して蕪村の恋心を詠んだか。前書の「老蛙」も句の「水も」柳の糸にとりついて行く春を止めようとする、というのが表の意味。老蛙に蕪村、糸に蕪村が恋した小糸を喩《たと》え、「搓《よ》る」と「寄る」を言いかけて、柳の糸と寄りそいたいという願いが隠されているか。参 付記「此句は大雅堂の画たる柳に蛙の図に、道立子より賛を乞はれたればなり」（夜半亭蕪村）。樗良「糸による情はしらで乙鳥つり」（樗良発句集）。

968
色も香もうしろ姿や弥生尽　遺草

訳 色も香も後ろ姿だけとなったよ。三月晦日。季「弥生尽」春。語 色も香も─紀友則「君ならでたれにか見せむ梅の花色をも香をも知る人ぞしる」（古今集）。西柳「色も香もなうて柳は柳哉」（国の花）。弥生尽─三月晦日。春の終わり。几董「おこたりし返事かく日や弥生尽」（晋明集二稿）。解 付記に「美人のうしろ姿、弥生尽の比喩得たりと云べし」（遺草）と蕪村がいう通り、春の終わり（弥生尽）を美しい色と芳しい香を放つ美人のうしろ姿に喩えた。参 春を擬人化した例に、去来の妻加南「行春のうしろ姿

―や藤の花」（土大根）がある。

969 袷着て身は世にありのすさび哉　遺稿（忘れ花　新五子稿）

訳袷に着替えても、わが身は世にあるまま、気ままなままだよ。季「袷」夏。語袷着て―綿入れから袷に着替えること。更衣。ありのすさび―在りの遊び。あるがまま。なおざりに生きること。「ある時はありのすさびに語らはで恋しきものと別れてぞ知る」（古今和歌六帖）。解上五「袷着て」で、「袷」と「（有り）合わせ」を言いかけて、中七・下五で気張らずにこうして遊び暮らしているから良い、とありのままの生き方を肯定した。参林宗甫「今朝一句ありのすさびや筆始」（時勢粧）。

970 広庭のぼたんや天の一方に　五車反古（句集）

訳広い庭に見事に咲く牡丹よ。天の一方を占めるかのように。季「ぼたん」夏。語天の一方―蘇東坡「美人ヲ望ム天ノ一方ニ」（古文真宝後集・前赤壁賦）。解蘇東坡の「美人」（賢人君子）を美しい女性に読み替えて、天の一方を占めるに値する美しさを称えた作。牡丹は富貴な花とされ、平重衡《たいらのしげひら》の容姿に喩えられたので（山之井）、重衡の面影とみることもできる。参智月「広庭にゆたかに開く牡丹哉」（花摘）。几董「美人をてんの一方に望むといへるに／年々の美人を望む花の嵯峨」（晋明集二稿）。

971
若葉して水白く麦黄《きば》ミたり　句集

訳山々は若葉におおわれ、白く滔々《とうとう》と川が流れ、一面に広がる麦畑が黄ばんでいる。季「若葉」夏。解若葉の青（緑）、水の白、麦の黄のほか、「若葉して」の前の状態の黒、空の青、夏の季節の赤も言外に含み、移り行く自然の時空をとらえた作。陰陽五行説の五色を題詠とした作か。「題　青黄赤白黒」の魯鶴「独居の火燵《こたつ》は黒し春の雪」（国の花）のように一句に二色詠みこめば、上出来。写実的な自然詠でありながら知的に構成されている。参「五色／赤・青・黄・黒も四つ也　白は八つ　しら・しろ・はくとかへ七句去」（鳥山彦・誹諧信折歌百首）。

972
河童《かはたろ》の恋する宿や夏の月　句集（詠草）

訳河童が恋をする宿よ。空には涼しげな夏の月。季「夏の月」夏。語河童―妖怪。「川童、東国にかっぱと云う。其のかたち四、五歳ばかりのわらはのごとく、かしらの毛赤うして、頂に凹なるさら有。水をたくはる時、力はなはだつよし。性相撲を好み、人をして水中に引入れんとす。或は恠《あやしみ》をなして婦女を姦淫す」（物類称呼・二）。恋する―心身ともに焦がれること。式子内親王の墓を這いまわったという藤原定家の執心が有名（謡曲・定家）。解河童が恋する宿は、揺れて定めない舟の中、妖艶さと夏の月の清涼感が対照的。参助然「五月雨に船で恋するすゞめかな」（山彦）。

団扇
大将これをとれば百万の軍兵《ぐんぴやう》を動し、
美人手にふれば千金の遊客を蕩《とろ》かす

973 眉計《ばかり》出して昼寝のうちわ（は）かな　扇面自画賛

訳眉だけ見せて昼寝。美人の顔を隠す憎らしい団扇《うちわ》よ。季「うちわ（は）」夏。語千金の遊客―大金を払う遊び人。眉―三日月形の蛾眉が美人の眉とされた。解ユーモラスで艶冶《えんや》な作。前書は、武田信玄の軍配を思い出させる一方、眉目秀麗な美人が効果的に団扇を使って大尽を誘惑することを言う。句は、団扇を巧みに使って色香を感じさせる美人の昼寝。参信風「かざしてや扇にも入る月の眉」（あふぎ朗詠）。

974 揚州の津も見へそめて雲の峯　句集

訳揚州の港が見え始めてきた。張りつめていた気持ちが緩み、空を見上げると、雲の峯。季「雲の峯」夏。語揚州—中国江蘇省南西部。揚子江を中心に漢代から栄えた。李白「故人西ノカタ黄鶴楼ヲ辞シ　煙花三月揚州ニ下ル　孤帆ノ遠影碧空ニ尽キ　惟ダ見ル　長江ノ天際ニ流ルルヲ」（唐詩選）。津—港町。解漢詩文のほか絵手本等によって、繁栄する港町揚州をイメージしたか。中七「見へそめて」が句の眼目。旅人が遠路の緊張感から解放された瞬間、目に入った雲の峯に焦点をあて、大景をとらえた。参太祇「見へ初て夕汐みちぬ蘆の角」（太祇句選後篇）。

---

975 水深く利《とき》鎌《かま》鳴らす真《ま》菰《こも》刈《がり》　句集

訳水底深くから聞こえる切れ味の良い鎌が真菰を刈り取る音。季「真菰刈」夏。語利鎌—切れ味の良い鎌。蕪村・安永三「麦刈に利キ鎌もてる翁哉」（句帳）。真菰刈—かつみ（沼地に群生するイネ科の大形多年草）を刈って葉を筵《むしろ》にする。紀貫之「真菰刈る淀の沢水雨ふれば常よりことにまさる我恋」（古今集）。解貫之の歌をふまえて恋を詠んだ作。水面下から真菰を刈り取る音が聞こえるのは、激しい恋の思いを秘めているから。参「菅笠の中へ帯とく真菰刈」（武玉川・六）。

---

976 虫のために害《そこな》はれ落ッ柿の花　句集

訳虫のために食われて落ちてしまった。柿の花。季「柿の花」夏。語柿の花—淡く黄色の小花で目立たず、ぽろぽろと散る。解柿の実を干したものを、「あまぼうし」（崑山集）と呼んで、人々は賞味したが、柿の花はほとんど顧みられなかった。そんな柿の花が虫に食われて落ちたことに、「蓼《たで》食う虫も好き好き」を効かせて笑いを誘った。つまらないものに傷つけられた人をいとおしむ寓意。参東皐「あだ花の柿落つ夏の月夜哉」（東皐句集）。

977 稲妻にこぼるゝ音や竹の露　　遺草（句集）

広沢

訳稲妻のすさまじさよ、竹の露がこぼれる音よ。季「稲妻」秋。語広沢—京都市右京区嵯峨の池。稲妻—「木の間に光る稲妻は山伏のうつ火かとうたがふ」（類船集）。こぼる、音—稲妻で物をこぼつ（毀つ）と露がこぼれる（零れる）を言いかける。解稲妻に反応した竹の露がこぼれる様子を音声でとらえた。「朝顔の露、稲妻の影、何《いづ》れかあだならぬ。定めなの浮世や」（謡曲・源氏供養）という無常の世を嘆く謡をふまえるか。参野紅「稲妻のわけ入る影や竹の中」（小柑子）。

雨のいのりのむかしをおもひて

978
名月や神《しん》泉《せん》苑《ゑん》の魚《うを》躍《をど》る　句集

訳美しい名月よ。神泉苑で魚が跳ねて踊っている。季「名月」秋。語雨のいのり―雨乞いの祈り。神泉苑―京都二条城南大宮西（中京区）。桓武天皇の創設以降天皇の行幸・遊宴の地。空海が神泉苑の池にインドの善女龍王を勧請して雨乞いした伝説で知られる。（貞徳誹諧記）。付合語に「大内　雨を祈る　放生」等（類船集）。「雨乞」の付合語に「能　ほととぎす　竜神　貴船の社　神泉苑」等（同）。解名月に光る魚鱗の一瞬の美しさをとらえた幻想的な世界。参程己「生ケぶねの魚も踊るやはるの雨」（鯰橋）。

広沢

979
客僧の二階下り来る野分哉　句集

訳客の僧が二階から下りて来た。すさまじい野分だなあ。季「野分」秋。語客僧―修行をしている旅の僧。「明日参会申すべし、さらばといひて客僧は」（謡曲・鞍馬天狗）。解悟りを開いているはずの客僧だが、野分に怯えて二階から下りてくるおかしさ。参蕪村・安永元「客僧の狸寝入やくすり喰」（句帳　句集）。

我則あるじゝて会催しけるに　句集（新五子稿）

980 小路《こうぢ》行《ゆけ》ばちかく聞ゆるきぬた哉

訳大路から入って、小路を行くと身近に聞こえてくる。砧の音よ。季「きぬた」秋。語我則―京都の蕪村門の俳人。解我則主催の俳諧の会があった折の挨拶句。蕪村は「我則之偏屈者こまり入候」（安永九・三・一二几董宛）という。あなたの住む小路に入った途端に秋のあわれを感じましたよ、と我則の妻がうつ砧に託して我則の風流心をほめた挨拶句。参上五「こみち行ば」（新五子稿）。一笑「すごき夜の砧聞えし小路哉」（孤松）。呂風「小路より奥に這入《はいれ》ば砧かな」（続別座敷）。

擁炉　古今発句手鑑（古今墨蹟集）

981 きりぎりす自在をのぼる夜寒哉

訳きりぎりすが吊るされた自在鉤《かぎ》を上って行く。骨身にしみる夜寒よ。季「夜寒」秋。語自在―自在鉤。炉やかまどの上に吊るして鍋や釜などを自在に上下させ、火力を調節する鉤。きりぎりす―現在でいうコオロギ。夜寒に鳴くものとされていた。後京極摂政太政大臣「きりぎりす鳴くや霜夜のさむしろに衣かたしきひとりかも寝む」（百人一首）。解和歌の聴覚的な感覚を視覚的な世界に転じ、自在鉤をのぼる姿に夜寒を実感した。参前書「独夜擁炉睡」(古今墨蹟集)は、服部南郭「幽独擁炉坐」(南郭集・擁炉)に拠るか。

982
水かれて池のひづみや後の月　　句集

訳水が少なくなって、気づく池のひずみよ。残りの水面に映る後の月。季「後の月」秋。語ひづみ―ゆがみ。後の月―九月十三夜の月。解完璧《かんぺき》ではなく歪んだものの美。水枯れした池に、後の月が歪んで映るのも、また美しい。参素蘭付句「月のひづみを心より見る」(元禄二年「かくれ家や」歌仙)。

983
十月の今宵はしぐれ後の月　　句集

訳十月の今宵は時雨、一月前の今宵は後の月。季「後の月」秋。語しぐれ―冬のはじめに降る雨。宝暦一三年以降毎年一〇月一二日、義仲寺で元禄七年一〇月一二日に亡くなった芭蕉を追善して、蝶夢らによって時雨忌が営まれていた。解時雨の季節を迎える来月の今宵は、時雨忌が営まれるが、私は後の月見で、芭蕉を偲び追善している。芭蕉が素堂らと名月を賞した「芭蕉庵十三夜」が念頭にあっての作だろう。参涼菟「所望なら時雨さう也後の月」(きれぎれ)。

くろき犬を画たるに賛せよと、
百池よりたのまれて

984 己が身の闇より吼《ほえ》て夜半の秋　詠草（自画賛　句集）

訳己の身の内に抱える闇、その闇から吼える秋の夜半。季「夜半の秋」秋。語くろき犬―黒犬。犬に「煩悩は家の犬、打てども去らず」（宝物集）のイメージを重ねる。百池―寺村氏。天保六年没。八八歳。身の闇―身体のなかに抱える闇。「心の闇」や「恋の闇」から発想した造語か。夜半の秋―秋の夜なか。解黒い犬が夜半の秋に吼える姿をわが身の化身と見ての作。己が身の闇は、深い。参前書「丸山氏が黒き犬を画たるに賛せよと望みければ」（句集）。丸山氏は円山応挙。寛政七年没。六三歳。

985 鬼貫や新酒の中の貧に処ス　句集

訳鬼貫よ。新酒の出来上がった伊丹の町の中で、清貧に身を処している。季「新酒」秋。語鬼貫―俳人。伊丹の酒造家の一族。元文三年没。七八歳。「誠のほかに俳諧なし」（独言）と唱えた。貧に処ス―貧しい暮らしをする。鬼貫が貧窮したという逸話がある「鬼貫貧にせまる并路通の事」（芭蕉翁頭陀物語）。解新酒で沸き立つような伊丹の町にあっても、清貧に甘んじて生きる鬼貫を称賛した作。参蕪村は「俳仙群絵図」の一人に鬼貫像を描き、明和六年刊『鬼貫句選』の跋文を書き、安永六年刊『春泥句集』序で其角・嵐雪・素堂に続いて鬼貫を俳友として掲げるなど、鬼貫に深く心をよせていた。

986
百日の鯉《こひ》切《きり》尽《つき》て鱸《すずき》かな　句集

訳百日の鯉を切りつくして、いよいよ松江の鱸。季「鱸」秋。語百日の鯉―園の別当入道が「この程、百日の鯉を切り侍るを、今日欠き侍るべきにあらず。まげて申し請けん」と言って鯉を切った逸話（徒然草・二三一）。鱸―松江《ずんこう》の鱸。晋の張翰が、秋風に松江の鱸の美味を思い、官職を捨てて故郷へ帰った故事（晋書・張翰伝）。解兼好は「百日の鯉を切る」話を料理の腕前を見せるための嫌味と受け止めたが、蕪村は中国の松江の鱸に転じ、その鱸を切る腕前を見せることにも共感した。鯉も鱸も洛中の名物（毛吹草・四・名物）だから、京の腕利きの料理人をイメージしたのだろう。参其角「百日のあらこひしや洗鯉」（安達太郎根）。白雪「百日の鯉にや切らん大根引」（きれぎれ）。

987 朝㒵にうすきゆかりの木槿《むくげ》哉　句集

【訳】朝顔の花にすこし縁がある木槿のうす紫よ。【季】「木槿」秋。【語】木槿―一重また八重の薄紫・淡紅・白などの色の花をつけ、朝開いて夜しぼむ。諺「槿花一日の栄」「槿花一朝の夢」は、はかないことの喩え。【解】朝顔と木槿は色合いも似ている上に、木槿を古くあさがお（類聚名義抄）と言ったことを「うすきゆかり」とみたのが句の眼目。【参】如貞「朝顔は日の出を暮の木槿哉」（続山井）。

988 紅葉見や用意かしこき傘《かさ》弐《に》本《ほん》　遺稿（自画賛　題苑集）

【訳】紅葉見物の嬉しい日、もったいなくもご用意いただいた傘二本。【季】「紅葉見」秋。【語】かしこき―恐れ多くも。【解】雨の日に連れ立って紅葉見。「かしこき」は用意と傘の両方にかかり、傘を用意してくれた人への感謝。【参】蕪村「月の友石山寺の傘二本」（安永六・九・七柳女・賀瑞宛）。同「ゆふだちや兼好庵に傘二本」（天明二・七・一七布舟宛自画賛）。同「時雨るゝや用意かしこき傘弐本」（句集拾遺）。

989 なつかしきしをにがもとの野菊哉　句集

訳なつかしい紫苑のもとに可憐に咲く野菊よ。季「野菊」秋。語しをに—しおに。紫苑。キク科の多年草。故里の花。「ふりはへていざ故里の花見むと来しをにほひぞうつろひにける」（古今集・物名「しをに」）。一重の薄紫の花を咲かせる。鬼の醜草《しこくさ》の異名がある。解紫苑を母親に野菊を娘に喩《たと》えて、可憐な野菊に心を寄せた作か。参蕪村「木槿にもそばにも交る野菊哉」（安永六・九・七柳女・賀瑞宛）。

990
葛の葉のうらみ皃なる細雨《こさめ》哉　句集

葛の棚葉《だなば》しげく軒端を覆ひければ、
昼さへいとくらきに

訳葛の葉の恨めしげな顔のように、小雨が降っているよ。季「葛の葉」秋。語葛の棚葉・軒端—葛の葉を棚にした軒端。軒と葛の葉は付合語（類船集）。葛の葉のうらみ—常套的に「うらみ」は「恨み」と「裏見」をかける。平貞文「秋風の吹きうらがへす葛の葉のうらみてもなほ恨めしきかな」（古今集）。細雨—そぼふる雨（雲喰ひ）。解葛の棚にそぼふる陰鬱な雨が、葛の葉狐の恨み顔を思い出させた。享保一九年初演の竹田出雲作人形浄瑠璃「蘆屋道満大内鑑《あしやどうまんおおうちかがみ》」以降「葛の葉」は、信太《しのだ》の森に住む白狐を連想させることが多い。参徳元付句「葛の葉のうらみ申さばかずしらず」（塵塚誹諧集・二「謡」）。秋水「葛の葉のうらみもならず雨の月」（左比志遠理）。

一人大原野ゝほとり吟行しけるに、田疇《でんちう》荒蕪して、千ぐさの下葉霜をしのぎ、つれなき秋の日陰をたのみて、はつかに花の咲出たるなど、ことにあはれ深し

991 水かれ〳〵蓼《たで》歟《か》あらぬ歟蕎麦《そば》歟否《いな》歟　句集（題叢）

〔訳〕水が涸《か》れた田畑、そこに咲いているのは蓼か蕎麦か、そうではないのか。〔季〕「蕎麦」秋。〔語〕大原野―京都西郊。小塩山の麓一帯。歌枕。田疇荒蕪―田畑が荒れていること。「民力彫尽、田疇荒蕪」（国語・周語）。あらぬ歟蕎麦歟否歟―菅原道真「秋風の吹き上げに立てる白菊は花かあらぬか波の寄するか」（古今集）。〔解〕蓼と蕎麦は、遠くから見ると似ている。この類似から「たでかあらぬかそばかいなか」を「誰かあらぬか側か否か」と掛け言葉のように用いて洒落た。前書は、一人大原野を吟行して、霜枯れした草に覆われ荒涼たる田畑に弱々しく薄日がさすなかで咲き残った花にあわれを感じたという。あわれの中におかしみを込めた作。〔参〕几董「田疇荒蕪／焼帛《ぎぬ》のけぶりのすゑに野菊哉」（井華集）。

992 秋の燈《ひ》やゆかしき奈良の道具市　句集（題叢）

【訳】秋の夜長の燈よ、心ひかれる奈良の骨董市。【季】「秋の燈」秋。【語】秋の燈―秋の夕べに点す燈。白居易「秋夜ハ長シ、夜長クシテ眠ルコトナケレバ天モ明ケズ、耿々タル残リノ燈ノ壁ニ背ケル影」（和漢朗詠集・秋夜）。道具市―骨董市。作者不詳付句・安永二「時雨にともす古道具市」（紫狐庵聯句集）。ゆかしき―心ひかれる。【解】秋の夜長の燈の下、古都奈良の骨董市が、懐旧の思いをつのらせる。【参】上五「秋の日や」（題叢）。芭蕉「菊の香やならには古き仏達」（菊の香）。

993 蕭《せう》条《でう》として石に日の入《いる》枯野かな　句集

【訳】ひっそりと石に日が射しこんでいる、枯野のさびしさよ。【季】「枯野」冬。【語】蕭条―もの寂しいさま。松烏付句「明楽《みんがく》の蕭条として秋の風」（新雑談集・五月一八日松化・几董・松烏三吟）。石に日の入―石に日が射し入ること。嘯山「夕霧や一筋射来る日の光り」（葎亭句集）。【解】漢詩句仕立ての作。石に射しこむ日没の日差しに焦点をしぼり、芭蕉が「旅に病んで夢は枯野をかけ廻る」（枯尾花）と詠んだ枯野を浮かび上がらせる。【参】作者不詳「石ひとつ見つけ出したる枯野哉」（蕪村句評）。

994 寒月や鋸《のこぎり》岩《いは》のあからさま　句集

訳冴え冴えと照る寒月よ、鋸岩が天空にくっきりと聳《そび》え立つ。季「寒月」冬。語鋸岩―ぎざぎざと尖った岩。あからさま―明々白々なさま。解尖った山に寒月が照る荘厳な風景。蕪村「峨眉露頂図」（謝寅号）のような白と墨の織り成す神秘的な世界。鋸岩または鋸山は、福岡県、山梨県、長野県、千葉県などにあるが、特定する必要はない。参涼菟「如在なふ今宵ぞ月のあからさま」（菊十歌仙）。

995 寒月や衆《しゆ》徒《と》の群《ぐん》議《ぎ》の過《すぎ》て後《のち》　句集

訳地上を照らす寒月よ、僧兵たちの議論が過ぎた後。季「寒月」冬。語衆徒―僧兵。志静「昆布出汁《こぶだし》や三千の衆徒時鳥」（梨園）。群議―多くの人が談義に加わること。桐雨「寺々の談義過ぎたかほと、ぎす」（其袋）。解殺気をおびた僧兵たちの長い議論と寒月を対照させ、動と静、過去と現在の時空を描いた軍記物語的な世界。参下五「済て後」（題林集）。召波「檀林に談義果《はて》しよ夏の月」（春泥句集）。

996 雪の暮鴫《しぎ》はもどつて居るような　句集

訳雪の暮、飛び立った鴫がもどっているような気がする。季「雪」冬。語鴫―シギ科の旅鳥。西行「心なき身にもあはれは知られけり鴫立つ沢の秋の夕暮」(新古今)。宗甫「心なき鴫立程の羽もり哉」(時勢粧)。一関「涅槃《ねはん》像や鴫立沢の秋の暮」(続山井)。支考「うづらにて鴫立沢やまの丶浦」(蓮二吟集)。泥足「手柄せよ鴫立沢の浦鵆《ちどり》」(其便)。解初期俳諧から蕉風俳諧に至るまで詠み継がれてきた「立つ鴫」のあわれを下敷きにしながら、逆に「もどる」鴫を詠んだ作として新しい。下五「居るような」という俗謡の口調から、民話的な温かな世界が感じられる。

997
鯨

鯨売市に刀を皷《ナラ》しけり　句集

几董判句合

訳鯨売り、街のなかで傍若無人、刀を鳴らして鯨肉を切りさばいているよ。季「鯨売」冬。語几董判句合―未詳。几董が蕪村生前に鯨を詠んだのは、安永六年一〇月「おの〳〵の喰過顔や鯨汁」(丁酉之句帖・六)のみ。刀を皷《ナラ》し―ルビ、原本のまま。「臣ハ迺《すなは》チ市井ノ刀ヲ鼓スル屠者ナリ、而《しか》ルニ公子《こうし》親《した》シク数之《しばしばこれ》ヲ存《そん》ス」(史記・魏公子列伝第十七)。解魏の国の信陵君が、肉屋の朱亥の無礼にもかかわらず厚遇した『史記』の故事を思い出させ、この鯨売りも、実は朱亥の生まれ変わりなのだろうとユーモラスに表現。参芭蕉誤伝句「こがらしの町にも入るや鯨売」(蕉句後拾遺)。

998 す丶払《はき》や塵に交る夜のとの　遺草

【訳】煤払いよ。その夜は俗塵に交わる夜の殿。【季】「す丶払」冬。【語】塵に交る―知恵を隠して俗世間と同化すること。「其ノ光ヲ和ゲ、其塵ニ同ズ」（老子）。遊女が俗塵の人と交わることの隠喩。夜のとの―夜の殿。夜の狐の異称（忌詞）。重丸「夜の殿や妹が垣ねの瓜畠」（坂東太郎）。夜、美しく化けた遊女の喩《たと》え。古益「よるの殿やお蘭お菊に隠れ妻」（続山井）。【解】煤払いの日の遊女の昼と夜。昼間、一年の煤払いをしてさっぱりしたのに、夜になれば俗人と交わる遊女のペーソスとエロス。【参】越蘭「朧月猫とちぎるや夜ルの殿」（正風彦根躰）。嘯山「初午や小鍛冶が館へ夜の殿」（葎亭句集）。

999 ゆく年の瀬田を廻《まは》るや金《かね》飛《び》脚《きやく》　句集

【訳】過ぎ行く年の瀬、今頃、金飛脚が瀬田の長橋を回っているのだろうか。【季】「ゆく年」冬。【語】瀬田―近江の瀬田川にかかる長橋。唐橋。「勢多（瀬田）の大橋九十六間」（東海道名所記）。瀬田を廻る―「年の瀬」と「瀬田」をかけ、「年が廻《めぐ》る」と「（飛脚が）廻《まわ》る」と洒落る。「武士《もののふ》のやばせの舟は早くとも急がば廻れ瀬田の長橋」（醒睡笑）。金飛脚―金銭を運ぶ飛脚。「金」と「鐘」をかける。【解】京都へは矢橋から琵琶湖をわたる海路の方が早いが、比叡颪《おろし》によって舟が難破する危険を伴う。そこで金飛脚は「急がば廻れ瀬田の長橋」の陸路を上ったのだろうか。除夜の鐘が鳴る年の瀬になっても、まだ飛脚がやってこない、過ぎ行く年の金廻りが良くなかったのはそのせいだ、と笑い納めた。参中七「瀬田へまわるや」（題林集　所名集）。

1000
雪《せつ》月《げつ》花《くわ》つゐ《(ひ)》に三世のちぎりかな　　自画賛

訳「雪月花」をともにして、ついに結んだ三世の縁よ。季ナシ（雑の句）語雪月花―風雅の代名詞。白居易「雪月花ノ時最モ君ヲ懐《おも》フ」（和漢朗詠集）。三世のちぎり―主従の縁は、過去・現在・未来にわたること。「これ又三世の奇縁の始め、今より後は主従ぞと」（謡曲・橋弁慶）。三世の付合語は「仏　相人　主従の縁　師弟　医道　しの字」（類船集）。解自画賛は、京都五条の橋の上で戦った後、牛若丸に従う弁慶を描いた図。二人が三世に及ぶ主従の縁で結ばれたこと、その縁は、風雅の交わりと同じく不思議なものであることの寓意。俳画と句のコラボレーションがこのうえなく楽しい。安永元～六年の作。参如水「三世迄露忘れじのしをん哉」（続山井）。

解説

■俳諧とは何か

蕪村は、安永六年（一七七七）刊『春泥句集』序で、俳諧についてシンプルで分かりやすく解説してくれている。

俳諧は俗語を用いて俗を離るゝを尚《たつと》ぶ。離俗が大事と言われても、俗を離るゝの捷径《せふけい》ありや（離俗の近道がありますか）。あり。詩を語るべし。

具体的にはどうしたらよいでしょうか。

多く書を読めば則書巻之気上升し、市俗の気下降す。…それ画の俗を去《さる》だも筆を投じて書を読《よま》しむ（多く書を読めばよいのですよ）。

ところで、俳人たちは昔から各々門戸を立てて、風調も、てんでんばらばらですね。

俳諧に門戸なし、只是俳諧門といふを以テ門とす。…諸流を尽シてこれを一嚢中に貯へ、みづから其よきものを撰び、用に随て出す。唯自己ノ胸中いかんと顧るの外他の法なし。

どんな俳人と俳諧が理想ですか。

其角を尋ね、嵐雪を訪ひ、素堂を倡《うた》ひ、鬼貫に伴ふ。日々此四老に会してはつかに市城名利の域を離れ、林園に遊び、山水にうたげし、酒を酌《くみ》て談笑し、句を得ることは専《もは》ラ不用意を貴ぶ。

おっしゃる通り、かれら故人に会って、こんな風に俳諧を詠みました。

眼を閉て苦吟し、句を得て眼を開く。忽《たちまち》四老の所在を失す。しらずいづれのところに仙化し去るや。恍として一人自《みづから》イム《たたず》。時に花香風に和し、月光水に浮ぶ。

それこそ、

子が俳諧の郷也（あなたの俳諧の理想郷です）。

『春泥句集』は、召波息維駒の編。召波は、蕪村門。明和八年（一七七一）一二月七日没。服部南郭に学んで、柳宏と称する龍公美社中の詩人でもあった。蕪村は、故人召波との問答体形式をかりて、絵手本『芥子園画伝』の「去俗論」に拠りながら、「離俗論」を展開したのである。すなわち、漢詩を多読して俗気を去り、其角・嵐雪・素堂・鬼貫に親しみ、俗世を離れた林園や山水に遊び、酒を酌み交わして談笑し、不用意に詠むことで、オリジナルな句を得ることができるという。

芭蕉が「無能無芸にして只此一筋に繋る」とふりかえり、西行の和歌、宗祇の連歌、雪舟の絵、利休の茶において「貫道する物は一なり」と風雅の系譜をたどり、「造化にしたがひ、造化にかへれ」（『笈の小文』）と、古人や造化（自然）と自己を一体化させて行くのに対して、「自己ノ胸中いかんと顧」みることで、自然と調和して行くのである。つまり蕪村は自然ではなく自分が主体であり、俗を離れた理想郷は、俳諧が作り出す言葉そのものだというのである。

■蕪村発句総数と『蕪村句集』

蕪村発句総数は、約二八五〇句。これらは、蕪村自選句集、蕪村の門人が編んだ句集や句稿・句会記録、出版された俳書（春興帖・撰集・類題集）、また書簡や自画賛等の真蹟類に伝えられている。

自選句集は、蕪村が生前自らの発句を四季に分け、各季ともにほぼ年代順に配列した、出版を企図して編んだ自筆句集である。これは出版されず、蕪村没後、分割されて諸方に伝来したが、尾形仂氏『蕪村自筆句帳』（筑摩書房　昭和四九年〈一九七四〉）の労作によって復原され、蕪村自選句総数一四五二句（推定）のうち、現在一〇五五句が確認されている（講談社『蕪村全集』三　一九九二年）。

蕪村一周忌の天明四年（一七八四）一二月、蕪村門の佳棠（書肆・汲古堂田中庄兵衛）が几董著として出版した『蕪村句集』（前篇上下二冊）は、『蕪村自筆句帳』に収録する発句のうち八六六句を収めた句集であった。これに後編の出版が予告されているが、出版に至らず、版権が大坂の書肆・塩屋忠兵衛に移行したらしい。塩屋は、享和元年（一八〇一）、『蕪村句集』の後編にあたる『夜半翁蕪村遺稿』（蕪村遺稿）の出版を企図したが、未刊に終わった。河東碧梧桐が『蕪村新十一部集』（春秋社　昭和四年〈一九二九〉）で原本に忠実に活字化したこと、尾形氏が『蕪村自筆句帳』を復原してくれたことから、『蕪村句集』に未収録の五八〇句を『蕪村自筆句帳』から採録して出版する予定だったことが判明した。

なお、天明四年刊『蕪村句集』は、寛政五年（一七九三）に塩屋忠兵衛が、天保八年（一八三七）には塩屋弥七が再版。明治三〇年（一八九七）には、乙二の『蕪村発句解』（天保四年）を頭注に組み入れた『増訂　蕪翁句集』上下二冊と春四三句、夏一五七句、秋五八句、冬四二句を収録した『頭注　蕪翁句集拾遺』一冊、計三冊を東京の書肆・萬巻堂が出版。未刊に終わった塩屋版『夜半翁蕪村遺稿』（蕪村遺稿）は、明治三三年、水落露石が偶目、「他巻に参じ更に逸句を集めて」、『蕪村遺稿　全』の書名で出版した。

蕪村門人が編んだ蕪村句集は、すべて稿本である。田福・百池編『落日菴句集』は総句数九三一句、月居筆録『夜半叟句集』は七〇八句、『夜半亭発句集』（百池筆録か）は月次句会の四〇句を収載。他に詠草類（召波旧蔵詠草・蕪村自筆詠草貼り交ぜ巻子・句稿断簡）、句会記録（夏より・高徳院発句会・月並発句帖・耳たむし）、また『日《ひ》発《ぼっ》句集』『宿の日記』等几董の句稿・日記類などにも収録されている（『蕪村全集』三）。

江戸期に出版された俳書は、『寛保四年宇都宮歳旦帖』『明和辛卯春』『安永三年春興帖』『安永四年夜半亭歳旦』『夜半楽』『花鳥篇』など蕪村が編んだ春興帖、几董の安永・天明期の春興帖『初懐紙』、撰集では几董ら蕪村一門編による『其雪影《そのゆきかげ》』『明《あけ》烏《がらす》』『続明烏』『五《ご》車反古《しやほうぐ》』などの他、蕪村七回忌追善集『から檜葉』、十七回忌追善集『常盤の香』などがあり、これらに蕪村句が収録されている。蕪村および蕪村一門以外の撰集では、露月編『卯《う》月庭訓《づきていきん》』、武然の明和・安永期の春興帖『春慶引』、安永期の五雲の不夜庵『歳旦』他、俳系が異なる樗良の春興帖、麦水の撰集『新みなし栗』、蓼太の撰集『俳諧蓮華会集』、雲裡坊追善集『ゐぼし桶』『桐の影』など六十数編に、蕪村句が収載されている。

蕪村自画賛や書簡等の自筆類に記された句は、各地の図書館や美術館や個人に伝来するが、『古今発句手鑑』（安政四年刊）等の模刻、俳人真筆蹟全集七『蕪村』（平凡社　昭和五年〈一九三〇〉）の自画賛や書簡の写真、『蕪村書簡集』（勉誠社　昭和五〇）の複製、俳人の書画美術『蕪村』（集英社　昭和五三年）所載自画賛・短冊・色紙・点帖等の写真で、筆蹟とともに句を鑑賞することができる。なお、自画賛や書簡、俳諧一枚摺も含めた筆蹟類を年代順にほぼ網羅した『蕪村全集』六（講談社　一九九八年）に約二三〇句、蕪村書簡四六六通を収録する『蕪村全集』五（同　二〇〇八年）には、約四一〇句を収載する。

これら自選句集、各種撰集、句会記録、自画賛・書簡等に記載する蕪村句の重複句を除いた句数が蕪村の発句総数となる。全発句を収録する『蕪村全集』一発句（講談社一九九二年）は年次別編集、『蕪村全句集』（おうふう　二〇〇〇年）は季節別の編集である。この他に古典俳文学体系『蕪村集』（集英社　昭和五〇年〈一九七五〉）は、年次別に全発句を収録、これに基づいた『蕪村事典』桜楓社　平成二年〈一九九〇〉）「発句評釈一覧」は、蕪村全句を五十音順に配列し、各句に天明六年の几董『付合てびき蔓』以後村松紅花「評釈蕪村全句」（『雪』昭和五二年一〇月～六三年七月）までの九〇点の注釈書名を掲げている。また『古典俳文学大系CD－ROM版』（集英社　二〇〇四年）は、『蕪村集』（集英社）に依拠しているが、二〇〇四年までの新出句を増補している。

■選句について

蕪村発句は、芭蕉句総数九八三句の約三倍も伝来しており、全句を文庫本一冊に収録するだけで、『芭蕉句集』と同じ分量になること必定。そこで、どの句も捨てがたい魅力をもっているが、一〇〇〇句を選択して『蕪村句集』を編んだ。基準は次の通りである。

1. 蕪村の生涯を発句によってたどることができるもの
2. 蕪村句の特色をそなえているもの
3. 現代人から見て魅力的なもの
4. 四季いずれにも偏らずに、四時の楽しみを見出すもの

◆基準1. 蕪村の生涯を発句によってたどることができるもの

元文二年蕪村二二歳から明和二年五〇歳までの二九年間に伝存する蕪村発句の数は、驚くべきことに五四句に過ぎない。その理由を考えてみても、うまく説明できない。たとえば寛保四年（延享元年）、二九歳の宰町（蕪村）は、宇都宮で歳旦帖を出版し

た。このことは、その前年に俳諧宗匠として立机したことを意味している。相当の実力を伴わないと宗匠としては認められないのが通例だが、立机するまでに詠んだと思われる現在確認できる句は、わずか一三句である。蕪村と親交を結んでいた雁宕の娘婿で宇都宮の俳人佐藤露鳩が後援していたとする説があるが、現存する発句が少ないことの説明にはならない。

若き日の蕪村が画を修業しながらも俳諧に執心していたことも確かであり、宝暦元年、三六歳の蕪村は、関東地方遊歴を切り上げ帰京、俳人の毛越と会した。蕪村は、当世の俳諧宗匠に批判的だったことが、毛越編『古今短冊集』の跋文からうかがえる。

余平生二三子と古今誹諧の異同を論じて、かたはら春秋に入《いる》。今や誹諧に覇《は》たる者、各其風旨を異にし、彼を誇《そし》り是をなみし、肱《ひぢ》はり頬ふくれて自《みづから》宗匠と徇《とな》へ、或は豪富を鼓吹《こすい》し、孤陋《ころう》を馳駆《ちく》し、多く未錬《みれん》の句をならべて撰に備《そな》ふ。識者目を覆《おほふ》てすつ。

しかし、厳しく俳諧宗匠を批判したことと句を詠まないことは関係ない。上方へ帰ってからも、絵の修業に明け暮れていたにしても、この間、五四句しか現存していないのは、やはり腑に落ちない。遊歴した若き日の「句日記」か「句集」があった、と空想することは許されないだろうか。「尼寺や十夜に届く鬢葛《びんかづら》」「梅さげた我に師走の人通り」等、句数は少ないながら当時流行の蕉風の品格を備えているのだから。

ところで、明和三年の五一歳から、天明三年六八歳で亡くなるまでの一八年間に詠んだ発句は、二四九三句が伝存する。明和三年六月二日、鉄僧の大来堂で三菓社中句会が開かれて以降、発句数は飛躍的に増加、翌明和四年は絵を売る目的で讃岐へ出かけたので、句作は減るものの、明和五・六年は急増し、明和七年三月の宗匠立机―夜半亭二世の継承を経て、順次増加、安永六年の夏行で量産したこともあって、この年だけで五〇〇句近くの句作がある。これ以後、芭蕉「奥の細道」図巻や大作の屏風を数点描くなど画業に追われながらも、天明三年に他界するまで句作への意欲が衰えていない。

なお、年次未詳句二六六句があるが、これらも蕪村五〇歳以降の作だから、これを加えれば二七五九句、つまり現存するほとんどの句が、晩年に詠まれたことになる。こうしてみると「俳人蕪村は、五〇歳以降に誕生した」と言っても過言ではないが、生涯を発句からたどることができるように、年齢にそってできるだけ網羅的に選択した。それぞれの年の発句数と本句集での選択数は、本解説末尾の略年譜「蕪村年齢別発句数」を参照していただきたい。

◆基準2．蕪村句の特色をそなえているもの

正岡子規は、『俳人蕪村』（明治三〇年）で、蕪村句の特色を「積極美」（意匠の壮大、雄渾、勁健、活発、奇警）、「客観美」「人事美」「理想的美」「複雑的美」「精細的美」と分類した。その後、森田蘭氏「蕪村発句季語別索引」（『四国女子大学研究紀要』第二三号）、暉峻康隆氏「作風」（『蕪村―生涯と芸術』第四章）等でも言及され、近年では、大谷篤蔵氏と藤田真一氏が、次の九つに分類されている（「蕪村」『俳文学大辞典』）。

（一）人事性。人事句を得意とする江戸座の影響。例句「酒を煮る家の女房ちよとほれた」。

（二）物語性。人事句ではあるが、特に蕪村の手腕の冴えを示す小説的広がりを持つ句。例句「御手討の夫妻なりしを更衣」。

（三）童話性。例句「猿どの丶夜寒訪ゆく兎かな」。

（四）軽口性。江戸座の言語遊戯を含むもの。例句「姓名は何子か号は案山子哉」。

（五）滑稽性。蕪村の洒脱ぶりを表すもの。例句「水桶にうなづきあふや瓜茄子」。

（六）写実性。画家の観察眼を思わせるもの。例句「白露や茨の刺にひとつづ丶」。

（七）古典性。日本・中国の古典に取材しながら強い俳諧性を見せるもの。例句「易水にねぶか流るゝ寒かな」。

（八）浪漫性。特定の古典によらないものの、幻想味あふれる句。例句「鳥羽殿へ五六騎いそぐ野分哉」。

（九）二重性。一見叙景句のようで背後に本旨を隠した趣向の句。例句「山吹や井出を流るゝ鉋屑」。

これら（一）（六）は素材に関わり、（二）（七）（九）は趣向、（三）（四）（五）（八）が、作風の特色と言えよう。そこで、これをふまえながら、次の五つの基準を立てた。

（1）甘美艶冶　例「御手討の夫妻なりしを更衣」「ゆく春やおもたき琵琶の抱心」

（2）滑稽洒脱　例「酒を煮る家の女房ちよとほれた」「猿どのゝ夜寒訪ゆく兎かな」

（3）豪華絢爛　例「虹を吐てひらかんとする牡丹哉」「二荒や紅葉が中の朱の橋」

（4）浪漫雄勁　例「易水にねぶか流るゝ寒かな」「鳥羽殿へ五六騎いそぐ野分哉」

（5）静寂沈思　例「白露や茨の刺にひとつづゝ」「跡かくす師の行方や暮の秋」

こうした特色を意識して選択したが、蕪村句の魅力を解き明かすには、一句一句を味わうことが大切なので、これらの用語に拠ってドグマチックに解説（解）することを避けた。

◆基準3．現代人からみて魅力的なもの

蕪村が後世に遺そうとした自選句が、『蕪村自筆句帳』（『蕪村句集』『蕪村遺稿』）にほぼ収録されていることは、先に述べた。しかし、それ以外の句でも、私たちが魅力を感じる句は少なくない。たとえば、次のような句は、いかがだろうか。

「一陣は佐々木二陣は梶のふね」「万歳や踏かためたる京の土」「罷出たものは物くさ太郎月」「又平に逢ふや御室の花ざかり」「老が恋わすれんとすればしぐれかな」「桐火桶無絃の琴の撫ごゝろ」「雪月花つゐに三世のちぎりかな」。これらは、画賛句。蕪村は、俳画とともに楽しめば良いとして、自選句集からふるい落としてしまったのだろうか。

また、「かづらきの紙子脱がばや明の春」「ことさらに唐人屋敷初霞」「花の春誰ソやさくらの春と呼」「歳旦をしたり皃なる俳諧師」「己が羽の文字もよめたり初烏」「我門や松はふた木を三の朝」などは春興句。初春を祝う蕪村特有の明るさと笑いは、現代にも十分に通じると思う。

さらに、「ゆく春やおもたき琵琶の抱ごゝろ」（維駒編『五車反古』）「春雨やゆるい下駄借す奈良の宿」(騏道編『はるのあけぼの』)「酒を煮る家の女房ちよとほれた」(自選句文集『新華摘』)「さみだれや鳥羽の小路を人の行」(同)「なつかしき夏書の墨の匂ひかな」(巨洲編『桐の影』)「時雨音なくて苔にむかしをしのぶ哉」(美角編『ゐぼし桶』)。これらは蕪村生前に出版するつもりがあった選集『新華摘』(実際の出版は寛政九年)や出版された春興帖や追善集に入集しているので、自選集には採録しなかったのだろうか。

蕪村自選句以外の句でも、私たちが魅力を感じる句は少なくない。古典作品を受容する際に、その時代を生きる人の意思や時代的要請がはたらいて選択することも、許されてよいはずである。蕪村の選択とは異なる作品を選ぶことは、作者に対して不遜なことではないだろう。

◆基準4. 四季いずれにも偏らずに、四時の楽しみを見出すもの

蕪村句を四季別に分類して注解した藤田真一氏・清登典子氏『蕪村全句集』(おうふう)によれば、総句数二八七一、うち春季六八八、夏季七五九、秋季七四八、冬季六七一。蕪村の総句数に占める四季発句の割合を概算すれば、春24%、夏26%、秋26%、冬24%となる。本『蕪村句集』総句数一〇〇〇、うち春季二七六、夏季二五八、

秋季二四六、冬季二一九句、雑一で、概算すれば春27%、夏26%、秋25%、冬22%となり、春季の句の比率がやや高いものの四季を通じて蕪村句の全貌を見わたすことができる。蕪村は「造化に随ひて四時を共とする」（『笈の小文』）という芭蕉の生き方も受け継いでいたのである。

■蕪村句の味わい方

蕪村がどのように句を受容してもらおうと願っていたか、良く知られる晩年の手紙（天明三年八月四日　嘯風・一兄宛）を例にみておこう。

山吹や井手を流るゝ鉋屑

加久夜《かくや》長帯刀《たちはきのをさ》と能因とはじめて出合たる時、能因云、はじめての見参《げざん》、引出物見すべしとて、懐中より錦の小袋を取出ス。その中に鉋屑一筋あり。示して曰、是ハ我重宝也。長柄の橋つくる時の鉋屑也と云ニ、帯刀又懐中より紙に包める物を取出す。開き見れバかれたる蛙也。是ハ井手の蛙也と云。共に感歎して各又懐中して退散す。

右のおもしろき故事を下心にふみてしたる句也。只一通の聞にハ、春の日ののどかなるに、井手の河上の民家のふしんなどをするにや、鉋屑の流去ルけしき、心ゆかしきさま也。詩の意なども、二重にききを付て句を解候《とき》事多ク有。俳諧にもまま有《ある》事也。

「おもしろき故事」は、加久夜長帯刀節信が井手の蛙の干物を懐中から取り出し、能因が長柄の橋の普請の折の鉋屑を小袋から取り出して見せ、お互いにその風流心に感嘆したという『袋草子』に見られる故事。漢詩がそうであるように表面的な意味とその裏に隠された故事を読みとり、二重に句が読解されることを願っているのである。事実、蕪村は漢詩や和歌また史書や物語を背景にして趣向を凝らした、題詠による句作りを多く試みた。

そこで本書では、語（語釈）と参（参考）で蕪村句の趣向の背景を可能な限り示した。隠された意味や意図を読みとることは、蕪村句がつくりだす理想郷に心を遊ばせることにつながるだろう。その一助となれば幸いである。

（付記）私事で恐縮だが、本書は、ご逝去された恩師雲英末雄先生のご霊前に捧げたい。

略年譜「蕪村年齢別発句数」

和暦	西暦	年齢	現存句数	選句数	動向（略年譜）
元文2	一七三七	22	2	1	宋阿（夜半亭巴人）の内弟子として、日本橋石町に住む
元文3	一七三八	23	3	1	春、「夜半亭歳旦帖」に宰町号で入集。秋、「卯月庭訓」に宰町自画賛入集
元文4	一七三九	24	2	2	春、「夜半亭歳旦帖」「楼川歳旦帖」「渭北歳旦帖」「桃桜」に入集
元文5	一七四〇	25	1	1	冬、筑波山麓あたりに滞在
寛保元	一七四一	26	0	0	
寛保2	一七四二	27	1	1	六月六日、宋阿没（66歳）。下総結城に赴き、雁宕のもとになど結城に滞在。以後関東・東北地方遊歴

寛保3	一七四三	28	4	2	五月、宋阿追善集「西の奥」に入集。東北地方を行脚して、冬頃、結城に帰る
延享元	一七四四	29	2	1	春、宇都宮で「寛保四年歳旦帖」を編む。はじめて蕪村と号す
延享2	一七四五	30	0	0	一月、晋我没。この頃、出家。晋我追悼「北寿老仙をいたむ」成る
延享3	一七四六	31	0	0	一月頃江戸へ行き、芝の増上寺裏門あたりに住む。服部南郭に師事したか
延享4	一七四七	32	0	0	この年頃、雲裡坊と会う
寛延元	一七四八	33	0	0	結城弘経寺・下館中村風篁家等で画作（画号、子漢・四明）。「西海春秋」に入集
寛延2	一七四九	34	0	0	

寛延3	一七五〇	35	0	0	
寛延3以前			8	1	
宝暦元	一七五一	36	6	3	信州岩村田の吉沢鶏山を訪問か。八月、帰京。毛越「古今短冊集」跋（号、嚢道人）
宝暦2	一七五二	37	5	4	前年かこの年から三宅嘯山と親交。一瓢還暦賀集「瘤柳」、「反古衾」に入集。三月、練石主催、洛東双林寺の貞徳百回忌法楽十百韻に出席
宝暦3	一七五三	38	0	0	
宝暦4	一七五四	39	0	0	春・夏頃、丹後与謝へ。宮津の見性寺住職竹渓らと交流。画作（画号、朝滄）
宝暦5	一七五五	40	1	1	宋阿発句集「夜半亭発句帖」に跋文。五月、雲裡坊と会す

宝暦6	一七五六	41	1	1	宮津の俳人と歌仙を巻く。春来編「東風流」に存義・雁宕らとの歌仙入集
宝暦7	一七五七	42	1	1	宮津の真照寺に天の橋立図賛を残し、九月、帰京（画号、趙居）
宝暦8	一七五八	43	3	2	几圭編「はなしあいて」に挿絵一葉と発句入集
宝暦9	一七五九	44	0	0	牧馬図（画号、三菓書堂）。南郭没
宝暦10	一七六〇	45	2	1	還俗し、与謝姓を名乗ったか。またこの年、結婚したか。画号、長庚
宝暦11	一七六一	46	1	1	四月、雲裡坊と会す。同二七日雲裡坊没。一一月淡々没
宝暦12	一七六二	47	0	0	一二月二三日、几圭没

宝暦13	一七六三	48	0	0	嘯山編「俳諧古選」に入集。画号碧雲堂、別号春星。屏風講が始まる
宝暦1〜同7			5	3	
宝暦13以前			4	3	
明和元	一七六四	49	0	0	屏風講のために屏風絵を描く
明和2	一七六五	50	0	0	
明和3	一七六六	51	21	7	六月二日、鉄僧の大来堂で初めて三菓社中句会を開く。屏風講、終わる。九月、讃岐へ
明和4	一七六七	52	3	2	三月、讃岐から帰京、宋屋一周忌に参ず。五月、再び讃岐琴平へ

明和5	一七六八	53	319	92	三月刊「平安人物志」の画家の部に登載。四月、丸亀妙法寺滞在、五月三菓社中句会再開
明和6	一七六九	54	320	123	一月刊太祇編「鬼貫句選」に跋文。嘯山・太祇・随古編「平安二十歌仙」刊
明和7	一七七〇	55	122	41	三月、夜半亭を継承（宗匠立机）。七月、几董入門　一〇月高徳院発句会開始
明和8	一七七一	56	133	47	「明和辛卯春」刊。「俳諧小槌」「誹諧家譜拾遺集」に京都宗匠として登載
明和1〜同9			29	0	明和8年、四月、百池入門。八月太祇没。八月、大雅と競作「十便十宜」成る
安永元	一七七二	57	22	10	「夜半亭歳旦帳」刊。九月、「太祇句選」に序文。秋、几董編「其雪影」刊

安永2	一七七三	58	65	26	九月、樗良・几董・嵐山と「此ほとり」一夜四吟歌仙成る。秋、几董編「あけ烏」刊
安永3	一七七四	59	131	43	「蕪村春興帖」、「むかしを今」刊。「玉藻集」成。四、一〇月、暁台と会す
安永4	一七七五	60	119	41	「夜半亭歳旦帳」刊。一一月刊「平安人物志」画家の部に登載。冬頃、病床につく
安永5	一七七六	61	149	60	四月、芭蕉庵再建を企図し写経社会を結成。九月「続明烏」刊。十二月、娘くの結婚
安永6	一七七七	62	491	180	春興帖「夜半楽」刊。夏行の「新華摘」の句文成る。一二月、召波「春泥句集」序文
安永7	一七七八	63	57	26	一月上京の暁台と会す。三月、几董と大坂・京都へ。奥の細道画巻（号、謝寅）成す

安永8	一七七九	64	53	36	一月、杜口百韻に一座。四月、檀林会結成。奥の細道屛風、芭蕉像賛を描く
安永9	一七八〇	65	89	43	三月、畠中銅脈と嵐山で花見をしたか。一一月、几董との両吟「ももすもも」刊
天明元	一七八一	66	31	16	五月、金福寺に芭蕉庵落成。自筆の「洛東芭蕉庵再興記」を寄進
天明2	一七八二	67	139	66	三月、吉野山へ花見。五月、「花鳥篇」を編集し刊行。八月、体調を崩す
天明3	一七八三	68	67	35	一月、義仲寺の襖絵を描く。三月、暁台主催芭蕉百回忌を後援し連句に一座
安永7〜天明3			162	32	天明3年、九月宇治へ。晩秋頃から病気、一二月二五日未明、他界
未詳			266	44	

追補			7	0
合計			2847	1000

＊各年次の発句数は『蕪村全集』一　発句（講談社　一九九二年）を参照した。ただし、春興句の年次は凡例に示した通り。

参考文献

【テキスト・注釈】

正岡子規他『縮刷合本蕪村句集遺稿講義』（俳書堂　大正三年）
乾猷平編著『未刊蕪村句集』（大阪毎日新聞社／東京日日新聞社　昭和七年）
潁原退蔵編註『蕪村俳句集』（岩波文庫　昭和七年）
木村架空『蕪村夢物語』（日本学術普及会　昭和二年）
暉峻康隆校注『蕪村集・一茶集』（日本古典文学大系58　岩波書店　昭和三四年）
大谷篤蔵他『蕪村集』（古典俳文学大系12　集英社　昭和四七年）
清水孝之校注『與謝蕪村集』（新潮日本古典集成　昭和五四年）
中村草田男『蕪村集』（大修館書店　一九八〇年）
雲英末雄他『古典俳文学大系 CD-ROM 版』（集英社　二〇〇四年）
尾形仂他『蕪村全集』一発句（講談社　一九九二年）
尾形仂・中野沙惠他『蕪村全集』二～九（講談社　一九九二～二〇〇九年）
尾形仂編著『蕪村自筆句帳』（筑摩書房　昭和四九年）
村松友次他『蕪村集　一茶集』（小学館　昭和五八年）
藤田真一『蕪村集』（昭和六一年　第二刷　和泉書院）
尾形仂校注『蕪村俳句集』（岩波文庫　一九八九年）
浅見美智子『几董発句全集』（八木書店　平成九年＝一九九七）

藤田真一・清登典子編『蕪村全句集』（おうふう　平成十二年＝二〇〇〇）
【辞典】
松尾靖秋他編『蕪村事典』（桜楓社　平成二年＝一九九〇）
【研究】
潁原退蔵『潁原退蔵著作集』第三巻、一三巻（中央公論社　昭和五四年　平成七年）
高橋庄次『蕪村の研究　連作詩篇考』（桜楓社　昭和四八年＝一九七三）
森本哲郎『詩人与謝蕪村の世界』（至文堂　昭和五二年・二版）
尾形　仂『芭蕉・蕪村』（花神社　一九七八年）
安東次男『与謝蕪村』（講談社文庫　昭和五四年）
清水孝之『与謝蕪村の鑑賞と批評』（明治書院　昭和五八年）
芳賀　徹『與謝蕪村の小さな世界』（中央公論社　昭和六一年）
尾形　仂『続芭蕉・蕪村』（花神社　一九八五年）
丸山一彦『蕪村』（花神社　一九八七年）
矢島渚男『蕪村の周辺』（角川書店　昭和六三年＝一九八八）
清水孝之『蕪村の遠近法』（国書刊行会　一九九一年）
尾形　仂『蕪村の世界』（岩波書店・平成五年＝一九九三）
山下一海『芭蕉と蕪村の世界』（武蔵野書院　一九九四年）
矢島渚男『与謝蕪村散策』（角川書店　平成七年＝一九九五）

高橋　治『蕪村春秋』（朝日新聞社　一九九八年）
加藤定彦『俳諧の近世史』（若草書房　一九九八年）
藤田真一『蕪村　俳諧遊心』（若草書房　一九九九年）
田中道雄『蕉風復興運動と蕪村』（岩波書店　二〇〇〇年）
深沢了子『近世中期の上方俳壇』（和泉書院　二〇〇一年）
石川真弘『蕪村の風景』（富士見書房　平成一四年＝二〇〇二）
清登典子『蕪村俳諧の研究』（和泉書院　二〇〇四年）
池澤一郎『江戸文人論』（汲古書院　二〇〇五年）
谷地快一『与謝蕪村の俳景　太祇を軸として』（新典社　平成一七年＝二〇〇五）
雲英末雄『芭蕉の孤高　蕪村の自在』（草思社　二〇〇五年）
山下一海『白の詩人―蕪村新論』（ふらんす堂　二〇〇九年）

【伝記】
清水孝之『蕪村の芸術』（至文堂　昭和二二年）
大礒義雄『与謝蕪村』（桜楓社　昭和四一年）
山下一海『戯遊の俳人　与謝蕪村』（新典社　昭和六一年）
高橋庄次『蕪村伝記考説』（春秋社　二〇〇〇四年）
田中善信『与謝蕪村』（吉川弘文館　平成八年）
大礒義雄『蕪村・一茶その周辺』（八木書店　平成一〇年）

『俳諧新選』季語配列

巻之一　春之部

歳旦　聖代　若菜　七草　子日　猿引　鶯　万歳　春駒　宝引　年玉　初寅　残雪　雪解　梅　紅梅　白魚　猫恋　御忌　余寒　草芽　若草　木芽　藪入　春雨　蕗花　土筆　雉　雲雀　初午　独活　接樹　指芽　涅槃　柳　帰雁　蛙　鳥巣　雀子　山桜　初桜　糸桜　田螺　椿　霞　小鰷　汲鮎　燕　蜂　桃　寒食　春水　水ぬるむ　春風　蝶　出代　朧月　菊苗　雛　曲水　潮干　桜　花　菜花　躑躅　遅日　永日　八巾　梨　蚕　山吹　茶摘　春山　春野　壬生念仏　藤　傀儡　雑春（粥杖　節小袖　羽つく　葩《は》煎《ぜ》蒔《まき》　二日灸《やいと》　正月の貌　聖廟忌　蕨　彼岸　摘草　春の夜　二の替り　春の寒さ　五加木垣　爐塞　炬燵しまう　蜆貝　連翹　野の春　糸遊）　暮春（春くれぬ　行く春）

巻之二　夏之部

更衣（袷）　卯花　牡丹　瞿粟　時鳥（郭公　子規　蜀魄　杜鵑　杜宇）　若葉　夏木立　若楓　灌仏　燕子花（杜若）　鳲鳩（閑古鳥）　初鰹　矢数　葵祭　蝙蝠　筍　芍薬　蝸牛　端午　競馬　麦秋　田植　早苗　照射　火串　蛍　五月雨　五月闇　夏書　蚊　蚊厨（蚊屋蚊帳）　蚊遣り　短夜　若竹　鵜飼　百合草　紫陽草（ママ）　水鶏　萍花　夏月　夏至　夏草　蟬

扇　団（団扇）　暑　雲峰　涼　薫風　泉　清水　瀧殿　帷子　蠅　白雨（夕立）　高台寺（大書院）　祇園会　土用干（虫干）　蓮　夕顔　昼顔　青田　紫微花（百日紅）　瓜　茄子　心太　御祓　雑夏（四月の山　苔の花　茶挽草　実桜　鮓　袋角　地主祭　水馬　茨の花　菖蒲　夏の海　杏　青梅　柿の薹　撫子　栗の花　沢瀉　虎が雨　紙魚　氷　富士詣　孑孑　合歓の花　竹植ゑる　枇杷　花樗　葛水　川狩　瓢　掛香　毛虫　川骨　紅脂畠　舟遊び）

巻之三　秋之部

立秋　初秋　柳散　桐散　七夕（天河）　稲妻　踊　摂待　魂祭　送火（大文字の送り火）　初嵐　西瓜　蕣（朝顔）　蜻蛉　芭蕉　露　灯籠　角力　虫　蛬　蟷螂　螽　蜩　萩　霧　花火　鬼灯　案山子　鳴子　蓼　蕃椒　峰入　女郎花　草花　花野　秋風　鶉　鴫　色鳥　鵙（渡り鳥　鶺鴒　鶻鵃）　月　名月　十四夜　十六夜　野分　砧　雁　柿　薄　夜寒　朝寒　秋夜　鹿　秋暮　荻　鶏頭　葉鶏頭　引板　稲　新米　田刈　烏瓜　梅嫌《うめもどき》　柑類（柚味噌　蜜柑　榀桲　九年母）　露時雨　重陽　栗　団栗（椎）　菊　茸　菌　牛祭　後月　楓　野山錦（紅葉）　雑秋（蘭　焼米　墓参り　祭り　ふくべ　木槿　曼珠沙華　五加木　煙草　初紅葉　八朔　摘み菜　秋の旅　放生会　放し鳥　芋梗　身の秋　散る柳　鴨脚　裏枯れ　薯蕷（山芋）　蕎麦の花　秋の雨　落し水　山おろし　長月　秋の色　秋の暮れ）　暮秋（行く秋）

巻之四　冬之部
時雨　落葉　枯野　冬枯　冬木立　寒菊　達磨忌　茶花　枇杷花　口切　炬燵　亥子　囲炉裏　火桶　返花　凩　初雪　霜　十夜　御影講　夜着　蒲団　生海鼠　鰒　冬籠　衠　水鳥　冬牡丹　大根引　鷹　冬月　寒月　紙衣　水仙　寒　霰　雪　吹雪　霙　氷　鯨　頭巾　足袋　綿帽子　冬至　寒梅　冬椿　鉢叩　寒念仏　寒垢離　薬喰　煤掃　炭（炭竈）餅搗　節分　仏名　仏名会　雑冬（納豆汁　石蕗の花　散紅葉　麦蒔　網代守　神無月　神帰り　夷講　石花　湯婆　子祭　葱（根深）　髪置　霜月　衣配　寒声　臘八　鰤売　冬の空　寒苦鳥　冬の蠅）　歳暮（行年　師走　年忘れ　年の暮　干鮭　大晦日　餅　古暦　年の底　節季候）　年内立春
巻之五　雑之部
古体　檀林体　雑体

全句索引

一、この索引は、上五、中七、下五のすべての句を引くことができる。
一、句の下の数字は、それぞれの句の番号をあらわす。
一、仮名遣いは蕪村の仮名遣い通りとした。

あ行

さ行

た行

は行

や行

ら行

わ行

蕪村句集《ぶそんくしゆう》

現代語訳《げんだいごやく》付《つ》き

与謝蕪村《よさぶそん》　玉城《たまき》 司《つかさ》＝訳注

平成23年 2月25日　初版発行
令和7年 5月20日　33版発行

発行者●山下直久

発行●株式会社KADOKAWA
〒102-8177　東京都千代田区富士見2-13-3
電話　0570-002-301（ナビダイヤル）

角川文庫 16564

印刷所●株式会社KADOKAWA
製本所●株式会社KADOKAWA

表紙画●和田三造

●お問い合わせ
https://www.kadokawa.co.jp/（「お問い合わせ」へお進みください）
※内容によっては、お答えできない場合があります。
※サポートは日本国内のみとさせていただきます。
※Japanese text only

ISBN978-4-04-401006-5　C0192

◆◇◇

角川文庫発刊に際して

角　川　源　義

第二次世界大戦の敗北は、軍事力の敗北であった以上に、私たちの若い文化力の敗退であった。私たちの文化が戦争に対して如何に無力であり、単なるあだ花に過ぎなかったかを、私たちは身を以て体験し痛感した。西洋近代文化の摂取にとって、明治以後八十年の歳月は決して短かすぎたとは言えない。にもかかわらず、近代文化の伝統を確立し、自由な批判と柔軟な良識に富む文化層として自らを形成することに私たちは失敗して来た。そしてこれは、各層への文化の普及滲透を任務とする出版人の責任でもあった。

一九四五年以来、私たちは再び振出しに戻り、第一歩から踏み出すことを余儀なくされた。これは大きな不幸ではあるが、反面、これまでの混沌・未熟・歪曲の中にあった我が国の文化に秩序と確たる基礎を齎らすためには絶好の機会でもある。角川書店は、このような祖国の文化的危機にあたり、微力をも顧みず再建の礎石たるべき抱負と決意とをもって出発したが、ここに創立以来の念願を果すべく角川文庫を発刊する。これまで刊行されたあらゆる全集叢書文庫類の長所と短所とを検討し、古今東西の不朽の典籍を、良心的編集のもとに、廉価に、そして書架にふさわしい美本として、多くのひとびとに提供しようとする。しかし私たちは徒らに百科全書的な知識のジレッタントを作ることを目的とせず、あくまで祖国の文化に秩序と再建への道を示し、この文庫を角川書店の栄ある事業として、今後永久に継続発展せしめ、学芸と教養との殿堂として大成せんことを期したい。多くの読書子の愛情ある忠言と支持とによって、この希望と抱負とを完遂せしめられんことを願う。

一九四九年五月三日

芭蕉全句集

現代語訳付き

松尾芭蕉

雲英末雄
佐藤勝明
訳注

後に「俳聖」と呼ばれ、俳諧をそれまでとは比べものにならない高みへと引き上げた松尾芭蕉。その全句を季語別に編集して配列。芭蕉の各題への取り組みや、「稲雀《いなすずめ》」「椎《しい》の花《はな》」などの新たに開発された季語、斬新な無季の発句の姿を浮かび上がらせる。芭蕉の「不易流行」の基本理念が凝縮された九八〇余句の集大成。俳句実作にも大いに役立つ一冊！

ISBN978-4-04-400107-0

角川ソフィア文庫

角川ソフィア文庫ベストセラー

新版 古事記
現代語訳付き
中村啓信訳注
八世紀初め、大和朝廷が編集した、文学性に富んだ天皇家の系譜と王権の由来書。訓読文・現代語訳・漢文体本文の完全版。語句・歌謡索引付き。

新版 万葉集(一)～(四)
現代語訳付き
伊藤 博訳注
日本最古の歌集。全二十巻に天皇から庶民まで多種多様な歌を収める。新版に際し歌群ごとに現代語訳を付し、より深い鑑賞が可能に。全四巻。

新版 竹取物語
現代語訳付き
室伏信助訳注
竹の中から生まれて翁に育てられた少女が、多くの求婚者を退けて月の世界へ帰ってゆく、という現存最古の物語。かぐや姫の物語として知られる。

新版 古今和歌集
現代語訳付き
高田祐彦訳注
日本人の美意識を決定づけた最初の勅撰和歌集の約千百首に、訳と詳細な注を付け、原文と訳・注が見開きでみられるようにした文庫版の最高峰。

新版 伊勢物語
現代語訳付き
石田穣二訳注
後世の文学・工芸に大きな影響を与えた、在原業平を主人公とする歌物語。初冠から終焉までの一代記の形をとる。和歌索引・語彙索引付き。

新版 落窪物語(上)(下)
現代語訳付き
室城秀之訳注
『源氏物語』に先立つ笑いの要素が多い長編物語。母の死後、継母にこき使われていた女君に深い愛情を抱く少将道頼は、女君を救い出し復讐を誓う。

新版 蜻蛉日記Ⅰ・Ⅱ
現代語訳付き
右大将道綱母
川村裕子訳注
美貌と歌才に恵まれ権門の夫をもちながら、蜻蛉のようにはかない身の上を嘆く二十一年間の内省的日記。難解とされる作品がこなれた訳で身近に。

角川ソフィア文庫ベストセラー

角川ソフィア文庫ベストセラー

新古今和歌集（上）（下）　久保田淳訳注
勅撰集の中でも、最も優美で繊細な歌集。秀抜な着想とことばの流麗な響きでつむぎ出された名歌の宝庫。最新の研究成果を取り入れた決定版。

新版 百人一首　島津忠夫訳注
素庵筆の古刊本を底本とし、撰者藤原定家の目に沿って解説。古今の数多くの研究書を渉猟し、丹念な研究成果をまとめた『百人一首』の決定版。

風姿花伝・三道　現代語訳付き　世阿弥　竹本幹夫訳注
能を演じる・能を作るの二つの側面から、美の本質と幽玄能の構造に迫る能楽論。原文と脚注、現代語訳と部分部分の解説で詳しく読み解く一冊。

新版 おくのほそ道　現代語訳／曾良随行日記付き　潁原退蔵・尾形仂訳注
蕉風俳諧を円熟させたのは、おくのほそ道への旅である。いかにして旅の事実から詩的幻想の世界を描き出していったのか、その創作の秘密を探る。

新版 日本永代蔵　現代語訳付き　井原西鶴　堀切実訳注
市井の人々の、金と物欲にまつわる悲喜劇を描く、江戸時代の経済小説。読みやすい現代語訳、詳細な脚注、各編ごとの解説などで構成する決定版！

新版 好色五人女　現代語訳付き　井原西鶴　谷脇理史訳注
恋愛ご法度の江戸期にあって、運命に翻弄されつつも最期は自分の意思で生きた潔い五人の女たち。涙あり、笑いあり、美少年ありの西鶴傑作短編集。

曾根崎心中 冥途の飛脚 心中天の網島　現代語訳付き　近松門左衛門　諏訪春雄＝訳注
元禄十六年の大坂で実際に起きた心中事件を材にとった「曾根崎心中」ほか、極限の男女を描いた近松門左衛門の傑作三編。各編「あらすじ」付き。